Jornada de três dias

ALFAGUARA

Joseph Boyden

Jornada de três dias

Tradução
Otacílio Nunes

ALFAGUARA

Editora Objetiva Ltda.
Rua Cosme Velho, 103
Rio de Janeiro — RJ — Cep: 22241-090
Tel.: (21) 2199-7824 — Fax: (21) 2199-7825
www.objetiva.com.br

Título original
Three Day Road

Capa
Luciana Gobbo

Imagem de capa
Christie's Images/CORBIS/Corbis (DC)/Latinstock

Revisão
Ana Kronemberger
Raquel Correa
Héllen Dutra

Editoração eletrônica
Abreu's System Ltda.

CIP-BRASIL. CATALOGAÇÃO-NA-FONTE
SINDICATO NACIONAL DOS EDITORES DE LIVROS, RJ

B784j

Boyden, Joseph
Jornada de três dias / Joseph Boyden; tradução Otacílio Nunes. – Rio de Janeiro: Objetiva, 2010.

Tradução de: *Three day road*
374p. ISBN 978-85-7962-030-0

1. Guerra Mundial, 1914-1948 – Ficção. 2. Índios do Canadá – Ficção. 3. Ficção canadense. I. Nunes, Otacílio. II. Título.

10-3425. CDD: 819.13
CDU: 821.111(71)-3

JACOB
kina ntehi

AMANDA
kina ninikamowin

Andamos pela neve, seguindo nossa trilha até as armadilhas nos salgueiros. Vou na frente, sonolento. Ar cortante. Machuca os pulmões. Elijah segue meus passos. O sol está nascendo.

A cada passo rompo a crosta. Frio demais ontem à noite. Elijah tenta fazer silêncio, mas tem pés pesados.

Elijah e eu temos a mesma idade. Já vivemos doze invernos.

As árvores gemem e estalam. Parece o som da morte.

— Você acha que apanhamos alguma coisa? — pergunta Elijah.

Paro, me viro e o encaro.

— Não fale.

Aqui há trilhas em toda a volta. Pegadas na neve. Rasas. Buracos de sombra no branco.

Mais adiante, a forma escura suspensa no ar. Meu coração bate mais forte.

— Pegamos alguma coisa, Xavier?

Uma marta caiu em nossa armadilha no salgueiro. Oscila acima da neve como se flutuasse. De perto vejo o nó corrediço de couro em volta de seu pescoço. Seu pelo é grosso. A Tia vai ficar orgulhosa.

Elijah me empurra para passar, estende a mão para a marta, segura na luva de couro o corpo comprido. Vira para mim e sorri. A marta começa a se retorcer e rosnar. Elijah a solta, chocado. Não percebemos que ela ainda está viva.

Recuamos e ficamos olhando a marta pelejar no ar. Os olhos pretos estão fixos em mim. Ela não quer morrer.

— O que fazemos, Xavier?

— Você tem de bater nela.

Elijah encontra um galho e se aproxima do animal. Então se vira e olha para mim.

— Bata.

Ele hesita, depois golpeia com o galho. O animal guincha. O som me assusta.

— Mais forte!

Elijah golpeia de novo, e de novo a marta guincha. Sinto enjoo. Pego um pedaço de madeira mais pesado, me aproximo e golpeio com força a cabeça do animal. O laço se solta e a marta cai no chão. Não se mexe. Bato mais uma vez na cabeça.

Elijah fica olhando para mim.

— Nós tínhamos de fazer isso — digo.

— Tínhamos — ele repete. — Nossa primeira noite fora sozinhos e já pegamos um animal. Sua Tia vai ficar impressionada.

Balanço a cabeça e sorrio.

Desamarro o laço do pescoço da marta, pego minha faca e começo a esfolá-la. Tomo cuidado para não danificar o pelo, para manter o corpo intacto. Quero que a Tia veja que não estrago nada.

Elijah observa. Seus olhos não perdem nada. Tira uma das luvas e se abaixa para tocar no corpo nu da marta.

— Somos grandes caçadores, não é, Xavier?

— Sim, Elijah — digo.

— Somos grandes caçadores e melhores amigos, não somos?

— Somos — digo.

EKIIWANIWAHK
Retorno

Fiquei muitos dias escondida na floresta ao lado da cidade, saindo quando ouço o apito, procurando com cuidado por ele. Esta cidade é feia, muito maior até do que Moose Factory. É uma cidade onde nunca estive, um lugar para onde nunca vou voltar. Mais *wemistikoshiw* do que eu quero ver andam pelas ruas com suas roupas engraçadas, vestidos como se o tempo fosse mais frio, embora o sol acima de nós esteja alto e cheio do calor do verão.

Me escondo bem durante o dia, mas quando escuto o som dela tenho de sair e caminhar entre eles. Ficam me olhando e falando sobre mim como se nunca tivessem visto alguém como eu. Para eles devo parecer uma velha magra e selvagem, um animal índio saído direto da mata. Logo só vou ter comida o bastante para nos levar para casa, por isso montei armadilhas em volta de meu acampamento. Mas os coelhos parecem ter tanto medo deste lugar quanto eu.

Para descansar só tenho uma plataforma com uma pequena cobertura para me abrigar quando o tempo vira. A estrada que leva até ela está coberta de poeira. Automóveis, iguaizinhos ao que o Velho Ferguson dirige em Moose Factory, correm para lá na mesma hora, dia sim, dia não. Vi derramarem uma coisa que tem cheiro de querosene de lampião na estrada, mas a poeira ainda sobe e cobre a parte interna do meu nariz e me incomoda os olhos. Pelo menos eu posso me esconder um pouco na poeira, e só alguns conseguem me ver.

O lugar para onde vou está coberto de fuligem, por isso sinto necessidade de tomar banho todo dia quando volto de lá sem ele. Parei de dormir à noite, preocupada com as palavras estarem erradas, e ele nunca chegar, e eu morrer aqui esperando.

Hoje de novo escuto o apito. De novo espero os outros chegarem lá antes de mim, antes de andar para o meio deles.

Os mais velhos a chamam de tobogã de ferro. Quando vejo uma coisa se aproximar, com o apito tocando e fumaça saindo da chaminé no calor do verão, não vejo nada de tobogã nela. Mais assustador do que a multidão que me cerca é aquele olho brilhante cintilando na luz do sol e o nariz de ferro que cheira o trilho.

Gente demais. Nunca estive perto de tantos *wemistikoshiw* ao mesmo tempo. Eles andam e se empurram e conversam e gritam uns com os outros. Olho para a área de abetos do outro lado dos trilhos. Escurecidos pela fuligem, eles se curvam derrotados.

Fico atrás, na sombra do abrigo, e vejo quando as pessoas na minha frente ficam nervosas, depois chegam mais perto do trilho quando ela se aproxima, não tão longe quanto eu esperava. As mulheres na multidão não se parecem nada comigo, usam vestidos compridos feitos com coisas demais e chapéus grandes. Seguram escudos de pano curvos acima da cabeça. Os homens estão vestidos com ternos pretos e marrons e cinzentos, e os sapatos nos pés deles são brilhantes, tão brilhantes que fico imaginando de que tipo de animal veio o couro deles. Todos os homens também usam chapéu. Todas essas pessoas usando chapéu no verão. Não entendo muita coisa dos *wemistikoshiw*.

Ela apita como uma águia gigante grasnando, agora tão perto que tenho de tapar os ouvidos.

Remei muitos dias contra a corrente do rio grande para chegar aqui. Não tem importância. Meu único parente vivo morreu em um lugar muito longe, e estou aqui para receber seu amigo Elijah. Elijah Whiskeyjack é o mais próximo de um parente que ainda tenho, e vou remar com ele para casa.

Joseph Redeiro trouxe a carta para mim. O inverno tinha acabado de chegar no campo. Joseph veio caminhando da cidade em sapatos de neve.

— Isto é para você, Niska — ele disse. — É do chefe canadense, o *hookimaw* deles.

Assim que vi a carta marrom, as palavras inglesas escritas nela, soube o que ela continha. Fiquei sentada ao pé da fogueira e mexi nela com um graveto enquanto Joseph lia, primeiro em voz alta em seu inglês atrapalhado, depois para mim em nossa língua.

— Comunicado número 6711. Lamento profundamente informar, Soldado de Primeira Classe Xavier Bird, infantaria, oficialmente relatado como morto de ferimentos no campo de batalha, 3 de novembro, 1918. Diretor de Registros.

Esperei mais, mas era só isso. Quando Joseph saiu, fiquei sozinha.

Muitas luas depois, quando o gelo do inverno estava indo embora e viajar era difícil, Joseph voltou com outra carta. Explicou que se referia a Elijah, e que o Velho Ferguson a tinha dado a ele para me entregar porque eu era a coisa mais próxima de um parente que Elijah tinha.

A carta dizia que Elijah tinha sido ferido, que agora só tinha uma perna, que tinha tentado salvar outro soldado, ganhado uma medalha por bravura. Dizia que mesmo estando fraco ele tinha se recuperado o bastante para viajar e devia chegar na mesma cidade de onde ele e Xavier tinham partido fazia tanto tempo.

Fiz Joseph me explicar como funcionava o calendário *wemistikoshiw*, em que mês eu tinha de estar lá, e fiz preparativos com cuidado para viajar de canoa para aquela cidade onde Elijah ia chegar. Parti no começo do verão e subi o rio remando. Foi difícil. Agora sou mais velha, mas viajei devagar. Joseph tinha pedido para ir comigo, mas eu disse a ele que não.

Vim sozinha.

Olho a fera parar e dar um último suspiro grande, como se estivesse muito cansada da longa viagem, fumaça saindo de seus lados. Pessoas acenam das janelas e pessoas no chão acenam de volta, como vi fazerem muitos dias. Os homens e mulheres e crianças que chegaram começam a descer para os braços dos outros. Vejo alguns soldados e procuro entre eles o rosto de Elijah com seu sorriso matreiro. A multidão começa a diminuir, e mais uma vez não vejo um soldado índio com uma perna só.

Estou virando para ir embora quando vejo através de uma janela a silhueta de um homem lá dentro. Ele caminha devagar pelo corredor, de muletas, de uniforme, uma bolsa pequena pendurada no ombro. Saio andando da sombra da parede.

Ele usa chapéu, como os *wemistikoshiw*, mas esse é do exército deles, e não consigo ver seu rosto porque ele olha para baixo enquanto desce os degraus devagar apoiado nas muletas.

Ele é velho, acho. Muito magro. Esse não pode ser o Elijah que conheço. Uma perna de sua calça está presa e um pouco caída, vazia.

Quando ele desce os degraus começo a recuar, pensando que não é ele. Ele olha para cima e vejo seu rosto, magro e pálido, bochechas salientes e orelhas saindo de trás do chapéu. Fico um pouco tonta, o sangue fugindo de minha cabeça. O fantasma de meu sobrinho Xavier olha para mim.

Ele me vê no mesmo momento, e observo seus olhos demorarem para registrar o que estão vendo, mas quando isso acontece ele começa a balançar de um lado para outro nas muletas. Cai no chão. Corro até ele, me ajoelho a seu lado, agarro suas mãos quentes. Ele não é nenhum fantasma. Eu o puxo para mim. O coração dele bate fraco. De repente percebo que ele está muito doente.

— Sobrinho — sussurro. — Você está em casa. Você está em casa.

Eu o abraço, e quando ele abre os olhos, olho para eles. Estão vidrados. Mesmo nas sombras da estação, suas pupilas são pontos cintilantes.

— Me disseram que você estava morta, Tia — ele sussurra.

— E também me disseram que você estava — digo.

Ficamos sentados no chão um pouco, os dois por enquanto fracos demais para levantar. Estamos chorando, olhando um para o outro. Um pequeno grupo de *wemistikoshiw* se junta e fica olhando para nós. Ajudo o Sobrinho para podermos ir embora, chegar ao rio onde ele pode beber água e posso protegê-lo melhor.

Não ficamos muito tempo na cidade. Ela me deixa muito nervosa. Automóveis, eles estão em todo canto. Temos de atravessar a estrada poeirenta na qual eles viajam antes de chegarmos ao rio onde mantenho minha canoa. O Sobrinho anda devagar em suas muletas, olhando para baixo. As pessoas olham para nós, para ele. Houve um tempo antes de ele partir em que ele teria olhado de volta, ele e Elijah, sem se intimidar com elas.

E Elijah? Se eles cometeram um erro sobre a morte do Sobrinho, talvez tenham cometido um sobre Elijah. Quero perguntar, mas vou esperar até ele estar pronto para falar.

Tentamos atravessar a estrada mas um automóvel grasna como um ganso e se desvia de nós. Observo com cuidado, e temos de esperar muito até eu julgar que podemos atravessar em segurança.

Conduzo o Sobrinho até a ribanceira do rio. Deixei a canoa a uma boa caminhada pela praia rochosa. Digo a ele que é melhor ficar esperando enquanto vou buscá-la. Ele não responde, apenas solta o corpo e senta na ribanceira. Saio andando o mais rápido que posso. Sou boba de me preocupar em deixá-lo sozinho alguns minutos. Nos últimos anos ele passou mais perigo do que qualquer pessoa poderia passar em cem vidas. Mesmo assim me preocupo.

Quando me aproximo dele na canoa, vejo que tirou o casaco e está segurando o braço fino com uma das mãos. Chego mais perto e vejo que enfiou alguma coisa no braço, uma coisa que ele puxa assim que olha para cima e me vê. O corpo dele está relaxado e por um momento seus olhos parecem culpados, mas quando chego onde ele está, eles são como o rio escuro no sol.

Me sinto melhor depois que ele entra na canoa e remamos para longe da cidade. Ela tem o mesmo cheiro de Moose Factory, cheiro de madeira queimada que não chega a mascarar outro cheiro estragado embaixo dele. Xavier rema um pouco, mas está desatento.

Digo a ele para se deitar em cima da mochila e descansar, que estamos indo para o norte e desta vez tenho a corrente a meu favor e é fácil. Ele não parece me ouvir. Toco o ombro dele com a ponta do remo. Ele se vira. Digo de novo, e ele observa atentamente minha boca. Depois se deita sem falar, e remo de volta à mata, olhando de vez em quando para seu rosto magro na luz do sol, um rosto que envelheceu depressa demais. Ele dorme, mas o sono não é sossegado. Ele se retorce e suas mãos tremem. Grita, e isso o acorda. Senta e afunda a mão no rio, depois a passa no rosto. Sua camisa está ensopada de suor. Ele está muito doente. Alguma febre o está queimando por dentro. Desço o rio em silêncio.

Vou devagar, acho agradável não ter de trabalhar constantemente, não lutar contra a corrente. Faz só uns dois dias que pelejei com cada remada até meus braços virarem coisas mortas e minhas costas parecerem quebradas. Agora, remando de volta para casa, tenho o luxo da corrente que segue para o norte comigo, para a Grande Baía Salgada, para o lugar que aqueles que levaram meu sobrinho chamam de Hudson's Bay. A subida do rio me custou uma semana de trabalho duro, mas com o vento e o clima a meu favor, o rio é uma remada de três dias para casa. Tenho muitas perguntas para fazer a Xavier e estou como uma criança por dentro, esperando para perguntá-las. Mas sou paciente. Sou boa em esperar.

Não chegamos longe antes que o sol me informe que é hora de preparar um acampamento. Mas quero ir com calma com ele. Sem pressa. É verão.

Os insetos são mais abundantes logo antes de anoitecer e até que escureça, então procuro uma ilha no rio que nos dê algum alívio deles. Mais adiante aparece uma boa, com uma praia de areia e galhos mortos espalhados para fazer uma fogueira.

Puxamos a canoa para a praia e me ocupo recolhendo lenha. O Sobrinho tenta ajudar, mas suas muletas afundam na areia macia e ele fica frustrado. Quero chorar, olhando para ele com o canto do olho enquanto ele se curva e tenta pegar lenha, depois acaba sentando e puxando pedras para perto dele devagar, fazendo um círculo de fogo.

Corto árvores novas compridas com meu machado e as arrasto até ele, amarro-as juntas em uma ponta e construo a armação para uma pequena tenda cônica. Puxo um pedaço de lona da canoa e o amarro à armação. Neste momento o céu parece que vai dar uma noite estrelada, mas o vento me diz outra coisa. Não estamos tão longe da baía que uma tempestade não possa cair sobre nós. Depois de arrastar nossos poucos pertences para dentro da tenda, tiro comida de um fardo e ponho no chão. O Sobrinho conseguiu acender uma fogueira.

Sobre uma pedra ponho peixe salgado, sobre outra um pouco de carne de alce e sobre uma terceira, mirtilos frescos que peguei na mata. Pego um galho e afino sua ponta. O Sobrinho olha para o rio. Enfio um pedaço de carne no galho e o esquento na chama. Quando a carne começa a esquentar e seu cheiro aparece, ele vira a cabeça em reconhecimento.

— Faz muito tempo que não sinto esse aroma — diz, sorrindo tímido. Essas são as primeiras palavras que ele diz desde a cidade.

Dou um pouco de comida a ele, mas ele não come. No sol poente, sua pele é da cor de cinza de cedro.

Esta noite entro rastejando na tenda, digo a ele que durma quando estiver pronto. Ele fica olhando para a fogueira.

Horas depois, acordo com uma chuva leve batendo na lona. Abro os olhos e fico escutando. A fumaça da fogueira na chuva tem um aroma agradável. Percebo que estou sozinha aqui. Mesmo com esse tempo, o Sobrinho não entrou. Espio lá fora. A fogueira chia e estala, e meu medo volta quando vejo que ele não está ao lado dela.

Não durmo nada o resto da noite. Me enfio na manta. Meu corpo zune com a dor do Sobrinho e por perceber que ele só voltou para casa para morrer.

TAKOSHININAANIWAN
Chegada

Hoje à noite a chuva bate na areia em toda a minha volta, aos poucos penetra na lã deste uniforme que ainda estou usando, e o cheiro animal dele me puxa de volta para os campos de batalha. Nunca mais quero voltar para lá. A Tia descansa em sua pequena tenda, mas eu não consigo. Quando descanso, os amigos mortos que não quero ver vêm me visitar. Me acusam de atos que não pratiquei. De alguns que pratiquei. Todos nós agimos lá de maneiras das quais é melhor não falar. Especialmente Elijah. Ele é o verdadeiro especialista. Mas houve um tempo em que eu era o melhor atirador. Ninguém se lembra disso. Elijah é o abençoado.

Onde ele está? Passamos a guerra inteira juntos só para nos perdermos um do outro nos últimos dias. Uma granada caiu muito perto de mim. Me jogou no ar com tanta força que de repente eu era um pássaro. Quando caí não tinha mais a perna esquerda. Eu sempre soube que os homens não são feitos para voar.

Me deram remédio para a dor, e aprendi como voar de um jeito novo. O custo desta vez é que não posso mais viver sem o remédio, e em poucos dias não vai sobrar nada dele. A morfina deles come os homens. Me alimentou nos últimos meses, e quando tiver acabado, eu é que vou morrer de fome. Não vou conseguir viver sem ela.

Isso tudo é demais para imaginar. Elijah está desaparecido. A Tia afinal não está morta. Há um ano recebi uma carta na França dizendo que ela tinha morrido. Nada mais no mundo faz sentido. Fico deitado na areia e deixo a chuva fazer cócegas em meu rosto. A fogueira chia. Eu devia sentar mais perto dela, mas a luz me machuca os olhos.

Vejo meu corpo tremer na chuva fria. Mas a morfina é muito boa, um cobertor quente que me cobre como uma pele de alce. Vou ficar deitado aqui e escutar a respiração rasa em meu peito, esperar que a manhã chegue e combater o sono que me puxa. Não quero dormir e ser levado de volta.

Olho para a chuva que cai, de poucos em poucos minutos atravessada pela luz dos raios. Meu corpo flutua acima dele mesmo. Ah, como esse remédio é bom. Ouço minha respiração, como o ar entra lentamente e depois sai de mim como ondas em uma praia. Me escuto respirando e fecho os olhos. Depois de um tempo consigo ouvir outros respirando pesadamente em minha volta. Quero dizer a eles para fazerem silêncio. Um raio, mais um clarão, surge da escuridão e joga uma luz branca sobre nós e o fosso onde estamos deitados, nossos uniformes encharcados de água fria. Elijah não está por perto. Ele está comigo há tanto tempo que é como uma parte de meu corpo.

Onde ele está?

Os obuses ecoam. Me fazem estremecer.

Rastejo com os outros até prédios destruídos no limite da cidade. Estou tão cansado que preferia dormir aqui de barriga para baixo, longe dos prédios que atraem todas as granadas deles. A escuridão me deixa seguro.

Amanhã vamos para as trincheiras. Mas esta noite nos dizem para irmos àquela cidade. Não temos escolha. O *crec crec crec* dos fuzis nos mantém no fosso e os clarões sobem e ninguém sabe quem está atirando na noite. O disparo dos fuzis soa a uns cinquenta metros, à esquerda e à frente.

— Aqueles são as porras dos nossos sinalizadores? — sussurra o sargento McCaan. — Alguém pode me dizer? São eles?

O que é chamado de Gordo choraminga como um cachorro. Os outros em minha volta respiram alto demais. Um bom caçador vai nos ouvir. Outro *crec* de disparo de fuzil. Rajadas de terra atingem minha cabeça.

— Fuzis Ross — sussurro para McCaan, e ele olha para mim, xingando mais, as palavras mais altas e mais raivosas. São nossos fuzis atirando em nós.

De repente McCaan se agacha e começa a gritar com toda a força dos pulmões:

— Parem de atirar em vocês mesmos, seus bastardos! — Estico o braço e o puxo para baixo quando tiros passam zunindo ao lado de sua cabeça.

Ouvimos uma voz ao longe gritando de volta, e o barulho dos fuzis para e a voz fica mais clara, gritando para pararem de atirar.

Subimos, prontos para descer de novo, segurando as armas no ar e escalando para sair do fosso. O rosto de McCaan brilha num tom vermelho, iluminado pelos sinalizadores Very que caem perto. Fico feliz de não ser eu quem vai enfrentar a raiva dele. Elijah anda a meu lado. Está rindo de tudo isso. Não acho nada engraçado.

É outra companhia canadense controlando o limite desta cidade, também recém-chegada da Inglaterra, e enquanto eles nos oferecem cigarros explicam que neste lugar não parece haver nenhum front claro e que os fritz estão em todo canto. McCaan nos conduziu até o oficial deles e posso ver que quer bater no homem, mas ele é tenente, então McCaan tem de conter toda a sua frustração. Recebemos orientações para ir a um lugar onde possamos dormir, e enquanto marcho com os outros na noite imagino que tipo de sinal é esse, que na primeira vez que estou sob fogo ele vem de meu próprio lado.

Somos mandados para um alojamento em uma velha casa de fazenda, e no andar de cima, através da janela sem vidro, há uma boa vista do horizonte onde o troar da artilharia é constante e o horizonte brilha como um fogão de lenha com a porta aberta. As camas aqui são compridas e a maior parte das paredes está destruída. Deitamos em cima de palha, tantos de nós espremidos ombro a ombro que tenho medo de o chão não aguentar nosso peso e desabarmos no piso de baixo. Os piolhos rastejam sobre mim e a coceira não me deixa dormir. Sentado, procuro por eles nas costuras de meu uniforme, pegando-os e esmagando-os com as unhas, que estão compridas justamente para isso.

Eu preferia estar lá fora na grama fria, mas os oficiais não permitem isso. Já faz três semanas que estamos neste lugar que alguns chamam de Flandres e outros chamam de Bélgica. Me senti estúpido e pequeno quando Elijah teve de me explicar que a Bélgica é um país, como o Canadá, e Flandres é só uma parte pequena dele, como Mushkegowuk. Ainda não me sinto à vontade com a língua dos *wemistikoshiw*. Ela é falada pelo nariz e tentar imitar seu som bobo me machuca a boca. Prefiro ficar em silêncio na maior parte do tempo, escutando com cuidado para decifrar as palavras, sempre procurando ouvir piadas ou insultos feitos contra mim. Os outros pensam que sou alguma coisa menos que eles, mas basta eu ter uma chance que vou mostrar a eles do que sou feito, quando for a hora de matar.

Aqui é o mais perto que chegamos do front. Tão perto que posso sentir o cheiro da cordite queimando, e o som dos obuses é mais alto que o de qualquer coisa que eu podia imaginar, mesmo do trovão ou das cachoeiras. Sinto um forte impulso para admitir que queria estar em casa e não neste lugar feio, mas tenho de afastar esse pensamento.

Por algum tempo aqui foi quase o que eu imaginava que fosse pelas histórias que os outros contavam. Campos verdes e garotas bonitas acenando para nós de janelas e portas nas cidades por onde marchamos. Depois fomos embarcados mais para o norte em trens velhos e caminhamos por cidades despedaçadas, como se tivessem sido destruídas por crianças gigantes. Vi meu primeiro cadáver em um desses lugares, não o corpo de um soldado e sim o de um garotinho, nu e inchado no sol, sem um grande pedaço da cabeça. O menino me deixou confuso. O que ele tinha a ver com tudo isso? Onde estava a mãe dele?

Muitas coisas me deixam confuso aqui, todo esse movimento, a perda de meu senso de direção. A chuva começou logo depois que vimos o garoto, e agora é contínua e já se tornou parte de meu mundo.

Todos os dias fazemos exercícios na chuva. Exercício de baioneta, exercício de granada, exercício de tiro, exercício de marcha. Minha pele está sempre molhada, por isso me sinto como um sapo ou um peixe. Toda essa chuva torna difícil manter meu fuzil limpo e funcionando.

Chuva. Ficamos deitados na casa de fazenda, nos coçando e ouvindo a chuva e Sean Patrick e Olhos Cinzentos conversando em voz baixa.

— A namorada que eu tenho lá na minha terra queria casar comigo — diz Sean Patrick. É o mais jovem de nossa seção e vem de um lugar em Ontário não muito longe de onde eu vivo. Me pergunto como o deixaram entrar neste exército. Ele parece um filhote de alce magrinho e desajeitado que ainda não desmamou. Parece que só tem joelhos, e suas orelhas são maiores que as minhas.

Sean Patrick continua a falar. Ele adora falar.

— Esse era o único jeito que eu tinha de conseguir vê-la nua. Mas eu disse a ela que não queria que minha mulher fosse uma noiva de guerra. "Você é boa demais para isso", eu disse. "Posso esperar até voltar para me casar com você." — Ele passa a unha no colarinho de sua túnica desabotoada. — Todos nós sabemos que essa guerra não vai mesmo durar muito. — Vejo Sean Patrick se virar para Olhos Cinzentos quando diz isso. Sean Patrick precisa que outros digam a ele que está certo. — A verdade é que não concordei em casar porque estava louco com ela por não querer fazer comigo. Tinha acabado de fazer dezessete anos, e isso é muito cedo para casar.

Olhos Cinzentos ri baixinho no escuro.

— Você é mesmo americano? — pergunta Sean Patrick.

— De Detroit — responde Olhos Cinzentos. — Eu também tenho uma namorada lá. Ela se chama Maggie e é realmente um estouro.

— Ah, é? — diz Sean Patrick.

— Cabelo vermelho, um corpo igual ao da Afrodite. Também prometi a ela que nos casaríamos quando eu voltasse para casa.

Eu estava lá quando Olhos Cinzentos contou a Elijah que o nome da namorada era Janice e que ela tinha o cabelo dourado como um campo de trigo. Desconfio desse, o que fez amizade com Elijah.

Caio no sono ouvindo as vozes deles e o som dos obuses atirando de um lado para outro ao longe, pensando sobre Sean Patrick, que não tem dezessete invernos, mas quinze. E aquele outro, Olhos Cinzentos. Ele é um mentiroso.

No dia seguinte, ficamos em frente à casa de fazenda em posição de sentido a manhã inteira. Não sei por que nos obrigam a fazer isso. Nuvens do final de abril se juntam ao longe. Elijah está a meu lado, mexendo os pés, por isso o sargento McCaan grita para ele ficar quieto. Vejo que McCaan não quer gritar com ele, não quer que fiquemos parados aqui. Quem diz a McCaan o que fazer é o tenente Breech. Os homens recrutados o chamam de Breech Bastardo. Ele fica na sombra e nos observa a manhã inteira. Carrega uma bengala de freixo com uma bala na ponta e bate com ela na perna quando quer a atenção de McCaan.

As nuvens continuam a se juntar, e recebemos ordem de ficar de pé lá mesmo quando a chuva cai do céu e nos encharca tanto que começamos a tremer. Quando a água engrossa muito, Breech entra na casa e os homens começam a conversar.

— Nós vamos para a linha de frente hoje — diz alguém perto de mim.

— Já era hora — responde Sean Patrick.

McCaan diz a ele para parar de falar.

Elijah se inclina para perto de mim.

— Agora temos de caçar — ele diz.

Não respondo, estou preocupado demais com a possibilidade de Breech estar observando.

A chuva cai mais forte e logo não consigo mais saber o que é granada e o que é trovão. Os homens se mexem e resmungam. Nossas mochilas pesam mais da metade de nosso peso. Os homens em volta de mim são como os cavalos que vi aqui, ariscos. Ouço alguém atrás de mim falar sobre os oficiais levarem nossos soldados para trás das linhas e atirarem neles por causa da menor desobediência. Outro diz que os canadenses acabaram de levar uma surra em um lugar chamado Saint-Eloi e que agora nosso batalhão vai para lá como reforço. Os boatos continuam até se tornarem verdade. Vamos para a linha de frente hoje.

Então a chuva para. O sol sai, e Breech também. Nos encolhemos debaixo das mochilas. O que chamam de Gordo geme. Ele é chamado de Gordo porque realmente é. O Gordo é um beluga. Fico parado sofrendo e vejo o vapor subir de nós como se estivéssemos todos no fogo, queimando lentamente sob o peso do olhar de Breech.

Estou com fome mas somos obrigados a ficar aqui. A hora de nossa refeição diária passa. É só depois disso que Breech dá a ordem a McCaan. Vamos começar a marchar. Os homens gritam vivas, e de repente tudo faz sentido para mim. Aqueles que nos dão ordens são matreiros como lobos. Fazer os homens darem vivas quando marcham para o front não é uma coisa fácil de conseguir. Vejo que este exército se ordena com muito cuidado. Penso sobre isso enquanto marchamos por uma estrada tortuosa cheia de lama e poças, os sons dos obuses chegando mais perto a cada passo.

Enquanto os outros começam a cantar, o sol se põe atrás de nós, de modo que caminhamos sobre nossas sombras. Cantam uma canção que não conheço, e até McCaan canta com sua voz grossa e áspera. Pelo que consigo entender, a canção é sobre uma garota e seu cheiro, e pouca coisa dela faz sentido. Eu é que não vou cantar as canções deles. Tenho minhas próprias canções.

Tento me lembrar de uma das minhas, mas as palavras inglesas em toda a volta impedem que ela venha, então prefiro cantarolar de boca fechada, e logo percebo que há mais alguém cantarolando, mas está fora de tom e fica cada vez mais alto até que o cantarolar é um grito e, sem nenhum outro aviso, um trovão e uma onda de calor me levantam da terra, o rio e as árvores explodem lampejando em minha cabeça. Então caio pesadamente no chão, primeiro o ombro, e chove pedra e torrões macios de terra vermelha que levo um momento para perceber que são carne e vísceras de homens. No som abafado que chega a meus ouvidos, que parecem cheios de algodão, ouço cavalos relinchando e homens gritando, e outra granada cai, desta vez na minha frente, e os homens rastejam e arranham a lama, tentando chegar ao lado da estrada e depois dela, a qualquer lugar que possa oferecer abrigo dos estilhaços de metal voador. Quero rastejar também mas não consigo me mexer, e sinto o aperto de mãos em meus ombros e estou sendo arrastado pela lama e empurrado para baixo de uma carroça virada, e o rosto de Elijah olha para mim, perguntando em cree, "Você está bem?". Balanço a cabeça, e os olhos dele estão cheios de luz do sol, como se ele estivesse sorrindo. Elijah rasteja para trás e volta um pouco depois com Olhos Cinzentos e Sean Patrick, e nós todos nos esprememos embaixo da carroça e ouvimos as granadas caindo um pouco mais longe a cada estrondo e tremor, como se fossem animais vivos farejando e batendo na terra em busca de carne humana para rasgar em pedaços.

Quando o som do bombardeio para, saímos e examinamos os estragos. Fico surpreso de ver que muito pouco parece diferente do que era antes. A mesma lama, poças e carroças destroçadas e pilhas de tijolos. A única diferença real é o cheiro acre da cordite e o cheiro mais doce de sangue, que é forte como se tivéssemos acabado de esquartejar um alce grande. Fazemos o possível para ajudar os feridos, e não demora muito para que os carregadores de maca apareçam para levar os mortos e os vivos que não conseguem mais andar.

Depois que escurece aparece um oficial, que diz a McCaan para deslocar o pelotão mais para oeste por uma trilha de terra tortuosa e estreita. Percebo que McCaan não gosta da ordem. O tenente Breech saiu para receber instruções e deixou McCaan no comando com a ordem de levar o pelotão para algum lugar na escuridão. Breech e alguns outros estarão lá esperando. McCaan é esperto demais para se queixar ao oficial, mas seu corpo duro diz como ele se sente enquanto ouve o homenzinho de bigode, que aponta a bengala para onde caiu a última luz, guinchando em voz alta o que parece ser uma orientação complicada.

— Esta noite então, senhor? — É só o que ouço McCaan dizer, e Elijah e eu nos olhamos com astúcia. Ainda há uma longa marcha pela frente. Esta Bélgica é muito mais confusa do que eu imaginava. Ninguém parece saber onde encontrar essa tal de Saint-Eloi.

— A quantos quilômetros da linha de frente você acha que estamos? — Elijah pergunta em cree.

— Talvez ainda faltem uns dois ou três — digo. — É difícil saber. Ainda não entendo o som dos obuses.

Uma vez, quando éramos pouco mais que garotos, saímos para seguir pegadas de alce na neve funda e nos perdemos um do outro. Quando estava perto de escurecer e comecei a ficar preocupado de ser deixado sozinho no frio a noite toda, apontei o fuzil para uma árvore a duzentos metros de distância na direção para onde consegui imaginar que Elijah tinha ido. Atirei e fiquei escutando com cuidado alguns minutos, até que ouvi o fraco disparo de um fuzil respondendo na distância. Desse jeito nós localizamos um ao outro e ao mesmo tempo aprendemos o som do fuzil e como localizá-lo na distância e no tempo. Simplesmente apontar um fuzil para o ar quando se está perdido na mata não ajuda. O som sobe e se espalha e parece vir de todos os lugares. Concentre-se no som. Agora escuto com cuidado os sons dos obuses e das metralhadoras. Tento aprendê-los.

McCaan resmunga sozinho e, depois que o pequeno oficial desaparece, grita para nós carregarmos nossas mochilas.

— O nanico filho da puta quer que nós marchemos para uma terra perigosa depois que escurecer, sabendo muito bem que não temos nenhuma ideia de onde estamos. Como umas porras dumas virgens entrando na boca de um leão!

Gosto quando McCaan xinga. A voz dele soa quase como se estivesse cantando.

A noite nos engole. O clarão dos obuses parece vir de todos os lados. Estamos perdidos. A estrada para a qual nos enviaram se tornou cada vez menor e agora é só uma trilha de terra cortando laguinhos de água fedida. Seguimos o homem da frente e tentamos não perdê-lo. Perder quem está na frente significa estar perdido neste pântano pelo qual caminhamos, água e som de animais da noite se alimentando vindo de todos os lados, a lama grossa sugando as botas, ameaçando a cada passo tirá-las dos pés dos soldados. Imagino se meus mocassins que estão na mochila seriam uma melhor escolha neste momento. Essa lama não é muito diferente da lama do rio Moose.

Hoje é o tipo de noite para ficar só sentado esperando que ela acabe. Mas não podemos fazer isso por causa das patrulhas inimigas, que podem estar em qualquer lugar por perto. Por tudo que sei, o pelotão deslizou para trás do inimigo e está na zona dele. Quando penso nisso sinto uma pequena bola de pânico no estômago, e o som de asas de pássaros grandes no pântano ruflando, picando e se alimentando é de repente o som dos hunos de pele verde rastejando pela lama deitados de barriga, chegando mais perto, abrindo caminho com as unhas, as pontas de seus capacetes prontas para me empalar nas costas.

— Estamos perdidos — sussurro em cree para Elijah.

Elijah não responde. Asas pretas de repente batem em toda a nossa volta, as pontas tocando minha cabeça, e o Gordo berra:

— Eu caí. Me ajudem!

Os homens se movem atabalhoados e seguem a voz dele, e com um tremendo puxão ele é libertado da água que o suga ao lado da pequena trilha onde estamos. Na luz fraca posso ver que a mão do Gordo segura um braço humano, e quando ele percebe o que puxou da lama embaixo começa a berrar, até que McCaan caminha para ele e ouvimos uma chicotada forte no meio da neblina espessa e do fedor da noite.

McCaan sussurra que temos de nos controlar, que este é nosso primeiro verdadeiro teste como soldados, que pelo que sabemos podemos estar em território inimigo, e que a partir deste momento nossas vidas correm risco.

— Vocês estão agindo como coelhos — ele diz. — É hora de agir como lobos — e essas são as palavras perfeitas. Quase consigo ouvir as costas dos homens em minha volta se enrijecerem e os pelos em seus pescoços se arrepiarem, e é exatamente isso, ser o caçador e não a caça, que vai me manter vivo. Essa lei é a mesma que vale na selva. Transforme o medo e o pânico na lâmina afiada da sobrevivência.

Agora caminhamos mais devagar, ouvindo o barulho à nossa volta, procurando o clarão dos obuses ao longe, tentando julgar quem são eles e a que distância estão. Meus olhos se ajustaram ao pouco de luz existente. O horizonte brilha como se logo fosse aparecer o sol, mas, pelo que consigo ver, o brilho está no norte. A respiração do Gordo é o único som que ecoa quando paramos e escutamos. Igual à respiração de um cavalo, penso, pulmões tão grandes como os de um cavalo, mas um cavalo resfriado. Ele tosse, cospe e geme até que McCaan diz para ele fechar a maldita boca.

Quando estamos muito silenciosos, o som de metal tilintando e talvez de vozes viaja através da espessura da neblina, que chegou à altura do peito em toda a volta. É tão espessa que quando nos abaixamos desaparecemos completamente, como se entrássemos na água. McCaan sussurra alguma coisa e o sussurro é transmitido de homem a homem até chegar a nós. Ele quer que Elijah e eu vamos até ele. Rastejamos para lá e ele diz:

— Deixem suas mochilas aqui, rapazes. Quero que vocês avancem devagar e em silêncio, como sei que podem fazer, e descubram para mim se quem está naquela pequena crista é amigo ou inimigo.

Balançamos a cabeça concordando, soltamos as mochilas dos ombros, e vejo que Elijah tira também o casaco, então tiro o meu. Pego o fuzil e, com o polegar, verifico o movimento e o encaixe da trava de segurança. Elijah desliza pela neblina e sigo atrás depressa para não perdê-lo. Escuto as passadas silenciosas de Elijah e mergulho às cegas na neblina, me levantando bem esticado de vez em quando para me localizar, depois descendo de novo. Conto duzentos passos e perdi Elijah, mas sei que ele deve ter virado à esquerda e espera que eu vá um pouco para a direita, exatamente como fazemos quando estamos rastreando alces. A crista é um calombo na distância, talvez apenas uns cento e cinquenta passos à frente. De repente ouço o assobio trilado baixo de Elijah e respondo com o meu. Nós dois avançamos devagar. Eu queria estar usando agora meus mocassins e não essas botas pesadas.

Perto da base da crista paro e escuto outra vez. Na verdade não é uma crista, é a beirada de uma grande cratera aberta por uma granada. Agora posso ouvir claramente risadas e o tilintar de copos de metal. Vejo o tênue bruxuleio de uma fogueirinha. Seja lá quem for, pensa que não pode ser visto ou ouvido na neblina e no buraco, mas está muito enganado.

Uma voz se ergue. Não é inglesa. Deito mais perto do chão e aguço os ouvidos. Se eles tiverem uma sentinela, ela pode estar vindo nesta direção ou estar com o fuzil apontado para mim agora. Rolo na neblina espessa e vou para a esquerda, para onde sei que Elijah estará.

— Não é inglês que eles estão falando — sussurro em cree quando estamos lado a lado e numa distância segura na neblina.

Elijah balança a cabeça.

— Acho que é a língua belga — ele responde. — De que cor são os uniformes belgas?

— Vi um ontem em um soldado morto que era mais claro do que o dos franceses — respondo.

— Vamos ter de subir na crista e ver.

Rastejamos de volta na neblina, e quando chegamos na beirada faço sinal para Elijah ir primeiro enquanto dou cobertura. Elijah rasteja e espia por cima da beirada, depois faz sinal para que eu o siga. Rastejo até Elijah e espio lá embaixo, onde quatro homens estão sentados em volta de uma fogueirinha com copos nas mãos, como se estivessem a mil quilômetros de distância da batalha. Dois têm bigodes compridos que caem sobre a boca. Um é velho e outro não parece ter mais de doze invernos. Usam um uniforme cinza-escuro, e aos pés deles estão capacetes redondos com uma crista na parte de cima.

Elijah de repente se levanta e vai caminhando até eles, com o fuzil do lado mas ainda pronto para atirar se for necessário.

— Alô! — ele diz em voz alta quando está no meio deles. Os homens pulam, e dois caem de seus assentos. — Eu sou canadense! Alô! — Depois do choque, os homens relaxam um pouco. Palavras guturais estranhas saem da boca de um deles. Elijah apenas balança a cabeça, ri e repete — Sim! Sim! Eu não entendo! Eu sou canadense cree!

Me levanto, prendo a trava de segurança do fuzil e me junto a Elijah. Mais uma vez os homens na cratera parecem sobressaltados, e apenas balanço a cabeça, sorrio e pego um copo que me oferecem. Está cheio até a metade com vinho e o gosto em minha boca é amargo, mas gosto do calor, e ouço Elijah perguntar a eles:

— Onde estão os canadenses?

Dois dos soldados apontam e respondem num inglês pior que o meu que eles estão a oeste daqui, muito perto.

Quando voltamos na neblina para a companhia, Elijah me conta que, pelo que conseguiu entender, os canadenses estão a menos de um quilômetro de distância.

Elijah faz um relato a McCaan, que parece muito aliviado, ordena que os soldados peguem as mochilas e diz a Elijah e a mim para os guiarmos na direção certa. Enquanto andamos em silêncio e em linha reta para encontrar nosso batalhão, penso em meu primeiro teste e fico muito orgulhoso de mim.

Ao final de uma pequena caminhada, estamos acampados sob a cobertura da floresta, e fico surpreso de ver o tamanho do batalhão e como ele se esconde bem. Foi só quando chegamos bem perto deles que percebemos que tínhamos encontrado o grupo. Sentinelas gritaram e McCaan respondeu, e fomos levados para o meio dos outros. Nenhuma fogueira é permitida tão perto do front, e na escuridão começo a distinguir formas de tendas e homens deitados no chão em cobertores ou sentados em pequenos grupos conversando em voz baixa. Eles nos ignoram como se fôssemos fantasmas flutuando por ali, e na escuridão, com sombras em seus rostos e o olhar demorado de olhos no clarão do cigarro, percebo que esses são os veteranos da horrível luta do ano passado, que são esses homens que são fantasmas caminhantes. Minha primeira pequena tentativa de repente não é nada aos olhos deles, nem aos meus.

McCaan pergunta onde fica a cantina, e somos dirigidos para uma grande carroça-cozinha. Ao sentir o cheiro de comida cozida lá dentro, me dou conta de que há muito tempo não como. Pegamos tigelas e as enchemos com um ensopado que está queimado mas neste momento tem um gosto tão bom quanto o de caça fresca. Passo em minha tigela um pedaço de pão velho, que fica um pouco úmido com o caldo, e assim que termino de comer sou tomado pela exaustão e só quero encontrar um lugar para me esticar e rolar em meu cobertor.

Nosso pelotão mantém distância dos outros, aqueles que acabaram de ser substituídos depois de passar dias na linha de frente. Deitado de costas no chão duro da floresta, percebo que meu grupo não faz parte deles. Olho para o céu noturno, e no momento em que caio no sono posso ver claramente meu esboço na escuridão quebrada por esqueletos de árvores acima de mim. Foi para cá que minha vida me trouxe. É claro como se eu estivesse caminhando em uma trilha bem marcada que leva dos rios de minha terra ao norte, através do país que eles chamam de Canadá, o oceano se dividindo diante de mim como naquela velha história da Bíblia que as freiras me obrigaram a aprender quando eu era criança, terminando aqui neste lugar estranho onde todos os problemas do mundo explodem.

Na manhã seguinte estou de pé antes da primeira luz e do toque de alvorada. Alguns homens estão sentados em um círculo frouxo, com cobertores sobre os ombros, conversando em voz baixa, fumando cigarro e tomando café. Depois de um tempo um deles acena para mim. Sento com eles, mas eles não falam comigo diretamente nem perguntam meu nome. Consigo acompanhar a maior parte do que dizem. Falam de amigos perdidos em uma batalha de inverno onde muitos morreram, de ataques bem-sucedidos a trincheiras contra os alemães. Houve um combate ruim em Saint-Eloi nos meses de março e abril, mas agora está tudo calmo lá. Nenhum deles fala de casa nem do que deixou para trás.

Finalmente, um deles me pergunta de onde sou.

— Perto de Moose Factory — respondo, e o homem sabe onde é isso.

— Então você é índio? — ele pergunta. Balanço a cabeça. — Você é muito pequeno para um índio, não é? — Os outros riem. — Todos os índios lá de onde eu venho são mais altos do que você. Mas imagino que são as pradarias que fazem eles crescerem.

— Seu batalhão acabou de chegar, não é? — pergunta o segundo. Balanço a cabeça. — Então suponho que vão mandar vocês para as linhas de frente hoje.

— Perdemos muitos homens no mês passado — diz o primeiro. — A artilharia dos fritz está ficando mais precisa. Com aquele tipo de mira eles não precisam de nenhuma ofensiva. Basta nos explodirem e está tudo acabado.

O segundo homem fala de novo:

— Um sujeito como você devia aprender a manter a cabeça abaixada. Os atiradores de elite dos hunos são muito precisos. Tem um por aí cuja marca é atirar no pescoço. Quantos ele já pegou, Smithy?

O que se chama Smithy não disse uma palavra até agora.

— Pelo menos algumas dúzias — ele responde. — Que eu saiba.

— O Smithy é um atirador de elite, não é, Smithy? — diz o primeiro.

Smithy não responde, parece que nem ouviu o comentário. Olho para o fuzil dele a seu lado, e vejo as marcas riscadas na coronha.

— Smithy tem trinta e três mortes confirmadas, e muitas outras não confirmadas — o segundo acrescenta depressa. — A maior marca em nosso regimento. Maior do que a de qualquer canadense. Ou inglês, por falar nisso.

Smithy sacode a cabeça e desvia o olhar. É pequeno e magro. Está ficando careca. Parece um homem da Hudson's Bay Company que conheço em Moose Factory, que dá aula na escola dominical para as crianças que vivem na reserva e não na mata, as crianças abrigadas.

— Isso não tem nada de verdade — murmura Smithy. — Tem outro sujeito índio, o nome é Peggy. Acho que ele é ojíbua. — Ele olha para mim. — Ele chegou perto de cem mortes, mas nenhum oficial quer dar crédito a ele porque ele gosta de trabalhar sozinho. — Smithy de repente para de falar e parece constrangido por ter dito tanta coisa. — Peggy é o sal da terra

— ele acrescenta, como se pensasse melhor. — Todos os canadenses alistados sabem que ele não é mentiroso.

Há uma longa pausa na conversa. Imagino que estão pensando sobre o que Smithy acaba de dizer. Eu gostaria de encontrar esse Peggy.

— Você não é de falar muito — me diz o primeiro depois de algum tempo. — É bem parecido com o Smithy. Homem de poucas palavras, hein?

O segundo ri.

Eu sorrio.

— Não sei muito inglês — digo.

— Você não precisa saber muito — diz Smithy, irritado — para o trabalho que vão lhe mandar fazer aqui.

Balanço a cabeça, mas sei que não devo sorrir de novo.

Depois de um tempo volto para meu lugar de dormir e deito de costas, olho para os ramos pretos das árvores se destacando do céu iluminado. Fecho os olhos, e quando os abro de novo o rosto de Niska está em cima de mim. Ela me sacode de leve na nova manhã.

— Você está tremendo — ela diz, e pede que eu sente ao lado da fogueira.

MONAHIKEWINA
Trincheiras

Fico deitado em silêncio ao lado da fogueira, e nem o aroma de pão de aveia quente me dá fome. Sinto o estômago doer como se estivesse amarrado com corda. O sol que sobe do outro lado do rio faz meus olhos doerem e a névoa pairando sobre a água me lembra da neblina na França de manhã cedo. Esta manhã a neblina está pesada, quase tão espessa como o fog. O dia vai ser quente.

Niska me cutuca, com uma interrogação nos olhos. Parece mais velha do que quando parti, seu cabelo agora está quase todo cinzento. Também está mais magra, mas ainda rija.

— Eu disse que hoje nós vamos devagar pelo rio — ela diz.

Observo sua boca para entender. A única coisa que ouço esta manhã é um ronco surdo, como corredeiras ao longe.

— Seus ouvidos o incomodam?

Confirmo em silêncio. Atualmente ouço muito pouco.

O alívio de tirar uma seringa de meu estojo e preparar o braço me suaviza de forma quase tão agradável quanto o próprio remédio. Enquanto Niska carrega a canoa, olhando para o outro lado, enfio a ponta na veia da curva do cotovelo ferido e deito a cabeça, suspirando. A luta para afastar a lembrança não vale mais a pena, e minutos depois, quando Niska me ajuda a entrar na canoa e me recosto na mochila, deixo minha mente ir para onde quiser. Niska nos desvia para a corrente.

A neblina não subiu muito. McCaan nos diz como isso é bom. Sean Patrick e o Gordo estão na minha frente, e nos agachamos e seguimos por uma trincheira de comunicação que leva à trincheira da frente. O assobio das granadas nos mantém de cabeça abaixada, e quando alguém na fila reduz a marcha ou para, os que estão atrás trombam nele. É difícil seguir em frente. O fundo da trincheira está coberto de tábuas que mantêm nossos pés fora da lama e da água que se junta no fundo. Normalmente, McCaan nos disse mais cedo, teríamos vindo à noite, mas a neblina permite que nos desloquemos durante o dia. No treinamento nos ensinaram que tudo acontece à noite. Cavar e consertar, ataques de surpresa a trincheiras inimigas, observação e instalação de arame farpado.

— A escuridão é sua melhor amiga — McCaan repete sempre. — Não aprender essa lição vai matar vocês, rapazes.

Quando os carregadores de maca aparecem, nos espremêmos para o lado da trincheira. Tento não olhar para os homens que estão sendo levados, mas ocasionalmente dou uma olhada num rosto que está contorcido de dor ou marcado com o *M* amarelo que significa que ele recebeu o medicamento e está sonhando com outro lugar. Isso me faz pensar em Olhos Cinzentos, e ao pensar nele penso também em Elijah, que se tornou alheio e concentrado desde que chegamos aqui. Vejo como os olhos de Elijah brilham, como se ele estivesse se alimentando do medo e da loucura deste lugar. Elijah dá um bom soldado. Acho que McCaan está muito contente com ele.

Finalmente, chegamos à trincheira da frente. Pelo menos é isso que os que estão na frente sussurram. Esta trincheira parece igual às outras em que estivemos trabalhando durante horas. Mas aqui os soldados ficam sentados em grupos de dois e três nos buracos nas paredes, seus rostos magros e sujos, de forma que os olhos parecem brancos e grandes demais. Outros homens seguram caixas de metal altas encostadas na parede e olham dentro delas, observando o que o outro lado está fazendo. Esses são os periscópios que nos mostraram como usar não faz muito tempo. McCaan nos para e sai em busca de um oficial.

O que se chama Gilberto acende um cigarro. Seus braços grossos estão cobertos de pelo preto tão brilhante como o de um urso. Ele me apavoraria se seus olhos não se enrugassem gentilmente dos lados quando sorri.

Graves, o mais velho de nós, sussurra para ele:

— Jogue isso fora, homem. O fritz vai ver sua fumaça e lançar um bocado de bombas bem em cima de nós. Pior ainda, um oficial vai aparecer e fazer algo muito pior.

Gilberto é grande e tem ombros largos e planta frutas na terra dele. Gosto dele porque seu inglês é tão ruim quanto o meu. Ele deixa cair o cigarro imediatamente, e dois soldados sentados em um abrigo ao nosso lado riem de nós enquanto acendem os deles.

— A ação em Saint-Eloi acabou faz pouco tempo — diz um deles, encaixando bem a ponta do cigarro no lugar onde devia estar seu dente da frente. — Agora a dança é no Somme.

McCaan volta com um oficial alto e de ombros curvados que parece com vontade de chorar. Ele fala tão baixo que noto que McCaan precisa se inclinar para ouvir, e por um momento eles parecem duas avós velhinhas contando segredos. O oficial segura um bastão comprido com uma ponta pesada e bate com ele na biqueira da bota. McCaan faz um gesto para nós e começamos a caminhar, de cabeça inclinada, passando por homens que estão sentados dormindo ou conversando em voz baixa. De vez em quando passamos por alguns atiradores de elite com seus fuzis Ross prontos atrás de quadrados de ferro. Uma portinha no ferro se abre e o atirador dispara antes de tapar de novo o quadrado, e então ouço o *din* de balas alemãs atingindo a chapa. É como um jogo, penso, mas um jogo que a gente não quer perder.

Encontramos o trecho de terra e lama que é nosso próximo lar e imediatamente começamos a trabalhar para transformá-lo em algo em que possamos viver. Nas laterais, cavamos pequenas cavernas rasas para nos esticarmos e dormir. Cada um pega o que consegue, e o Gordo começa a reclamar porque não há nenhuma grande o suficiente para ele, então pego sua pá e o ajudo a cavar alguma coisa maior. Quando termino, encontro Elijah, e em silêncio concordamos em dividir um espaço.

O resto do dia é movimentado e os homens estão nervosos. Procuramos ouvir os diferentes tipos de projéteis, e McCaan nos apresenta a um cabo chamado Thompson. Ele não é muito maior que uma criança grande, mas seu rosto é velho. Não consigo saber que idade ele tem.

Thompson dá muitas explicações, mas posso notar que não gosta muito de estrangeiros.

— Quando vocês ouvirem o *tank* de um morteiro caindo perto, saibam que podem correr dele se forem rápidos. É a única bomba com a qual vocês podem fazer isso. Os projéteis grandes vocês podem ouvir chegando de uma distância longa, e apenas rezar para não virem na direção de vocês. Agora ouçam com cuidado, rapazes, são os projéteis menores, as granadas, que são os mais danosos, aqueles que parecem um mosquito zumbindo na distância. Vocês ouvem esse chegar e mergulham para ficar bem colados na terra, e enterram o nariz o mais fundo que puderem na lama.

Ouvimos de olhos arregalados e atentos, e, como para enfatizar o argumento de Thompson, granadas zumbem, troam e explodem não muito longe de nós. Quando passa uma silvando por cima de nós que é excepcionalmente clara, Thompson diz:

— Essa é a versão do fritz de nosso canhão de 84 milímetros. Abre um buraco do tamanho de um fosso na terra.

Outro projétil passa voando por cima de nossas cabeças, chiando como uma chaleira fervendo, depois some.

— Esse é o zumbido que vocês têm de aprender a temer. A granada é só uma 105 mm, mas é terrivelmente precisa e eficiente.

Ele para de falar e enfia as mãos nos bolsos. Então se vira de costas para nós e vai embora assobiando.

Olhamos uns para os outros.

— Esse sujeito é esquisito — diz o Gordo.

Mas eu sei ouvir com muito cuidado o que Thompson me ensina.

No fim da tarde, depois que reforçamos nossa seção da trincheira, Elijah e eu ficamos deitados de costas e observamos os aviões acima de nós subirem, mergulharem e atacarem uns aos outros. Estão perto o suficiente para logo sabermos distinguir a forma de nossos aviões cinza e pretos da dos alemães. Descem como águias-pescadoras e soltam fumaça preta. De vez em quando um avião vacila, depois desce rodopiando para a terra e desaparece atrás do calombo da trincheira.

— Eu queria poder voar assim — Elijah me diz em cree. — Queria voar assim, como um pássaro — ele repete, olhando para cima como um garotinho. — Talvez um piloto me leve uma hora dessas.

— Pois eu estou feliz de ficar no solo deitado de barriga na terra — respondo. — Pensar em cair lá de cima me deixa enjoado.

Todas as noites, perto do pôr do sol, entramos em prontidão, fuzis engatilhados, nossas cabeças logo abaixo do topo da trincheira. Ficamos no que McCaan chama de degrau de tiro, agachados, esperando o ataque alemão. Esse é um ritual no amanhecer e no pôr do sol, quando os dois lados gostam mais de atacar o outro.

Esta noite, McCaan está agachado a meu lado e cheira a suor e tabaco. Ele olha por um periscópio as linhas alemãs e xinga muito porque só tem a luz fraca que o sol poente lança atrás de nós e não consegue ver muita coisa. Está se mexendo tanto em volta do periscópio que atrai um enxame de balas dos hunos. Quero gritar para McCaan abaixar a cabeça, mas as palavras inglesas não chegam a tempo, apenas uma enxurrada de cree, mas é tarde demais.

McCaan cai para trás em cima das tábuas. O periscópio está despedaçado ao lado dele. Penso que ele recebeu um tiro na cabeça, porque não se mexe, mas então ele se levanta atordoado e é como se tivesse acabado de acordar de um cochilo profundo. Um de seus olhos inchou tanto que está totalmente fechado e mais preto a cada segundo. Ele pega o periscópio e fica olhando para ele, murmurando sozinho. Na frente há um buraco de bala, e o metal na parte de trás está rasgado. Um médico chega correndo, mas McCaan o empurra. Em seus olhos há uma confusão que nunca vi.

Passamos nossos primeiros meses em Saint-Eloi e nas proximidades. Gosto das noites lá. Quando anoitece os clarões sobem. Vermelhos e verdes, eles iluminam o céu à nossa volta nos tons de cor mais estranhos. Esses são os sinalizadores que os dois lados usam. É como se eu estivesse sonhando, olhando para um céu pintado, granadas zunindo acima de minha cabeça e de vez em quando caindo perto de mim.

O cabo Thompson, aquele que conhece todos os sons, assumiu a maior parte de nosso treinamento. Está nas trincheiras quase desde o primeiro dia. Hoje à noite vamos levar cinco dos novos soldados para acostumá-los a trabalhar na terra de ninguém no escuro. Quando Elijah, Sean Patrick, Gilberto, Mc-Caan e eu estamos sentados esperando e fumando, Thompson aparece como se saísse da parede da trincheira, e percebo que esse é o buraco onde ele dorme.

— Cabo Thompson — diz McCaan.

Thompson balança a cabeça para ele com firmeza, um cigarro pendendo do lado da boca. Ele é pequeno o bastante para não precisar andar curvado nesta trincheira.

— Sim, sargento — ele responde.

— O que você acha de nos levar para cima e nos dar um aperitivo da terra de ninguém?

— Muito bom, sargento — responde Thompson, e desaparece em seu buraco.

Thompson reaparece com uma bolsinha pendurada do lado. Vejo que não carrega um fuzil.

Como se soubesse o que penso, Thompson diz:

— Um fuzil não vai adiantar muito lá em cima quando vocês estiverem trabalhando. Só vai atrapalhar. — Nós todos tiramos os fuzis do ombro e os encostamos nas paredes da trincheira. — Quero que dois de vocês fiquem de olho neles, ajam como sentinelas enquanto o resto trabalha.

McCaan e Gilberto são os primeiros a esticar as costas.

— Por aqui, cavalheiros — diz Thompson, e se desloca pelas tábuas com passos quase silenciosos. Ele nos conduz para uma escada, depois a sobe, espiando por cima do topo antes de desaparecer na terra acima. Elijah vai primeiro, eu o sigo. Os outros estão bem atrás. Espero que o zunido de balas chegue a qualquer segundo, mas vejo que Thompson nos levou para um lugar de montes e crateras onde parecemos estar protegidos do fogo direto.

Um clarão branco sobe perto de nós, e Thompson, deitado de barriga, fica bem imóvel, por isso tenho dificuldade para vê-lo a apenas alguns metros de distância. Sigo atrás dele, olhando para a paisagem cicatrizada em toda a volta sem mexer os olhos. Debaixo da luz brilhante do clarão é estranhamente calmo, cheio de pedras, lamacento e silencioso, então não é difícil esquecer que estou no meio de um lugar terrível. Na luz fraca, distingo um rosto rindo a meu lado. Ele pertence a um soldado morto há muito tempo, mas não consigo saber de qual dos lados. O rosto está congelado em um sorriso perpétuo, como se ele risse do que sabe.

Quando a luz acaba, meus olhos têm dificuldade de se ajustar à escuridão. Thompson vem rastejando até mim. No breu que se instalou, mais o ouço do que o vejo.

— Ficou cego como um morcego, hein? — ele diz perto de meu ouvido. — Na próxima vez mantenha um olho fechado quando um clarão subir. Isso vai ajudar seus olhos a se ajustarem mais depressa.

Eu o escuto sair apressado. Meus olhos noturnos voltam a tempo de vê-lo parar em uma cratera especialmente grande. Ele faz sinal para que nos aproximemos.

— Dizem que uma granada nunca cai duas vezes no mesmo buraco, mas não acreditem nisso — ele sussurra. — Já vi isso acontecer. Mas numa emergência não há melhor lugar para ficar seguro do que uma cratera que acabou de ser aberta. — Ele para de falar, escutando. Eu também escuto, e um som como o de arranhar chega a meus ouvidos. Ouço com o máximo de atenção, e para mim parecem ratos mastigando alguma coisa. Elijah também ouve, e olhamos para Thompson querendo uma explicação.

— São os nossos engenheiros cavando embaixo de nós — ele diz. — Estão cavando túneis na direção das linhas dos hunos. Vão encher esses túneis com explosivos embaixo dos fritz. Quando chegar a hora, *bum*! — Ele abre bem os dedos e levanta as mãos.

Elijah e eu olhamos um para o outro, descrentes. Thompson parece ser um sujeito sério, então tenho de acreditar nele.

— A partir deste ponto — ele diz — fiquem atentos aos fritz. Eles têm andado por aqui de novo. Olhem bem nosso arame farpado. Certifiquem-se de que ele não foi cortado. Notem lugares que parecem ter sido mexidos. É por eles que os fritz rastejam.

Saímos deslizando da cratera, um por um, e caminhamos paralelamente a nossa linha, parando muitas vezes para escutar. É uma noite calma. Mesmo o bombardeio constante parece ter se deslocado para longe de nós. Chegamos ao trecho de arame farpado na frente de nossa posição, e Thompson o examina cuidadosamente. Ele acena e aponta para um lugar que foi cortado. Não temos rolos de arame conosco. Alguém vai ter que vir depois consertá-lo.

Damos meia-volta e pegamos o caminho por onde viemos. Em outra cratera Thompson nos explica com voz sussurrada que não vamos nos afastar mais da linha hoje à noite. Nosso grupo está perto do ponto onde as novas companhias estão protegidas em abrigos no chão, e as sentinelas devem estar nervosas e ser inexperientes o bastante para pensar que somos alemães e atirar em nós.

Quando estamos a poucos metros de onde saímos, me sinto aliviado. Os outros deslizam para a segurança da trincheira e fico parado, prestes a seguir Elijah pela escada, quando um sinalizador explode e passa bem por cima de mim. Estou congelado ali em plena vista, e viro a cabeça e dou minha primeira olhada para a linha alemã. Está muito mais perto do que eu supunha, e percebo como estou exposto agora que o sinalizador está caindo bem acima de mim, iluminando o chão como se fosse de manhã.

Mas ainda não me mexo. Olho para o inimigo pela primeira vez. Nenhum rosto, apenas uma fileira de montes atrás de arame farpado. Escuto a bala passar voando por minha testa mesmo antes de ouvir o *crec* de um fuzil, e em toda a minha volta sobem do chão salpicos de lama e terra, e sinto um impacto na mão e ela fica amortecida, enquanto outras balas zunem muito perto. Mergulho como uma lontra na trincheira, e antes de saber estou deslizando pela parede e caindo em cima das tábuas aos pés dos outros, completamente sem fôlego.

— É melhor você perder logo esse hábito, soldado — diz Thompson, olhando para mim no chão, depois sai andando casualmente enquanto me esforço para respirar.

McCaan se inclina e me põe sentado. Meu peito relaxa um pouco e engulo um pouco de ar. Aperto a mão contra o peito. McCaan pega minha mão dormente e fica olhando para ela por um momento.

— Você não vai ter direito a descanso para recuperação em sua primeira saída à noite — ele diz. — Só foi atingido por um pouco de barro levantado por uma bala. Vai doer um pouco, mas é só isso. É uma boa lição para você.

De volta à nossa seção da trincheira, deito em minha caverninha. Minha mente está agitada com o que acaba de acontecer, perambular por um lugar tão perigoso, ser atingido pela primeira vez. É real. Tudo isso de repente é muito real. O outro lado quer me matar, e nunca sequer vi o rosto deles.

E não vou ver. Ele simplesmente vai aparecer. A bala tão perto de mim esta noite poderia estar um pouco mais para o lado. Isso é ao mesmo tempo excitante e horripilante. Minha mão começa a doer. Ouço Elijah falando em inglês e rindo com Sean Patrick, Gilberto, Olhos Cinzentos e Graves. Elijah já está contando sobre suas explorações. Ouço enquanto ele torna sua história maior, mais perigosa, embora não tenha sido nem ele quem levou um tiro.

Observo os clarões de uma barragem de artilharia ao longe na linha. O céu noturno está em chamas.

NOOHTAAWIY
Meu pai

Xavier se contorce e geme no sono. Arrumei as coisas de modo que ele está deitado na canoa, com a cabeça em cima da mochila. Esta manhã o encontrei na praia, tremendo e semi-inconsciente. O que aconteceu lá o arruinou. Ele pensa que não o vejo pondo aquelas agulhas no braço. Elas fazem parte do que o está matando. Mas algo muito pior está consumindo Xavier por dentro. É isso que tenho de imaginar como remover. Queria que fosse só uma questão de encontrar a raiz certa na floresta. Essa é uma doença que nunca tive de enfrentar. Preciso descobrir a cura certa, senão vou perdê-lo, e ele é o último de minha família.

A água do rio está preta neste começo de manhã, antes que o sol tenha chance de esquentá-la e a luz a faça ficar da cor de chá. Meu pai costumava provocar minha mãe, minha irmã mais nova e eu, nos contando que éramos da cor da água do rio no alto verão, mas no inverno ficávamos tão claros quanto os comerciantes da Hudson's Bay, e que ele tinha medo de um dia nos perder na neve. Minha irmã — sua mãe, Xavier —, nós a chamávamos de Coelha. Olhávamos para o rosto marrom de minha mãe enquanto seus olhos se apertavam de rir e então olhávamos para meu pai, que sorria para ela. Ele era o último grande orador de nosso clã. Contava histórias de um jeito tão suave que a gente precisava ficar perto dele para ouvir, tão perto que podia sentir a fumaça na fita escondida que minha mãe trançava no cabelo dele, o cheiro do pescoço dele igual ao vento que vinha da Grande Baía Salgada. Eu costumava imaginar que ele tecia suas histórias o verão inteiro, suas palavras formando redes invisíveis que ele jogava em cima de nós nas longas noites de inverno, nos capturando e nos puxando juntos para mais perto, de forma que pegávamos o calor uns dos outros. E às vezes as histórias dele eram a única coisa que tínhamos para nos manter vivos.

Desvio a canoa para a corrente mais rápida e deixo que ela nos leve, usando o remo como um leme. Agora a neblina está desaparecendo e consigo ver um longo trecho da margem, posso ficar atenta ao movimento de animais na praia. O Sobrinho grita, mas depois fica em silêncio outra vez. O som dele, do medo animal bem no fundo desse grito, me faz pensar em uma coisa na qual não penso há muito tempo. É a história de minha infância. Agora vou contá-la a você, Xavier, para mantê-lo vivo.

As neves se acumularam tão fundo que o inverno se tornou uma parte de nós. Isso foi muito antes de você, Xavier, quando eu ainda era criança. Trinta anishnabe viviam das armadilhas naquela estação, metade de nós éramos crianças. Todos os invernos passados nós tínhamos sobrevivido em números muito menores. Dessa vez não tínhamos escolha. Caçadores de três famílias tinham sido levados no outono anterior, dois pela Polícia Montada do Noroeste, um pelo rum da Hudson's Bay Company.

Eu era uma menina que sonhava acordada com todos os problemas que aconteceriam em minha vida, sentia nas têmporas dores agudas como flechas de gelo que me faziam deitar de costas e ter convulsões. Tirando Coelha, todas as outras crianças me evitavam. Para eles eu era louca, mas não me diziam isso na cara. Eu era magra e ossuda, com um cabelo preto cheio de nós que não deixava minha mãe pentear. Se pensavam que eu era louca, eu os deixava pensarem. Ria deles.

O outono tinha sido promissor, muitos gansos e patos abatidos, quatro famílias de castor apanhadas, e muitos tetrazes e esturjões. Mas nenhum alce, e as velhas entre nós imediatamente começaram sua conversa de que nenhum alce no começo do inverno significava fome depois. Mas acho que eram as queixas sem motivo delas, sua conversa gananciosa enquanto mastigavam a pele e bebiam chá, que punha uma maldição sobre nós. E no árido Campo do Norte perto do que os *wemistikoshiw* chamam de Hudson's Bay, se livrar de uma maldição quando ela gruda na gente é como tentar tirar da mão uma sanguessuga gorda.

O começo do inverno, o tempo da lua crescente, caiu sobre nós. Nossos caçadores voltavam de olhos arregalados e congelados, contando a meu pai sobre a ausência de animais, mesmo de pegadas. Sentavam preocupados ao pé da fogueira de minha família. Sei disso tudo porque os observava do canto de nossa *askihkan*, escondida debaixo do robe de alce de meu pai, em silêncio e observando como um lince faminto.

No fim daquele mês, todos nós procurávamos conseguir comida. As mulheres usavam casca de lariço para fazer chá, enfiavam os dedos no fundo da neve esperando encontrar alguns brotos secos de samambaia. Os homens continuavam a sair para a trilha das armadilhas e para caçar, voltando em silêncio, seus olhares vazios assustando todas nós, as crianças.

Eu estava chegando perto do momento de minha cerimônia do morango, quando as mulheres mais próximas de mim me manteriam em nossa *askihkan* o dia inteiro, conversando comigo, rezando, me contando histórias, me preparando para meu primeiro sangue de mulher. Até a primavera chegar, me permitiram perambular. Mas eu não queria nada disso. Queria ficar perto de meu pai, tomar conta dele.

Quando começou a conversa de que logo seríamos obrigados a ferver nossos mocassins, um grupo de caçadores voltou carregando um pequeno urso preto pendurado em uma vara. Alguns dos velhos entre nós eram do clã do urso e resmungaram com muita raiva. Quem ousaria perturbar o sono de inverno de um irmão? Levaram o urso direto para meu pai. Eu me escondi no lugar de sempre e o observei enquanto ele falava com os caçadores sobre onde tinham encontrado a toca, como a tinham reconhecido na neve funda.

Marius, o caçador mais velho, falou primeiro.

— Nós seguimos as pegadas dele. — Meu pai parecia confuso, mas permaneceu em silêncio. Marius continuou. — Primeiro pensei que era um engano, mas havia quatro de nós para ver. Nós as seguimos. — Meu pai e os quatro caçadores ficaram sentados em silêncio por muito tempo, olhando para a fogueira que estalava. — As pegadas terminavam perto de um penhasco à beira do rio — disse Marius depois de algum tempo.

Meu pai esperou.

— Elas simplesmente pararam — disse um dos caçadores mais jovens. — Nós caminhamos com elas, e no meio de um campo aberto elas simplesmente pararam. — Os outros olhavam para ele.

— Tínhamos sido levados para uma caverna — continuou Marius, como se o jovem não tivesse falado. — Podíamos ver a entrada dela no lado do penhasco. Mas as pegadas paravam pouco antes da caverna, na distância de pelo menos o tamanho de um homem alto. Estava claro que a toca não tinha sido perturbada desde o outono. Cavamos e acordamos o urso e o pegamos depressa. Não o teríamos perturbado, mas estávamos com fome. — Meu pai balançou a cabeça e eles ficaram de novo olhando para a fogueira.

Olhei para o urso pendurado na vara, amarrado pelas patas traseiras de um jeito que o nariz apontava para o chão e a língua ficava pendurada para fora. Normalmente eles teriam esfolado e esquartejado o animal no lugar onde o tinham pegado, mas dessa vez era diferente. O urso agora estava descongelando perto da fogueira. Senti o cheiro almiscarado de urina. De onde estava, pude ver que ele era só um pouco maior que eu.

O jovem caçador falou de novo.

— Tudo isso não é bom!

Seu nome era Micah. Tinha uma esposa bonita que parira o primeiro filho no verão anterior. Eu o achava bonito e ficava corada sempre que ele estava por perto.

— Continuamos a passar fome ou comemos o animal que nos foi trazido? — perguntou meu pai. — Se nenhuma outra caça for encontrada amanhã, a escolha ficará clara.

Eu ouvia isso enquanto o vento batia em nossa *askihkan*. Um vento de começo de tempestade, jovem e forte. Até eu sabia disso. Não haveria nenhuma caçada pelo menos até o dia seguinte.

Na tarde seguinte minha mãe e meu pai prepararam o urso para nós. Normalmente fazíamos o esquartejamento do lado de fora, mas o urso era nosso irmão, então foi convidado para entrar. Nada foi feito às pressas. Nada devia ser desperdiçado, por medo de irritá-lo. A faca usada não podia tocar em nenhuma outra coisa. Todo o pelo que se soltou do urso foi cuidadosamente recolhido do chão e das roupas e queimado no fogo, preces sussurradas subindo com a fumaça fedida. Meus pais deitaram com cuidado o animal de costas sobre ramos de espruce frescos, falando com ele, murmurando preces durante um tempo que me pareceu horas. Balançavam os quadris para um lado e para outro, meu pai salpicando punhados de pó nas chamas, que davam ao aposento um cheiro doce que reconheci como de cedro. Fiquei alarmada quando em um momento meu pai começou a chorar. Nunca tinha visto isso antes e fiquei apavorada, mas continuei embaixo do pesado robe de alce dele.

Quando as preces finalmente terminaram, o urso foi puxado de novo para cima na vara pelas patas traseiras e uma grande panela para cozinhar foi colocada embaixo dele. Meu pai pegou sua faca e a passou ao longo do estômago do urso. Com um som de rasgar, a *askihkan* se encheu do cheiro forte das entranhas. As vísceras caíram na panela. Então ele e minha mãe usaram a faca por dentro das pernas do urso e esfolaram gentilmente o pelo de seu corpo, cortando com cuidado onde tinham de separar carne de pelo, até que o animal ficou pendurado lá nu. Parecia um homem pequeno e magro pendurado pelos pés, com o sangue pingando da cabeça. Pela primeira vez percebi por que diziam que o urso era nosso irmão.

Durante muitas noites depois, fui despertada com um solavanco por sonhos de um urso-homem acordando de seu cochilo de morte, se curvando para desamarrar os pés e depois pulando no chão, os olhos saltando de seu crânio carnoso, caminhando sobre duas pernas entre os corpos de minha família que dormia, o tendão de músculo branco brilhando à luz da lua enquanto ele procurava seu pelo.

Depois que eles acabaram o esfolamento e a limpeza, os caçadores que o tinham matado foram convidados a entrar para preparar a carne para assar. Era um urso de inverno, que emagrecera durante o sono, e embora fosse jovem, já era rijo. Mas estávamos com fome, e todos os trinta de nós nos juntamos e comemos até que todas as partes do animal terminaram — carne, cérebro, coração, pulmões, fígado; seus ossos foram abertos estalando para pegar o tutano e cuidadosamente recolhidos para ser fervidos depois. Comemos até que nossos estômagos ficaram esticados como tambores, até que gotas de suor pontilharam nossas testas, e nossas bochechas ficaram vermelhas. Meu pai nos avisou que nem um tantinho podia ser desperdiçado. Até o menor pedaço de cartilagem que ninguém queria foi recolhido em uma tigela e juntado aos ossos ou queimado na fogueira enquanto eram ditas preces. Sempre tomávamos o cuidado de não desperdiçar por medo de insultar o animal, mas para mim aquela vez era diferente. Eu não entendia a preocupação de meu pai, seus olhos acompanhando tudo, ansiosos. Mais tarde eu entenderia.

O jovem caçador Micah pegou a nenenzinha do colo de sua mulher, depois escolheu um pedaço de carne e pôs na boca da neném.

— Seu primeiro gosto de carne — ele disse à filha, que, hesitante, depois faminta, começou a mastigar. Todos nós sorrimos da expressão no rosto dela, mas então ela ficou vermelha e começou a engasgar. Micah a sacudiu de cabeça para baixo para tentar soltar a carne. Como um raio, minha mãe agarrou a criança, enfiou um dedo em sua garganta para que ela engasgasse e soltasse a carne. Vi a carne cair no chão. Olhei para Coelha, mas ela não a pegou e pôs em sua tigela. Parece que ninguém mais notou.

Ficamos muito tempo sem provar de novo carne fresca. Era tão ruim que eu me lembrava dos pedaços duros de cartilagem que não tinha querido no banquete e meu estômago roncava mal-humorado.

O verdadeiro frio chegou com a lua das árvores que explodem. Essa era a época do ano em que dependíamos da lebre para nos ajudar a viver. Seus couros eram costurados juntos e usados com o pelo para dentro desde nossos pés até a cabeça. Sua carne era tenra. Comíamos os estômagos, que eram enchidos com folhas amargas para afugentar a doença da tosse e a doença amarela. Mas como tudo mais naquele inverno, mesmo as lebres começaram a nos abandonar. Os caçadores continuavam a voltar com pouco ou nada. Martas parcialmente comidas por lobos, o esquisito tetraz, um castor descarnado e morto pela fome. Alguns dos homens começaram a se queixar do que já sabíamos, que havia muitos de nós para aquela parte da mata sustentar. Eles iam sair com suas famílias na esperança de sobreviver. No fim só o teimoso jovem Micah com sua mulher e a neném saíram sozinhos para a mata.

O dia seguinte foi um dos mais brilhantes e mais frios que eu já vira. As crianças que tinham energia brincavam de um jogo em que deixavam cair cuspe da boca e mediam a rapidez com que ele congelava quando atingia o ar. Micah puxou um tobogã com os poucos pertences deles, sua mulher com a criança pendurada em seu *tikonoggan* caminhando atrás na trilha que ele abriu. Embora a mulher não se despedisse nem olhasse para nós, todos sabíamos que ela não queria ir, que Micah tinha tomado a decisão sozinho.

Pelo que descobrimos depois, eles viajaram o dia todo pela neve funda, Micah parando no caminho e perambulando para descobrir pegadas de animais. Quando ameaçou anoitecer eles só tinham caminhado alguns quilômetros e montado um acampamento na beira de um riacho onde ele esperava encontrar pegadas de manhã. Não encontrou. Eles prosseguiram.

Micah, a mulher e a filha seguiram para oeste. Se deslocavam para o interior e para longe da Grande Baía Salgada só alguns quilômetros de cada vez, Micah procurando pegadas. No quarto dia ele acertou um tiro difícil em uma lebre que corria para uma fileira de árvores, depois assistiu orgulhoso quando sua mulher a cozinhou. Um sinal bastante bom para ele. Enquanto eles comiam a lebre, ele declarou que esse lugar marcava onde eles construiriam seu abrigo de inverno.

Por algum tempo pensamos que a decisão de Micah de seguir sozinho devia estar certa. Ou isso ou ele estava morto. Não os vimos por muitas semanas. Pelo que sua mulher conseguiu explicar depois entre seus ataques e em palavras que entendíamos, muitas pegadas cruzavam a área, raposa, marta, lobo, lince, lebre. Era como se Micah tivesse descoberto aquele lugar na mata onde todos os animais tinham ido passar o inverno. Mas apesar de todas as pegadas que seguiu, Micah não viu nem um animal.

À noite, as *Wawahtew*, as Luzes do Norte, piscavam tão brilhantes que acordavam a neném. Sons estranhos ecoavam da mata, gemendo e rangendo. Micah dizia que as árvores estavam estalando no frio, ou que lobos estavam caçando coelhos. Sua mulher nos contou que depois daquelas longas noites eles tinham encontrado pegadas perto do alojamento de manhã cedo, pegadas que lembravam as de um homem mas muito maiores, buracos na neve acanalados onde haviam sido enfiadas patas e não dedos. Pegadas do *windigo*. Mas quando contou essas histórias, a mulher de Micah não era mais confiável, tinha se tornado outra coisa. Naquele momento ela estava só tentando se salvar.

Na mata, a situação deles ficou mais desesperada. Micah se culpava pela incapacidade de encontrar um animal apesar de tantas pegadas. Os gritos de fome da neném de repente pararam. Agora ela olhava reservada de seu *tikonoggan*, seus olhos parecendo os de uma pessoa velha. Micah ficou tão desesperado que começou a escavar a neve, quebrando o gelo para tentar pegar peixe. Passava longas horas com uma linha de tendão e um anzol de osso, agitando constantemente a água do buraquinho com um galho para ela não congelar. O frio era do tipo brutal, assustador. A mulher de Micah implorou a ele que desistisse da pesca, mas ele se recusou.

— Não vou voltar para nosso alojamento enquanto não conseguir alimentar vocês — era só o que ele dizia. Mas não pegava nada. Começou a ficar ao lado do buraco também a noite toda, com uma fogueirinha para se esquentar.

Uma manhã, com a primeira luz, a mulher se agasalhou bem, e também a filha, e foi ver como estava Micah. Ela o encontrou sentado na neve, a fogueira apagada fazia muito tempo, uma careta esculpida no rosto dele. A mulher sentou e carpiu o marido morto, suas lágrimas se congelando nas bochechas. A neném olhava apática.

As duas conseguiram de algum jeito sobreviver ao frio desse dia. Quando a noite chegou, ela fez a promessa, sussurrada alto apenas o bastante para que a mata ouvisse, de que se ela e sua neném sobrevivessem ao escuro, ela alimentaria bem a criança na manhã seguinte. Depois, quando tentamos tirar isso dela, a única coisa que ela conseguiu fazer foi rosnar e choramingar para nós. Mas naquela manhã o sol nasceu, e com o resto de sua força ela pegou lenha e acendeu uma fogueira para cozinhar. Tirou a faca do xale e se inclinou sobre o marido. Ia cumprir sua promessa de se alimentar e alimentar a criança.

Nenhum de nós sabia nada disso na época. Continuamos da melhor maneira possível. Mesmo a caça menor e mais doente era uma mudança bem-vinda, melhor que as raízes e os pedaços de peixe seco que ainda tínhamos. Os caçadores vieram falar com meu pai e pediram a ele que adivinhasse. Ele preparou sua fogueira. Quando tudo estava pronto, pediu aos caçadores que lhe trouxessem o quarto dianteiro do último alce que tinha sido morto, um jovem macho. Assisti quando os homens se juntaram em volta da fogueira e meu pai disse a eles que discutissem em detalhes o dia em que tinham apanhado o animal.

— Como estava o tempo? — ele perguntou, segurando o quarto dianteiro em suas mãos cicatrizadas. — O alce estava comendo do salgueiro vermelho? Me contem exatamente onde vocês encontraram as pegadas. Me contem tudo. Não esqueçam nada.

Os homens descreveram o dia, as pegadas, a localização. Meu pai pôs a paleta no fogo e pediu que eles continuassem falando, que dissessem tudo.

Depois de um tempo, ele pegou um pequeno copo de água e mergulhou os dedos nele. Então se inclinou sobre a fogueira e deixou cair água na paleta. E a estudou com cuidado, depois deixou cair mais água.

— Continuem falando — ele disse aos caçadores. — Descrevam o rio, os movimentos do animal, tudo.

Os homens continuaram a falar e meu pai continuou a deixar cair água na bainha aquecida do osso, a água chiando, depois desaparecendo. Logo começaram a aparecer rachaduras no osso. Os homens continuaram a falar lembrando o dia, o lugar, como se sentiam enquanto seguiam as pegadas do alce ferido em silêncio para não assustá-lo, entrando bem na mata. Fizeram isso até que o fogo se apagou.

Meu pai tirou o osso da fogueira, ainda quente, e não sei como suas mãos não ficaram muito queimadas. Os outros se reuniram ao seu redor enquanto ele explicava o mapa das rachaduras e fendas.

— Este é o rio Albany — ele disse, apontando para uma fenda comprida e larga. — Aqui é onde o riacho Wakina deságua nele. — Eles balançavam a cabeça e ouviam com atenção. — Vocês vão encontrar um alce aqui, perto desse riacho. Partam amanhã de manhã cedo. — Ele sorriu e se levantou para sair.

Nos dias em que os caçadores estavam fora, a mulher de Micah e sua neném voltaram. Ela apareceu com a luz do sol atrás dela, caminhando firme, pisando forte em seus sapatos de neve, então no começo pensamos que ela era um homem. Seu rosto estava corado e com aspecto saudável. Seus olhos cintilavam.

Todas nós, as crianças, nos reunimos em volta para falar com ela, fazendo perguntas. Micah tinha encontrado caça, ainda estava em suas linhas, ela tinha alguma comida na mochila grande que trazia pendurada nas costas? No começo ela não respondeu, apenas olhava para nós com cara de dúvida, como se não soubesse quem nós éramos ou o que estávamos dizendo. Quando começamos a imaginar qual era o problema, ela finalmente falou.

— Micah voltou para a mata — ela disse, sorrindo. — Me deu mais carne do que eu consigo comer.

Nós pulamos ao ouvir isso, energizados pela primeira vez em semanas.

— Dê um pouco para nós! Dê um pouco para nós! — gritávamos.

— Vou cozinhar um pouco para vocês — ela disse. Quando ela saiu andando eu podia jurar que estava mais alta.

Minha mãe e meu pai sabiam que alguma coisa estava errada. O pai de minha mãe era ojíbua, e minha mãe tinha visto isso uma vez. Meu pai também. Ele disse a alguns dos homens jovens para ficarem de olho na mulher de Micah e pegarem a trouxa dela. Mais tarde, ouvi os gritos dela de onde eu estava escondida embaixo do robe de alce do meu pai, sonhando com carne assada. Os homens entraram na *askihkan* dela, e foi preciso quatro deles para segurá-la.

Mesmo assim eles quase não conseguiram. Meu pai ordenou que ela fosse amarrada e vigiada dia e noite. Então ele enviou um grupo de busca para ver o que tinha acontecido com Micah. Mas meus pais já sabiam. Tinham visto o que havia dentro da trouxa dela. Meu pai amarrou a trouxa bem alto em uma árvore, para os manitus tomarem conta dela.

Nos dez dias seguintes nós a ouvimos ficar louca. Ela implorava e protestava com voz de criança, primeiro que Micah a ajudasse, depois que lhe trouxessem a filha. À noite sua voz ficava rouca e ela parecia um monstro resmungando em uma língua que não entendíamos. Nenhum de nós dormia. Ficávamos tensos e inquietos. Alguns dias ela voltava a seu eu antigo e falava normalmente. Era quando confessava tudo, nos explicava o que tinha acontecido. Disse que na noite antes de ela cortar a carne de Micah, um estranho homem-fera tinha saído da mata. Ele ameaçara levar e comer a filha dela se a esposa não o alimentasse no dia seguinte.

— A culpa não foi minha. Vocês não entendem? — ela implorava. — Eu só estava tentando proteger minha neném. — E então ela chorava de novo, seus soluços virando resmungos de raiva quando ela começava a tremer e se contorcer com tanta força que pensávamos que ela ia rasgar as cordas e nos atacar.

A neném chorava o tempo todo. Uma das outras mulheres, que estava amamentando, concordou em cuidar dela. Não podíamos mais confiar na mulher de Micah. A criança sugava avidamente a outra mulher, que ficou preocupada com a criança secar todo o seu leite. Quando a mulher tentava tirar a criança, ela mordia forte e a mulher gritava chocada. Meu pai tinha de enfiar o dedo para tirar a boca da criança do peito ensanguentado dela.

A mulher de Micah e a neném estavam se tornando *windigo*. As crianças no acampamento pararam de dormir, gritavam de medo, não sentiam mais fome. Tínhamos crescido ouvindo histórias do *windigo* que nossos pais nos contavam ao pé das fogueiras de inverno, de pessoas que comem a carne de outras pessoas e viram feras selvagens com seis metros de altura cuja fome só pode ser satisfeita com mais carne humana, e depois a fome fica ainda pior. Eu ouvia os adultos do acampamento conversarem nervosos, suas vozes interrompidas pelos grunhidos e pela fala louca da mulher de Micah. Falavam da reputação de meu pai como matador de *windigo*, de como quando jovem ele se tornara nosso *hookimaw* depois de ter matado uma família deles que andava perto de onde montávamos nossas armadilhas, uma família que antes fazia parte do clã do caribu mas tinha tido um inverno difícil e começado a atacar os acampamentos de cree desprevenidos.

— Ele deve matar *windigo* mais uma vez — os adultos sussurravam entre si. — Já estamos fracos demais, e a loucura da mulher de Micah pode se espalhar nestes tempos ruins. — Meu pai também sabia disso e fez preparativos para agir como seu pai tinha lhe ensinado.

A mulher de Micah deve ter sentido o que vinha. Ela protestava e implorava, gritava e gemia, sussurrava para as crianças desamarrarem as cordas. No dia em que meus pais pediram que a trouxessem, precisaram de cinco homens para levá-la até eles. Mais uma vez me escondi embaixo do robe de alce do meu pai. Meu estômago doía e eu pensava que era de fome, mas a dor se transformou em um latejo quando meu pai salpicou cedro amassado na fogueira e murmurou preces. A mulher de Micah o observava com os olhos faiscando, o corpo se sacudindo, a boca agora amordaçada. A neném dormia ao lado dela.

Meu pai não levou muito tempo. Seus olhos pareciam tristes. Ele se abaixou e sussurrou no ouvido dela alguma coisa que não consegui ouvir. Ela imediatamente relaxou e seus olhos refletiram medo e depois expectativa quando ele se sentou no peito dela. Meu pai cobriu o rosto dela com uma manta e pôs as mãos em seu pescoço. Então olhou para cima e os músculos de seu corpo se tensionaram. Os pés dela estremeceram, depois ficaram imóveis. No momento em que o silêncio invadiu o lugar como uma sombra, senti calor entre minhas pernas. Meu pai se virou para a neném. Mais uma vez não perdeu tempo. Cobriu a cabeça da criança que dormia com um canto da manta, pôs uma mão sobre o pescocinho e, olhando mais uma vez para cima, o apertou até que a vida a deixou.

Ficou sentado em silêncio durante muito tempo, olhando para a fogueira, de costas para mim.

— Eu deixei você assistir, Pequena — ele disse quando finalmente falou —, porque um dia vou embora e você pode ter de fazer a mesma coisa.

A dor em meu estômago tinha passado. Quando meu pai saiu, pus a mão entre as pernas e depois na frente do rosto, olhei para a manchinha de sangue nos dedos, esperando ver algum sinal do que me esperava.

Em poucos dias, nossos caçadores voltaram com toda a carne de alce que cada um deles conseguia carregar. Tinham encontrado um grande macho onde meu pai tinha dito a eles para procurarem. Uma coisa indesejada tinha nos deixado. Na mesma manhã em que preparamos o banquete começou um degelo. O inverno estava terminando. A cor voltou aos rostos das crianças. Os adultos caminhavam de novo com propósito.

Agora eu ficava mais recolhida do que nunca, velha demais para brincar com as crianças, jovem demais para ser aceita pelos adultos. A partir desse momento, como percebi muito depois, começaram os boatos a meu respeito, conversa alimentada por estômagos cheios, sussurros de meias verdades que ganham asas quando saem da boca de quem fala e voam como pardais, pousando onde quiserem. Eu tinha sido testemunha de feitos brutais que nenhuma criança devia ver, tinha ficado muda de choque, minha condição de mulher chegara para mim como uma coisa contaminada, um animal doente, no momento em que não devia. Eu ouvia tudo isso, e essas coisas me empurravam ainda mais para o fundo de meu silêncio tímido. Meu décimo quarto ano tinha chegado, aquele momento em que a sabedoria do mundo começa a se mostrar mas não pode ser expressa em palavras infantis. Então eu preferia não falar, ficava sempre observando. O que os fofoqueiros não percebiam era que eu não tinha medo dos atos de meu pai, de seus dons. Queria desesperadamente possuí-los.

Quando as neves recuaram, os clãs se juntaram na foz do rio Albany, não muito longe de onde os *wemistikoshiw*, os caras pálidas da Hudson's Bay Company, tinham construído um posto. Tinha sido um inverno fraco para peles, o lado ruim do ciclo de sete anos, que não deixou os homens da companhia muito felizes. Os cree que tinham peles eram bem tratados, recebiam farinha e açúcar para suas barrigas, rum que soltava suas línguas. Alguns começaram a falar.

Todos os clãs que tinham se reunido já pareciam saber das dificuldades e dos triunfos de inverno dos outros. Uma lei não declarada dizia que os assuntos dos cree eram só dos cree e não deviam ser discutidos com os *wemistikoshiw*. Mas o rum é uma arma poderosa e traiçoeira. Eu o vi afundar nosso povo minha vida inteira. Nos meses da lua do sapo, quando a pesca é melhor, o bebedor de rum George Redeiro, pai de Joseph, trouxe uma mensagem importante para meu pai. O que ele tinha feito no inverno parecia ter irritado os homens da Hudson's Bay Company, e eles exigiam que meu pai fosse até eles discutir seus atos para que eles pudessem decidir se meu pai devia ou não ser considerado um assassino. Nós rimos disso. Não eram os *wemistikoshiw* que estavam em nossa terra? Não eram eles que dependiam de nós? Meu pai ignorou a notícia.

Na maior parte, nossas vidas continuavam como sempre tinham sido. Caçar, pescar, montar armadilhas, ficar conversando até tarde nas noites que ficavam claras, armazenar comida e dar risada, nos preparando da melhor forma possível durante o breve verão para a volta do inverno. Esse foi meu verão de felicidade amarga, os humores me tomando como tempestades de raios. Eu odiava as mudanças, o sangue mensal, o crescimento dos seios. Estava aterrada e hipnotizada pelo que estava me tornando.

Quando nos preparávamos naquele outono para o caminho dos gansos cruzar o nosso, os *wemistikoshiw* chegaram com muitos fuzis. Eram a Polícia Montada do Noroeste, e os botões de seus uniformes brilhavam no sol. Suas botas de couro rangiam a cada passo, e suas palavras estranhas saíam ásperas de lábios finos e apertados. George Redeiro traduzia. Tinham vindo buscar meu pai. Ele devia se sentar no círculo deles para discutir se o que tinha feito no inverno anterior violava as leis deles. Tinha de ir com eles agora e esperar em uma de suas prisões, porque nós éramos um povo que não se aquietava, e quem sabe se nós não podíamos fugir e nunca mais voltar?

Meu pai foi levado com suas grandes mãos amarradas atrás dele enquanto nossas mulheres lamentavam pelo futuro. Levarem o *hookimaw* que nos guiaria para a floresta durante o longo inverno era inimaginável. Ignorância. Malvadeza. Eu os amaldiçoei com toda a força enquanto eles recuavam com meu pai para o mundo deles.

A maioria de nós sobreviveu ao inverno e voltou na primavera para o rio Albany, onde nos esperavam notícias de que meu pai estava morto. Mas eu já sabia disso. Minhas convulsões tinham voltado em nosso acampamento de inverno, convulsões que eu pensava ter deixado na minha infância. Vi tudo. A sala minúscula sem janela onde o trancaram, sem nenhuma luz natural, nem ar fresco ou caça. Vi como em uma semana ele tinha parado de falar, como em um mês tinha parado de comer. Vi como esconderam seu corpo de nós, como o enterraram debaixo da terra, num lugar onde ele certamente estava infeliz.

Minha mãe continuou com minha educação, ensinando quais raízes e folhas podiam curar e quais podiam matar. Coelha nunca parecia interessada. O que minha mãe não podia me ensinar era algo que eu já tinha. A visão, ver partes pequenas do futuro próximo e do futuro distante, em momentos que me tomavam, me deixava esgotada e agitada de um jeito que eu não conseguia aguentar. Antes eu considerava isso um dom. Não tenho mais tanta certeza.

Eu tinha o poder e o observava recuar lentamente. Sou a penúltima de uma longa linhagem de matadores de *windigo*. Ainda há mais um.

Na época de meu nascimento os *wemistikoshiw* ainda dependiam de nós. Vinham nos pedir coisas como se fossem crianças pequenas. Quando os invernos eram frios demais, dávamos a eles peles para usarem em cima da pele deles e carne de alce seca para seus estômagos vazios. Quando as moscas pretas da primavera ameaçavam deixá-los loucos, nós os ensinávamos a usar os ramos verdes do espruce preto em suas fogueiras. Mostrávamos a eles onde o peixe se escondia nos rios quando o verão esquentava e como montar a armadilha para os diversos castores sem espantá-los para sempre. Os cree são um povo generoso. Como carrapatos da floresta, os *wemistikoshiw* se agarravam em nós, ficando mais gordos a cada estação, até que chegou o dia em que de repente fomos nós quem respondemos a eles.

Muito tempo depois da morte de meu pai, me lembro de como eles riam de mim, uma mulher vivendo sozinha na floresta e montando armadilhas para animais depois de todos os meus parentes terem ido para as reservas. A risada deles diminuía a cada estação quando minhas peles continuavam a ser as mais grossas, as mais abundantes.

O mundo é um lugar diferente neste novo século, Sobrinho. E somos um povo diferente. Minhas visões ainda vêm, mas ninguém mais escuta o que elas nos contam, o que nos avisam. Eu sabia mesmo quando jovem que a destruição crescia no horizonte. Em minhas primeiras visões, muitos homens eram mortos, num número maior do que qualquer um de nós conseguia contar. Viviam na lama como ratos e só viviam para pensar em novas maneiras de matar uns aos outros. Ninguém está seguro nestes tempos, nem mesmo os cree de Mushkegowuk. A guerra atinge todos, e *windigos* brotam da terra.

PASITEW
Fogo

Acordo com o arranhar rítmico do remo da Tia na borda da canoa. A dor em meu corpo é um longo gemido. Alguma coisa me diz para eu me sentar, então me forço. Este é o lugar.

— Aqui — digo à Tia.

Minha voz é vazia em minha cabeça. A Tia para de remar.

Na margem, árvores maiores dão lugar aos brotos verdes da vegetação nova. Uma estranha linha divisória se estende até onde podemos ver. Uma linha de fogo. Este é o lugar onde o grande incêndio se cansou e parou, a linha de sua morte tão nítida que posso imaginar o fogo simplesmente caindo na terra.

— Elijah e eu encontramos um alce morto perto daqui — digo à Tia. Ela se abaixa para mais perto para ouvir. — Ele tinha assado no fogo. Estávamos com fome e comemos uma parte dele. — É estranho ouvir minha voz. — Quando chegamos a este lugar pensei que tínhamos entrado no mundo deles.

Fico sentado algum tempo e vejo como a mata cresceu de novo. Espruce preto novinho, não mais alto que meu peito, se estende diante de mim, e flores silvestres se espalham pelo chão úmido. O fogo às vezes é bom para a mata, faz com que ela volte mais cheia. Mas lá, em Ypres e no Somme, acho que a terra está tão arruinada por granadas e gás venenoso que nada de bom jamais vai crescer de novo.

Me deito, esgotado pelo pequeno esforço de sentar. Por um momento penso que sinto o cheiro acre de madeira queimada. Quando fecho os olhos estou de novo no rio, mas é aquele de anos atrás, antes da guerra, quando Elijah e eu remamos por ele juntos.

Sigo as pegadas de um lince de manhã cedo. Estão perto do rio. A uma pequena distância na mata, de repente elas voltam para a água, seguindo para o sul na direção da praia. Perto das cinzas da fogueira do acampamento da noite passada, podemos ver que o lince seguiu para a margem e casualmente virou para o sul. Aqui na margem do rio seus movimentos são fáceis de seguir, as marcas largas de suas pegadas são perfeitas. Elijah e eu as seguimos até uma planície larga de barro do rio onde a água caiu nas últimas semanas. No centro da planície, as pegadas terminam. Olhamos em volta para ver se o lince pulou, mas em todas as direções o barro está intacto.

Elijah tenta não levar isso a sério, mas vejo em seus olhos que mesmo ele está nervoso.

— A água caiu ontem à noite e apagou as pegadas — ele diz em inglês enquanto carregamos a canoa e a empurramos. Não diz isso em cree. A língua deles é melhor para mentiras.

Ficamos perto da praia do rio, seguindo para o sul contra a forte corrente que flui para o norte, andando rápido. Os dias de agosto são quentes, e a frieza da noite é espantada por uma fogueira de acampamento. Nunca estive tão longe ao sul de Mushkegowuk. Quando chegamos às corredeiras, empurro o barco com uma vara, e Elijah puxa da praia com a corda. Perdemos a preguiça e o peso do banquete de verão.

Esta nova região não é tão ruim. Não muito diferente de casa. Gosto da ideia de que cada remada me leva mais longe, para uma nova terra. Isso é bom, digo em minha cabeça enquanto meu remo afunda. Estou em um país novo.

Dias depois do lince, com o rio calmo e as remadas mais fáceis, grandes nuvens cinzentas surgem no horizonte. Pedacinhos de cinza salpicam a água. Logo somos cercados pelo cheiro de fumaça.

Elijah é o primeiro a falar.

— O mundo está queimando.

Ficamos olhando. Esta parte do rio é um trecho comprido e estreito. Ao sul, colunas cinzentas se deslocam, pesadas como se estivessem cheias de chuva.

— Vamos remar para mais perto — ele diz.

Sinto a brisa quente soprando para oeste. Digo o óbvio.

— O vento está a nosso favor.

Seguimos na direção da fumaça ao longe até que ela atinge nossas cabeças, roupas e nossos cabelos. Elijah palpita em voz alta que o fogo está se afastando de nós.

Quero dizer a ele que, mesmo assim, tentar chegar mais perto parece bobagem. Mas adianta alguma coisa? Elijah vive para o que o dia vai trazer.

Seguimos rio acima por muitas horas mais, e minhas mãos ficam doídas de lutar contra a corrente. Fico feliz quando Elijah sugere que é hora de acamparmos. A fumaça engole o sol no extremo oeste e uma capa cai sobre o rio. Penso que consigo ouvir o fogo rosnando ao longe.

— Em que direção você acha que ele está indo agora? — pergunto. O vento parou e o céu da noite ao sul é laranja.

— Não sei — Elijah finalmente admite. — Sua Tia é que é a feiticeira. O que ela faria? — Ele ri e me dá um tapa no braço. — Talvez você deva dormir de olhos abertos.

O perigo do fogo tão perto parece fazer com Elijah uma coisa da qual não sei se gosto.

Sentamos sobre nossas mantas e observamos o céu. Ao norte está o breu da noite, um urso dormindo. Mas aqui é como se as Luzes do Norte tivessem ido para o sul e coalhado, seus azuis e verdes agradáveis adoecidos para um laranja que dança alto o suficiente apenas para me manter acordado. Conversamos. Elijah dobra as pernas como uma criança que precisa fazer xixi.

— Você diz que não acredita em sinais — digo a ele.

— Hmm — diz Elijah, olhando para o sul. — E o que exatamente esse fogo está tentando nos dizer?

Não respondo.

Preciso dormir pesadamente por algum tempo. Tenho sonhos distorcidos. Uma lama cinza funda na margem do rio tenta me puxar para baixo. Ouço sussurros e resmungos em uma língua estranha. Sobe uma neblina em toda a nossa volta, e quando está na altura de um homem ela começa a cair em meu rosto como uma chuva que queima. Ouço um trovão ao longe, como o tambor de um ancião. Meu corpo se sacode com o barulho.

Elijah grita e me chuta.

— Acorde — ele diz, enquanto cinza quente e escória rodopiam à nossa volta.

Me levanto, confuso, cobrindo os olhos na luz brilhante de árvores queimando. Minha garganta se aperta em um engasgo.

Elijah perambula com a manta em volta do corpo, pegando nossos poucos pertences e nossos fuzis.

— Temos de chegar à canoa — ele grita. — *Ashtum*! Vamos!

Sinto uma queimadura, como se vespas picassem meu escalpo, e quando levanto a mão para esfregar, as cinzas que ardem em minha cabeça queimam também meus dedos. Corro na direção do rio bem a tempo de me lembrar que nossa comida — farinha, toucinho e carne de alce — está amarrada em uma árvore longe dos animais. Agora é tarde demais para pegá-la.

Sem conseguir respirar, me inclino para bem perto do chão, procurando ouvir a voz de Elijah. Estávamos acampados a apenas dez metros do rio, mas não consigo ver a água. A fumaça me sufoca, e uma fileira de árvores à minha esquerda começa a pegar fogo chiando e estalando, machucando o fundo de meus ouvidos. Fico de joelhos e rastejo, gritando para Elijah. Não consigo ouvir sua resposta.

A lama entre as pedras me diz que estou perto do rio. Alguns passos mais e minhas mãos o encontram. Uma fileira de árvores perto da margem se incendeia, iluminando a superfície da água por alguns segundos, queimando minhas costas. Mergulho, certo de que estou pegando fogo, mas quando emerjo descubro que estou bem. Fico lá apenas com o nariz, a boca e os olhos acima da superfície. A repentina imagem de Elijah sendo queimado vivo me obriga a me mexer. Me levanto da água o máximo que posso, gritando "Elijah!", mas minha voz soa pequena e fraca na fumaça. O fogo é um trovão contínuo em meus ouvidos.

O puxão suave do rio me ajuda a me orientar. Toda vez que consigo respirar o suficiente grito por ele. O pânico desliza dentro de meu corpo. Estou tentando me preparar para a frenética subida na margem em busca de Elijah, quando o peso da canoa bate em mim. Tento agarrar a borda e tatear por ela, até que o choque de uma mão quente me faz pular.

Elijah irrompe da água. Ele também se abrigou nela. Grito:

— Sou eu. Temos de ir.

— Olhe para isso! — berra Elijah. — Incrível! — Seus olhos cintilam na luz do fogo. — Por que você não me seguiu?

— Eu perdi você. — Não sei se ele me escuta. Eu mesmo não consigo me escutar.

— Ponha sua manta molhada sobre a canoa — ele grita. — As cinzas vão abrir buracos na lona. — Ele aponta para sua própria manta estendida em cima da canoa. Faço o que ele diz.

— Achei que você não estava muito preocupado comigo — grito, mas parece que Elijah não me ouve. Uma grande árvore range e desaba perto, e um momento depois uma chuva vermelha de brasas cai sobre nós.

— Temos de ir com a corrente. — Aponto. — Vai ser mais fácil. É só esperar e flutuar.

— Não! O fogo está correndo para o norte mais rápido do que nós conseguiríamos. — Olhamos em volta para o mundo que explode, as chamas iluminando a noite.

— Se formos para o norte, só vamos acompanhar o pior dele. Ele vai nos comer.

Não tenho certeza. Pergunto:

— Até onde para o sul vamos ter de viajar para sair disso?

— Ele já queimou ao longo do rio, queimou toda a floresta — ele diz, e acho que vejo Elijah sorrir, seus dentes cintilando. Por quê? — Tenho certeza de que um quilômetro rio acima vai ficar mais claro. Enfumaçado, mas claro.

À nossa volta, em todos os lados há paredes brilhantes de fogo. Ouço um estrondo crescente e o chiado de tições caindo na água. Inspiro e tusso.

— Então vamos — grito. — Um pouco mais. Se não diminuir, tentamos flutuar. — Olho para ele. Sim, Elijah está mesmo sorrindo.

Me agarro à popa e empurro enquanto Elijah puxa pela proa. Quando nossas mãos estão na borda, os tições que caem as queimam, então pomos as mãos mais perto da superfície da água. Sinto os tições baterem e chiarem em minha cabeça molhada. Vadeamos desajeitados no escuro, tateando nosso caminho sobre as pedras e o barro que afunda. Elijah tenta nos manter mergulhados até o peito, mas muitas vezes perde o pé e é obrigado a flutuar, agarrando-se à canoa. Nesses momentos, sinto que somos arrastados para trás.

— Vamos achar um caminho mais raso — grito para Elijah, mas quando estamos mergulhados até a altura do peito logo vemos que a fumaça é espessa demais para respirarmos, e o calor queima através de nossas camisas molhadas. Às vezes, porém, encontramos a profundidade certa em um trecho plano, onde apenas nossos narizes e olhos semifechados permanecem acima da água.

Passa muito tempo e o mundo queimando à nossa volta não acaba. Num trecho mais tranquilo bato na lateral da canoa para fazer sinal a Elijah. Nos encontramos no meio.

— Não está melhorando — digo.

— Mas vai — responde Elijah.

— Vamos descansar aqui um pouco.

Elijah não responde.

Esperamos, sem falar, inclinados pelo puxão da corrente, as cabeças balançando. Bem no momento em que faço sinal para Elijah de que devemos seguir adiante, ele aponta para cima, depois enfia a cabeça na água. Quando ergo a vista vejo um arco de fogo amarelo atravessando o rio. Carregado pelo vento, ele varre uma grande extensão de água, uma ponte de chamas. Com a mesma velocidade com que aparece, ele some.

O tempo passa lentamente. Empurramos a canoa contra a corrente na chuva de fogo, parando muitas vezes para jogar água nas mantas e no cabelo. Uma película de cinzas cobre a superfície da água.

— Talvez esteja chegando a hora de voltarmos por onde viemos — grito finalmente, mas se Elijah ouve, ele não responde.

Muitas fogueiras na praia se acendem ao mesmo tempo, e percebo que as mantas molhadas na canoa estão fumaçando. Logo depois, o fedor de lã queimada penetra em minhas narinas. Bato na canoa outra vez e grito:

— Acho que as mantas estão pegando fogo. Talvez a canoa também esteja.

Quando o calor permite, empurramos a canoa para mais perto da praia e a enchemos de água, então ela afunda. Nós a carregamos com todas as pedras que conseguimos encontrar. Mantendo pernas e corpos na canoa, sentamos de novo com o nariz e os olhos acima da água e esperamos.

— Quando passarmos por isto estaremos só a alguns dias de remada — diz Elijah. — Apenas se concentre nisso.

Meus olhos estão fechados mais tarde, quando os pés de Elijah me empurram.

— Está melhorando lá fora — ele diz.

Tento enxergar através da névoa espessa. À minha esquerda vejo um pouco de luz, maior que a do fogo. Essa pequena mudança me anima.

— Talvez a fumaça também esteja diminuindo — eu digo.

Esperamos. Meu nariz afunda o tempo todo na água, e o choque de aspirá-la me faz despertar num solavanco, tossindo. Vejo que Elijah também está cansado. Tenho sonhos pela metade, volto ao curto tempo que passei na escola residencial, a velha irmã Magdalene e seu hálito fedido como lã queimada. Vejo sua boca se mexendo enquanto nós, os meninos, estamos sentados apavorados em nossas carteiras, as palavras dela derramadas como o rio.

— Os velhos cree são pagãos e irritam Deus — ela diz. — Os cree são um povo atrasado, e o descontentamento de Deus é mostrado quando Ele faz seus rios correrem para trás, para o norte em vez de para o sul, como no mundo civilizado.

Ela bate em minha carteira com sua régua e saem fagulhas dela, uma árvore fininha pegando fogo.

— Quando vocês O aceitarem Ele realizará um grande milagre. Vai fazer os rios deste lugar árido correrem na direção certa.

Acordo engasgando quando minha cabeça afunda na água cheia de cinzas.

Através da fumaça, tenho um vislumbre da manhã. Conseguimos subir de novo na canoa e, com as cabeças bem abaixadas, começamos a remar. Em uma longa curva do rio, vemos uma barra de areia dividindo a água. Há espaço suficiente para nós dois ficarmos encolhidos. A areia está quente das fogueiras que ainda queimam dos dois lados do rio. Conseguimos um pouco de ar bom perto do chão.

— Um de nós deve ficar acordado e montar guarda — digo a Elijah, mas ele já está cochilando levemente. Antes de conseguir espantá-lo, também sou tomado pelo sono.

Perdemos toda a noção de tempo neste lugar tingido de fuligem. A única coisa que nos resta é ficar remando, uma remada atrás da outra. Encontrar nossa saída.

O fogo continua a ribombar, mas agora um pouco mais distante. A fumaça está tão parada e pesada acima de nós que não é possível ver nada do sol, e não sei mais que parte do dia é.

Uma sombra mais escura, possivelmente a noite, se aproximou quando Elijah enxerga o vulto da coisa na linha da praia. Nós a teríamos perdido se não fosse o cheiro inconfundível de couro queimado, e por baixo dele o cheiro de carne queimada que faz nossos estômagos famintos roncarem. Levamos a canoa até a praia e vemos que é um alce macho, um dos grandes, torrado e enegrecido. A fumaça sobe do que restou dele.

— Isso não cheira tão mal para mim — diz Elijah, me encarando para ver minha reação.

Tiro minha faca da bainha e corto no quadril do animal. O resto da carne deve estar envenenado pelo medo que ele sentiu. Corto além do músculo enegrecido, até uma faixa grande de carne tenra e quente que não está bem cozida mas não parece tão ruim. Eu a provo.

— Boa — digo, cortando mais. Elijah também pega sua faca. Cortamos para um lado e para outro da perna do animal, escolhendo as partes mais bem cozidas.

Quando estou satisfeito, afasto as cinzas de um ponto na superfície do rio e bebo um grande gole de água. Elijah também bebe, e ficamos sentados juntos olhando para a névoa da escuridão que se aproxima.

— Você acha que nós ficaríamos seguros se dormíssemos aqui algumas horas? — pergunta Elijah. Olhamos em volta para o trecho enegrecido de tocos e chão fumegante.

— Não sobrou nada para queimar — respondo.

Elijah está tremendo. Percebo que também sinto muito frio. Pelo menos o chão está quente.

— Você se importa de fazer uma fogueirinha? — ele diz.

Eu rio.

Nos dois dias seguintes tudo permanece igual. É como se o rio nos tivesse levado para o subsolo. A fumaça se recusa a se dispersar e a falta de vento nos dá a sensação de estarmos sendo sufocados. Nenhum pássaro canta. Não há nenhuma árvore para o vento agitar. Os sons do rio são diferentes agora, e é impossível calcular distâncias, o que só piora a sensação de sufocamento.

Mas o que me deixa mais triste do que jamais estive é a completa falta de sons de animais.

Achamos melhor não falar, se não for preciso. O único som é o arranhar dos remos nas bordas quando afundam na água cheia de cinzas. A terra, em todas as direções, está queimada de preto e continua a fumaçar irritada.

Elijah finalmente rompe o silêncio.

— Até onde você acha que o fogo queimou?

Estive imaginando.

— Quilômetros e quilômetros — respondo. — Pelo menos centenas.

— Espero que não chegue em nossa casa — ele diz.

De repente penso que talvez não tenha mais nenhuma notícia de casa até voltar, se é que vou voltar. Algo muito semelhante a arrependimento começa a crescer em mim.

Me lembro que tomei a decisão de fazer isso. Vou protegê-lo. É o que faço, o que sempre tentei fazer.

À tarde há menos fumaça. O mundo se desenrola um pouco à nossa volta. Até onde conseguimos ver, o chão está chamuscado de preto. O que deve ter sido uma vegetação cerrada demais para atravessar agora é uma grande planície morta. Tocos de carvão se destacam do chão.

— Conheço este lugar — sussurro para mim mesmo.

Para manter a cabeça desanuviada, peço a Elijah que me ensine mais inglês.

— *Good day, sir* — diz Elijah. — *Do you know the time?*

Eu repito, sentindo minha língua grossa e estúpida.

— *You are the best shot in all of the world* — continua Elijah.

— *You are the best shot in all of the world* — repito, procurando pássaros, qualquer coisa que tenha cor, prestando atenção apenas pela metade.

— Obrigado — responde Elijah. — Você também não atira mal. Se você tivesse pai, ele seria um feiticeiro como sua Tia.

Continuamos remando. Depois de um tempo ele diz:

— Pelo céu parece que vai chover.

— A chuva vai apagar o fogo — respondo em inglês.

— Bom — Elijah ri. — Muito bom. Você nem pareceu muito um francês. Agora diga: "*I am a cree indian from Moose Factory, and I have come to kill germans.*" Eles vão gostar disso.

— Eles vão realmente fazer perguntas como essa? — pergunto em minha língua.

— Talvez — responde Elijah. — É melhor dizer a eles que você é um guerreiro irritado do que um maldito índio da mata.

Penso um pouco sobre isso.

Dependo de Elijah para me ajudar no mundo deles. Desde quando éramos meninos, Elijah sempre teve um dom para a língua *wemistikoshiw*. Depois que as freiras lhe ensinaram inglês, não conseguiram mais pará-lo e logo começaram a lamentar terem ensinado. Na escola, a situação chegou ao ponto de Elijah conseguir se safar de qualquer coisa, fazendo longos discursos, suas palavras se enrolando como trepadeiras nas freiras até que elas não conseguiam mais se mexer, só sacudir a cabeça inutilmente para o garotinho bonito que conseguia falar a língua delas como um de seus bispos.

— E se eles pensarem que somos cree da planície e nos derem cavalos para montar? — pergunto.

— É melhor não fazerem isso. — Depois de uma pausa, Elijah continua: — Talvez nós aprendêssemos e fôssemos bons nisso.

— Posso nos ver subindo em cavalos e caindo assim que eles começarem a correr. Todos os *wemistikoshiw* veriam. Eles iam se perguntar que tipo de índios nós somos. — Rimos. Depois de um longo silêncio, falo de novo. — Eles vão nos ensinar a lutar do jeito deles ou vão só nos mandar para lá?

— Não sei — diz Elijah.

Sou acordado por um grito estridente. A noite está no máximo de escuridão e me sinto cego tentando pegar meu fuzil.

— Outro lince — sussurra Elijah enquanto estamos deitados de barriga com nossas armas prontas. — E está muito perto. Se tiver a chance, dê um tiro. — Talvez consigamos algum dinheiro com a pele na cidade.

Outro grito de lince, mas de um lugar diferente. Algo em seu tom me diz que é o mesmo animal. Parece machucado. Talvez uma mãe que perdeu os filhos.

O som não se repete. Finalmente relaxamos mais uma vez, mas meu sono é agitado, e não sei mais o que é sonho e o que não é.

Antes de partir na manhã seguinte, procuramos encontrar as pegadas do lince na fuligem preta, seguindo-as mais uma vez em sua rota circular em volta do acampamento antes de seguirem para a água. O tamanho e a forma delas são idênticos às das outras. Mais uma vez elas param em uma planície de barro aberta.

— É o mesmo lince — digo.

— Impossível — responde Elijah. — Além disso, não há nenhum mistério sobre para onde as pegadas foram desta vez. — Ele aponta para água. — Um lince consegue saltar essa distância.

Não acredito nele.

No meio da manhã o chão enegrecido dá lugar a uma vegetação nova e espessa. A mudança não é gradual, mas repentina. Pode-se caminhar pela linha de fogo recortada da destruição que se estende para oeste, a luxúria do alto verão à esquerda, o preto do fogo à direita. Aspiro profundamente a estação que voltou.

Passamos todo esse dia de olho em caça, e quando o anoitecer se aproxima montamos nossas linhas de pesca. Nenhum peixe morde. Sinto o aroma de fumaça no ar do começo da noite, mas é o cheiro de fumaça da cidade, de pessoas.

— Logo vai ser noite — digo. — Não quero entrar naquele lugar no escuro.

Elijah concorda em silêncio.

— Vamos acampar e ir para lá de manhã.

Encontramos um lugar bom em uma pequena ilha e logo acendemos uma fogueira. O sol já está mergulhando e não comemos nada desde a manhã.

— Minha mãe — diz Elijah — me contava histórias de a mãe dela ter de cozinhar seus mocassins no inverno muito frio para fazer sopa.

Olho para Elijah falando, seu rosto enegrecido. Seus olhos se destacam da pele. Ele perdeu a mãe quando era muito novo e raramente fala dela. Nós dois estamos imundos.

— Não podemos ir lá com essa aparência — digo. Caminho até o rio, entro na água, tiro as roupas e as espremo. A água não está tão fria quanto imaginei. Esfrego o couro cabeludo com areia. Elijah também entra, faz a mesma coisa. Mergulho, deixo a corrente me levar em sua escuridão como se estivesse voando em meu mundo de sonho.

Depois, ficamos sentados nus em uma pedra e trançamos o cabelo um do outro, prendendo-o bem apertado com faixas de couro de alce. Ainda o usamos no velho estilo. Somos caçadores, não índios abrigados.

— Eles vão nos fazer cortar nosso cabelo curto? — pergunto, olhando o sol descer atrás de um trecho de espruce.

— Não sei — diz Elijah. — Acho que ficaria bem em mim. Mas você, suas orelhas ficariam realmente saltadas. E sua cabeça careca ficaria tão grande que seria um alvo fácil para o inimigo.

Nos enrolamos nas mantas, vamos dormir mais uma vez com fome. Tento encontrar o sono, ouço os sons da cidade que chegam pela noite, homens gritando e rindo, o tinido de copos quebrando no chão duro. O sono está muito longe. Amanhã vou para um lugar do qual não há volta.

— Você acha que os canadenses vão nos separar, Elijah? — pergunto. Tento parecer relaxado, um pouco entediado.

Elijah leva um bom tempo para responder, tanto que acho que está dormindo.

Finalmente ele fala da escuridão.

— É melhor eles não fazerem isso.

NTAWI NIPAHIWEWAK
Grupo de ataque

Acordo assustado de um sono leve. Pisadas fortes nas tábuas. Quem está correndo numa hora dessas? A noite é muito escura, aquele momento logo antes de amanhecer. Espio fora de minha toca e vejo outra forma passar. Pela respiração de Elijah a meu lado, sei que ele está acordado. Um grito na trincheira e o som de um fuzil disparando, seguido pelo *pop pop* de uma pistola. Elijah rola para fora de nossa caverna e se agacha, eu o sigo. Portando nossos fuzis, nos abaixamos e corremos na direção do barulho. O sargento McCaan aparece com seu cabelo vermelho espetado e nos acompanha.

Mais gritos e o som de uma granada explodindo perto, logo depois da travessa onde a trincheira vira para a direita. Uma chuvarada de terra cai sobre nossas cabeças. Paramos e esperamos. Elijah faz sinal para McCaan lhe dar cobertura, depois espia além da curva, acenando para que eu siga na frente. No chão há meio soldado. Seus olhos estão abertos e olhando em volta em pânico. Da cintura para baixo não sobrou nada dele, apenas cordões de tripas e intestino onde deviam estar os quadris. Mc-Caan grita por um médico e aparecem outros soldados, olhando desnorteados e sem compreender. Mas logo imagino o que aconteceu. Ao mesmo tempo, Elijah parece entender.

— Ataque de surpresa à trincheira — diz Elijah. — Quem passou correndo por nós foram os hunos.

Balanço a cabeça para dizer que entendo.

— Talvez eles ainda estejam por aí — respondo em cree. — Devíamos dar uma olhada.

McCaan dá ordens e são formados grupos de soldados para cumprir tarefas. Inicia-se uma busca que vai até o amanhecer. Os alemães se foram há muito tempo, aparecendo e depois desaparecendo como fantasmas. Um soldado se queixa de que seu capacete e seu fuzil sumiram depois da prontidão. Outro diz que todas as suas rações desapareceram. O soldado explodido pela metade é carregado pelos médicos, e suas tripas e seu sangue são cobertos por algumas pazadas de terra.

Há rumores de que Gerald, um jovem de nossa companhia, foi encontrado dormindo em seu posto de sentinela ontem à noite. Alguns dizem que ele foi levado para algumas centenas de metros atrás das linhas e já foi morto. Não sei se isso é verdade. Só sei que ninguém o viu nas últimas horas. Depois do café da manhã limpamos nossos fuzis e uniformes o melhor que podemos e especulamos em voz alta. Quando McCaan aparece, seu rosto está muito pálido. Ninguém se atreve a perguntar nada a ele.

Nos dias seguintes a calma se instala nas linhas, mas parece que ninguém dorme bem à noite. Fala-se cada vez mais em ataques retaliatórios, e chega uma hora em que passa a ser dado como certo um ataque de surpresa dos canadenses aos alemães uma noite destas, talvez hoje.

Elijah confraterniza o mais que pode com o cabo Thompson. Thompson conta a ele muitas coisas úteis, por exemplo, como matar ratos. É simples mas eficaz. Amarre um pequeno pedaço de queijo ou pão no cano de um fuzil e os ratos mais corajosos aparecem em minutos em busca de sua refeição. Então é só apertar o gatilho. O *crec crec* do fogo de fuzil é comum durante o dia, e na maioria das vezes a vítima não é um alemão, mas um rato. Eles são tão atrevidos quanto cachorros de estimação mas correm sobre nosso rosto enquanto dormimos para pegar nossa ração, até mordem nosso nariz ou outra parte de carne exposta se estiverem com muita fome. Elijah e eu passamos a dormir com a cabeça debaixo do cobertor.

Descobrimos que os rumores sobre o jovem Gerald são verdadeiros. Ele foi submetido a uma corte marcial uma semana depois do ataque e levado para trás das linhas. Seis soldados receberam ordem de ir com ele, uma bala de festim posta em um único fuzil para que nenhum soldado tivesse certeza de que era ele quem o matara. O boato é de que eles eram maus atiradores e Gerald não morreu de imediato. O oficial teve de caminhar aos tropeços pela lama, sacar seu próprio revólver e atirar na cabeça de Gerald, como se ele não passasse de uma mula. Segundo alguém que falou com alguém que estava no pelotão de fuzilamento, Gerald chorou e implorou durante todo o caminho para o lugar onde seria executado. Tentou fugir, e gritava tanto que tiveram de amordaçá-lo e amarrá-lo. Recebeu o tiro na chuva, chorando como uma criança.

Quando terminamos nosso tempo na trincheira da frente, somos mandados de volta à trincheira de apoio. Logo fico sabendo que a maior preocupação aqui não é o fogo dos fuzis inimigos mas as granadas que ocasionalmente chegam gritando e explodem bem perto. Fogo atormentante, é assim que Thompson o chama. Passamos os dias enchendo sacos de areia e consertando seções da trincheira, trabalhando para cima e para baixo nas trincheiras de comunicação que levam à linha de frente, reforçando-as. O trabalho seria monótono se não fosse a preocupação constante com uma granada alemã nos pegar de surpresa.

Descubro que os boatos são mais ameaçadores que a verdade. Agora que o combate de primavera em Saint-Eloi e nas imediações acabou, os homens falam de ser transportados para outro lugar, onde está sendo montada uma grande batalha de verão. A outra conversa é sobre a arma mais nova dos hunos, granadas cheias de gás venenoso que caem como uma praga do céu. Deve haver alguma verdade nisso. Todos recebemos capuzes de aspecto estranho com óculos para encaixarmos os olhos e um tubo que se projeta para respirarmos.

Dizem que se ouvirmos o grito de "Gás!", temos de colocar imediatamente esses capuzes sobre a cabeça e enfiá-los em nossa túnica. McCaan nos faz praticar isso, e o tenente Breech fica do lado assistindo com um sorrisinho no rosto. Os capuzes são quentes e é difícil respirar dentro deles. Sinto que posso ficar asfixiado no meu, mas Breech exige que os mantenhamos na cabeça por horas, que trabalhemos usando os capuzes para nos acostumarmos com eles. O produto químico que reveste os capuzes e neutraliza o gás me dá dores de cabeça muito fortes. Eles também não se encaixam direito, escorregam, então não consigo ver através dos buracos para os olhos. Posso ouvir minha respiração ecoar nos ouvidos e sinto que estou sufocando. Atualmente é ainda mais fácil odiar o Breech Bastardo.

Somos finalmente mandados para a reserva, onde podemos descansar sem muitas preocupações ou trabalho. Meu primeiro tiro na linha de frente já parece ter esmaecido em uma lembrança distante. O cabo Thompson diz que, em um ano, as últimas semanas desde que ele conheceu a mim e aos outros são as mais tranquilas de que ele consegue se lembrar. Só sete baixas na companhia, quatro por ferimentos de estilhaços e três mortos, inclusive o soldado explodido pela granada de mão do soldado alemão que atacou a trincheira. Me pergunto se o jovem Gerald está sendo contado entre as baixas, mas guardo a pergunta para mim.

De volta das linhas, nos enchemos de comida quente e nos limpamos o melhor possível. Passamos o tempo jogando futebol em um campo de terra abandonado perto da fazenda onde estamos alojados. Não gosto do jogo. É inútil e cansativo. Prefiro passar o tempo observando. Olhos Cinzentos, o que é mentiroso, é prisioneiro do remédio que eles chamam de morfina. Eu o vi tomá-lo com uma agulha, e o jeito como ele fica relaxado e calmo depois. Pensar nisso me apavora. Aqui também é mais fácil encontrar remédio do que eu jamais imaginei. Os médicos carregam muitos e nem sempre tomam o cuidado de ficar de olho em seus estojos. Muitos homens até carregam remédio na mochila para o caso de se ferirem e não haver ajuda por perto.

Elijah está fascinado pelo uso que Olhos Cinzentos faz do remédio. Chega a ficar observando quando ele está naquele outro lugar. Digo a Elijah para deixar Olhos Cinzentos ser apanhado por um oficial e levado embora. Ele é mau e seus atos vão causar problemas a todos nós. Mas Elijah diz não. Para ele isso tudo é como um jogo. Com seu inglês das freiras e seu raciocínio rápido, Elijah consegue levar na conversa até os oficiais. Os outros em nossa seção são atraídos por ele e suas histórias intermináveis. Por causa de meu inglês ruim sou obrigado a ficar quieto observando o que acontece, a ver como ele convence a todos, enquanto me torno ainda mais invisível. Um fantasma marrom.

Quando chega a hora de voltarmos para as trincheiras da frente, os homens ficam de novo abatidos. Em vez de seguir para onde fomos da primeira vez, marchamos um par de quilômetros para o sul, e os que têm mais informações murmuram que estamos marchando diretamente para as crateras de Saint-Eloi, o lugar mais feio da Terra. O cabo Thompson nos explica que nessa área há sete crateras imensas e uma quantidade incontável de outras menores. Em qualquer noite elas podem estar em mãos diferentes. Chegamos às crateras através do que antes era a cidade de Saint-Eloi, agora só ruelas cheias de entulho e madeira queimada. Quando a noite cai, andamos em colunas ao longo das trincheiras de comunicação, ficando imóveis quando os clarões sobem à medida que nos aproximamos das linhas de frente. Só algumas granadas passam perto assobiando para cair em outro lugar.

Elijah e eu recebemos ordem de fazer sentinela nessa primeira noite, e ficamos espantados com a condição dessas trincheiras. Não são realmente trincheiras, mas fossos rasos onde até Thompson tem de ficar inclinado na altura da cintura. Todas as tentativas de drenagem falharam, e a água até os joelhos encharca nossas botas, deixando-as pesadas demais. Seria melhor e mais confortável usar os mocassins que fiz para Elijah e para mim, mas não quero estragá-los. Quando passamos pelos soldados ouvimos murmúrios baixos de desconforto. Não há nenhum lugar seco para sentar e dormir, muito menos deitar.

Quando finalmente amanhece, pouco mais que um acinzamento do preto, tenho o primeiro vislumbre das crateras. Parece a tundra para a qual viajei uma vez, só que devastada e cicatrizada, tão vazia de vegetação que é impossível imaginar que qualquer coisa cresceu aqui um dia. A área na minha frente está escavada com crateras de diferentes tamanhos, algumas pequenas demais para um homem se esconder dentro, outras tão grandes que poderiam ser pequenos vales. Este é o lugar onde os dois lados se alternaram construindo túneis um debaixo do outro e colocando quantidades enormes de explosivos, depois acionando os detonadores logo antes das ofensivas.

Uma noite, bem tarde, Thompson aparece diante de mim e de Elijah e diz:

— Vamos.

Ele nos leva até onde Sean Patrick dorme e o acorda.

— Vamos — ele repete. Vejo Sean Patrick se levantar cansado de seu cobertor, como uma criança alta e magra.

Seguimos até a casa de Thompson, como ele a chama, e lá ele nos diz para nos desfazermos de qualquer coisa que possa fazer barulho desnecessário. McCaan e Graves também se juntaram a nós. Imagino por que Graves vai conosco. Ele é velho, provavelmente velho demais para essa guerra. Já esteve em uma guerra num lugar chamado África. Talvez seja por isso que Thompson e McCaan o incluíram.

Thompson pega um pedaço de carvão e com ele escurece o rosto, os braços, as mãos e qualquer outro pedaço de pele exposta. Não diz nada, só espera que observemos e aprendamos, e penso que nisso Thompson é muito parecido com um índio. Ele me passa o carvão e faço o mesmo, depois o passo a Sean Patrick. Quando o rosto de Sean Patrick está enegrecido, os brancos de seus olhos cintilam na noite, e isso me faz pensar que ele está com medo. Suas mãos tremem um pouco quando ele passa o carvão a Elijah. Thompson entrega a cada um de nós um gorro de lã preta e nos mostra onde prende a faca no peito com uma correia para poder pegá-la rapidamente. Como todos nós, ele fez dentes agudos e perversos ao longo do gume da lâmina que devem provocar o máximo de dano ao serem enfiados e removidos. Os alemães matariam os canadenses no ato se nos capturassem e encontrassem esses dentes em nossas facas. Os canadenses não os culpam. Nós faríamos a mesma coisa.

É só então que percebo como McCaan nos observa de perto. Balanço a cabeça para ele e ele sorri, seu olho inchado que foi ferido no periscópio ainda visível mesmo no escuro.

Todos nós fomos informados do grupo enviado ontem à noite que não voltou.

Thompson e McCaan levam revólveres presos à cintura. Graves está encarregado de uma metralhadora Lewis, e Elijah e eu devemos carregar os tambores de munição extra para ele. Elijah, Sean Patrick e eu levamos nossos fuzis Ross e o máximo de balas de reserva que conseguimos. McCaan entrega a todos pequenos sacos de granadas de mão, que me lembram pinhas pesadas.

— São úteis de perto — ele diz.

— Vamos seguir em equipes de dois — continua McCaan. — Tenham em mente onde os outros estão. Balões de observação localizaram os fritz em algumas das crateras grandes nos últimos dias. — Ele esfrega o carvão na testa. — Francamente, a esta altura não sabemos quais são nossas e quais são deles. Nossa tarefa esta noite é ter uma ideia do que está acontecendo.

Elijah me cutuca e diz em cree:

— Vamos sair da trincheira. Vamos caçar os fritz nas crateras.

— Cuidado com qualquer coisa agora — diz McCaan. — Vamos subir em cinco minutos.

Acima das trincheiras o mundo parece voltar a existir. Elijah e eu formamos uma equipe, seguindo Thompson e Graves. McCaan e Sean Patrick vêm atrás. Embora a atividade na área tenha cessado, os fritz continuam a manter essa parte da linha reforçada. Eles combateram com muito esforço para perder qualquer terreno. Esta noite nosso grupo é responsável por examinar uma das maiores crateras.

Eles chamam o que fazemos de pular cratera, deslocar-se de uma cratera a outra, espiar por cima das bordas antes de deslizar para dentro delas como cobras. O fundo de cada cratera está cheio de água. Alguns dos buracos estão quase cheios.

Thompson faz sinal de que o objetivo é a próxima. Elijah e eu nos espalhamos à esquerda dele. McCaan e Sean Patrick à direita. Ao mesmo tempo todos espiamos pela borda para ver o que há embaixo. Esta cratera é a maior que vi, seis ou nove metros de parede até começar a água. Alguma coisa embaixo se move na beira da água. Quando um sinalizador sobe, vejo três figuras. Há luz verde lúgubre suficiente para eu distinguir o corte de seus uniformes canadenses. Elijah desliza para dentro antes dos outros e está lá embaixo ao lado dos três homens antes mesmo que eles percebam sua presença. Desço também. Dois soldados estão imóveis e um está acordado mas tonto. Elijah pega um cantil que está ao lado do soldado para lhe dar um pouco de água, mas ele está vazio.

McCaan desce e fica ao nosso lado.

— Da próxima vez, espere meu comando, soldado Whiskeyjack. — Ele pega seu cantil do cinto, desatarraxa a tampa e derrama um pouco de água na boca do soldado. — Temos de levar este — diz.

Os outros se juntam a nós no fundo da cratera. Percebo que Elijah está prestes a perguntar o que devemos fazer com os dois soldados inconscientes, quando vemos ao mesmo tempo que os rostos deles estão enrijecidos pela morte.

— Whiskeyjack, Bird, Graves, subam até a borda e fiquem de guarda — diz McCaan. — Vou ajudar o soldado aqui a carregar este para nossa linha. — Ele aponta para Sean Patrick. — Ainda estamos bastante perto e não vai demorar muito. Quando eu voltar vamos ter uma ideia de quem está em qual cratera.

Não temos escolha senão concordar em silêncio.

— Vamos — diz McCaan.

Todos nós levantamos o soldado ferido e ajudamos a carregá-lo até a borda, onde McCaan e Sean Patrick o pegam por baixo dos braços e o arrastam na escuridão. Elijah, Graves e eu ficamos com as armas apontadas para o escuro, e imagino o que devo fazer quando o assobio familiar chegar a meus ouvidos, mais rápido do que minha capacidade de reagir. Uma explosão perto e à minha direita ilumina por um momento a terra de ninguém, e quando o brilho se apaga, lampejos de luz permanecem atrás de minhas pálpebras.

Deslizo para baixo para me proteger quando ouço o estrondo de outra granada caindo. Pelo som sei que não é grande, não algo terrível como um 77 milímetros. Percebo com uma pequena satisfação que estou começando a reconhecer a artilharia inimiga.

Mas os fritz nos localizaram aqui. O bombardeio se intensifica até sermos forçados a descer para o fundo da cratera. Fico enrolado como uma bola, o rosto enterrado na lama e os braços cobrindo a cabeça, as pernas na água, imaginando se um morteiro vai cair no fundo deste buraco e matar todos nós com um único disparo.

— Eles quase nos encurralaram — diz Thompson em um breve momento de silêncio. — Precisamos sair daqui. — Ele escala a parede da cratera e nós o seguimos. É só quando estamos no topo que percebo que deixei a munição da metralhadora lá embaixo. Agora é tarde demais.

Saímos em disparada para outra cratera, menor, e rolamos para dentro dela, esperamos um momento, e então disparamos de novo para outra que esperamos que seja mais funda. Então ouvimos o zunido da granada em alta velocidade, explodindo com estouros, os estilhaços me caçando como grandes insetos zangados. Esta cratera é mais funda, mas o fundo também está cheio de água. O fedor é horrível. Outra explosão ilumina a escuridão. Braços se erguem do lago de água, alguns com dedos curvados como se estivessem agarrando alguma coisa que não consigo ver. Alguns pés descalços também se destacam da água. Imagino o que houve com as botas.

O céu pisca como se estivesse cheio de raios, e, quando olho, vejo que a água parece mais um ensopado. Ao lado dos membros, rostos chamuscados olham para nós. Vejo que as órbitas dos olhos estão vazias e os lábios se destacaram das bocas abertas, de forma que parecem estar gritando.

— Xavier, está vendo aqueles rostos ali? — Elijah me diz em cree, apontando com o cano do fuzil. — Eles parecem estar vivos.

Ele está certo. Quando o bombardeio ilumina a cratera, a água estremece com as explosões e os rostos ganham vida. Sinto que vou vomitar. O fedor é pior que o de um animal em decomposição. Olho para os outros. Graves também parece que vai enjoar, mas o rosto de Thompson permanece impassível enquanto ele escuta atentamente para ver se o bombardeio retrocede. Mas isso não acontece.

Caio em um estranho semissono, deitado embaixo da superfície da terra com os mortos. Sei que estou seguro aqui, que o momento de me juntar a eles não vai ser hoje. Quando abro os olhos de novo, o céu está bem mais claro, e logo antes de Thompson murmurar isso percebo que não vamos voltar para nosso lado antes de outro anoitecer.

— A boa-nova, como vocês podem ver, cavalheiros — ele diz —, é que o bombardeio acabou, mas por mais algum tempo ainda haverá luz atrás dos fritz suficiente para eles verem nossas silhuetas se tentarmos voltar para nosso lado. — Ele aponta o fuzil para a terrível confusão abaixo de nós. — Eu voto para que encontremos acomodações mais agradáveis antes que seja tarde demais, e passemos o dia escondidos.

Um a um, saímos da cratera. Estou surpreso de Thompson nos levar para mais perto dos alemães e não para nosso lado. Mas confio nele. Deve ter seus motivos. Pulamos crateras, mas nenhum dos buracos oferece abrigo suficiente.

Em um dos buracos nós quatro ficamos imóveis um ao lado do outro. Posso sentir o frio da manhã em minhas costas. Percebo que estive apertando tanto os dentes que eles doem. Perdi meu senso de direção, mas então me dou conta de que o céu relampejante a oeste é obviamente onde os fritz estão. Estou exausto.

O que parece ser um parapeito alto é claramente visível à nossa frente. Não tenho certeza se é a linha de frente dos fritz ou uma das crateras grandes das quais Thompson falou. A paisagem é mais estranha que qualquer coisa que já vi. Esburacada e riscada, pequenos vales de lama cheios de água e cadáveres. Thompson vai primeiro até o parapeito, Graves o segue com sua metralhadora, depois vai Elijah, e eu sigo atrás. Era bom que este fosse o lugar onde ficaremos hoje. Com o sol prestes a nascer, vamos ser localizados e mortos.

Subimos os três metros de barro que são o lado de um buraco e olhamos para baixo com todo o cuidado. Ele parece deserto. Há um pouco de água no fundo, mas muitos lugares parecem bons para se esconder. Descemos rastejando, fuzis prontos para o caso de surpreendermos algum huno. Examinando o perímetro, podemos ver que por enquanto ele está abandonado. Há pedaços de folha de flandres e arame de galinheiro espalhados. Thompson diz que em algum momento o local deve ter servido como posto de escuta para os fritz. Aparentemente, a artilharia canadense acertou o alvo.

Ele aponta para uma trincheira que corre da cratera para oeste.

— Aquela ali vai direto para os alemães — ele diz. — Vamos ter de deixar um homem a vinte ou trinta metros dentro dela para ficar de olho em qualquer fritz que queira nos visitar.

Nos agrupamos em volta de um pedaço de lona velha e contamos as armas e a munição. Dez granadas de mão, dois fuzis e muitas balas, o revólver de Thompson e a metralhadora de Graves com apenas um par de tambores de balas. Agora eu queria ter voltado ontem à noite e recuperado o que deixei na cratera.

— Dois descansam, dois ficam de guarda — diz Thompson. — Os fritz não sabem que estamos aqui, mas a má notícia é que nosso lado também não sabe, então tentem encontrar um lugar que dê um pouco de cobertura da artilharia.

Decidimos que Graves e eu descansaremos primeiro enquanto Thompson vai até a trincheira como sentinela e Elijah monta guarda na cratera. Ponho um pouco do arame de galinheiro em cima de um corte na cratera para fazer um ninho confortável. Cubro o arame com algumas tábuas e uma camada de barro. Quando deslizo para dentro com meu fuzil sou tomado pela exaustão. Sei que sou invisível aqui e lentamente minha mandíbula relaxa. O sono vem rápido e profundo.

Abro os olhos com a luz do sol, cortada por diamantes de sombra. Por um momento não sei ao certo onde estou ou quem sou. Apenas sou.

O brilho do final da manhã atravessa o arame e me atinge no rosto. Me sacudo um pouco para soltar a cabeça do ninho e olho para o céu azul. Nem uma nuvem, só o azul da manhã. Pequenos pássaros voam velozes pela cratera, um caçando o outro. Um deles mergulha e pousa perto de minha cabeça. Não sabe que estou aqui e começa a se exibir, a menos de um metro de mim, as penas brilhando ao sol. É de um tipo que nunca vi. Os olhos são pretos como a noite. Dou uma soprada nele e ele, assustado, pula, depois sai voando. Por um instante nada se move. Puro silêncio. É algo a que já não estou acostumado.

Ponho o pé para fora de meu ninho de forma que o movimento não seja percebido. Olho em volta, o fuzil a meu lado e pronto. Graves está enrolado perto, dormindo um sono leve. Elijah está sentado do outro lado da cratera, com o fuzil no colo. De poucos em poucos segundos ele passa a vista pelo parapeito acima. Aceno para ele. Ele sorri e acena de volta. Vou até ele.

Me sinto bem, mas um pouco grogue. Sentados lado a lado, partilhamos um cantil de água.

— Durma um pouco — digo. — Você parece cansado. Entre no lugar onde eu dormi. É confortável.

Elijah não discute, apenas se levanta, caminha até o ninho e entra.

Encontro um corte na cratera que dá alguma cobertura e fico lá sentado com o fuzil no colo, escutando. Os obuses começaram a atirar ao longe mas estão a quilômetros de distância. É como se a guerra tivesse se deslocado para outro lugar. Ela sugou a vida de Saint-Eloi e a deixou assim, e caminhou em busca de mais corpos para tentar matar sua fome impossível.

Imagino que é seguro o bastante acender um cigarro. Ninguém vai percebê-lo à luz do sol. Comecei a fumar para me adaptar. Agora gosto. Às vezes mando preces na fumaça.

Tiro um cigarro da mochila. O clarão do fósforo me faz querer algo mais, mas não sei o quê. Talvez me lembre do perigo da noite, veja o bombardeio na luz do fósforo. Não sei. Só sei que tenho um pouco de tempo sozinho. Puxo a fumaça para dentro de mim. Na língua ela tem o gosto de folhas de repolho amargas. Enfiando a mão no bolso de dentro da túnica, desamarro a bolsa de couro de alce na qual guardo o tabaco que me protege. É a bolsa que a Tia me deu antes de eu partir. Guardo-a de novo. Ela é morna em minha pele, como se estivesse cheia de sangue.

Ouço o arrastar de pés e aponto o fuzil para a trincheira que sai da cratera. Thompson surge, parecendo cansado. Senta a meu lado e também acende um cigarro.

— É como se os fritz tivessem voltado para o Reno — ele diz. — Segui por aquela trincheira uns bons trinta metros mas não vi sinal de nada. Voltei metade da distância e fiquei sentado a manhã inteira. Ninguém pensaria que está havendo uma guerra.

Preciso ouvir atentamente para entendê-lo.

Um avião zumbe acima de nós, a silhueta contra o sol, e não consigo identificá-lo.

— Parece ser um dos nossos — diz Thompson. — Você pode ver pelo desenho das asas. Avião de observação. Não se mexa. Se ele nos vir pode achar que somos um deles e ordenar um bombardeio sobre nós.

Escuto, me aquecendo no calor do sol.

— Você mandou Elijah descansar um pouco? — pergunta Thompson. Eu confirmo. — Você é um sujeito calado — ele diz. — Eu diria que esse é um traço índio, até conhecer Elijah.

Rimos.

— Por que o inglês dele é tão bom? — ele pergunta depois de um tempo.

— Ele ficou na escola residencial muito tempo — digo. — Não tinha nenhum dos pais, então as freiras cuidaram dele.

Thompson se recosta e olha para o céu.

— Seu inglês está melhorando — ele diz. Sorrio. — Eu observo o jeito como vocês andam — ele continua. — Acredito que reconheço caçadores verdadeiros quando os encontro.

Outro avião zumbe em algum lugar que não podemos ver.

— Uma xícara de café e alguma coisa para comer seria muito bom agora — diz Thompson. — Vou descansar um pouco e sonhar com isso. Você fica na trincheira, mas não vá se encher de curiosidade e ir muito longe. Quinze ou vinte metros é o suficiente. Se os fritz decidirem aparecer, você consegue voltar aqui e nos avisar.

Nos levantamos e Thompson acorda Graves. Sigo para a trincheira. Não há nada nela além de paredes de barro. Encontro um lugar para sentar onde tenha uma vista da estradinha, mas que não possa ser visto. Não me incomodo de ficar sentado aqui, esperando pela escuridão que ainda vai demorar horas para chegar. Minha cabeça flutua acima de um corte na terra em direção ao retalho azul do céu acima de mim. Ouço o ritmo do bombardeio ao longe.

Quando volto para a cratera a tarde está acabando. O sol começou a descer atrás das linhas canadenses. Graves está sentado no lado da cratera, sua metralhadora apontada para a trincheira da qual emerjo. Ele balança a cabeça para mim quando caminho para fora. Acordamos Elijah e Thompson.

Quando está suficientemente escuro, Thompson nos reúne e saímos da cratera. Enquanto rastejo vejo um velho capacete alemão. É do tipo mais raro, feito de couro e tecido com uma haste no topo. Elijah pega o capacete e o prende em sua mochila.

Em vez de nos conduzir para nossas trincheiras, Thompson nos faz esperar na borda da cratera. Entrega a cada um de nós duas granadas de mão.

— Tenho a sensação de que logo eles virão por aqui para dar uma olhada — ele diz. — Se vocês os ouvirem vasculhando lá embaixo puxem os pinos e joguem. Então vamos voltar depressa.

Depois de passarem vinte ou trinta minutos e eu começar a achar que Thompson está louco, ouço o som de homens se movendo sorrateiramente lá embaixo. Posso ouvi-los sussurrando, ouvir o passo das botas por todo o lugar onde dormi esta manhã. Thompson balança a cabeça, e nós acionamos e lançamos as granadas ao mesmo tempo. Elas explodem em uma série de concussões. Homens gritam. Thompson pega a metralhadora de Graves e se agacha na borda, dispara rajadas até gastar todas as balas. Fico impressionado com as ações do homenzinho. Ele mata com muita facilidade.

— Vamos, rapazes — ele diz.

Nos deslocamos de uma cratera a outra, o terreno agora um pouco mais familiar, e finalmente chegamos à segurança de nossas linhas.

Repasso tudo muitas vezes em minha cabeça, passo a noite inteira acordado, puxando o pino de minha granada, lançando-a e vendo-a fazer um arco até desaparecer dentro da cratera, a concussão e os gritos. Agora eu matei alguém.

Na manhã seguinte, depois da prontidão, Thompson se aproxima de Elijah e de mim. Fala com nós dois, mas suas palavras são para Elijah.

— O que você acha dos últimos dias, Whiskeyjack? — ele pergunta, acendendo um cigarro, exalando a fumaça e olhando para o céu.

Posso ver que Elijah sabe exatamente o que Thompson está perguntando. Está perguntando se Elijah gosta de matar. Elijah pensa um pouco.

— Está em meu sangue — ele diz por fim.

Thompson sorri, depois se afasta. Ele não me faz a mesma pergunta. Será que sente alguma coisa? Como eu sou diferente? Uma sensação estranha, que não reconheço, sobe por minha espinha.

KISKINOHANAASOWIN
Aprendizado

Um acesso de tosse me faz abrir os olhos. Este trecho do rio ainda é novo. Estou surpreso de Elijah e eu termos sobrevivido ao fogo só para terminar nas trincheiras. Ao longo de toda a margem a vegetação peleja para voltar ao que era antes. Eu queria ser resiliente assim. A tosse não me deixa, e cada tossida parece mais uma costela quebrada. Me inclino sobre a borda da canoa para pegar um punhado de água e a dor de meus intestinos estragados me faz ofegar.

— Você está bem, Sobrinho? — pergunta a Tia. — Será melhor pararmos e deixar você descansar?

Suas palavras me irritam. Não sei por quê.

— *Mona* — cuspo na água. — Me deixe em paz. — Imediatamente sinto remorso. Olho para a perna vazia de minha calça, o tecido preso com um alfinete, e mais uma vez penso, por um momento, que posso sentir o pé e a barriga da perna que não estão mais lá. O efeito do remédio está passando. Quero mais, mas resta muito pouco.

— Sabe de uma coisa, Tia — digo, pegando um pouco de água do rio com a mão em concha. — Há tantos homens mortos enterrados lá que se a vegetação voltar as árvores vão ter crânios nos galhos. — Rio e isso faz com que me sinta pior. — Já vi isso. Uma vez deixamos um lugar coberto com nossos mortos. Quando voltamos alguns meses depois, em toda parte havia flores mais vermelhas do que sangue. Cobriam o chão. Cresciam até de cadáveres em decomposição. — Agulhadas de dor me golpeiam no intestino. Meu braço guincha no lugar onde entrou uma bala. Minha cabeça lateja com a luz do sol. Ela não responde, mas sei que ouve. — Aquelas flores voltaram a crescer, mas foi só isso. — Sinto muita dor. — Coisas inúteis.

— Durma, Xavier — ela diz. Quero dizer a ela que sinto muito por essa raiva, mas em vez disso fecho os olhos.

Thompson, Graves, Elijah e eu voltamos da cratera grande. Não consigo dormir porque fico imaginando se agora matei alguém. Todos nós lançamos granadas naquele buraco e ouvimos os gritos. Somos todos igualmente culpados.

A chuva começa na noite de nossa volta. Cai por cinco dias e me faz pensar se os manitus estão descontentes comigo. Os alemães bombardeiam esta parte da linha com mais intensidade que o normal, e nós, os canadenses, estamos infelizes, frios, úmidos e enlameados, e com medo de morrer em breve. Alguns dizem que os fritz estão fazendo isso para se vingarem do ataque à cratera.

Logo seremos mandados para a retaguarda por alguns dias, e essa é a única coisa que me anima.

Mas Elijah está feliz. Caminha pela trincheira, para um lado e para outro, na chuva, usando o capacete que pegou na cratera. A coisa estragada parece disparatada na cabeça dele, e deve ser por isso em parte que ele a usa.

Para piorar as coisas, nos últimos dias Elijah começou a falar com um sotaque inglês, o que faz os outros soldados rirem, mas me pergunto por que realmente ele faz isso. É como se ele quisesse se tornar uma coisa que não é. Conta piadas e faz os outros rirem e se gaba de que agora matou homens, todos perto o suficiente para ele ouvi-los morrer. Mas será verdade? Acho que não. Eu estava lá e sei que Elijah também estava apavorado, e sei que quando todos nós lançamos as granadas na cratera não havia como saber quantos homens morreram lá. Mas o que é a verdade num lugar como este? Pode muito bem ser a versão de Elijah. Afinal, ele deixa os outros felizes, mantém todos animados, e isso vale quase tanto quanto comida boa e uma cama seca e quente.

Para eles, ele já é um herói. Posso ver isso. E posso sentir os olhos da seção em mim. Eles tentam entender o que me faz diferente deles, diferente de Elijah. Sei que sou um atirador melhor do que Elijah, que fui eu quem ensinou a ele os costumes da floresta. Mas eles são atraídos por Elijah e seu sorriso fácil. Só que não vou ceder aos costumes deste exército com tanta facilidade. Aprendo o inglês deles mas finjo que não aprendo. Quando um oficial fala comigo, olho para ele e respondo em cree.

O tenente Breech — Breech Bastardo — não gosta nada de que eu fale em minha língua. Ele antipatizou comigo desde o momento em que me viu. A culpa é em parte de Elijah. Me lembro daquela manhã, não muito depois que nos alistamos. Elijah e eu tínhamos viajado dias juntos em um trem vindo do norte. Tínhamos sido mandados para um lugar imenso de pedra e vidro chamado Toronto, mantidos em uma área chamada Parque de Exposições, ao lado do grande lago. Todos os dias eu acordava antes dos outros, antes do toque de corneta, e cuidava dos cavalos. Não conseguia me acostumar a dormir em uma cama de vento cercado por todos aqueles homens desconhecidos na grande e ecoante barraca. Queria dormir do lado de fora, e pedi a Elijah que perguntasse ao tenente Breech. Meu inglês não era bom. Mas Elijah preferiu me ensinar as palavras, me disse que eu tinha de começar a me virar sozinho na língua deles. Tínhamos acabado de almoçar e os homens estavam sentados fumando. Breech estava rindo com alguns outros. Parecia estar de bom humor.

Quando finalmente entendeu o que eu estava perguntando, Breech abriu um grande sorriso. Isso fez com que eu me sentisse bem.

— Então o índio quer dormir debaixo das estrelas — ele disse, tão alto que todos pararam o que estavam fazendo para ouvir. Queria que Elijah tivesse vindo comigo para traduzir. Em vez disso, me ensinou a pergunta para eu mesmo fazê-la. — Você se importa — ele me disse — de repetir, por favor, a pergunta para que os outros possam ouvir? — Seu sorriso não era mais tão agradável.

— Posso ousar solicitar um alojamento diferente para dormir? — gaguejei. — Talvez lá fora, longe do ronco atroz de meus colegas soldados? — Eu levara o dia anterior inteiro para aprender isso. E embora tivesse praticado, não saiu como eu queria.

— Há algum outro modo de nós o acomodarmos? — perguntou Breech. — Uma cantina separada e privada? Quem sabe uma copeira? — Na hora eu não tinha certeza do que Breech dizia, e tive de perguntar a Elijah depois.

O sorriso de Breech desapareceu e seu rosto ficou vermelho.

— Isto aqui não é um acampamento de recreação! — ele gritou. — Não vai haver nenhum tratamento especial! O lugar para onde estou preparando vocês para irem é só infelicidade, medo e morte. — Então olhei para Elijah. Ele cobria uma risada com a mão. — Estou pensando em acusá-lo formalmente, soldado — Breech gritou em minha cara. — Não consigo nem pensar qual poderia ser a acusação além de bufonaria. Suma da minha frente. — Então Breech me mandou limpar as estrebarias, sem saber que eu gostava de fazer isso, já fazia todos os dias. Desde esse momento, minha relação com Breech nunca melhorou.

O cabo Thompson diz que os hunos estão reforçando suas linhas em outro lugar e que agora o contingente deles aqui é baixo. Diz a McCaan que quer sair de novo com Elijah e comigo. Admira nossa calma diante da batalha.

— Nada contra Graves, sargento — ele diz. — Ele agiu como um soldado deve agir. Mas seus dois índios são abençoados. Eles têm um encantamento. E eu gostaria de um pouco desse encantamento neste momento.

Gosto de Thompson, mas não sei se mereço tudo que ele quer me dar.

À noite, quando não estou de sentinela, deito em minha pequena caverna no lado da terra e passo o maço de remédio em volta do pescoço. Quando o aproximo do nariz, ainda sinto o aroma fraco da fumaça da fogueira. Às vezes sou tentado a abri-lo, mas decidi não fazer mais isso, por medo de perder algo importante, algo seu, Niska.

Sonho com minha terra. Aqui o sono não é bom, mas me ensinei a sonhar de olhos abertos. Onde vivo o rio é largo como um lago e nesta época do ano, a primavera, a pesca é melhor. É também o momento em que todos nos reunimos, vindos de nossos acampamentos de inverno, para confraternizar e viver relaxados algum tempo. Construímos tocaias para gansos na baía e montamos nossos chamarizes. Depenamos e defumamos aves sobre uma fogueira até tarde da noite e enchemos nossos estômagos sempre que temos vontade. Seria interessante levar Gilberto, Olhos Cinzentos, Sean Patrick e Graves para lá. Imagino o que eles pensariam de um lugar assim. A mata e a água, e as não muitas pessoas como em todos aqueles lugares onde estive. As crianças ficariam impressionadas com o corpo peludo e o sotaque estranho de Gilberto. As garotas com certeza achariam Sean Patrick bonito. Graves impressionaria os mais velhos com suas histórias de combate em guerras na maior parte de sua vida. Olhos Cinzentos provavelmente roubaria coisas.

Ontem à noite Olhos Cinzentos tentou convencer Elijah a entrar no mundo do remédio com ele. Eles voltaram lá de cima, onde estavam encarregados de consertar um pedaço de arame farpado, e ainda havia muitas horas antes do amanhecer e de entrarmos em prontidão. Se espremeram em minha caverna e Olhos Cinzentos me pediu para ficar de olho para ver se aparecia algum oficial, depois começou seu ritual com a agulha. Ele se virou para Elijah enquanto enfiava a ponta no braço e pediu que Elijah também tentasse. Sorria para Elijah como uma amante. Elijah virou a cara para ele com nojo, mas pude ver algo no lampejo de luz quando Olhos Cinzentos acendeu um cigarro e se deitou. Os olhos de Elijah me disseram tudo que eu precisava saber.

Quando Olhos Cinzentos toma muito remédio, fica deitado imóvel como se estivesse morto, até eu ficar preocupado com ele ter se juntado aos mortos. Depois geme um pouco e respira profundamente como se estivesse dormindo, e imagino que é isso mesmo que ele está fazendo, dormindo com os mortos um pouco. Imagino o que Olhos Cinzentos faria se a trincheira fosse invadida de repente.

Ele nem sempre toma o suficiente para ficar inconsciente. Já o vi de olhos vidrados e calmo, respirando profundamente e olhando como se estivesse se concentrando. Nesses momentos ele fala com cuidado, preocupado, talvez, com que suas palavras não saiam enroladas. Mas não acho que ele vá conseguir esconder isso para sempre. Se McCaan e os outros sabem o que Olhos Cinzentos está fazendo, ninguém diz nada. Mas acho que ninguém, além de Elijah e eu, sabe. Por enquanto somos nós que guardamos o segredo.

Em poucos dias o padrão das trincheiras começa a fazer parte de mim. No amanhecer e no anoitecer todos os soldados devem entrar em prontidão, sobre as tábuas, fuzis carregados e engatilhados, preparados para a ofensiva dos hunos. Depois da prontidão, nos reunimos em pequenos grupos, abrimos nossas latas de carne em conserva, fumamos cigarros e limpamos nosso equipamento. Tentamos nos manter secos na chuva levantando pedaços de lona sobre nós como tendas, mas é quase impossível.

Fazemos reparos em trincheiras destruídas em bombardeios na noite anterior e recolhemos os mortos para os carregadores de maca levarem quando puderem. Os que não são recolhidos, enterramos da melhor maneira possível nas laterais da trincheira quando eles começam a inchar e cheirar mal. Sempre agradeço a eles por ajudarem a reforçar a linha da trincheira, digo a eles que mesmo na morte ainda estão ajudando.

À tarde, nossa seção é autorizada a fazer uma espécie de prática de tiro. Os atiradores de elite se põem de lado enquanto esperamos pela chapa de aço. Cada um de nós assume seu lugar alinhando o fuzil e ouve o que o observador a seu lado diz enquanto espia pelo periscópio. Quando um possível alvo é avistado nos dizem aproximadamente onde ele está, e assim que o atirador grita, a chapa de aço cai e ele tem um segundo muito curto, apavorado, para disparar o fuzil antes que a chapa suba de novo. Na maioria das vezes, não há um bom alvo para tentar atingir em um tempo tão curto, mas já houve duas vezes, tanto para Elijah como para mim, em que o observador gritou: "Bom tiro, você acertou a chapa deles." E na maioria das vezes também, um alemão acerta a chapa canadense no momento em que ela se fecha, e o *uomp* da bala esmagando a barreira de metal soa em nossos ouvidos. Mudamos constantemente nossa posição de tiro, para que os hunos não se acostumem demais com o lugar de onde vem o fogo. Também tentamos manter muitos pontos de tiro operando aleatoriamente ao mesmo tempo. Basta o padrão se repetir muito e alguém está morto.

Sean Patrick está se revelando um atirador muito bom e natural. Às vezes os hunos gostam de jogar um jogo em que põem um capacete velho ou uma lata em um galho e veem se os canadenses conseguem atingi-lo. Neste momento, Sean Patrick atingiu esses alvos mais do que qualquer outro. Esse fato deixa Elijah irritadiço. Sean Patrick mantém os dois olhos abertos quando atira, e isso lhe permite encontrar o alvo e mirar nele muito depressa. Quando eu era criança me mostraram esse mesmo jeito de atirar. Falo com Sean Patrick sobre onde fui criado, um lugar chamado Ahmic Harbour, e conto a ele que *ahmic* significa castor tanto em cree como em ojíbua. Embora ele seja um *wemistikoshiw*, foi criado com muitos ojíbuas, que o ensinaram a caçar e a atirar.

Gilberto não gosta de fazer nada arriscado. Todos os dias ele diz como quer ser mandado de volta para um lugar em que possa se tornar cozinheiro, onde seja mais seguro e sempre haja o suficiente para comer. Ele escreve uma carta por dia, por mais ocupados que estejamos ou por mais que chova. Sempre as entrega a soldados que estão voltando para descansar ou a carregadores de maca que garantirão que elas sejam postadas. Elijah pergunta para quem ele escreve e Gilberto responde que é para a esposa e a jovem família que deixou em seus poucos acres de terra no sul de Ontário. Ele escreve em italiano e me deixou olhar suas cartas, até leu algumas delas para mim. Sua letra é grande e infantil, como a minha, embora ele saiba escrever muito mais palavras do que jamais saberei. Gilberto mantém o cabelo muito curto mas seu bigode é comprido e volumoso.

Depois de dez dias na linha, finalmente somos substituídos. Me sinto bem arrumando meus poucos pertences e enfiando-os no saco. Seguimos para a trincheira de comunicação enquanto o bombardeio continua próximo.

— Eles estão se despedindo de nós em grande estilo, hein? — diz McCaan a ninguém em particular.

— Vocês não poderiam querer um melhor período para perder a virgindade, rapazes — diz Thompson à nossa seção enquanto nos abaixamos e permitimos que uma nova companhia que está subindo nos ultrapasse, granadas assobiando acima de nossas cabeças. Não tenho certeza do que ele quer dizer. — Nunca vi um período com tão poucas baixas — ele continua. Penso em todas as granadas que não nos atingiram até agora e em todas as noites sem dormir e imagino o que pode ser pior do que isso. — Ah, vai ficar muito pior do que o que vimos, rapazes — diz Thompson, como se estivesse me respondendo. — Esta é a calmaria antes da tempestade. — Uma granada explode a cinco metros de distância e torrões de terra molhada chovem sobre nós.

Saímos da última trincheira de comunicação e pela primeira vez em muito tempo posso caminhar de novo ereto em cima da terra. É uma sensação estranha e boa. A lua ameaça sair de trás de uma nuvem e acertamos o passo, sonhando com dormir uma noite inteira em camas de palha e comer comida quente e deitar de costas no sol por alguns dias, sem nada para fazer além de observar os aviões virarem, mergulharem e atacarem. Seguimos pela estrada cheia de buracos de bombardeio e damos a volta nas crateras como uma fila de formigas, fuzis pendurados nos ombros, mochilas pesadas com roupas e utensílios de comida enlameados, nossos crânios e uniformes cheios dos piolhos que agora se tornaram parte de nós.

Paramos para um descanso de dez minutos na margem da estrada. Adiante uma coluna de soldados vem em nossa direção, de uniformes limpos e botas brilhando à luz da lua, caminhando a passos largos e compassados, rostos francos, olhos arregalados. Quando passam, olham para nosso pelotão com o canto do olho. Fingimos não notá-los, nossos soldados apoiados em fuzis ou sentados na areia, cigarros pendendo da boca e olhos apertados. Fingimos que esses novos nem estão aqui. Mas sabemos. Eles são nosso pelotão semanas atrás, anos atrás, vidas atrás. Olho para alguns dos rostos que passam e imagino quais vão passar de novo por aqui. Elijah está sentado a meu lado, assobiando uma canção que ouviu outros assobiarem muito ultimamente.

Olho para ele e digo em cree:

— Vai ser bom por uns dias.

Ele sorri.

— Vou sentir falta da excitação. Mas sim, vai ser bom relaxar.

Nos levantamos e começamos a caminhar de novo arrastando os pés, para um lugar atrás de Sanctuary Wood.

Mais uma vez ficamos alojados em um celeiro, cujo teto está cheio de buracos de algum combate anterior, mas por enquanto parou de chover, então ninguém se importa com isso.

Do lado de fora, com as costas brilhando ao sol, há uma fila de soldados nus de pé. Seguram as roupas nos braços, e quando chegam à frente da fila as entregam a um homem que as joga em uma máquina de vapor comprida que deve matar os piolhos. Os homens ficam por perto e conversam, fumam cigarro e se coçam, nus como no dia em que vieram ao mundo. Elijah e eu rimos ao ver isso, algo que vale a pena levarmos para casa para contar quando os anciãos nos perguntarem o que vimos. Posso me imaginar contando a história de estar cercado por *wemistikoshiw* nus com traseiros peludos conversando à luz do sol, suas roupas em uma máquina que as limpa para eles.

Vou contar aos anciãos as coisas muito estranhas que vimos: os aviões que voam bem alto no céu e disparam metralhadoras uns nos outros; os corpos dos mortos em todo canto, de modo que ficamos acostumados a vê-los inchando na chuva; a conversa sobre a ameaça de pequenas bombas que soltam gás venenoso que queima a garganta e os pulmões de um homem de um jeito que ele se asfixia até ter uma morte dolorosa; as saídas sorrateiras como uma raposa à noite, consertando arame e atacando as crateras inimigas; as granadas que vêm assobiando de lugar nenhum em uma manhã calma e explodem os braços, a cabeça e as pernas do homem com quem falamos um dia antes. Mas especialmente vou contar aos anciãos como depois de um ataque de artilharia a vida volta ao normal muito depressa, como a mente da pessoa não permite que ela fique pensando muito no horror da morte violenta, porque se permitir isso vai deixá-la louca. É por isso que eles podem ficar por aí nus conversando uns com os outros sem se preocupar, enquanto as moças de fazenda belgas riem para eles de longe, que eles conseguem acender um cigarro com dedos ainda ensanguentados do soldado que acabaram de enterrar, que conseguem dar vivas quando um homem em seu avião mergulha para a morte depois de ter sido peneirado por balas de metralhadora. Como eles conseguem aceitar sem piscar a execução de um dos seus por dormir durante a vigia. Mantenho a cabeça ligada ao corpo fazendo as coisas simples que ele sabe fazer.

O dia é ensolarado e quente, e o único lembrete de que estamos em uma guerra é o estrondo dos obuses no horizonte, como trovão ameaçando trazer chuva. Olho os outros jogarem uma partida de futebol, e quando me pedem para participar entro no jogo, correndo atrás da bola, sem entender as regras mas mesmo assim correndo como uma criança, até que meus pulmões queimam e o suor pinica meus olhos. Fazemos fila diante da carroça de comida e enchemos os pratos com ensopado aguado. Molhamos o pão rançoso nele para poder engoli-lo. Quero comer ganso agora. Sei que os donos desta fazenda têm alguns. Eu os vi.

Nossos dias de descanso passam muito depressa. Elijah e eu falamos sobre capturar e depenar um ganso para o jantar, mas decidimos não fazer isso. Ficaria óbvio que os índios eram os culpados.

Chove de novo no dia em que recebemos ordem de fazer fila para marchar os seis quilômetros até a linha de frente.

A primavera esquenta com a proximidade do verão, e passamos um tempo na linha de frente ao lado de Saint-Eloi. Cavamos e evitamos as granadas alemãs o melhor que podemos, esperando ser substituídos de novo para podermos voltar para um lugar seguro. A maior parte da atividade noturna se encerrou, e em maio não há nenhuma. Mas há alguma coisa no ar, e não consigo esquecer as palavras de Thompson de que dias piores estão próximos.

Thompson obtém permissão para começar a levar Elijah e eu para aprendermos a arte dos atiradores de elite. Uma longa escarpa natural que se ergue trinta metros atrás de nossa linha oferece uma vista das crateras ocupadas pelos alemães. É nela que estabelecemos nossa posição. Thompson chama esse lugar de Ypres Salient. Aqui, na grama que chega à altura da cintura, tropeçamos em antigos abrigos de trincheira. Bons lugares para se esconder, penso, mas eles parecem distantes demais para um tiro agora, enquanto Thompson monta no fuzil de Elijah um espelho pelo qual olhamos com um olho só. Ele traz o alvo para perto. O que antes era só uma saliência em um campo a setecentos metros de distância de repente parece um toco de árvore. Melhor ainda, eles deram um jeito de colocar uma cruz de cabelo fino no vidro, de forma que se pode pôr o ponto onde as duas linhas se encontram bem no centro do alvo. Esses *wemistikoshiw* às vezes me surpreendem.

Todos os dias passamos horas praticando com o fuzil e o telescópio, e Thompson nos ensina como ajustar a mira torcendo as duas maçanetas do lado. Praticamos em várias distâncias, nos revezando com o Ross de Elijah até ficarmos à vontade e precisos. Thompson explica que a distância temos de levar em conta todo tipo de coisa, principalmente a velocidade do vento e a trajetória, que é quanto devemos mirar acima de um alvo muito longe para acertar nele. Ele é um professor excelente, paciente e calmo.

Thompson nos ensina a importância de nos misturarmos com o ambiente, de ficarmos imóveis e só dispararmos um tiro quando ele for bom. Nos mostra que um homem precisa olhar por outro telescópio que segura na mão enquanto o outro atira, que em momentos do dia em que o sol está alto nossas armas e especialmente nossos telescópios cintilam, o que entrega nossa posição. Começamos a enrolar nossos fuzis em pedaços de pano. Ele observa que a baforada de fumaça do tiro é suficiente para nos entregar quando o dia é ensolarado, que o único jeito de evitar ser localizado em dias assim é atirar uma vez e imediatamente se deslocar e achar outro lugar para se esconder. Penso que é exatamente como caçar. É caçar.

Thompson chama os montinhos de terra e a cobertura que construímos no meio da noite de ninhos. Ele acha muito engraçado poder dizer: "Bird, vá para seu ninho."

Penso comigo que nasci para fazer isso.

Elijah e eu passamos longas horas à noite construindo nosso ninho, prestando atenção a cada detalhezinho, a cor da terra, os tocos e pedaços de metal enferrujado em volta, rotas para seguir se formos descobertos, que ofereçam um pouquinho de cobertura. É exatamente como construir tocaias para ganso em nossa terra. Se elas não estiverem bem construídas, os gansos vão evitar o caçador. Ficamos horas deitados, eu localizando, Elijah com o fuzil pronto, não movendo um músculo, a respiração longa, profunda e muito lenta, de modo que entramos num ritmo. Um encantamento desce sobre nós e nos torna uma parte da terra.

Maio acaba e junho começa, e vem um pouco de calor. A conversa sobre os canadenses se juntarem com os ingleses ao sul daqui continua, mas não dá em nada. Elijah e eu fizemos um ninho tão bem coberto que não é visível nem de nossa linha de crateras, cinquenta metros à nossa frente. Eu mesmo desci e tentei localizar o ninho mas não consegui, embora o tivesse construído. Ele é uma pilha amassada de árvores lascadas e esmagadas por um bombardeio no inverno. Escoramos firmemente nosso fuzil em um toco grosso com uma vista ampla dos hunos. Espio por meu telescópio enquanto Elijah descansa os olhos. Aprendemos que é fácil cansá-los depois de horas olhando e sondando.

Já faz muitas horas que estamos deitados aqui, sem conseguir enxergar muita coisa no começo de tarde cinzento. Ficamos tão imóveis que me pergunto se meu corpo consegue se lembrar de se mexer. Digo a meu pé que se sacuda e ele obedece.

Está tudo bem. Acho que até os piolhos foram dormir. Às vezes, com eles andando das costuras de minha roupa para a pele, é quase impossível ficar parado, por causa da coceira.

Durante a noite ficamos cansados de estar molhados, então pomos um pedaço de lona acima de nós e o cobrimos com madeira de um jeito que não muda muito a aparência de nosso ninho. Os fritz têm observadores por aqui que prestam muita atenção a qualquer mudança no ambiente. Essas mudanças lhes informam que aqueles como Elijah e eu operam na área.

Mesmo com a lona em cima de nós, o chuvisco consegue penetrar em tudo e molhar. Tenho de manter uma mão em concha sobre meu telescópio para impedir que as gotas de chuva caiam nele e firmá-lo com a outra mão. A linha dos hunos são montes de terra dispersos na escuridão, ligados por trincheiras, a pouco mais de quatrocentos metros de nós. Os alemães são inteligentes na forma como montam suas linhas em ângulos esquisitos. Até cobrem os parapeitos com pedaços de pano brilhante de uma forma que não parece ter nenhuma ordem ou razão. Isso faz a saliência das trincheiras deles parecer quase bonita, mas também torna difícil localizarmos irregularidades que nos digam a posição dos soldados e os lugares de outros atiradores de elite na linha. As linhas canadenses são mantidas exatas e ordenadas como os ingleses fazem, e imagino que deve ser mais fácil os hunos notarem quando algo está onde não deveria. Sei que é por isso que os atiradores de elite deles têm tantas mortes, e imagino que se sei disso, os oficiais acima de mim também devem saber, então por que não mudam isso?

Meu estômago ronca de fome, e quero um cigarro, e preciso de um descanso de ficar olhando, e estou prestes a cutucar Elijah, quando percebo movimento bem atrás de um monte distante, só um piscar de alguma coisa em meu telescópio. Miro nele e espero com a respiração presa. Pode ser só um rato grande correndo. Então o vejo. O topo da cabeça de um soldado se mexe por um momento acima da cobertura da trincheira secundária deles, depois desaparece. Observo enquanto pazadas de terra aparecem do lado. Ele está empenhado em trabalhar para consertar sua seção da trincheira e não se dá conta de que está visível a qualquer um. Cutuco Elijah e ele abre calmamente os olhos.

— Lá — digo em cree.

Elijah olha por seu telescópio, com o fuzil voltado na direção para onde aponto. Olho de novo em meu telescópio e nós dois podemos ver que o soldado está de pé em cima de uma tábua. Parou de trabalhar e agora sua cabeça é um alvo, enquanto ele enxuga o suor da testa com um lenço. Não tem ideia de que pode ser visto, e quando olho para seu rosto, jovem e espinhento e irritado de trabalhar, começo a sussurrar para Elijah que ele tem um bom tiro se quiser, quando a repentina concussão de seu fuzil faz meu corpo saltar involuntariamente e o familiar zunido em meu ouvido esquerdo, que está muito perto do fuzil, começa de imediato. O rosto do jovem soldado é uma explosão de vermelho que sai pela parte de trás da cabeça em uma rajada antes que ele se encolha e saia de vista.

Elijah ejeta suavemente o cartucho velho, que salta com um tinido de metal contra metal, depois carrega um cartucho novo. A imagem da cabeça do soldado explodindo me revira o estômago. Engulho um pouco e cuspo bile de meu estômago vazio, a garganta queimando, e o cheiro acre de minhas entranhas me faz engulhar um pouco mais. Olho para Elijah.

Elijah olha imóvel por seu telescópio, sorrindo para si mesmo.

— Eu o peguei, não foi? — sussurra.

— Pegou — respondo.

KIPWAHAKAN
Prisioneira

Sei que Xavier quer falar comigo. Ele chega ao ponto de deixar palavras saírem de sua boca quando dorme. Diz muito pouco quando está acordado. Mas não consigo entender mais do que a frase esquisita quando ele está dormindo, e às vezes, quando ele sonha, fala em voz alta em inglês. Não posso deixar de sorrir quando ele faz isso. Quando criança ele era tão orgulhoso que mais de uma vez afirmou que nunca falaria a língua *wemistikoshiw*. E agora ele a fala até dormindo. Ainda não consegue falar comigo, então decido, aqui no rio, que vou falar com ele. Desse jeito talvez a língua dele se solte um pouco. Talvez um pouco do veneno que corre nele possa ser liberado assim. As palavras são a única coisa que tenho agora. Vivi sozinha tanto tempo que percebo que estou com fome de falar. Então o levo remando suavemente pelo rio, falo com ele, conto a ele sobre minha vida.

Depois da morte de meu pai, seu avô, Xavier, nosso povo ficou desorientado. Flocos de neve no vento rodopiante. Alguns voltaram para Moose Factory e nunca mais saíram de lá, tornaram-se índios abrigados e aprenderam a tolerar a comida e os costumes dos *wemistikoshiw*. Você podia saber que estava chegando a Moose Factory no rio pelo fedor de esgoto e lixo empilhado na praia. E todos eles se perguntavam de onde vinham as doenças.

Alguns de nós preferiram correr o risco de passar fome e ir para a mata, bandos perambulantes que voltaram aos velhos costumes como famílias pequenas, recuando um século no pântano, caçando com arco e armadilhas feitas de trepadeira quando não havia mais balas. Minha mãe me mostrou a magia do fundo da mata, que é tão real, tão viva como o brilho lampejante do *Wawahtew*, as Luzes do Norte. Ela passou os anos seguintes me ensinando um pouco dessa magia.

Eles terem matado meu pai era uma semente dura e amarga alojada na boca de meu estômago, que com os anos brotou como uma flor escura de raiva. Minha mãe reconhecia o que crescia em mim. Do jeito dela, tentava me ensinar a não usar isso de maneiras negativas, porque isso seria entrar em uma espiral da qual era quase impossível escapar. Eu a ouvia, mas naquelas noites em que estava agitada com o frio e meu estômago doía sem parar de fome, as chamas negras daquele fogo me consolavam. Me imaginava perseguindo aqueles policiais com minha faca de esfolar, pegando cada um deles e o estripando como estriparia um gambá, cuspindo meu ódio na barriga aberta dele.

A Hudson's Bay Company tinha instilado nos cree uma cobiça por peles que quase acabou com os animais, e por isso finalmente chegou a hora em que mesmo os homens e mulheres mais experientes da mata tiveram de tomar a decisão de se mudar para a reserva ou morrer de fome.

Me lembro do primeiro dia em que entrei em Moose Factory, do medo apavorante e da confusão de um prisioneiro que é levado para a prisão pela primeira vez. Éramos oito. Minha mãe, Coelha e eu, e um velho e sua família que eram amigos de meus pais. O velho tinha quebrado a perna alguns anos antes e nunca a consertara direito, então a arrastava inutilmente. A mulher dele o ajudava, junto com os três netos deles, crianças mais novas do que meus quinze invernos. Era o meio do inverno e estava frio, o céu um azul de doer. Nossos cães puxavam o trenó e nossos poucos pertences, e até eles estavam encolhidos e com medo, cercados por todos aqueles cheiros estranhos. Éramos um inimigo desorganizado e derrotado, e o administrador gordo ficou muito contente de anunciar nossa rendição.

— Então agora cês todos vieram pegar comida, é? — Ele falava para todos que estavam reunidos no armazém da Companhia, índios e brancos. — Cês trazem peles pra trocar comigo, ou são como todos esses diabos que esperam viver de crédito? — Meu tio mandou seu neto buscar as poucas peles de marta e castor que tínhamos conseguido apanhar naquele inverno. O administrador sacudiu a cabeça quando viu o estado delas. Ele nos deu um pouco de comida e nos espalhamos pela reserva para ficar com os vários parentes que tinham espaço para nós.

Eu observava quando as outras crianças em minha volta iam para a escola residencial do outro lado do rio. Um dia Coelha pediu à nossa mãe que a deixasse ir se juntar com as amigas. Minha mãe cedeu ao desejo de Coelha. Sua mãe, Xavier, só queria uma vida melhor do que a que podíamos oferecer a ela.

As freiras cortavam o cabelo das crianças de jeitos engraçados, o das meninas aparado acima dos ombros, de forma que os rostos pareciam redondos como maçãs, o dos meninos muito rente à cabeça, de forma que as orelhas se destacavam. Embora a escola ficasse perto, os pais não tinham permissão de visitar os filhos. Minha mãe me contou que isso era para as freiras poderem fazer seus encantamentos sem serem interrompidas. Quando as crianças voltavam, estavam diferentes, falando na língua *wemistikoshiw*, respondendo de maneira rude aos pais, brigando e machucando umas às outras, chorando no meio da noite por motivos que não conseguiam explicar. Eu imaginava o que acontecia com elas naquele lugar e ficava agradecida por não ter sido mandada para lá.

Então um dia fui. Tinha chegado aos homens da Companhia a informação de que havia uma menina índia perambulando por Moose Factory que ainda não tinha idade para casar mas era selvagem como um animal. Um dia, quando os primeiros sinais de primavera apareciam, um padre chegou em nossa cabana. Havia uma oleosidade na neve, a brisa não era quente mas já sugeria calor. Ele veio com um soldado do forte para o caso de o cree esquisito que saía de sua boca não ser bom o suficiente. Minha mãe gaguejou um pouco quando ele disse que eu tinha de ir com ele para aprender sobre Deus.

— Ela é tudo que tenho — ela disse a ele em inglês. Fiquei surpresa de saber que ela conseguia falar a língua deles.

— É para o bem de Deus que ela vai comigo — respondeu o padre. — Vai ser vestida e alimentada e ficar aquecida.

Nada que minha mãe pudesse dizer mudaria o que estava prestes a acontecer, e ela sabia disso tão bem quanto eu. Então fiz a única coisa que podia fazer. Corri. Mas o soldado me surpreendeu com sua rapidez, me pegou a menos de cem metros de nossa cabana, me jogou no chão com brutalidade e tentou prender meus braços. Então lutei como um lince, arranhando os olhos dele com as unhas, batendo em seu casaco grosso de um jeito que o fez gritar de choque e de dor. Bati e chutei até não ter mais força, até o soldado me arrastar para longe de minha mãe.

O prédio era grande e branco, maior do que o armazém da Companhia, maior do que qualquer estrutura que eu já tinha visto. Nos punham para dormir em quartos compridos, em fileiras de camas de vento, e como eu era mais velha e sabia muito pouco a língua deles, as freiras prestavam muita atenção em mim. Me mantinham longe de minha irmã. Não queriam que eu mudasse o que tinham ensinado a Coelha, que elas agora chamavam de Anne.

As freiras me acordavam no meio da noite e me arrastavam para um quarto com uma luz forte onde eu era obrigada a repetir palavras sem parar até pronunciá-las corretamente. Quando eu era apanhada falando minha língua, elas enfiavam sabão de cinza em minha boca e passavam dias sem me dar nada para comer. Eu via quando as crianças mais novas apanhavam de chibata e eram obrigadas a comer comida do chão como cachorros, mas alguma coisa em meus olhos deve ter avisado às freiras para não fazerem isso comigo. O tempo todo eu planejava minha fuga, escondendo pedaços de comida no bolso de meu vestido grosseiro quando ninguém estava olhando, observando os lugares onde eram guardadas as roupas e toalhas mais quentes que me serviriam na mata.

A chefe delas, irmã Agnes, antipatizou comigo imediatamente naquelas primeiras semanas. Ela mesma cortou meu cabelo, mais curto do que o das outras meninas. Precisei de todo o esforço para não atacá-la e impedir que ela fizesse isso, mas sabia escolher com cuidado meus combates. Elas iam remover o cabelo preto que chegava até minha cintura como um símbolo de autoridade *wemistikoshiw*, de nossa derrota. Ela me pôs sentada em uma cadeira, outras freiras em volta esperando uma briga, mas fiquei sentada e sorri serenamente enquanto ela pegava meu cabelo, puxando forte para ver minha reação, que não veio. Quando ela acabou e meu escalpo doía, me recusei a olhar no espelho que elas puseram na minha frente. Não queria lhes dar a reação de choque e tristeza que elas tanto queriam. Já tinha planejado minha resposta aos atos delas.

Naquela noite, bem tarde, quando até as freiras mais vigilantes estavam dormindo, fui sorrateiramente até o porão, para o quarto onde elas nos tosquiavam como ovelhas, e encontrei as tesouras usadas para os meninos. Cortei tanto o resto de meu cabelo que só sobrou um campo espetado.

Fiquei acordada em minha cama o resto da noite, esfregando a mão no escalpo, antecipando o amanhecer que se aproximava. De manhã as freiras andaram entre nossas fileiras, puxando nossas cobertas e gritando para levantarmos. Quando finalmente chegou o momento e fui exposta, o quarto ficou em silêncio, e todas as crianças e todos os adultos olharam para mim. Uma das freiras sussurrou *demônio*, e mesmo sabendo que não devia, mas sem conseguir evitar, sorri ao ouvir essa palavra.

Então elas me puxaram da cama e me arrastaram para o porão, me trancando em um quarto com só uma janela no alto. Foi quando pensei em meu pai em seus últimos dias. Eu não ia deixar a mesma nuvem me cobrir.

Depois de uma semana sem falar com ninguém e recebendo só uma tigela de mingau por dia para comer, comecei a ter visões estranhas. A irmã Agnes tinha me dito que eu só ia sair quando meu cabelo tivesse crescido. Minha fome, combinada com o pensamento de ficar nesse quartinho com só uma janela no alto, fez meu corpo se sacudir, uma coisa que não acontecia desde a morte de meu pai. Parecia uma corrente quente subindo por minhas costas e enchendo minha cabeça até eu ficar tonta. Então minha mandíbula ficou rígida e os tremores correram por minhas pernas e pela parte de baixo do tronco, cada vez mais intensos, até que meu corpo inteiro estremeceu e eu caí no chão. Minha visão ficou vermelha e isso foi o fim de minha consciência. Então não havia mais espaço em volta de mim para esse mundo, só vislumbres do outro lugar e do que levei muito tempo para perceber que era o futuro.

Vi a mata mais uma vez, verão ou talvez outono, com o sol alto. Uma represa de castor que não tinha sido abandonada, uma toca de galhos novos. Eu estava sentada em uma canoa com um jovem remando à minha frente. Não o reconheci. O cabelo dele tinha sido cortado como o meu mas já estava crescendo. Em uma curva do rio, um alce grande, um macho, estava parado na praia. Senti a mesma excitação que sempre acontece quando se encontra um, especialmente um tão grande. Mas não o pegamos. Fomos levados em silêncio pela corrente.

Sentada sozinha no quarto, percebi que não ia conseguir escapar dele. A janela era alta demais e a porta que me trancava era sólida. Meu cabelo tinha crescido como uma penugem macia, e mesmo assim eu não me arrependia do que tinha feito. Esperava e sonhava e tramava.

Uma noite acordei ouvindo um arranhar suave na janela. Olhei para cima e vi uma sombra ao lado dela. Antes mesmo que o pânico tivesse chance de me pegar, a janela se quebrou com um tinido de vidro. Me enfiei embaixo da cama e vi o resto da janela ser arrancado. Balançando seu cabelo comprido, minha mãe enfiou a cabeça no quarto, e na língua que eu não ouvia fazia semanas disse para eu jogar minha roupa de cama para ela. Me levantei e fiz isso, já totalmente sem sono. Ela torceu o lençol, jogou uma ponta para baixo e me disse para agarrá-la. Então me içou e me puxou através da janela, e senti o primeiro ar fresco em muito tempo. A primavera tinha chegado enquanto eu estava naquele quarto.

— *Ashtum* — ela disse. — Eles provavelmente nos ouviram. Temos de ir agora.

Imaginei aonde estávamos indo, mas logo ficou claro quando ela me levou até nossos cachorros, os dois atrelados a um trenó com todos os nossos pertences amarrados em cima.

— Você viu Coelha? — perguntou minha mãe. — Ela vem conosco?

— Agora ela se chama Anne — eu disse, e vi o entendimento atravessar o rosto de minha mãe.

Conduzimos os cachorros para fora de Moose Factory naquela parte da noite em que era mais escuro, e passamos dois anos sem olhar para aquele lugar. Minha mãe e eu saímos de lá e voltamos ao tempo de nossos ancestrais, vivendo do que a terra dava e nos tornando aos poucos iguais aos animais em volta.

KAKWAPASKINAATOWIN
Competição

No fim de junho nosso batalhão é deslocado para perto de um lugar chamado White Horse Cellars, onde as ruínas da cidade ficam entre as duas linhas. A lama não é muito problema porque estacionamos quase no topo da estrada que vem de Ypres até aqui. A terra de ninguém está salpicada de lixo e das carcaças apodrecidas de animais de fazenda. É um lugar bom para caçar fritz, diz Elijah.

Gosto do nome deste lugar. Quando durmo um pouco, os sonhos são bons, com grandes cavalos brancos correndo livres por campos verdes abertos, com celeiros calmos e secos, cheios de comida.

Cada vez mais Elijah e eu temos permissão para sair sozinhos, eu localizando e Elijah atirando, porque voltamos com mortes. Há muitos lugares para se esconder por aqui, pilhas de tijolos velhos, carroças explodidas, as paredes caídas de casas. Esta parte da linha é confusa e temporária. Em alguns trechos, a linha dos hunos fica só a uns cem metros de distância. A área já cobrou muitas vidas dos dois lados.

Thompson tem saído para nos observar trabalhando. Diz que está impressionado de ver quanto tempo conseguimos ficar parados apesar dos piolhos e sem cair no sono, como conseguimos perceber um movimento que ele não é capaz de ver. Elijah explica a ele que isso é caçar, e caçar é o que fizemos a vida inteira. Não corrijo Elijah. Não adianta contar a Thompson que sou o único de nós dois que realmente é da mata, o único que realmente caçou a vida inteira. Não tenho motivo para dizer isso.

Durante o começo do verão, que Thompson chama de estação calma e de calmaria antes da morte, os números de Elijah crescem. Três, cinco, dez. Eu me tornei muito bom em localizar movimento, em ver os homens na confusão de tijolo e lama. Minha tarefa é encontrar os infelizes que apenas por um momento esquecem o perigo. Mas a tarefa de Elijah é despachá-los.

Estou aprendendo a aceitar o que ele faz. E que eu sou seu cúmplice.

Agora, quando Elijah e eu voltamos para as trincheiras depois de um dia ou dois fora, os outros olham para nós de um jeito diferente. Estamos nos tornando o assunto do batalhão, disse Thompson. Estamos também começando a atrair a atenção dos obuses dos alemães. Quando caçamos em uma área por mais de um par de dias, as granadas começam a cair. Isso por sua vez nos faz ser indesejados pelos nossos, então passamos períodos cada vez mais longos fora das trincheiras e de tocaia em nossos diferentes ninhos. Os ninhos realmente bons nós mantemos o máximo de tempo que conseguimos, nos deslocando entre eles da maneira mais aleatória possível. De qualquer jeito, gosto mais de ficar aqui fora, longe das trincheiras. Não há tédio, nenhum oficial para quem responder, nada de prontidão.

Uma noite, quando Elijah e eu voltamos para nossa linha para uma refeição quente e um pouco de descanso, ouço Sean Patrick e Olhos Cinzentos falando sobre nós. Mencionam meu apelido, depois o de Elijah, e percebo que não sabem que estou bem ao lado deles. Estou me tornando um fantasma.

— O que eles fazem lá fora? — pergunta Sean Patrick.

— Ficam de tocaia e matam fritz — responde Olhos Cinzentos.

— Eles não percebem? — diz Sean Patrick. — Que quanto mais atiram, mais granadas caem em nosso setor? Eu preferiria que eles fizessem o trabalho sujo deles em algum outro lugar. — Os dois ficam em silêncio por um tempo.

— Elijah é que é o matador — diz de repente Olhos Cinzentos. — X apenas localiza para ele. Elijah me contou que X vomitou a primeira vez que viu Elijah matar alguém.

— Quantos eles têm agora?

— Elijah tem dezenas, imagino, se você incluir o ataque à cratera que eles fizeram há uns dois meses.

Saio com as orelhas quentes, sem fazer um som para eles não saberem que estive ali.

* * *

Uma ofensiva horrível queima como uma fogueira gigante ao sul de nós. O troar contínuo dos grandes obuses de 127 milímetros martelando os alemães não para, bate durante dias como os maiores tambores, a terra embaixo de mim estremecendo, se sacudindo, embora o bombardeio esteja a muitos quilômetros de distância.

Elijah e eu ficamos deitados em nosso ninho à noite ou nos oferecemos como voluntários para ficar em postos de escuta na terra de ninguém.

— Esses são os nossos obuses — Elijah sussurra para mim esta noite. Seus olhos refletem o pouco de luz que há, e ele tem nos lábios o sorriso dos misteriosos. Ultimamente, noto que ele dorme menos e fala o tempo todo sobre caçar. Diz que pode ver coisas no horizonte. Vislumbres. Ficamos sentados em um posto de escuta, uma pequena cratera a vinte metros de nossa linha. Passamos esta noite procurando ouvir o que os fritz estão preparando, mas só escutamos um soldado alemão gemendo e murmurando, muito ferido mas ainda vivo, no meio da terra de ninguém.

— O sargento McCaan diz que vai haver um grande ataque — sussurro — e que os ingleses estão preparando uma grande ofensiva.

Agora é o momento de maior silêncio na noite, e o sol vai aparecer daqui a uma hora, mas ainda está escondido em algum lugar bem baixo. O soldado ferido geme e murmura. Agora está falando algum tipo de língua secreta, penso, falando com o espírito que vai levá-lo na jornada de três dias.

— O fritz se enterrou muito bem na França — diz Elijah. — O Tommy vai cair. — O soldado ferido de repente ri, como se concordasse com o que Elijah diz. Talvez eles vejam a mesma coisa.

Elijah já matou mais homens do que consigo contar com as duas mãos. Isso não parece preocupá-lo. Eu, por enquanto, não matei ninguém que pudesse ver, mas ajudei Elijah. Acho que isso me incomoda, mas não vou ficar pensando nisso, apenas afasto a ideia sempre que ela aparece.

Elijah sorri e olha na escuridão. Os obuses no sul fazem o céu brilhar e pulsar. São as Luzes do Norte, no lugar errado, me lembrando de casa. A linha do outro lado está parada. O único barulho acima da explosão na distância é o murmúrio e os gritos do soldado ferido.

— Já volto — sussurra Elijah, e sai rastejando de nosso posto de escuta, rápido e em silêncio. Sei que é inútil tentar impedi-lo. Sei também que Elijah não levou o fuzil.

Fico imóvel, escutando e tentando combater a raiva que me vem quando Elijah faz essas coisas estúpidas. Não é justo. Sou deixado aqui como uma esposa preocupada, imaginando se Elijah vai conseguir voltar desta vez ou se vai ser localizado e levar um tiro. De repente ouço o soldado ferido gritar o que parece "*Nove, nove, nove...*" e então, em voz mais baixa, ele começa a falar como se estivesse conversando. Finalmente, para de falar. Sento e escuto durante muito tempo, sentindo todo o vazio da noite agora que a voz ferida se calou.

Quando o sol ameaça surgir e estou doente de preocupação com a possibilidade de Elijah não voltar a tempo, ou não voltar de jeito nenhum, e eu ser obrigado a ficar agachado neste buraco o dia inteiro até que a noite chegue de novo e eu consiga voltar para a linha, Elijah despenca na cratera e se recosta nela, com a respiração rasa e um pouco difícil.

— Onde você estava? — pergunto em cree, tentando não parecer perturbado, mas o tom acaba se revelando.

— Ajudei aquele soldado a encontrar seu caminho para o mundo dos espíritos — sussurra Elijah.

— Temos de voltar antes que o sol levante — digo.

— Fui bom para ele — continua Elijah, olhando para o céu. — Ele tinha sofrido bastante e eu não queria que ele partisse violentamente, então cobri a boca e o nariz dele com minha mão e sussurrei para ele coisas boas, até que ele foi.

— Chega — digo de um jeito mais ríspido do que queria, e rastejo para fora da cratera na direção de nossa linha.

Os outros no batalhão começaram a tratar Elijah como se ele fosse alguma coisa a mais do que eles. Caminho ao lado ou atrás dele pelas trincheiras entre períodos passados fora caçando, e muito poucos parecem me notar. Quando recebemos nossa ração diária de rum, Elijah sempre senta com qualquer pessoa que queira ouvir para contar sobre suas últimas explorações. E há muitas. Eles parecem esquecer muito rápido quem é o melhor atirador. Nenhum deles sabe que fui eu quem ensinou a Elijah o que ele sabe sobre caçar. Meu inglês não é bom o suficiente para corrigir o que vi acontecer, mas mesmo que fosse, para eles eu só ia parecer uma velha amargurada. Afinal, ainda não puxei o gatilho para atirar em um homem. Esse trabalho é de Elijah.

Quando consigo, encontro um lugar longe da conversa deles e caio num sono leve que me envolve como fumaça. Sou arrastado de volta ao lugar de treinamento para onde fomos enviados depois do tempo que ficamos em Toronto, no frio do outono, onde aprendemos pela primeira vez a exaustão. Essa lembrança, essa pedrinha minúscula, examino com os olhos bem fechados. Fico virando-a entre meus dedos.

Nossos dias de treinamento nesses campos de fazenda em Ontário são todos iguais, a companhia dormindo um sono leve e em turnos, trabalhando na escavação de trincheiras e depois enchendo os buracos de novo, aprendendo sobre linhas de sapa, degraus de tiro, parapeitos, anteparos na retaguarda da trincheira, prontidão de manhã e no entardecer, aprendendo um pouco do que vamos fazer quando chegarmos à França.

Alguns oficiais vieram do outro lado do mar para treinar os homens. Os que me rodeiam sussurram que esses oficiais participaram de muitas batalhas. Têm uma certa aparência, um certo olhar vazio. Um deles é mais velho, inglês. Os outros dois são canadenses. Um dos canadenses perdeu o braço esquerdo até o ombro. O inglês sempre parece estar chorando. O outro canadense, esse me parece estar ótimo. Os três ficam sentados longas horas à noite ao pé de uma fogueira e conversam com o tenente Breech e às vezes com o sargento McCaan.

É à noite que aprendemos como desenrolar arame farpado sem rasgar as mãos, como ficar imóveis quando sinalizadores explodem acima de nós, de forma que nos misturamos com o solo. É à noite que aprendemos a patrulhar em silêncio e a seguir sorrateiramente uns aos outros. É disso que Elijah e eu mais gostamos, é nisso que somos melhores.

McCaan percebeu como somos bons nessas coisas, e isso faz com que eu me sinta um pouco importante. Durante esses jogos à noite, os homens são enviados para a escuridão da floresta ou do prado e recebem ordens de encontrar outro grupo que foi enviado ou simplesmente voltar para o acampamento primeiro. Mas os outros não conseguem acompanhar Elijah e eu. Na escuridão, sinto que nós dois somos corujas ou lobos. Fizemos muitas caçadas noturnas ao longo dos anos. McCaan relata sobre nosso talento ao tenente Breech. Elijah me conta que Breech diz que é nosso sangue índio, que nosso sangue está mais próximo do de um animal do que do de um homem.

Enquanto os homens estão fora em treinamento noturno, sei que os oficiais visitantes ficam sentados ao lado da fogueira e conversam com Breech. Falam sobre a França, sobre lugares com nomes estranhos. Popperinghe. Flandres. Festubert. Loos. Falam de os hunos usarem um gás que quando é respirado transforma os pulmões num líquido abrasador, de forma que um homem se afoga nas chamas de suas próprias entranhas. O oficial chorão estava no lugar onde esse gás foi usado pela primeira vez nos canadenses. Ele se salvou urinando em um lenço e respirando através dele com o rosto enterrado na lama. Mas mesmo assim o gás atingiu um pouco seus olhos.

Um ou dois lugares na França vão decidir a guerra no próximo verão, dizem esses oficiais sentados ao pé da fogueira. E são os soldados que estão aqui em volta deles que vão ajudar a decidir. Descubro tudo isso por Elijah. Ele volta tarde da noite para a tenda onde dormimos, me sacudindo para me acordar e sussurrando comigo em cree todas as coisas que conseguiu ouvir os oficiais dizerem enquanto estava deitado no escuro espionando. Elijah se esgueira e fica em silêncio e nas sombras durante horas enquanto eles conversam, imita as vozes deles, as posturas, os olhares. Ele mal pode esperar para chegar lá e me diz que tem medo de a guerra terminar antes que chegue.

Elijah tem mesmo um talento. Já se tornou tão bom quanto eu em localização e talvez seja mais paciente. É como uma sombra quando quer ser, deitado imóvel e respirando em silêncio, de um jeito que ele se torna o próprio chão. Sei que me escondo bem, trabalho bem, atiro bem. Nós dois seremos muito bons lá. Mas Elijah, tudo que ele quer é esse lugar. Essa guerra vai torná-lo alguma coisa importante.

Uma noite Elijah e eu estamos deitados em nossa tenda conversando. O anoitecer calmo sem nada para fazer é raro. O outono chegou de vez. O ar é mais cortante. As árvores brilham na luz do sol enquanto parte delas morre.

Começou uma conversa de o batalhão se deslocar de novo, dessa vez talvez para os navios que vão nos levar pelo mar para a guerra. Elijah me diz isso em nossa língua enquanto estamos sentados na tenda perto do calor do fogão a lenha.

— É só uma questão de tempo para isso acontecer — diz Elijah. Me estico para ouvir melhor. — Para eles nos separarem.

— O que é isso? — pergunto. — Quem diz?

— Essa é a conversa.

— Isso é besteira — digo, depois pergunto: — Eles vão nos separar?

Elijah fica um pouco em silêncio.

— É bem provável. Você tem de se preparar para isso, para ficar sozinho, Xavier. Seu inglês está melhorando, e isso é bom, mas o exército não liga nada para amizades.

Pela primeira vez desde que chegamos a este lugar começo a ficar em pânico de novo.

— Com certeza eles vão nos manter juntos se pedirmos — digo.

— Eles não ligam nem um pouco para nós, Xavier. — Ficamos sentados sem conversar por um tempo. — Talvez seja melhor nos separarem — diz Elijah no escuro. — Isso vai ensinar a você um pouco sobre independência. Vai lhe dar oportunidade de fazer seu nome sozinho, de crescer um pouco.

As palavras me irritam. Imagino por que Elijah diz tudo isso.

No dia seguinte, dois batalhões inteiros ficam de prontidão no grande campo onde os homens disparam os fuzis. O 48º Highlanders está em frente a nós, o Southern Ontario Rifles. Ficamos o mais esticados que conseguimos, especialmente os Rifles, mais altos agora do que éramos há alguns meses. Posso ver leves olhares de nojo nos rostos dos Highlanders que me encaram. Nenhum desses homens que estão na minha frente pensa que o 48º vai perder. São profissionais que participaram de muitas batalhas. Nosso batalhão é um punhado de agricultores e trabalhadores com um par de índios da mata no meio. Quero mudar esses olhares nos rostos deles.

O oficial inglês enviado para nos treinar, aquele com olhos de choro, marcha até o meio do campo, e outro oficial grita para os homens ficarem em posição de sentido. Há uma agitação quando eles fazem isso, e então o oficial inglês limpa a garganta, preparando-se para falar. Tenho de ouvir com muito cuidado para entender quando o oficial segura o fuzil em sua frente e começa a gritar.

— O Ross do soldado é o melhor amigo do soldado — ele diz. — Se vocês cuidarem bem dos mecanismos dele, vão ouvir o ferrolho ser empurrado com precisão e o clíquete-clique e uma bala no cano e está feito, um boche morto!

Ele faz uma pausa e olha para os homens dos dois lados. Seu rosto está vermelho do esforço de gritar e seus olhos choram água salgada. Imagino se ele está louco. Ouço um som a meu lado e olho com todo cuidado para Elijah, que começou a rir e parece ter dificuldade de se controlar. O oficial começa a gritar de novo.

— Homens, vocês devem realmente cultivar o hábito de tratar esta arma com o maior carinho, e deve surgir entre vocês uma rivalidade saudável!

Ele se sacode com o esforço que faz para gritar. É uma coisa estranha ver as lágrimas rolando por suas bochechas e molhando sua gola. Ele faz uma pausa e seus olhos vagueiam para um lado e para outro das fileiras de soldados, e não tenho certeza se ele terminou ou não seu pequeno discurso. Bem quando penso que o oficial deve ter acabado, ele começa a gritar de novo.

— Ele deve ser motivo de orgulho muito justificado. Casem com ele, homens! Casem com ele! Amem seu fuzil porque ele é mesmo de vocês!

Agora ele parece um pouco confuso, como se tivesse esquecido o que mais tem a dizer, e é nesse momento que Elijah irrompe numa risada, uma risada engasgada tão alta que todos em volta dele se viram ao mesmo tempo e olham horrorizados, imaginando o que o sargento McCaan e o tenente Breech farão.

Olho para McCaan na minha frente e agora ele se virou para Elijah com um olhar de pura raiva no rosto, bem no momento em que gritos de viva sobem do 48º diante de nós. Os Rifles se juntam aos vivas. É a primeira vez que o 48º salva Elijah, e acho que não vai ser a última.

Quando os vivas acabam, os melhores atiradores de cada companhia recebem ordem de dar um passo à frente. McCaan não poderia escolher entre Elijah e eu, então diz a nós dois para nos adiantarmos, e isso me deixa inseguro. Posso sentir o peso em meu estômago quando tantos olhos caem sobre mim e os outros do grupo de atiradores. Ficamos em posição de sentido com os fuzis a nosso lado, olhando para o campo onde balões verdes balançam em barbantes a cinquenta metros de distância. De onde estou, eles parecem pequenos, fáceis de errar quando mudam de lugar e quicam no vento frio.

O oficial chorão grita as regras. Vamos atirar em grupos de dez, e seremos eliminados imediatamente no primeiro erro. Vejo que Elijah foi posto no primeiro grupo. Fui posto no último. O vento aumenta enquanto o primeiro grupo toma posição. Os balões pulam como se tivessem vida própria e soubessem o que está para acontecer. Os atiradores seguram frouxamente os fuzis engatilhados. Quando o oficial grita, eles os levantam e fazem pontaria, depois atiram. Após o barulho, só os balões de Elijah e de um outro desapareceram. Gritos sobem do 48º. O outro é o homem deles, pequeno e com cabelo cor de areia.

O segundo, o terceiro e o quarto grupos se saem melhor. A maioria acerta o tiro quando o vento diminui. Quando me alinho com meu grupo o vento fica forte outra vez. Recebemos ordem de engatilhar, depois de atirar, e levanto meu fuzil, imaginando que o balão é um ganso flutuando em correntes de vento. O vento açoita o balão e hesito, como para mirar melhor. Aperto o gatilho e meu balão desaparece. Quando abaixo o fuzil, vejo que o meu é o único que desapareceu. Minha companhia grita vivas. O oficial me adverte para não hesitar outra vez senão vou ser desqualificado.

Sobra menos da metade do grupo original, e mais uma vez somos divididos, desta vez em quatro grupos. Elijah e eu ficamos no mesmo grupo. Sorrimos um para o outro. É como nos velhos tempos, quando atirávamos um contra o outro até ficarmos sem balas. O oficial inglês ordena que todos nós recuemos muitos metros, de forma que, de onde estamos, os balões parecem do tamanho de moedas, só que se mexendo no vento. O primeiro grupo se alinha, e quando a ordem é dada eles tentam mirar com precisão nos balões. Ouve-se o barulho das armas, e só um desaparece. O pequeno atirador do 48º dá um sorriso largo enquanto seu batalhão grita hurras.

Meu grupo é o segundo e minha sorte é boa. O vento diminui só o suficiente quando recebemos ordem de atirar, e Elijah e eu acertamos nossos balões. Os nossos, os Rifles, respondem comemorando. Sorrio e me ponho em uma posição confortável para assistir ao resto dos atiradores. Dois homens de cada um dos dois grupos conseguem acertar seus balões no vento mais calmo. Depois de duas rodadas sobram só sete.

Observo cuidadosamente quando os soldados se preparam para a próxima competição. Sete latas de carne em conserva são postas ao longo de uma crista de terra a cento e cinquenta metros de distância. Nós sete ficamos em volta do oficial e puxamos palhas de seu punho fechado. Mais uma vez o soldadinho com cabelo cor de areia do 48º é o primeiro. O oficial grita para ele começar e aperta o botão de um cronômetro. O soldado sai da posição de sentido, tira com facilidade o fuzil das costas, e quando o encosta no estômago a culatra já está aberta e um cartucho encaixado no momento em que ele mira na primeira lata. Ele é rápido e tranquilo. O fuzil dispara, seguido pelo som distante do metal da bala rasgando a lata, depois pelo deslocamento e pelo clique do ferrolho se abrindo. Observo a mão dele pegar outro cartucho, seguido por outro deslocamento e clique quando ele empurra e fecha o ferrolho e *crec*, outra lata é rasgada. Quando ele acaba, atingiu todas as sete latas num tempo muito curto, e não é só o batalhão dele, mas todos que dão vivas.

Os quatro atiradores seguintes não são nem de longe tão bons quanto o primeiro; dois deles acertando quatro latas e os outros dois, cinco. Mas quando meu nome é chamado, converso comigo, digo a mim mesmo para ir para aquele lugar. Fico em posição de sentido e faço os movimentos em minha cabeça. Quando o oficial grita para eu começar, caio no chão, meu joelho batendo bruscamente numa pedra. Fazendo uma careta, abro o mecanismo de meu fuzil e pego um cartucho do chão a meu lado, encaixando-o e fechando o ferrolho, os dois olhos abertos e olhando para o campo, procurando a primeira lata de carne em conserva. Inspiro, expiro, inspiro, solto o ar pela metade, e a mira se alinha na primeira lata, depois um rápido *bang* e o coice do fuzil e a lata se rasgando. Trabalho com firmeza, abrindo a culatra e deixando o cartucho gasto saltar antes de substituí-lo pelo invólucro frio de uma segunda cápsula. Faço a mesma coisa várias vezes, agora no lugar quieto que é só meu, os ouvidos zumbindo com o barulho do fuzil. Na quinta lata sei que meu tempo é bom, mas me atrapalho e perco um tiro porque me permiti pensar em vez de apenas fazer. Me obriguei a ir mais devagar. Sete acertos garantirão meu avanço. Derrubo as três últimas latas e me levanto para receber os vivas dos batalhões, abafados pelo zumbido em meus ouvidos.

Elijah é o último a atirar, e é muito bom. Vejo que para ele não há nenhuma pressão. Elijah é tão tranquilo e seguro que penso que ele é como um vento atravessando um campo. Quando todas as sete latinhas brilhantes são atingidas, Elijah se levanta e acena para a multidão que dá vivas. Ele sempre foi o que não tem medo dos outros. Mas houve uma época em que ele não sabia nada da mata nem de caçar. Fui eu quem lhe ensinou.

O oficial se junta a alguns dos outros. Ouço uma conversa sobre mais balões, ou mais latas de carne em conserva, ou alvos de papel. Com cuidado para que ninguém perceba, dou uma olhada de lado para o pequeno Highlander. Ele é baixo e magro e tem olhos brilhantes que não perdem quase nada. Está inclinado com a mão sobre o cano de seu fuzil, a coronha firme no chão. Com a mão livre ele brinca com um pedaço de barbante, dando nele nós seguros com os dedos. Vejo a força em sua confiança e desvio o olhar. Olho para meu batalhão e vejo Sean Patrick, Gilberto e o Gordo na multidão. Sean Patrick acena para mim. Sorrio para todos eles.

O som de Elijah limpando a garganta faz com que eu me vire para ele. Elijah se aproximou dos oficiais e começa a falar. Isso é um problema. Todo mundo sabe.

— Senhores — ele começa —, ponham fósforos no chão a vinte passos de nós, e o homem que conseguir acender o fósforo com uma bala vence.

Breech se vira para ele irritado, mas é impedido de agir pela voz do oficial inglês.

— O que é isso? — ele pergunta.

— É simples — diz Elijah. — Você põe fósforos no chão e cada homem dá um tiro. Quem conseguir acender o fósforo tocando na ponta com uma bala vence.

É um jogo que Elijah e eu jogávamos quando éramos jovens. Um jogo impossível de vencer. O oficial coça o queixo e balança a cabeça, sorrindo. Vejo a palavra murmurada entre os soldados que estão sentados ou em posição de descanso. Imediatamente os homens começam a falar e procurar dinheiro nos bolsos. Olho para Elijah e ele sorri para mim. É o mesmo sorriso matreiro que ele tem desde quando era menino. Mas sou o único que sabe que Elijah nem sempre se arranjou no mundo com tanta facilidade. Enquanto os oficiais continuam a debater e os soldados perto de nós continuam a trocar dinheiro, penso no inverno pouco depois que Elijah deixou a escola residencial e foi viver comigo na mata.

Montávamos armadilhas para coelhos e usávamos o pelo deles e comíamos sua carne e seus estômagos cheios de folhas. Eu mostrava a Elijah como encontrar suas pegadas, ensinava a ele que os coelhos, como as pessoas, são criaturas de hábitos. Uma manhã, quando verificamos nossas armadilhas, percebemos que uma raposa seguia nossas linhas. A raposa tinha comido um coelho que fora apanhado. Suas pegadas eram frescas, então nós as seguimos. Pela impressão eu podia saber que era uma das grandes.

Caminhamos seguindo os rastros, Elijah atrás de mim fazendo ruídos, esmagando galhos e respirando pesadamente.

— Aquela escola não lhe ensinou nada de útil — sussurrei para ele.

Elijah não gostou disso, mas eu sabia que a raposa estava perto. Subimos uma elevação, e através de um lariço espesso vi um lampejo de vermelho. A raposa também sentiu nossa presença e parou. Tirei a luva e levantei o fuzil, nivelei a visão no centro dela. Um tiro fácil.

— O que você está vendo? — perguntou Elijah, e assim que a voz deixou sua boca, a raposa saiu em disparada.

Não falei com Elijah o resto daquele dia. Quando voltamos para nosso acampamento de inverno ele saiu para a mata, arrastando ramos secos de espruce. Pensei que estava tentando compensar seu erro coletando lenha suficiente para garantir que tivéssemos uma noite quente. Enquanto ele espalhava ramos secos em volta de nossa *askihkan*, eu queria lhe perguntar por quê, mas ainda estava muito irritado para falar com ele. O pelo da raposa teria ficado ótimo, e seria ainda melhor de sentir, como uma gola para minha parca.

Tarde da noite o frio me acordou, e enquanto eu acendia de novo a fogueira percebi que Elijah não estava na *askihkan*. Eu ainda não estava feliz com ele, então voltei a dormir. Perto do amanhecer o estalo forte de um galho do lado de fora me acordou. Saí rastejando de minha manta e espiei lá fora. Quando meus olhos se focalizaram na luz da manhã, vi as pegadas dando muitas voltas em nosso lugar de dormir. Eram inconfundíveis. As pegadas de Elijah. Ele rodeou cuidadosamente a *askihkan*, pisando um pé de cada vez, observando atentamente onde o pé ia, tentando não tirar do lugar os galhos que tinha espalhado. Ele me notou e sorriu, parecendo exausto.

— Andei em volta de você a noite inteira e não o acordei até agora — ele disse. — Vou tentar não cometer mais erros, Xavier.

Quando os palitos de fósforo são postos no chão, Elijah, o Highlander e eu nos alinhamos um ao lado do outro. A vinte passos de distância os fósforos se destacam do chão. As pontas são minúsculas, quase impossíveis de ver claramente. Elijah atira primeiro, e seu fósforo desaparece. Os homens gritam mas depois ficam em silêncio quando percebem que ele não conseguiu. Atiro em segundo lugar, posso sentir os olhos de tanta gente em mim. Não consigo encontrar aquele lugar, e puxo bruscamente o gatilho, de forma que minha bala bate inutilmente na terra meio pé à frente do fósforo. O Highlander não se apressa, e quando atira também faz seu fósforo desaparecer completamente.

Na segunda rodada de Elijah, a bala passa apenas um pouco acima da cabeça do fósforo. Posso ver que foi muito perto pelo lugar onde a bala atinge o chão atrás dele. Levanto meu fuzil e atiro. Estou mais calmo desta vez, e de fato atinjo o fósforo e ele também desaparece. Estou começando a pensar que, mesmo como adultos, vamos descobrir que isso é impossível. O Highlander atira e erra o alvo, resmungando.

O oficial anuncia que o terceiro tiro será o último. Não haverá vencedor hoje se o fósforo permanecer apagado. Elijah fica muito tempo mirando, se exibe para os espectadores, aperta gentilmente o gatilho e erra. Os Rifles resmungam alto. Inspiro e solto o ar, inspiro de novo e levanto meu fuzil até o ombro. Se conseguir fazer isso não serei mais tão forasteiro. Vou ganhar respeito. Solto metade do ar e ponho a ponta da mira no que deve ser a ponta do fósforo. O mundo está em silêncio. Meu corpo parece firme como nunca esteve. Aperto o gatilho e como se por alguma mágica o fósforo flameja e depois se acende, a chama tremulando no vento. Os homens urram. Sinto um pouco de tontura e abaixo o fuzil.

Minha cabeça está leve e hoje acabou sendo um dia bom para mim. O Highlander levanta o fuzil e mira um longo tempo. Prendo a respiração. O fuzil dispara e o fósforo estremece, depois cai. Os homens gritam mais uma vez e correm pelo campo. Estou cercado de braços tentando me pegar e de homens falando na minha cara. Os da minha seção, Gilberto, Graves, Olhos Cinzentos e Elijah, me agarram e me erguem acima de suas cabeças. Olho para baixo, para o mar de homens em volta de mim, e noto que os oficiais apontam para mim e falam.

McCaan se aproxima, rindo, e grita para mim.

— A partir de agora você não será mais chamado Xavier. Agora você tem um novo nome. Seu novo nome é simplesmente X, e quando os homens lhe perguntarem por quê, você diz a eles que X marca o lugar de qualquer alvo que você queira acertar!

Os outros riem e dão vivas, gritando para mim:

— X marca o lugar dele!

Então percebo. Nenhum desses que estão aqui hoje jamais vai poder me chamar de novo de índio inútil da mata. Talvez não digam em voz alta, mas agora sabem que tenho algo especial.

ONAHAASHIWEW
Francoatirador

A vegetação do litoral onde estamos ainda é nova, verde e selvagem, nada é maior do que a altura de um homem. Ao acordar, observo-a por algum tempo, ouvindo o suave mergulhar do remo de Niska. Em alguns lugares, tocos de árvore enegrecidos se projetam como dedos queimados. Parecem as árvores mortas de Ypres, e me fazem pensar se as flores vermelhas já começaram a germinar nos campos de batalha.

— Talvez Elijah ainda esteja lá, Tia. Talvez o exército o tenha mantido lá por mais tempo — digo com a voz muito alta, mesmo sem pretender. Viro-me para ela e ela sorri para mim, me entrega um copo de água que encheu no rio para refrescar minha garganta arranhada.

— Talvez — ela responde. Observo seus lábios. — Quando foi a última vez que você o viu, Xavier? — pergunta. Não está acostumada a fazer perguntas. Percebo que tem medo de fazer esta.

Olho para a praia.

— Perto daqui fica o lugar onde o fogo nos pegou — digo a ela, apontando para a margem. — Tínhamos acampado e dormido com o vento soprando o fogo para longe de nós. Mas em algum momento durante a noite o vento mudou e o fogo voltou sem percebermos. Deito a cabeça na mochila, cansado demais para continuar falando. Quero conseguir contar essa história a Niska, mas não encontro a energia de que preciso para fazer isso.

Sean Patrick está em seu posto de atirador, Olhos Cinzentos controla a chapa de aço, levantando-a quando Sean Patrick pede, fechando-a assim que o tiro é disparado. Eu os notei de manhã bem cedo e fico surpreso de vê-los ainda atirando à tarde. Quero avisá-los para não usarem a mesma posição muito tempo, senão vão entregá-la, mas imagino que sabem disso. Não quero ofendê-los. Vejo também que Olhos Cinzentos está com o olhar vidrado do remédio em suas veias e não presta atenção suficiente, mas McCaan me deu uma pá e disse para eu encher sacos de areia.

— Não quero que vocês atiradores achem que estão acima dessas tarefas — ele diz.

Percebo que Elijah não recebeu uma pá.

Um avião passa no alto e ergo a vista para ver se é um dos nossos, ou se são os fritz que vieram nos atacar. Quando me abaixo de novo para encher sacos de areia, ouço Gilberto gritando por ajuda. Ao levantar a cabeça, vejo Sean Patrick no chão a dez metros de mim, se contorcendo como uma cobra e agarrando o pescoço, o sangue jorrando em quantidades inacreditáveis, seus olhos arregalados de terror com o que está para acontecer. Corro até ele. Nós todos corremos, McCaan e Elijah, Graves e o Gordo, que se aproximaram muito nos últimos meses, como um pai magro e seu filho pesado. Ficamos olhando em silêncio para Sean Patrick sem saber o que fazer, em choque diante da visão do sangue vermelho brilhante que jorra entre seus dedos, tão apertados que ele parece estar se estrangulando. McCaan reage se ajoelhando e pegando nele desajeitadamente, para ajudar.

— O tiro atravessou o pescoço — Graves murmura para ninguém especificamente.

Logo penso nos francoatiradores que dizem estar por aqui, principalmente em um deles, aquele que estaria espreitando nossas linhas e tem um número de mortes inacreditável. Elijah diz que na verdade esse homem não existe.

McCaan pega gaze de uma mochila e tenta mover as mãos de Sean Patrick.

— Me ajudem — ele grita, e seu tom de voz faz com que todos entremos em ação.

Elijah e eu separamos as mãos de Sean Patrick e as seguramos acima da cabeça enquanto Graves e Olhos Cinzentos, que parece não acreditar no que vê, seguram as pernas magras de Sean Patrick. McCaan aplica a gaze no pescoço, mas todos sabemos que isso é inútil. Fito os olhos de Sean Patrick, perto dos meus. Ele olha de volta, totalmente tomado pelo medo. Sorrio para tentar tranquilizá-lo de que logo ele estará na longa estrada e não vai mais sentir medo, nem dor, nem frio, nem umidade. Vejo que o medo diminui um pouco, ao mesmo tempo que a luz brilhante deixa seus olhos. Eles ficam tão vidrados quanto os de Olhos Cinzentos. McCaan para o que está fazendo. Solto os braços de Sean Patrick e vejo os músculos relaxarem na lenta libertação dos mortos.

Olhos Cinzentos recua.

— Eu disse a ele para fazer uma pausa — ele murmura para ninguém. — Disse que ele é alto demais para ficar atirando aqui.

A altura de Sean Patrick nada tem a ver com o que aconteceu.

Naquela noite McCaan dá a mim, a Elijah e a um par de outros permissão para levar Sean Patrick para ser enterrado atrás das linhas, perto de um de nossos ninhos. Cavamos em silêncio sem parar, com o corpo ao nosso lado embrulhado bem apertado em seu cobertor. Quando o buraco está suficientemente fundo, o colocamos nele. Prefiro o jeito antigo de colocar o corpo, no alto de uma árvore, para que a alma possa deixá-lo sem impedimento, mas aqui não há nenhuma árvore por quilômetros em volta. Digo minhas preces para Gitchi Manitou, e Graves e o Gordo tocam com os dedos a testa, o peito e os ombros. Fico surpreso de ver que Elijah também sussurra suas preces em cree. Queimamos um pequeno maço de erva aromática que carrego em minha mochila desde o Canadá, junto com o couro de alce que sobrou, e sussurro mais preces, para subirem com a fumaça. Cobrimos o corpo de Sean Patrick com pazadas de terra e depois ficamos sentados, observando o piscar da artilharia e sentindo o tremor embaixo de nós, enquanto a escuridão total começa a se instalar.

— Francoatirador huno — diz Elijah. Balanço a cabeça para ele. — Ele atira bem — continua Elijah. — Para conseguir acertar um homem no pescoço por uma janela tão pequena.

Quero dizer a Elijah que Olhos Cinzentos é pelo menos em parte culpado, por manejar a abertura da chapa tão devagar, mas me dou conta de que também tenho culpa por não ter dito nada a eles quando percebi os erros que estavam cometendo.

Sean Patrick não é o único morto pelos atiradores deles. Ao longo de toda a linha os alemães estão matando os nossos. Embora os obuses matem muito mais, os francoatiradores acabam com nosso moral, como uma doença rápida. Thompson diz que os fritz estão usando esta área como campo de treinamento. McCaan ordena que Thompson, Elijah e eu façamos o possível para impedi-los, para conseguir uma pequena vingança por Sean Patrick.

Nos dias seguintes ficamos fora das trincheiras o máximo possível, encontrando lugares para nos escondermos e rastrear atiradores de elite. Fico contente de não estar nas trincheiras. McCaan está irritado por Sean Patrick ter morrido tão desnecessariamente, e observa com atenção Olhos Cinzentos. Este não é tão bom quanto pensa para esconder o peso que carrega nas costas. Na próxima vez que Olhos Cinzentos pedir alguma coisa, preciso me lembrar do que ele fez a Sean Patrick.

Elijah vai para outro lugar quando está caçando. Esquece o sotaque britânico e a fanfarronice, é paciente. E fica mais atento. Desloca-se sem nenhum movimento excessivo, como um lobo seguindo a trilha de um animal menor.

Às vezes, tarde da noite, quando estamos em um posto de escuta ou em um de nossos ninhos, Elijah comenta sobre o que os hunos estão fazendo na linha deles, quais serão suas ações nos próximos dias. É como se saísse de seu corpo e fosse levado para o outro lado, onde pode flutuar à vontade. Seu olhar é fixo, como se pudesse enxergar muito longe. Alguns anciãos falam dessa experiência, mas o mais comum, quando um homem deixa o corpo, é ele assumir a forma de um animal — um pássaro, uma raposa ou mesmo um urso. Às vezes me pergunto se Elijah está tomando o remédio de Olhos Cinzentos, mas sei que não está. Ele não conseguiria esconder isso de mim. Esse remédio *wemistikoshiw*, às vezes sou tentado a experimentá-lo, tarde da noite, quando fico deitado aqui escutando. Existe muito dele por aqui. Muitos soldados o carregam em pastilhas nas mochilas e o põem debaixo da língua quando estão feridos. Alguns até carregam o tempo todo uma agulha cheia, o mesmo tipo de agulha que os médicos usam. A maioria tem muito medo da dor, do sofrimento prolongado, mais medo até do que da morte.

Começo a adotar os hábitos de Elijah. Tento pensar como os hunos, particularmente aquele muito bom que matou

Sean Patrick. O francoatirador está operando nesta área há bastante tempo. Há muitos tiros no pescoço. Os números dele continuam a aumentar. A prova de que é o mesmo homem é que ele usa um tipo raro de munição, que não se achata e se expande com o impacto, como a maioria das munições baratas, mas é dura, de cobre, e atravessa quase tudo, como uma minúscula faca mortal.

Passamos cada vez mais dias fora, em nossas várias posições, procurando pistas dos hunos, que sem dúvida procuram por nós. Elijah, Thompson e eu só vamos para nossa linha de vez em quando, pegar pequenos suprimentos de comida e água. O tenente Breech nos deixa ir e vir quanto precisarmos, com a promessa de que apresentemos resultados. O verão continua calmo nesta parte da linha, um calor como raras vezes vi. Estou sempre com sede. Ouvimos o tremor constante da artilharia na linha. As coisas não estão indo bem para Tommy. Graves nos mantém informados quando voltamos. Há uma nova urgência de encontrar os atiradores de elite que operam em frente a nós. Comenta-se que logo a Segunda Divisão, inclusive minha companhia, será enviada para tomar parte nessa luta.

— Nós os bombardeamos direto durante dias — diz Graves. — Jogamos literalmente toneladas de projéteis neles pensando que íamos arrasá-los antes do ataque. — Agora que tem o Gordo como ouvinte, Graves está mais falante. — Pensamos que ia ser um passeio de domingo pela terra de ninguém, depois da pancada que demos neles. Nem imaginávamos que eles têm trincheiras muito fundas para se esconderem. Assim que paramos o bombardeio e ouvimos o apito para subir, lá vêm os fritz rastejando de seus buracos fundos e disparando suas metralhadoras. Pelo que eu soube, um sujeito não podia nem avançar, de tantos Tommies mortos empilhados que havia na frente dele.

McCaan diz a Graves para calar a boca e parar de criar problema.

— Se tivéssemos essas mesmas metralhadoras na Guerra dos Bôeres — continua Graves, agora sussurrando —, tenho certeza de que o resultado teria sido bem diferente.

Aqui, onde a estrada para Ypres se separa da linha de frente, onde as pilhas de tijolo, madeira e entulho aumentam o caos, parece que nada se destaca e tudo se destaca na paisagem.

Espio através do telescópio do fuzil durante horas. Comecei a fazer isso por medo de também levar um tiro. Quero ver se consigo fazer o que Elijah faz. Mas só consigo ter raros vislumbres de um capacete ou uma pá. Digo a Elijah que para mim é mais fácil imaginar soldados com chifres na cabeça. Isso vai tornar muito mais fácil atirar em um quando chegar a hora. Elijah ri. Embora eu pareça despreocupado, passo o tempo imaginando o que farei quando for minha vez de puxar o gatilho para atingir um homem.

— Chifres — diz Elijah. — Você se lembra de quando você tinha chifres?

Imagino por um momento do que ele está falando, me esforço para voltar a Mushkegowuk, um lugar no qual tento não pensar por medo de sentir falta de casa.

— Quando estávamos caçando caribu? — pergunto. Ele balança a cabeça. Sorrio. — Nós éramos jovens nessa época, não éramos? — digo.

Tínhamos só dezesseis invernos, havíamos caminhado para mais longe da Tia do que jamais tínhamos feito antes, subindo a costa, perto de onde viviam os ayashkimew, os comedores de carne crua. Eu prometera à Tia que voltaríamos com carne de caribu suficiente para alimentar uma aldeia. Era o auge do inverno e nós ainda não tínhamos encontrado nenhum. Mas havia trilhas em todos os lugares, então continuamos.

Numa manhã brilhante, tão fria que fomos obrigados a continuar andando, chegamos a uma planície cercada por espruce preto. Do outro lado da planície, vimos uma manada. O vento estava a nosso favor, mas eu sabia que se eles sentissem nossa presença e corressem, nunca os pegaríamos. Elijah queria atirar neles, mas eu sabia que a distância ainda era muito grande.

— Tenho uma ideia melhor — eu disse, lembrando o que você tinha me dito uma vez, Tia. — Fique escondido aqui — eu disse a Elijah.

Ficamos observando a manada sentados em um lugar que era um funil natural se eu conseguisse obrigá-los a vir para onde estávamos. Cavei na neve até chegar à grama amarela seca e peguei o máximo que consegui. Com a faca, bati em minha pederneira em cima da grama até que uma parte dela ficou em brasa, soltando uma trilha rala de fumaça no ar congelado. Recolhi a grama fumacenta, soprando nela de vez em quando para mantê-la acesa.

— Logo eles virão — sussurrei. — Espere até chegarem perto para começar a atirar.

Rastejei pelo caminho por onde tínhamos vindo, segurando a grama fumacenta, e entrei no bosque. Com o máximo cuidado, segui pela borda do bosque na direção da manada. Sempre que as árvores se abriam para a planície, eu parava e punha um pouco da grama na forquilha de uma árvore, soprando até ela fumaçar. Fiz isso por muito tempo, até chegar atrás da manada. Você tinha me dito, Tia, que os caribus tinham medo do cheiro de fumaça e fugiriam dele.

Quando cheguei ao outro lado da manada, encontrei um ramo mais grosso e o arranquei. Segurando-o acima da cabeça, me dobrei na altura da cintura e saí do bosque, abaixado e me balançando, e andei bem na direção da manada nervosa, entortando o ramo para que ele parecesse um par de chifres. Os animais balançavam a cabeça e olhavam para mim, sem ter certeza do que viam. Continuei caminhando na direção deles, fechando a rota de fuga a norte e a leste. Eles permitiram que eu chegasse tão perto que pude sentir seu cheiro almiscarado.

E então correram. Me estiquei e corri atrás deles, vi como se aproximavam dos lugares onde eu tinha deixado a grama queimando, se desviavam e seguiam para onde Elijah esperava. Quando vi que não iam conseguir escapar, comecei a gritar, a voz saindo da boca em grandes baforadas de ar, o frio me picando os pulmões. Eu berrava e corria, e não parei nem quando a arma de Elijah começou a disparar e os animais caíam ao tentar passar por ele.

— Ficamos sem balas naquele dia — sussurro para Elijah enquanto olhamos para estrada de Ypres. — Quantos nós matamos? Uma dúzia?

— É — diz Elijah. — Foi um dia bom. E o dia seguinte também, o do esfolamento.

Os francoatiradores dos fritz trabalham num sistema semelhante ao nosso. Escondem-se no ninho e se deslocam com frequência, e também usam o método da chapa de aço. Agora eu e Elijah sabemos a localização de quatro chapas. A que fica na ponta esquerda do território deles parece ser a mais usada. Mas duvidamos que o atirador talentoso esteja usando alguma delas. Os verdadeiros atiradores de elite preferem trabalhar sozinhos ou em pares. Não gostam de ficar nas trincheiras e sim fora delas. Assim ficam mais expostos, mas também conseguem enxergar mais alvos.

Agora virou uma obsessão para Elijah fazer um atirador sair de trás de uma das chapas, uma mensagem para o matador de Sean Patrick. Enquanto vasculho o campo em busca de possíveis posições atrás das linhas deles, Elijah procura metodicamente encontrar um padrão no modo como eles manejam as chapas. Até agora o matador foi muito cuidadoso, muito aleatório. Não dá nenhum tiro se não tiver certeza. Não entrega sua posição. Mas Elijah e eu também sentimos a pressão aumentar a cada dia em que não matamos ninguém. O tenente Breech vai nos chamar de volta para a linha, com todos os outros, e lá seremos forçados a viver de novo como ratos. Breech já fez isso com Thompson, ordenou que ele voltasse para treinar novatos.

Numa tarde, quando penso que Elijah está dormindo, ele de repente diz calmamente que descobriu um padrão. Deito e fico ouvindo, descansando os olhos.

— Eu o percebo no nascer do sol — diz Elijah, como se falasse com outras pessoas além de mim. — Ouço uma sucessão de tiros nas manhãs em que não há nenhuma nuvem e o sol sobe atrás da linha deles. As chances de eles acertarem a cabeça de um soldado durante a prontidão são boas. Usam a luz para nos localizar e sabem que só conseguimos vê-los cobertos de sombras.

Penso nisso um pouco.

— Então, como vamos conseguir ver a posição deles para atirar neles? — pergunto.

— Vamos ter de treinar nossos fuzis em duas chapas num tempo pequeno, depois esperar até amanhecer.

— Mas como vamos saber o momento preciso de atirar? — pergunto.

— Nos últimos dois dias eles atiraram exatamente quando o sol subiu atrás deles. Vamos ficar deitados de frente para eles, e assim que você vir a primeira luz que brilhe o suficiente para lhe cegar, nós dois atiramos. — Elijah inspira fundo, solta o ar. — Eles estão muito à vontade pensando que não podem ser vistos nessa hora da manhã. Sabem que estamos em prontidão e que há muitos alvos para eles. Costumam deixar as chapas levantadas o tempo suficiente para dar dois tiros. Você vai ouvir o primeiro, e imediatamente nós responderemos a ele.

Treinamos com todo o cuidado tiros em duas chapas, os fuzis ancorados em sacos de areia para não se deslocarem acidentalmente. Elijah volta a se concentrar, e nas horas seguintes fico deitado ouvindo os sons noturnos.

A noite é relativamente tranquila e o ar está limpo. Estrelas cintilam no céu acima de mim. Caio num sono leve e agitado, depois acordo sobressaltado quando sonho que tirei acidentalmente meu fuzil da posição.

Quando o amanhecer se aproxima, ficamos deitados de frente para ele, e respiro do jeito mais fundo que consigo para me preparar. O céu acima de nós tem o preto-azulado do começo da manhã e é claro. O sol me informa que está chegando pelo lento brilho violeta que vai se formando. Quando o primeiro raio surge acima de mim, sussurro em cree para Elijah: "Prepare-se." Seguro o fuzil frouxamente para não tirá-lo nem o mínimo do lugar.

É inútil observar através do telescópio. Ele não revela nada. Segundos depois, o sol aparece em cima da outra linha. Ouvimos o estampido fraco de um fuzil huno, e Elijah responde a ele antes de seu eco ter morrido em meus ouvidos. A repentina concussão me faz pular um pouco, embora eu a esteja esperando, e o zunido familiar aumenta dentro de minha cabeça. Também atiro, mas estou preocupado de ter esperado demais. "Você acha que acertou o seu?", sussurro para Elijah. Ele balança a cabeça, e, no silêncio que cai sobre nós, tenho toda a certeza de que Elijah conseguiu.

Mas me pergunto se eu acertei.

NAATAMAASOWIN
Vingança

Nos dias seguintes, a frequência do fogo dos alemães vindo de trás de suas chapas de aço se reduz quase a zero, e para Mc-Caan e o tenente Breech isso é prova suficiente de que Elijah e eu estamos fazendo o que é preciso. Viemos para a trincheira comer um pouco e descansar, e os outros perguntam se foi o matador de Sean Patrick que pegamos. Fazemos que não com a cabeça e explicamos que ele não trabalha nas trincheiras, e sim em algum lugar mais atrás, onde tem uma visão melhor dos canadenses. Elijah avisa a todos para manterem a cabeça abaixada.

— Lembrem-se, camaradas — ele diz —, Xavier agora também está de tocaia atrás da linha de vocês e pode confundi-los com os malditos fritz! — Todos riem, e Elijah ri e conversa com eles.

Eu não rio tão alto.

Sei que a fama de Elijah está crescendo, e alimentar sua vaidade o deixa contente e feliz. Mas o verdadeiro trabalho ainda nos espera, e se Elijah conseguir pegar o huno cuja fama aqui cresce como uma lenda, até maior que a dele, sua fama estará garantida, e a minha também, e receberemos uma patente mais alta, ganharemos mais dinheiro e teremos mais liberdade. Thompson diz isso a todos. Mas quando estou imóvel à noite, começo a pensar sobre esse atirador de elite huno.

Quando chega a hora de voltarmos para atrás das linhas, para descansar alguns dias, fico surpreso por não querer ir. Pouco tempo antes, a promessa de descanso em um lugar seguro era a única coisa que me fazia continuar, mas agora estou tão obcecado quanto Elijah. Tenho vontade de pedir permissão para ficar na linha e continuar caçando o atirador, e digo isso a Elijah.

— Vai ser bom nós descansarmos uns dias — diz ele. — Vamos ganhar uma nova perspectiva das coisas. Vamos voltar com os nervos mais firmes e olhos novos.

Marchamos com os outros os oito quilômetros na estrada de Ypres. Agora não é fácil eu me dar com eles. Percebo que Sean Patrick era uma espécie de ponte entre mim e Graves, o Gordo e os outros. Era sempre o primeiro a me cumprimentar ou me convidar para sentar com eles para uma refeição, ou oferecer um cigarro. Agora, quando Elijah e eu passamos por um grupo de soldados, ficam nos olhando e só voltam a conversar quando não podemos mais ouvi-los, e isso não é fruto de minha imaginação.

Mas ainda vejo Elijah e Olhos Cinzentos se darem como antes quando estão juntos. Sentam e comem juntos, e desaparecem por muito tempo quando sabem que não vai aparecer nenhum oficial. Numa noite, quando estou sentado sozinho à beira de um riacho que passa ao lado da fazenda, ouvindo a conversa dos outros ao pé das fogueiras, percebo que estou zangado com Elijah. Ele não é realmente amigo desse sujeito que é diretamente responsável pela morte de Sean Patrick. Sei que Elijah passa tempo com Olhos Cinzentos porque gosta do efeito do remédio. Gosta de se testar, para ver quanto consegue resistir a ele. Não há tensão suficiente para ele neste lugar? Sinto vontade de ir procurar McCaan e lhe contar o que sei sobre Olhos Cinzentos.

Tento ignorar todos os maus sentimentos que sinto por dentro. Aqui já existem maus sentimentos suficientes para mil vidas. Aproveito esse tempinho de descanso para dormir e comer bem, e fico principalmente sozinho, sem nem pensar em meu trabalho nas linhas, e talvez seja por isso que sou acordado num solavanco, do sono mais profundo que tive em meses, com a consciência muito clara de uma coisa. De repente está tão claro para mim que me levanto de imediato do cobertor, num canto do celeiro, com um pouco de palha servindo de cama, e vou atrás de Elijah.

Elijah e Olhos Cinzentos costumam ficar em uma pequena tenda bem escondida, construída por Elijah perto do riacho. Ela me lembra as velhas tendas que os anciãos construíam em Moose Factory, para as quais levavam pedras aquecidas e onde ficavam rezando e suando, esperando por visões ou conhecimento. Elijah construiu essa do jeito antigo, com galhos novos e rijos que formam a estrutura redonda que ele cobriu com lona, deixando uma pequena aba solta para servir de porta. Dentro da tenda, é escuro como deve ser dentro de um útero, o ar é espesso e quente, e o universo parece não ter fim mesmo quando a gente estica a mão e toca no teto.

Vou até o riacho e me agacho ao lado da tenda, escutando para ver se Elijah está acordado. Não ouço nada, então rastejo para dentro, onde o escuro é tão completo que meus olhos não conseguem se adaptar. Tateio em volta, esperando que o primeiro que eu encontre seja Elijah e não Olhos Cinzentos. Conheço meu amigo o bastante para ter certeza de que ele construiu esta tenda não para ter visões, mas para se proteger dos olhares dos oficiais. Seria fácil para ele dizer que está conduzindo cerimônias índias misteriosas nesta tenda. Isso bastaria para manter a maioria deles afastada.

— Elijah, acorde — digo, sacudindo a forma que está na minha frente. Ele dorme um sono pesado. — Acorde. É importante. — Elijah demora a despertar.

— O que é? — ele pergunta em cree. — Um oficial? — Nesta escuridão sua voz parece desconjuntada, abafada e infantil.

— Não. Percebi uma coisa importante.

— Ela não pode esperar até amanhã? — ele diz.

— É sobre o atirador alemão — digo.

Ouço o barulho do cobertor de Elijah sendo puxado. Quando saímos, a luz fraca da lua é bem-vinda.

Elijah deita no chão e olha para as estrelas. Seus olhos molhados cintilam ao luar.

— Me conte — ele diz.

— Pense na bala que matou Sean Patrick — digo. — O ângulo dela não estava certo. — Elijah parece confuso. — Sean Patrick não foi atingido por alguém de sua altura ou maior, como supusemos. A bala entrou no pescoço vindo de baixo dele.

— E por que você não disse isso na hora? — ele pergunta.

— Não é um ângulo grande — respondo. — Na hora, pensei que ela tivesse ricocheteado na espinha dele, e que por isso a saída era mais alta que a entrada. Você também viu isso.

— Havia sangue demais para se ver qualquer coisa.

— Havia muito sangue — respondo. — Mas era óbvio onde a bala abrira o pescoço dele. Logo abaixo do pomo de adão. E depois, quando o viramos, depois que ele morreu, ficou óbvio também que a bala tinha passado direto, mas perto da base do crânio.

— Como sabemos que não foi só um ricochete?

— Você sabe tão bem quanto eu que o atirador huno usa balas de cobre. A chance de uma delas ricochetear em uma coisa mais macia é pequena.

Ficamos em silêncio um pouco. Nesta hora da noite, sobre a grama molhada, o ar é quase gelado.

— Então isso só pode significar uma coisa — diz Elijah depois de algum tempo. — Ele está escondido em algum lugar abaixo de nossas trincheiras, não acima, como supusemos.

— E o único lugar onde ele pode fazer isso é a terra de ninguém — respondo.

Nós nos olhamos. Parece que Elijah perdeu o sono.

Informamos a McCaan que estamos prestes a descobrir algo importante, e ele nos autoriza a sairmos para onde mantemos nossos ninhos escondidos. Passam-se três dias e continuamos a esperar, vasculhando a terra de ninguém em busca de qualquer sinal. Olho através do telescópio de meu fuzil para as imagens ampliadas, as crateras cujo fundo está cheio de água, as lascas de árvores pretas, uma carroça explodida, um cavalo inchado, com a barriga cheia de gás se expandindo a cada dia, uma imagem grotesca queimando no sol. Há fuzis velhos espalhados, velhos capacetes hunos, casacos de lã dos soldados se desintegrando na lama, como os corpos embaixo deles. Também há cadáveres novos. Às vezes tomo um susto ao ver um homem estatelado rindo para mim com dentes grandes, os lábios e as gengivas retraídos, e por um segundo penso que o homem está vivo e apontando o fuzil para mim. Mas eles todos estão mortos. Tudo aqui está morto.

Quando estamos entediados, ficamos sussurrando um para o outro. Estamos bem escondidos. Nunca falamos de casa. Está muito longe.

Hoje, em um de nossos ninhos, comento sobre o cavalo morto cuja barriga ficou imensa. Ele me lembra de outros cavalos. No navio grande em que atravessamos o oceano, cuidei de cavalos no porão. Faz muito tempo que eu não pensava nesses cavalos, em nada do passado. Só me concentrar no que está em volta já é o bastante — se a granada que passa silvando por cima de minha cabeça vai cair perto, se escolhi um esconderijo bom, se alguma parte de metal de meu fuzil brilha ao sol, se vou conseguir encontrar o atirador.

Estamos na parte longa da tarde. Elijah ri.

— Você se lembra do alce que ressuscitou? — pergunta.

Balanço de leve a cabeça, sorrindo.

— Você achou que ele estava morto — sussurro. — E quando sentou nele para arrancar a cabeça pelos chifres, ele se levantou com você nas costas.

— Minha primeira e única cavalgada — responde Elijah.

Olhamos para a terra de ninguém. O sussurro de Elijah rompe o silêncio.

— Por que você se preocupava tanto com aqueles cavalos no navio?

Não sei o que responder.

Depois de um tempo, vendo que não respondo, ele fala.

— Sabia que eu experimentei o remédio, a morfina, naquele navio para a Inglaterra? — pergunta.

Olho para ele sem acreditar.

— A culpa é de Olhos Cinzentos — ele diz, e sei que vai me contar a história. Elijah não consegue esconder nada de mim. Nunca conseguiu. Ouvindo sua voz, é fácil para mim, estar nas histórias dele, vivê-las, e é por isso que mesmo antes de ouvir a história de Olhos Cinzentos e do remédio, antipatizo ainda mais com ele.

Foi quando nós tínhamos partido do Canadá na maré baixa, e assim que passamos o quebra-mar, o céu escureceu e baixou e as ondas cresceram, de modo que no começo o balanço do navio parecia confortável como uma mãe. Mas não tínhamos passado nem uma hora nas ondulações do oceano, quando Elijah disse que seu corpo estava frio, e quando tocou na testa viu que estava também suando. Seu estômago revirou, e o que havia nele subiu, então Elijah foi cambaleando com esforço até a amurada e pôs tudo para fora no mar preto. Vomitou tudo e continuou tendo ânsia, até seu estômago doer como se tivesse levado um soco forte. Ficou deitado no tombadilho de metal e acabou tendo sonhos interrompidos de cavalos no fogo no rio por onde tínhamos viajado.

Elijah se lembra de alguém sacudi-lo. Se vira e vê que o céu está escuro. O navio balança muito. A mão é de Henry Olhos Cinzentos.

— Você está com enjoo — diz Olhos Cinzentos. — E está congelando aqui. — Elijah olha para ele. — Você precisa de remédio. — Olhos Cinzentos sorri. — Fume um de meus cigarros comigo. Vai acalmar seu estômago.

A ideia de fumaça doce e espessa faz o estômago de Elijah se contorcer.

— Tenho outro remédio — diz Olhos Cinzentos. — Vou lhe ajudar a descer.

Eles caminham pelo tombadilho e vão para a parte interna do navio. Elijah só percebe como está frio quando é envolvido pelo calor e pelo mau cheiro dos homens lá dentro. Ele e Olhos Cinzentos seguem pelos corredores, identificados por redes balançando, vozes murmurando e gemendo nas sombras. Descem até onde não há mais ninguém, só o cheiro forte dos cavalos.

Os animais estão nervosos, e o bater surdo das ondas no navio ecoa em algum lugar acima deles. Elijah estende a mão para um dos cavalos, mas ele recua.

Em um canto perto do estábulo, Olhos Cinzentos se ajoelha e enfia a mão em um caixote velho, tira alguma coisa da estopa. Elijah tem calafrios muito fortes. Pensa que foi bom Olhos Cinzentos tê-lo encontrado. Lá em cima, ele podia ter congelado até morrer. Seus dedos estão amortecidos, por isso ele não consegue senti-los, nem a garrafinha minúscula que Olhos Cinzentos lhe entrega. Ela cintila à luz fraca. Olhos Cinzentos ergue as sobrancelhas quando vê o olhar de Elijah.

Senta ao lado de Elijah sobre a estopa macia e passa a mão com carinho em outra garrafinha.

— Tenho todo esse remédio, mas nenhum jeito de tomá-lo — ele diz, rindo. — Corte meu braço.

Elijah o encara.

— Corte — ele repete. — Fundo. — Elijah pega a faca de esfolar. Sua cabeça está zonza. Ele passa a lâmina fina com força pelo antebraço de Olhos Cinzentos. Observa fascinado a pele se abrindo, o vermelho surgindo em contraste com o prateado da lâmina.

Olhos Cinzentos pega um lenço do bolso e o enrola sobre o ferimento.

— Volto já — ele diz, enquanto Elijah enxuga a faca na calça. Olhos Cinzentos desaparece nas sombras do navio.

Deitado, com o estômago enjoado, Elijah ouve o *tamp tamp* do motor do navio, a batida das ondas, as pisadas nervosas e arrastadas dos cascos dos cavalos.

Passam-se umas duas horas. Ele tenta encontrar forças para se levantar e voltar para seu ninho debaixo do salva-vidas no tombadilho. Percebe que é melhor ficar ao ar livre do que neste lugar debaixo da água no navio rangente. Antes de ver Olhos Cinzentos, Elijah o ouve. Ele caminha pisando forte com os calcanhares. Nunca seria um bom caçador. Saindo das sombras, com o rosto pálido e aparência de doente por causa das olheiras escuras, ele sorri. Senta ao lado de Elijah e enrola a manga, mostrando um curativo. Levanta o curativo, e Elijah vê uma fileira de pontos pretos franzindo a pele onde ele passou a faca.

Com a outra mão, Olhos Cinzentos tira do bolso um objeto pequeno.

— Tire seu casaco e enrole a manga da camisa — ele diz. — Me dê uma dessas ampolas. — Então tira do bolso o lenço ensanguentado e o enrola em volta do bíceps de Elijah, apertando tão forte que a mão e o braço latejam.

Olhos Cinzentos arranca a ponta da ampola de vidro e enfia nela a agulha da seringa.

— Roubei da enfermaria — diz, concentrado na agulha. Então, com cuidado, puxa o êmbolo, e Elijah vê um líquido dourado encher o tubo de vidro. É da mesma cor do anel que há de cada lado da seringa onde Olhos Cinzentos a segura com os dedos. — Não sei se isso é muito forte — ele diz, pondo no colo o braço de Elijah —, então não vou lhe dar muito. — Olhos Cinzentos bate o polegar no tubo e empurra o êmbolo até uma gota de líquido dourado aparecer na ponta da agulha. — Fique parado — ele diz, e põe a agulha fina na veia do braço de Elijah, enfiando-a devagar, e Elijah tem uma sensação de puxão e queimadura embaixo da pele. Lentamente, Olhos Cinzentos empurra o êmbolo, e Elijah tem a sensação de que seu braço está se enchendo de ar quente.

Olhos Cinzentos tira a agulha da veia e desamarra o lenço. Elijah olha para o braço, imaginando se é só isso, quando de repente sua garganta se fecha e ele vê luzes em toda a volta. Sua cabeça se eleva da dor do corpo, fica pairando no ar, vê Olhos Cinzentos tirar o casaco, enrolar a manga, amarrar o lenço em volta do braço, mergulhar a agulha na ampola, bater nela com o polegar e depois enfiá-la na veia saltada. Olhos Cinzentos deita sobre a estopa, longe de Elijah, e estremece. Elijah olha para o escuro, cheira os cavalos, flutua perto do chão, na água quente e dourada, ouve-a bater no navio, e as fungadas e bufos dos animais parecem um sussurro a trinta passos.

Ele se esforça para manter presa a cabeça. Ela paira acima dele, dando leves puxões, querendo flutuar, ser levada e ver o que há para ver. Quando ele pensa em soltá-la, deixá-la ir explorar, sente crescer um pânico, que empurra o ar para fora de seus pulmões com tanta força que ele emite um gemido baixo.

— Não lute, Whiskeyjack — sussurra Olhos Cinzentos. — Deixe-a ir.

— Não — sussurra Elijah —, ela não vai voltar, minha cabeça não vai voltar.

Olhos Cinzentos ri baixinho. Elijah tenta combater o medo, depois decide deixar a cabeça flutuar.

Ele se lembra de ver as cocheiras dos cavalos de cima, e em uma delas me vê com um cavalo, alimentando-o com a mão. Elijah flutua para mais longe, espia nos corredores escuros, lê os nomes nas caixas de carga de madeira. MUNIÇÃO. COMIDA. ROUPAS. Tudo que precisamos está lá. Ele flutua para o próximo nível. A linha-d'água. Homens dormindo em redes. Alguns agitados. Outros enjoados. Filas e filas de carne, eles parecem carne enrolada em cobertores de lã. Alguns conversam sobre namoradas que deixaram em casa e filhos que talvez nunca mais vejam. Elijah se deixa flutuar pela escada, chega ao tombadilho inferior. Noite escura. Nenhuma estrela. A água do mar mais preta, mais funda que o céu. Frio. Duas sentinelas noturnas caminham, pontas de cigarro brilhando. Será que vão verificar o porão de carga? Olhar? Não entre em pânico. Respire. O tombadilho superior e os aposentos dos oficiais. Mais homens dormindo. Dois estão acordados. Tocam-se nas bocas com suavidade. Provam o gosto um do outro, mordem.

Na última escada, o murmúrio e a risada de muitas vozes. Elijah percebe que vêm do pequeno clarão da cabine do piloto. Uma festa? São vozes animadas. Não é festa. Alguma coisa. Estalos. Estática. Irritação. Vozes de mulheres falando cree. Elijah é puxado de volta ao corpo. Desaparece em si mesmo sobre sacos de estopa que lhe dão coceira nas costas.

— Essa foi a primeira e única vez que experimentei morfina — diz Elijah, o troar da artilharia soando baixo ao longe. — Ela me permitiu sair do corpo e ver o que havia em volta. Sei que poderia ser uma ferramenta muito poderosa para mim num lugar como este.

— Você não vai mais tomá-la — digo a ele.

Elijah balança a cabeça e sorri.

Ficamos deitados de barriga para baixo perscrutando o solo centenas de metros à frente, o sol chegando ao ponto mais alto e depois começando a descida para a terra atrás de nós. Seu calor me dá sono, e me pego dormindo sobre o fuzil, com a cabeça caída. Atrás de mim, um pássaro canta com estridência, e percebo que faz muitos dias que não ouço isso.

Desperto assustado pela voz de Elijah.

— Vou verificar a precisão de meu fuzil.

Abro os olhos abruptamente. O sol se deslocou bastante desde quando adormeci.

— Isso é prudente? — pergunto. — E se a fumaça entregar sua posição?

— Agora o sol está bem atrás de nós — ele diz. — Nenhum atirador vai conseguir olhar para ele e ver nada além de sol. — Ele prepara sua arma. — Estou começando a achar que o atirador deles é um fantasma.

— Em que você vai atirar? — sussurro.

— Na barriga inchada daquele cavalo — ele diz.

Olho em meu telescópio e ele é preenchido com o corpo do cavalo.

— Você vai causar uma grande bagunça.

— Ele deve explodir de um jeito interessante — ele diz. — Observe com atenção.

Observo, tenso, à espera da explosão no meu ouvido. Assim que ela vem, a barriga do cavalo se desintegra em uma nuvem de borrifo vermelho e marrom, a cabeça do animal se sacudindo como se ele ainda estivesse vivo. Continuo a olhar pelo telescópio, vasculhando o solo em toda a volta, seguindo os pedaços de intestino e couro marrom espalhados em volta do animal.

É quando o vejo. A menos de cinco metros, um cadáver se desloca um pouco, soltando uma baforada de fumaça. Quase simultaneamente, lascas de madeira e pedaços de terra explodem entre a cabeça de Elijah e a minha, e Elijah berra de dor, e o som de sua tentativa desesperada de recarregar seu Ross me põe em ação.

— Aquele corpo acaba de atirar em nós — digo arfante enquanto tento mirar nele, e de repente vejo, debaixo do cadáver, o cano de um fuzil apontado direto para nós.

— Não consigo ver — Elijah diz. — Meus olhos.

Sei que o atirador está recarregando a arma e é só uma questão de segundos até que atire em nós de novo. Meu fuzil está fixo no lugar logo acima do fuzil que está saindo debaixo do cadáver e, sem pensar, aperto o gatilho. Há a explosão e o clique. Quando a fumaça se espalha, vejo que o fuzil em que mirei agora está no chão, inclinado. Aos poucos entendo. Enquanto olho pelo telescópio em busca de algum movimento, sei que não haverá nenhum.

— Atire mais uma vez — diz Elijah. — Ponha mais uma carga no mesmo lugar. — Sua voz é tensa. Ele sente dor.

Recarrego devagar, miro mais uma vez no espaço logo abaixo do cadáver e atiro.

Descemos para a cobertura do ninho.

— Me dê um cantil — diz Elijah.

Estendo a mão e o entrego a ele. Elijah está deitado de costas e derrama água nos olhos.

— Você consegue enxergar? — pergunto.

— Sim, mas as coisas estão embaralhadas — ele diz. — Você o pegou, não foi?

Não respondo.

— Aquele era o atirador fantasma deles — diz Elijah admirado. — O que matou Sean Patrick. Ele estava nos caçando também. — Vejo que Elijah não consegue falar com seu sotaque britânico quando fala em cree. — Você pode imaginar? — ele pergunta, começando a rir. — A intensidade de um homem como esse? Ele podia ficar horas lá deitado entre os mortos e os apodrecidos. Ficar lá naquele fedor de morte como se fosse a própria morte. Mas nós o pegamos.

Penso um pouco nisso.

— Vamos até lá hoje à noite aprender os truques dele — diz Elijah. — Vamos pegar para você um suvenir de sua primeira grande morte.

SHAKOCIHEW
Sedução

À noite encontro um bom lugar para acampar. Este primeiro dia foi estranho. Duas vezes me aproximei de uma curva do rio, esperando reconhecer a terra por onde tinha passado pouco tempo antes, quando viajei por esse trecho queimado indo para a cidade. Duas vezes fiquei surpresa de me sentir perdida, como se nunca tivesse estado neste rio. Estou perturbada, como se eu e o Sobrinho estivéssemos numa viagem muito diferente daquela que começamos.

Tento alimentar Xavier, mas ele ainda não quer comer. Está desaparecendo diante de meus olhos, sentado do outro lado da fogueira com um cobertor nos ombros, sua imagem tremulando por causa da fumaça. Então o alimento com minha história. Acho que ele está ouvindo, olhando para a água.

Nós nem sempre estávamos sozinhas na mata, Xavier. Embora, depois de meu pai, minha mãe nunca deixasse outro homem chegar muito perto dela, às vezes gostava da companhia, da conversa fácil e do jeito deles. Como nós, eles eram bandos de caçadores andarilhos que viviam o máximo possível do jeito antigo, de vez em quando mandando alguns para trocar peles por balas e farinha de trigo, quando isso era possível. O nome índio para nós era *awawatuk*, e tínhamos a fama de ser ladrões e assassinos, só porque rejeitávamos os *wemistikoshiw*. Os *awawatuk* raramente viajavam em grupos de mais de cinco ou seis, mas no verão, quando a terra nos sustentava, nos juntávamos em grupos maiores como nos velhos tempos.

Nos anos em que me tornei uma jovem mulher, minha mãe me ensinou tudo o que podia sobre o ritual da tenda tremulante e o *matatosowin*, o suadouro. Me ensinou sobre o poder curativo e o poder mortal de ervas e raízes que cresciam à nossa volta, que partes do gambá curavam a cegueira da neve e que partes da coruja davam visão noturna. Ela via meus ataques ocasionais do mesmo jeito que eu, como um dom indesejado, mas que mesmo assim devia ser alimentado.

Os *awawatuk* aceitavam que eu era a extensão natural de meu pai, o novo membro através do qual o poder de minha família se propagava. Quando eu estava vivendo meu décimo sétimo inverno, os homens me procuravam, não para o que os homens normalmente buscam as mulheres, mas para fazer perguntas e pedir conselhos. A maioria queria saber onde encontrar caça, e eu adivinhava para eles, pondo o quarto dianteiro do animal sobre brasas e deixando água pingar nele, como vira meu pai fazer. Raramente aparecia um caçador querendo entender o símbolo de um sonho e às vezes saber sobre seu futuro. Quando eu passava algum tempo sem ter um acesso, construía uma tenda tremulante e entrava nela, chamava os espíritos dos animais da floresta para entrarem e se juntarem a mim, às vezes tantos que sua respiração fazia as paredes da tenda se inflarem e se comprimirem, tornando-se uma coisa com vida própria. Mas o que mais me vinha primeiro era o espírito do lince, que passava a noite comigo, mostrando através de seus olhos aguçados os segredos da floresta.

Quando tinha tempo livre, eu andava pela mata, caçando e espreitando. Meu cabelo ficou comprido, emaranhado e selvagem. Eu passava cada vez mais dias fora, sozinha, preocupada com minha mãe, que estava envelhecendo. Mas eu era inquieta. O vazio dentro de mim doía, precisava ser preenchido.

Então topei com ele.

Ele começou a montar armadilhas muito mais longe do que os outros *wemistikoshiw*, e aparentemente não tinha medo da mata com seus perigos. Eu sabia que era um caçador de peles *wemistikoshiw* pelo jeito sistemático como ele distribuía as armadilhas e punha as iscas. No começo sua insolência me deixou com raiva, e eu seguia a linha de suas armadilhas e fazia todas as queixadas de metal se fecharem antes de poderem pegar qualquer animal. Mas ele persistia. Então comecei a pregar peças nele, pegava a perna de uma raposa ou uma marta e punha em uma das armadilhas, para ele pensar que o animal tinha escapado mastigando a própria perna. Cobria meu rastro espalhando neve com um ramo de espruce, ou então prendia com cuidado ramos desbastados em minhas botas de pele, para que as pegadas lembrassem patas com garras, e pisava onde sabia que ele as veria e ficaria assustado e imaginando o que elas eram. Então tive a ideia.

No começo era menos que uma ideia, uma imagem que me vinha tarde da noite, quando eu ficava sentada sozinha ao pé da fogueira em minha pequena *askihkan*, pensando em pegá-lo e mantê-lo como um bicho de estimação. Isso me mantinha aquecida, e por breves momentos até diminuía a dor que eu sentia, quando me imaginava o acariciando, segurando com os dedos sujos bagas para ele comer, lambendo o suco de seus lábios. Quando o inverno ficou mais forte e a fome se instalou na cova do meu estômago, e o mundo passou a ser mais sonho do que uma coisa real, agi por desespero e frustração.

Segui a linha de armadilhas dele sem me esconder, usando sapatos de neve, sabendo que ele viria atrás de mim. Fui até um pequeno bosque de cedro onde tinha prendido uma corda no alto de uma árvore, que eu podia balançar para limpar minhas pegadas, deixando-o sem saber como eu desaparecera. Em um esconderijo que tinha construído, fiquei sentada esperando que ele fisgasse minha isca. Não demorou muito para ele chegar.

Pela pele e pelo couro que usava, ele podia ser um índio, com seu chapéu de castor amarrado bem fundo, cobrindo a maior parte do rosto. Mas quando chegou ao lugar onde minhas pegadas desapareciam, tirou o chapéu e coçou sua cabeça bonita. Pôs uma das mãos no queixo fino e barbado, enquanto estudava o cenário com muito cuidado, tanto que por um momento fiquei preocupada de não ter sido muito astuta ao montar meu truque. Então ele olhou em volta, os olhos de cobre se movimentando ligeiros. Meu coração batia tão forte que pensei que ele poderia ouvi-lo, mas uma coisa que eu sabia fazer muito bem era me tornar invisível. Depois de um tempo ele foi embora e tive vontade de segui-lo, mas sabia que ele iria voltar. Estava tão intrigado quanto eu.

Continuei meu jogo durante o resto do inverno, até ter certeza de que ele se cansara dele, mas mesmo assim ele seguia meu rastro. E toda vez que ele aparecia eu sentia a mesma dor na cova do estômago, tão forte que eu achava que podia ficar louca.

Quando começou o degelo da primavera, eu sabia que o lodo pegajoso o impediria de chegar tão longe na mata, e foi por isso que resolvi montar uma armadilha para pegá-lo. Passei semanas planejando e imaginando, mas não cheguei a nada. Podia cavar um buraco e fazê-lo cair nele e capturá-lo assim. Mas ele podia se ferir na queda e ficar muito zangado. Podia pegá-lo pelo pescoço com um laço de trepadeira, mas isso com certeza ia matá-lo. Então tive a ideia. Sua simplicidade era perfeita. Eu era a isca e minha *askihkan* era a armadilha. Eu não via mais sentido em negar. Logo a água estaria correndo, a seiva escorrendo, o urso acordando.

Preparei minha *askihkan*, prestando atenção em tudo que precisaria. A erva que o faria dormir profundamente, o pedaço de corda para amarrá-lo, bagas secas e carne de alce para alimentá-lo, minha faca bem escondida embaixo da túnica de dormir, para o caso de tudo não funcionar como eu tinha planejado. O pensamento de tirar a roupa dele enquanto ele dormisse, de explorar seu corpo claro, me fazia querer apressar tudo.

No dia em que, em vez de esconder meu rastro, caminhei com todo o cuidado em volta das armadilhas dele e depois direto para minha *askihkan*, soprava o vento mais quente que eu sentira em muitos meses. Fiquei agachada lá dentro, esperando, preocupada com o tempo estar todo errado e ele não vir. Foi quando o ouvi caminhando em minha direção, assobiando uma canção que eu tinha ouvido as crianças cantarem na escola residencial. Olhei para minha porta quando ele a abriu, a luz fraca formando só sua silhueta, sem nenhuma feição. Ele não disse nada, nem eu.

Ele entrou e fechou a aba. Depois que meus olhos se adaptaram ao escuro, vi quando ele tirou o casaco, depois as botas e a calça de pele de coelho. Por baixo dela, usava calça de algodão. Não consegui me mexer. Então percebi que talvez eu não fosse mais a caçadora.

Olho para Xavier, deitado ao pé da fogueira. Seus olhos estão fechados, mas não sei se ele está dormindo. O resto desta história pertence só a mim, então descanso a voz durante a noite, volto ao tempo em que era jovem. Lembro de como o caçador entrou em minha tenda naquela primeira vez, como começou a falar em francês, palavras que eu não entendia. Falava baixo, olhando para mim com firmeza com seus olhos dourados. Embora eu não entendesse as palavras, entendia o tom. Ele me perguntava, me dizia isso com gentileza. Fiquei de pé na frente dele, muito tempo. Seus lábios sorriam um pouco. Eu sentia que meu rosto estava vermelho.

Como em um transe, olhei nos olhos dele e tirei a camisa. Desamarrei devagar minha calça de caçadora e também a tirei. Estava nua na frente dele, e sentia meu cheiro almiscarado.

Ele também se levantou, tirou a roupa até ficar nu, tão perto que eu podia tocá-lo. Em seu peito havia um pelo claro, e imediatamente pensei num lobo, comprido e vigoroso. Faminto. Seu pau se projetava bem reto na frente dele e balançava um pouco, como se tivesse vida própria. Parecia muito grande para um homem de estrutura tão leve. Eu tinha visto paus de muitos homens. Nós, cree, não somos um povo tímido. Mas nunca vira um duro, de desejo por mim. Ele me puxou e roçou os lábios nos meus, depois em minha bochecha e em meu pescoço. A suavidade me fez estremecer. Ele afastou o cabelo de meu rosto e me olhou nos olhos com atrevimento, sorrindo um pouco. Então olhei para ele e peguei seu pau. Ele teve um sobressalto. Gemeu, então o esfreguei de leve para cima e para baixo até que ele gemeu mais alto. Me ajoelhei e o lambi suavemente.

Ele me levantou e me segurou, depois me inclinou para trás, sustentando meu peso nos braços. Então se curvou para a frente e começou a me lamber e mordiscar tanto que um pequeno raio correu de meus seios até entre minhas pernas. Ele continuou a me beijar, descendo, e fiquei de cabeça para baixo, sustentando meu peso com os braços, o sangue descendo para a cabeça. Enrosquei as pernas em seu pescoço e ele me beijou lá, deslizando a língua para dentro de mim, o que me fez gritar. A barba rala se esfregava em mim. Atrás de minhas pálpebras o mundo era azul, vermelho, laranja. Eu me sentia fogo na água. Era uma chama na água. Alguma coisa dentro de mim se acendeu, depois derreteu, e um grande estremecimento me sacudiu, adormecendo meus braços, e nós dois caímos juntos sobre minha túnica de dormir macia. Dormi e sonhei.

Despertei de costas para ele, seus braços me abraçando. Ele tinha separado minhas pernas e estava pressionando gentilmente sua dureza contra mim. Sussurrou em meu ouvido, eu relaxei, e de repente ele me preencheu. Fiquei ofegante, muito. Ele cobriu meus seios com as mãos e foi tão fundo que pensei que ia berrar. Ele sussurrou de novo, e mesmo sem conhecer sua língua, entendi. Curvei as costas e me empurrei contra ele, e ele me preencheu de novo. Apertei-o mais e me mexi de leve para ele não sair. Sua respiração ficou mais curta e acelerada. Ele gritou, e senti que me inundava, o prazer misturado com o medo repentino, a imensidão do que acabara de acontecer. Adormeci de novo.

Quando acordei, um pouco depois, ele tinha ido embora.

MOOSASINIWI PASKISIKAN
Fuzil

A Tia entra engatinhando em sua tenda. Abro os olhos e miro a fogueira um pouco mais, e suas chamas me fazem pensar no sargento McCaan. Lembro de como McCaan gostava de dar ordens a Elijah porque agora sabia que Elijah não gostava que lhe dissessem o que fazer. Ele não agia como um bastardo, não como o tenente Breech, que nos dava ordens com um sorrisinho de escárnio. McCaan dava ordens a Elijah com um sorriso leve nos lábios, divertindo-se por poder enlouquecer Elijah com mais facilidade que os piolhos.

Me lembro da noite no dia em que matei o francoatirador. Todos em volta de nós comentam animados o acontecimento.

McCaan diz a Elijah que ele deve levar o cabo Thompson conosco para a terra de ninguém à noite, para revistar o morto.

Elijah fica irritado com isso, mas não demonstra.

— Sim, sargento — ele diz. — Sim, sargento.

Noto que ele preferiria ir sozinho. Preferiria deixar Thompson na trincheira, e a mim também, aliás. Elijah gosta de sair da trincheira à noite e fazer suas próprias patrulhas. Só ele e a lama. Se Breech soubesse, ele poderia pegar uma corte marcial. Mas hoje ele tem de me levar. Afinal, quem matou fui eu, não foi? Minha primeira morte como atirador de elite. Elijah não consegue acreditar que não foi ele quem acertou o tiro. E me disse que ficou mais surpreso do que qualquer outro.

— Mas os camaradas na linha estão felizes com essa notícia — ele diz. — Aquele atirador era mesmo muito bom. Não é mais!

Elijah se queixa de que sua vista está um pouco turvada por causa do borrifo de terra da bala tão perto de sua cabeça, mas de qualquer forma está escuro, e à noite ele gosta de confiar nos outros sentidos. Diz que consegue sentir o cheiro dos fritz de longe, jura que eles cheiram diferente dos ingleses, dos franceses ou dos canadenses. Que, quando chega perto deles, sente cheiro de vinagre. Ele sempre sabe.

Perto das duas da manhã, Thompson vem até nosso abrigo e sussurra através de nossa porta de cobertor que é hora de ir. Elijah pega o porrete de madeira que está ao lado da porta. Ele mesmo o fez. Thompson tem um e mostrou a ele como fazê-lo. Madeira de lei toda coberta de cravos. Ele está louco para experimentá-lo no crânio de um boche. Esborrachar um boche.

— Muito bom — diz Elijah, saindo do abrigo e puxando o gorro de lã preta até cobrir os olhos. Seu gorro de atirador da sorte. McCaan deu um a mim e um a Elijah quando começamos nosso trabalho especial.

— Não podemos usar essas panelas de lata brilhantes — diz Elijah. Há alguns meses o exército nos enviou capacetes. São coisas terríveis, desconfortáveis. — Dava no mesmo se os soldados usassem um sinalizador na cabeça!

Thompson, Elijah e eu sentamos juntos, longe dos outros, e pintamos o rosto com carvão. É nosso ritual. Eu o chamo de cerimônia de pintura *wemistikoshiw*. Elijah ri de mim. Não quer nada com religião índia. O único índio que Elijah quer ser é o que sabe se esconder e caçar.

— Uma noite excelente para uma bisbilhotada, hein, Thompson? — diz Elijah.

Thompson balança a cabeça para os lados e seus dentes quase brilham de tão brancos.

— Seu sotaque britânico é melhor que o dos britânicos — ele diz.

— Cer-too — responde Elijah. Começou a falar assim para fazer os outros rirem, mas agora fala porque gosta, porque o faz se sentir respeitável. Ele me contou que há nisso uma mágica que o protege. Disse que o sotaque lhe ocorreu quando dormia um sono profundo. — Acordei falando como um lorde — ele disse.

Tenho meus manitus animais. Elijah tem suas vozes. Diz que agora não conseguiria falar com a voz antiga, mesmo que quisesse. Ela foi embora para bem longe.

Na linha corre a notícia de que uma patrulha vai sair. Não queremos ser atingidos por nosso próprio fogo. Seguimos até o topo do lugar designado, onde uma elevação no campo nos mantém escondidos da outra linha. Thompson faz sinal para que eu siga na frente. A morte foi minha. Sei melhor como encontrá-la. Tenho consciência de que isso incomoda um pouco Elijah.

Para os outros, ele é o especialista do lugar, embora eu também seja um bom atirador. Tão bom quanto ele. Mas não tenho o instinto de matar homens. Acredito que Elijah sentiu minha hesitação para atirar no atirador de elite, mesmo quando nossas vidas estavam ameaçadas.

Seguramos os fuzis frouxamente e corremos, inclinados na altura da cintura. A uns cinco metros há uma cratera de granada. A artilharia do Somme troa ao longe. O som me acompanha há tanto tempo que nem o percebo mais. Para mim, tornou-se o som da Bélgica e da França.

Sobem sinalizadores do lado dos fritz, e chegamos à lama e ficamos deitados, a luz brilhante pairando acima de nós. É muito cedo para saber se os fritz sabem que estamos aqui ou se é só coincidência. Elijah sabe tão bem quanto eu que nós três trabalhamos bem juntos. Caímos no chão ao mesmo tempo e levantamos ao mesmo tempo, e sabemos em que direção o líder irá antes de ele ir. Quando a luz branca dos sinalizadores some, levanto e corro abaixado para a próxima cratera. O fundo dela está cheio de água fedida, então deitamos na lateral. O cheiro sugere corpos apodrecendo no fundo, e não consigo me acostumar com ele. Saímos quando é seguro e vamos em frente — Thompson chama isso de passagem por escalão —, até que Elijah e eu conseguimos enxergar a corcova do cavalo que ele matou mais cedo. Elijah faz sinal para nós. Deve ter sentido cheiro de vinagre. Puxa nossas túnicas para dizer que devemos ficar um pouco nesta cratera. Confiamos nele.

Dito e feito, logo vejo três sombras. Aqui é o começo do lado dos fritz na terra de ninguém. Eu nunca soube de um atirador de elite que trabalhasse tão longe de sua linha. Isso explica as excelentes marcas que este conseguiu. E mais tarde Elijah me conta que a ousadia desse atirador lhe dá algumas ideias.

As três sombras rastejam para dentro de uma cratera e estão evidentemente vasculhando a área da melhor forma possível. Os fritz deviam mesmo dar muita importância ao atirador morto para mandarem um grupo de busca investigar sua má sorte. É difícil conter o impulso de atirar neles e acabar logo com isso. Mas nós entregaríamos nossa posição e acabaríamos sendo explodidos. Os alemães saem rastejando e seguem na direção errada. Thompson os deixa passarem. Eles não têm a menor ideia de onde está seu morto.

Daqui sentimos o cheiro do cavalo. Sua carne apodrecida cheira diferente do cheiro dos humanos mortos, é muito mais forte. Elijah sussurra, me diz de novo que o fritz azarado era especial, que devia ser um amante dos mortos. Conseguia ficar deitado com eles por longos períodos. Tão imóvel quanto eles.

Enquanto Thompson e Elijah me dão cobertura, vou até onde está o morto. Sei que minha forma esguia é engolida pela escuridão.

Mais tarde, Elijah me disse que quando saí, ele fechou os olhos para aliviar a dor, se concentrou em usar as narinas para sentir qualquer cheiro que o advertisse. Disse que demorei muito a voltar e que queria sair para me procurar e ver de perto o atirador morto. Esperava que eu pegasse um bom suvenir para ele.

E pego. Quando encontro o atirador, vejo na escuridão que seu rosto é uma mancha preta. Eu o acertei bem no nariz. Examino seus bolsos. Afora cigarros e um bonito isqueiro de latão, não encontro nada. Corto as insígnias de seu uniforme e pego seu fuzil e sua baioneta.

Volto para nossa cratera, sorrindo. Elijah disse depois que viu por quê. Estou segurando a máuser. Ele consegue ver, mesmo nesta escuridão, que a arma é muito boa, com telescópio. Está enrolada num pano, como fazemos com as nossas quando estamos trabalhando. Ele sente o cheiro do óleo da arma no pano, e logo embaixo dele o fedor de animais mortos. Esse é um fuzil que Elijah quer faz muito tempo. Está zangado consigo por não ter pegado um na cratera grande. Só pegou o velho capacete. Posso ver que Elijah começa a pensar em coisas para trocar por ele.

Thompson fica tenso e bate em meu flanco, depois aponta para a linha dos hunos. Está vendo ou ouvindo alguma coisa. Notou mesmo antes de Elijah. Conseguimos percebê-lo sob o som dos grandes obuses na distância. Som de pás cavando, baixo mas constante. Como Elijah não ouviu? Tenho consciência de que meus ouvidos estão cada vez piores neste lugar barulhento, mas sei que Elijah vai se odiar por ter relaxado. Evidentemente é um grupo de trabalho dos fritz. Thompson faz sinal para que Elijah vá investigar enquanto ele e eu damos cobertura.

Elijah põe o fuzil no chão e pega o porrete. McCaan ficou muito impressionado com seu formato perverso. Chama-o de bastão de calombo. Elijah verifica suas bombas Mills no saco preso ao cinto e escuta para saber de onde vem o som. Enquanto dois ou três deles trabalham, sem dúvida alguém deve estar de sentinela, muito atento. Elijah vai se aproximar deles com precisão para ter uma ideia do que estão preparando.

Ele desliza para fora da trincheira e segue na direção do som das pás. Vejo-o parar e ficar imóvel a cada metro. Imagino que posso ver o que ele vê.

Elijah chega perto do arame farpado, para, acerta a direção e prossegue. É infalível. Sente-se invencível, pensa que tem de se lembrar da distância que percorreu. Perfeito. Respiração regular. Foco de águia-pescadora. Eles não têm a menor ideia de como ele está perto. Estão logo do outro lado do arame. Elijah fecha os olhos e se deixa levar na direção deles. Vê três trabalhadores e uma sentinela. A sentinela olha no escuro mas não consegue ver nada. Sussurra para os outros. Elijah não entende o que ele diz. Estão cavando um lugar para uma metralhadora. Vai ficar bom quando terminar, vai cortar os canadenses como junco fino, cabeças com cabelo castanho caindo pesadas na terra. Elijah tem de engolir uma risada que lhe sobe da garganta. Fica tentado a se aproximar sorrateiramente, bater neles com o porrete como faria com uma marta apanhada numa armadilha de laço. Memoriza onde está o ponto mais fraco do arame e dá meia-volta. A noite está quase terminando.

Voltamos com cuidado para nossa linha, não mais concentrados como devíamos estar. A adrenalina baixou e a fadiga começa a nos tomar.

No abrigo dos oficiais, mostro o fuzil de atirador de elite e as insígnias do sargento morto. Fumamos seus cigarros alemães e Elijah conta suas descobertas ao tenente Breech. Quando penso no dia que se aproxima, minha cabeça lateja. Vai haver prontidão muito cedo e preciso dormir antes disso. Por fim, Breech nos dispensa, depois de nos dar rações duplas de rum, pelo trabalho benfeito.

Elijah e eu vamos para nosso abrigo. Começou a chover. Um chuvisco morno e constante. Vamos dormir bem com seu som batendo na trincheira.

Quando adormeço enrolado em meu cobertor de lã molhado, os piolhos saem das costuras de meu uniforme e caminham sobre a pele morna. Deve ser por causa de minha roupa imunda que sonho com o dia em que chegamos à cidade *wemistikoshiw*, depois de termos atravessado o fogo. Elijah tinha vendido nossa canoa a um caçador de peles por um dinheiro que deu para pagar as passagens de trem e ainda sobrou. Foi ideia dele comprarmos roupas novas.

Me lembro do dono da loja nos observando atentamente.

— Depressa — ele diz. — Preciso fechar a loja. — Imagino se ele estava com medo de o fogo vir naquela direção.

Elijah sorri quando saio da salinha usando uma camisa de manga comprida vermelha e calça preta. Pareço bem, meu cabelo preto brilhante contrastando com a camisa. O único problema de meu traje são os mocassins sujos nos pés, diz Elijah. Mas não me separo deles.

Quando Elijah sai, rio. Ele escolheu um terno preto e uma camisa de colarinho alto duro. No espelho, parece um padre. E gosta disso.

— É isso que você vai usar para entrar no exército? — pergunto.

Elijah me ignora, pega o dinheiro e o entrega ao dono da loja. Ele olha surpreso. Quando recebe o troco, Elijah conta o dinheiro. Sobraram dez dólares, mas ele não me conta que falta um dólar para as passagens de trem. O dinheiro *wemistikoshiw* é uma coisa engraçada. Sempre existe mais dele em algum lugar.

Andamos pela rua, olhando as vitrines. A maioria das lojas está deserta. Quando um carro passa na rua poeirenta, paramos e ficamos olhando para ele, discutindo sobre como ele se move.

— O motorista faz alguma coisa com os pés — digo. — Deve estar pedalando.

— Não — responde Elijah. — Eles derramam óleo de lamparina no motor e o acendem com fogo. Você já derramou óleo de lamparina no fogo. — Ele abre os braços e sopra o ar com força. — Pequenas explosões lá dentro fazem os carros andarem. O Velho Ferguson me explicou. — Fico só olhando os carros passarem, cobrindo tudo com poeira. — Vamos até aquela taverna que vimos ao lado do hotel — ele diz. — Minha garganta está seca. — A minha também. — Talvez haja mulheres lá.

— E o trem? — pergunto. — Ele deve sair logo.

— O trem só sai amanhã — diz Elijah.

— E o fogo? — digo. — E se ele vier nesta direção e queimar a cidade enquanto estivermos sentados bebendo?

— Você consegue imaginar alguma coisa mais gloriosa? — diz Elijah.

O tenente Breech seleciona seis de nós para um grupo de ataque surpresa hoje à noite. Gente demais. Será Thompson liderando, Elijah e eu, Olhos Cinzentos, Gilberto e um novato que não conheço. Nada disso é bom. Ele poderia muito bem ter convidado o Gordo para ir conosco. Pelo menos, se ficássemos debaixo de fogo, o grupo todo poderia se esconder atrás dele.

O tenente Breech ordena que Thompson nos leve para trás das linhas para passar o dia inteiro praticando o ataque. Estou frio, úmido e indisposto, não me empenho. E vejo que Elijah também não. Gilberto é desajeitado e nervoso. Olhos Cinzentos tem o olhar vidrado e está distante. Thompson marca com cordões nossa linha e o ninho da metralhadora dos fritz. Passamos horas rastejando na lama debaixo de chuvisco, pulando carniça, um sobre o outro, e imaginando quem estará e onde na escuridão hoje à noite, enquanto Breech observa de longe com um sorriso estranho no rosto. Thompson, Elijah e eu preferiríamos muito mais que fôssemos só nós três, mas Breech recebeu relatos de aumento da atividade dos fritz e quer conseguir para si uma pequena glória. Quer mostrar a seus superiores que é um combatente de primeira. Elijah diz que Breech devia sair conosco à noite. Assim ele poderia garantir que Breech não voltaria.

A noite cai sobre o front e estamos inquietos. A chuva não parou, e é do tipo que vai continuar por muito, muito tempo. Estou com Elijah e Olhos Cinzentos em nosso pequeno abrigo. A porta é um cobertor esticado na entrada da nossa caverna e não permite que o mau cheiro da lamparina de querosene saia. Elijah chuta as pernas para cima e para baixo, para cima e para baixo, até que Olhos Cinzentos diz:

— Pare de se sacudir. Você está me deixando nervoso.

Elijah pega sua faca de trincheira e a amola em uma pedra.

Os canhões continuam seu toque de tambor muito ao sul de nós, no Somme. Ouvimos dizer que seremos deslocados deste lugar calmo em Saint-Eloi e marcharemos para lá, como reforço. Palavras. Aqui os boatos caem como chuva.

Quando iremos? Mas há muitos mortos no Somme. Muitos, muitos mortos. Mineiros de carvão britânicos abriram túneis de sua linha até embaixo dos fritz e encheram os túneis com explosivos. A ideia era fazer o mundo dos hunos desabar embaixo deles, mandá-los para seu inferno de homem branco. Não funcionou tão bem como planejado, mas a explosão foi tão tremenda que a quilômetros de distância o chão tremeu sob nossos pés, em ondas que nos davam tanta náusea que jurei que estava de novo a bordo daquele navio de tropas. Olhos Cinzentos foi muito sacudido, jurava que eram as portas do inferno se abrindo embaixo de nós. Desde então, não é mais o mesmo e está tomando mais morfina do que seria prudente. Elijah me conta que logo vai falar sobre isso com Olhos Cinzentos.

Sei que Elijah não consegue esconder nada de mim, nunca conseguiu. Me contar o que pensa e faz libera uma espécie de pressão que há dentro dele. Mas hoje à noite ele pensa que não estou acordado antes do ataque. Estou deitado de olhos fechados, fingindo dormir. Já começamos a bombardear os fritz, preparando nosso ataque de surpresa. Estamos lançando morteiros no arame deles. Ouço Elijah dizer a Olhos Cinzentos que Breech está tentando enfraquecer o arame dos fritz perto do ninho da metralhadora.

— Eu disse a ele que já há um lugar fraco o bastante para atravessarmos sem sermos percebidos — ele diz. — A única coisa que Breech vai conseguir com esse bombardeio é informar aos fritz que estamos planejando um ataque.

Mesmo de olhos fechados, posso notar que o humor de Elijah está piorando.

— Meu caro Henry — diz Elijah, usando o código deles —, você faria a gentileza de me preparar uma xícara de chá?

— Receio que esteja sem chá, Elijah — ele responde. O chá de que falam é fumo que às vezes fumam juntos, quando têm algum. Ele acalma Elijah e o faz sorrir.

— Mas ainda ontem você tinha um bocado — diz Elijah.

Percebo que ele está segurando a raiva o máximo que pode.

— Na verdade não era muito — diz Olhos Cinzentos, quase gemendo. É um sujeito fraco. — Por que você não acha o médico e diz a ele que torceu o tornozelo? Talvez ele lhe dê uma ração extra de rum ou até uma pílula.

Abro os olhos um pouquinho e olho para Elijah. Através de minhas pálpebras ele parece embaçado. Vejo que Elijah pensa no que Olhos Cinzentos sugeriu. E também que ele está tentado a enfiar a faca na garganta de Olhos Cinzentos. Quase posso sentir a raiva escura subindo de seu estômago e enchendo a cabeça até ele perder a visão. Paro de fingir que estou dormindo. Abro os olhos. É como se tivesse havido uma explosão silenciosa na sala que tirou todo o ar dela. Elijah se levanta e sai para a chuva, em busca de alguma coisa para sua cabeça latejante. Conheço Elijah tão bem que basta eu fechar os olhos para conseguir segui-lo.

A chuva é fria e implacável. Elijah caminha sobre as tábuas espalhando água, procurando pelo médico nos abrigos. Quando subirmos, Breech com certeza vai ordenar uma barragem de enquadramento, tentar isolar o ninho da metralhadora do resto da linha deles, para podermos chegar até ele e destruí-lo. Tanto barulho! Tanto desperdício, é como pescar com bombas Mills! McCaan nem ouviu quando Elijah lhe disse hoje mais cedo que Thompson, ele e eu poderíamos nos aproximar sem ser percebidos e fazer o trabalho em silêncio, minar o local depois de matarmos o grupo de trabalho, e assim destruiríamos não só o ninho mas o máximo possível de inimigos. O problema é que McCaan teria de sugerir a Breech um plano melhor que o dele, e nunca se faz isso.

Nada parece certo no plano de ataque. Um bom caçador sabe confiar em suas sensações. Elijah devia simplesmente dizer a eles que está muito enjoado para sair. Mas com certeza alguns deles achariam que era covardia, e Elijah não consegue suportar que pensem isso dele.

Ele acaba encontrando o médico escondido em um abrigo, tentando ficar fora da chuva. A água formou pequenos riachos que caem pelas paredes de barro, derrubando-as aos poucos. Ele se chama Driscoll, é baixo e gorducho e usa óculos de aro redondo. Olhos Cinzentos diz que ele é generoso com o remédio. Driscoll faz uma piadinha e sorri enquanto procura uma ampola em seu estojo, com os olhos sérios tentando ver algum sinal de vício. Ele tentou dar o remédio a Olhos Cinzentos em forma de pílula, mas os efeitos não são os mesmos, e Olhos Cinzentos diz que acha muito mais difícil chegar ao lugar que ele deseja.

Esta noite, Elijah pensa realmente em experimentar de novo a morfina. Diz a si mesmo que é por causa da sensação ruim que o ataque lhe dá. O que ainda não consegue encarar é que quer morfina para eliminar o medo que sente pela primeira vez neste lugar.

Ele se agacha ao lado de Driscoll e oferece um cigarro.

— Que tempo horrível — diz. — Não serve para homem nem para rato.

Driscoll sorri, aceita o cigarro. Elijah acende o cigarro de Driscoll, depois o seu.

— Esse dedo do pé do qual eu estava lhe falando, que quebrei quando deixei uma granada cair em cima dele, está realmente doendo nesse tempo. — Ele sorri para Driscoll. — Você não pode me ceder só um pouquinho de M? Tenho um trabalho importante para fazer esta noite e estou com medo de não conseguir fazê-lo bem por causa da dor.

— Sinto muito, soldado Whiskeyjack — diz o médico, também sorrindo. — O estoque é muito pequeno. A remessa que ia chegar ontem foi destruída em uma barragem a meia milha de nossas linhas. Não posso lhe dar. São ordens.

— Nem um tiquinho? Só para me fazer passar por esta noite difícil?

— Se eu não o conhecesse bem, relataria a McCaan que você está apresentando sintomas — diz Driscoll, sorrindo. — Mas eu o conheço, não é soldado?

Elijah sorri ao se levantar.

— Sim, cabo, conhece. — Ele sai do abrigo, sua raiva enfraquecida pelo medo.

KIMOCIWINIKEWIN
Ataque

A chuva não amainou, mas Thompson decidiu que ela dará uma boa cobertura. Nosso grupo de ataque sai da trincheira em equipes de dois. Chegou de novo o momento em que a noite é mais escura. Elijah me diz que está enjoado e que vomitaria se houvesse comida em seu estômago. Sua cabeça lateja acompanhando o som da artilharia. Ele está comigo na cratera mais próxima da parte fraca do arame. Estamos avançados e os outros nos flanqueiam nas crateras dos dois lados. O plano é simples.

Elijah e eu vamos nos aproximar assim que começar a barragem de enquadramento, que vai isolar o ninho da metralhadora. Quando a barragem terminar, vamos jogar bombas Mills nele e matar o grupo de trabalho. Então devemos colocar algodão-pólvora no ninho, montar os estopins e voltar para nossa linha.

Thompson dispara um sinalizador, e isso imediatamente atrai o fogo dos fritz para ele. Os canadenses começam a lançar granadas atrás do arame dos fritz, mas Elijah e eu percebemos que as granadas caem longe demais para serem eficazes. Os fritz têm uma boa ideia de onde estão os atacantes. Elijah e eu temos de avançar agora e completar a tarefa, para todos podermos voltar à nossa linha o mais depressa possível.

Elijah sai da cratera e corta o arame farpado, enquanto fico de olho em algum movimento à frente dele. O ninho está a uns seis metros atrás do arame, logo à esquerda. Depois de atravessar o arame, ele rasteja de barriga para baixo até um fosso de lama aberto por um morteiro e se posiciona atrás dele, cada vez mais tenso, esperando pelo estalido do fuzil e pela bala que vai explodir seu crânio. Olha com cuidado para ver se os construtores do ninho o viram, mas a chuva os obscurece. Faz sinal para que eu atravesse o arame e me junte a ele. Tenho um nó no estômago e sinto tanta vontade de urinar que tento fazer isso aqui, deitado na lama. Tento, não consigo e me sinto pequeno e ridículo de não ser capaz de fazer nem isso.

Os fritz concentraram muito fogo sobre as posições de Thompson e Olhos Cinzentos. Vou ficar admirado se eles ainda estiverem inteiros. Até agora, parece que ninguém percebeu Elijah e eu. Pulamos carniça para mais perto, e Elijah pega uma bomba Mills do cinto. Puxa o pino e a deixa pronta. Vamos para mais perto do ninho. Agora o vemos através da chuva, bem escondido na lama. Não percebemos nenhum movimento. Elijah diz que sente que a cabeça vai explodir. Não consegue mais aguentar.

— Eu vou — ele sussurra em cree, e antes que eu consiga impedi-lo, se levanta e corre.

Perco-o de vista na chuva e na escuridão. Parece que está tudo errado. Um grito sobe do ninho e vejo o clarão de um fuzil vindo dele no exato momento em que ouço o disparo. Depois o som de luta e o estalido de mais fuzis na chuva. Então um estranho silêncio antes do clarão forte e do estrondo abafado da bomba Mills. Recebo uma chuva de lama e pedacinhos de carne.

Espero, mas Elijah não volta. Quando parece que passou tempo demais, e são talvez apenas minutos, ou segundos, corro para onde o vi pela última vez. Ele não está longe, só a uns trinta passos. Deitado de barriga para baixo, sem se mexer. Me jogo em cima dele. Sinto que está tenso por causa de um furo de baioneta no rim. Não sabe que sou eu. Enfio a mão no saco do seu cinto, pego outra bomba Mills e a lanço. Há mais uma explosão no ninho enquanto enfio a cabeça entre os braços e com o resto do corpo tento proteger Elijah.

Viro Elijah. Estamos cobertos de lama vermelha. Parece que ele não consegue ver nada, mas está consciente. Me agacho e procuro na bolsa o algodão-pólvora.

Acendo-o e o jogo no ninho, depois arrasto Elijah para o lugar de onde viemos, enquanto balas caem na lama à nossa volta, como granizo, e os morteiros deles estalam e explodem. Enquanto puxo Elijah para nossa cratera, o algodão-pólvora explode e por um segundo suga o ar para cima e para longe de nós, depois o ar volta como uma onda cheia de terra. Ficamos presos na cratera enquanto os morteiros e as granadas continuam a estourar na chuva. Imagino onde estão os outros do grupo, se ainda estão vivos. Quero levantar e correr com Elijah de volta à segurança de nossa linha, mas me dou conta de que ele não pode fazer isso. Está ferido.

Os morteiros dos fritz começam a se afastar, então sacudo Elijah e digo:

— *Ashtum*, temos de ir agora. — Agarro Elijah pela gola e o arrasto o melhor que consigo para o nosso lado, a chuva caindo forte e as explosões das granadas em toda a volta ameaçando nos arrebentar a cabeça com suas concussões. Olho o tempo todo para ver se acho os outros do grupo de ataque, e quando finalmente Elijah e eu rolamos para dentro de nossa trincheira, somos ladeados por McCaan e Driscoll. Driscoll examina Elijah em busca de ferimentos. Quando termina, sorri para Elijah.

— Só alguns arranhões, possivelmente um braço quebrado — diz Driscoll. — E o que presumo que seja uma cabeça latejando. — Elijah geme de dor, segura o braço. Driscoll vasculha seu estojo e retira uma agulha brilhante cheia com o líquido âmbar.

Vejo-o enfiá-la no braço de Elijah e inundá-lo. Vejo Elijah balançar a cabeça para ele, depois o vejo ir embora, agarrado por mãos que o levam para um lugar diferente, mais calmo.

Os ferimentos de Elijah não merecem mais que um descanso de alguns dias atrás das linhas, nos arredores de uma pequena aldeia semidestruída. Toda a unidade vem se juntar a nós aqui, porque concluímos o tempo que devíamos passar no front.

— Só um braço torcido — McCaan zomba de Elijah quando ele e eu sentamos juntos. — Isso e uma pequena concussão não são suficientes para mandar você para casa.

— Fico contente — diz Elijah. Seu braço está numa tipoia. — Eu ia ficar louco preso em um hospital tão longe de tudo isso.

— Você se deu melhor do que Thompson e aquele garoto novo — diz McCaan.

Embora ele tente esconder, eu e Elijah sabemos que Mc-Caan assume a culpa por esse ataque ter dado errado. Mas a culpa não é dele. É de Breech. Elijah me diz que não há nada que queira mais do que levar Breech para a terra de ninguém e mostrar a ele o jovem soldado, que não fazia nem uma semana que estava aqui. O garoto teve tanto azar que foi atingido por um morteiro, e há pedaços dele espalhados na frente do arame dos fritz. Thompson recebeu uma bala na perna e estilhaços na maior parte do corpo, e está perto de morrer em algum lugar longe daqui. Sua perda não é uma boa coisa para a seção. Vejo que os homens estão quietos, mesmo que agora possam passar dias sem se preocupar com morrer. Observo Elijah perambulando e contando piadas, e alguns homens riem com ele. Mas a atmosfera é mais de funeral.

— Thompson vai voltar — diz a eles Elijah. — Vai sentir muita falta deste lugar.

Uma bala atravessou a túnica de lã de Elijah e roçou seu outro braço, deixando uma marca de queimadura. Elijah mostra aos outros o buraco no uniforme. Outra bala raspou sua bochecha, que ainda dói, ele diz. Mas ele teve sorte. Eu escapei sem nada. Fala-se em uma medalha para Elijah por ter atacado o ninho. Não se diz nada sobre eu ter terminado as coisas para ele.

Tentamos ficar fora da chuva do fim do verão, dentro de tendas ao lado de um pequeno bosque de árvores e um campo. Um celeiro e uma casa de fazenda explodida são reservados aos oficiais. Não há restrição para Elijah usar o remédio, mas não o vejo tomar nenhum, percebo que não está sentindo seu efeito relaxante. Acredito que quer guardá-lo para quando realmente precisar.

Elijah diz que decidiu perdoar a cobiça de Olhos Cinzentos. Não sabe bem por quê. Olhos Cinzentos e Gilberto voltaram ilesos do ataque. Olhos Cinzentos chegou muito antes de Gilberto cair na trincheira carregando Thompson, que sangrava, em seus ombros largos e peludos. Fala-se em dar também uma medalha a Gilberto.

Vejo Elijah ajudar Gilberto a escrever uma carta para a mulher e os filhos, contando seu último feito, e Elijah usa seu melhor inglês das freiras para descrever o heroísmo de Gilberto e como ele salvou a vida do cabo. Estão em uma tenda, e a chuva bate na lona, enquanto Gilberto escreve em sua letra grande e desajeitada e Elijah dita.

— Minha uvinha mais doce — começa Elijah. — Há algumas noites, enfrentei a morte e saí vitorioso.

— Mas eu não quero que ela fique preocupada comigo — diz Gilberto, erguendo a vista da carta. — Quero que ela pense que estou em um lugar seguro atrás das linhas, cozinhando para os soldados famintos.

Elijah ignora as preocupações de Gilberto com a mulher.

— Com as balas caindo como chuva — ele continua, escrevendo, falando pelo italiano grandão —, ataquei o inimigo e o pus para correr. Infelizmente, meu cabo foi ferido na luta. Estava quase morto, então o carreguei em meus ombros largos através dos perigos da terra de ninguém até a segurança. Falam em me dar uma medalha. Portanto, diga a nossos filhos que podem se orgulhar do pai.

— Ah, você diz coisas demais, demais mesmo! — diz Gilberto a Elijah, sorrindo. — Minha mulher vai pensar que estou contando vantagem e mentindo!

— Ela vai ver que você é o herói que é de fato — diz Elijah, dando tapinhas no ombro de Gilberto. — Vai saber que você está aqui, longe de seu adorado vinhedo, pelo bem do Império. — Eles riem.

A inocência nos olhos de Elijah, esse desejo de ajudar outra pessoa com suas palavras, me lembra o curto período que passei na escola residencial quando era criança. Não consigo me lembrar muito de minha mãe, a que a Tia chama de Coelha. Ela me abandonou quando eu mal tinha idade para começar a ter lembranças, e as freiras me pegaram. Elijah foi o primeiro menino que conheci. E se tornou meu único amigo.

Lembro de ter de sentar em cadeiras duras com mesinhas na frente, e Elijah sempre dava um jeito de ficar a meu lado. Ele era fascinado pelo menino que não sabia nada de inglês. Aprendemos as letras da língua deles, e como juntá-las para formar palavras. Para mim, nada disso tinha sentido. Elijah sempre tentava ajudar, sussurrando para mim, mesmo que isso nos levasse a receber uma surra.

Lembro de uma manhã ele estar sentado a meu lado na sala de aula, a irmã Magdalene nos observando enquanto lutávamos para formar palavras em sua língua. Foi uma das raras vezes em que ela permitiu que falássemos sussurrando uns para os outros.

— Você pega esta letra aqui — disse Elijah, desenhando um *g* em um pedaço de papel. — Depois põe esta aqui ao lado dela. — Ele desenhou um *o*. — E depois, se você puser esta outra letra ao lado dela, tem uma palavra. — Ele desenhou um *d*, e olhei para as marcas estranhas e perguntei a ele o que significava. — Está escrito "god", seu burro! — ele disse rindo.

A irmã Magdalene nos advertiu, olhando séria.

— E o que é "god"? — perguntei.

— *Gitchi Manitou* — respondeu Elijah.

Fiquei muito impressionado com isso. Até hoje, *god* é a única palavra da língua deles que sei escrever.

— Me ensine outra — eu disse, olhando para o papel na minha frente. Elijah desenhou outra palavra com as letras. Fiquei olhando de novo, dessa vez para quatro letras rabiscadas no papel. — E o que isso significa? — perguntei.

Os olhos de Elijah brilharam e ele abriu um sorriso.

— É o que sai da bunda da irmã Magdalene — ele disse rindo.

Olhei para ele, começando a entender o poder daquelas letras e palavras. O riso de Elijah também pegou em mim, e tentamos segurá-lo, mas isso só nos fez rir mais alto. A irmã Magdalene correu até nós, e Elijah e eu tentamos amassar o papel, mas ela o arrancou de nossas mãos.

Ficou olhando muito tempo para o papel, com a boca apertada. Paramos de rir. Ela começou a tremer, depois nos arrastou da sala pelas orelhas. Eu tinha certeza de que a minha tinha sido meio arrancada da cabeça. Do lado de fora da escola, na frente das crianças que estavam lá, ela arrancou um galho fino de lariço e abaixou nossas calças. Primeiro me obrigou a ficar abaixado, depois me bateu até eu gritar de dor. E continuou a me açoitar, até que caí enrolado, as lágrimas pingando na terra.

Depois fez a mesma coisa com Elijah. Olhei para o rosto dele, e quando ela começou a bater ele deu uma piscada e depois sorriu, fingindo que gritava de dor. Mas quando começou a doer mesmo, seus gritos foram verdadeiros, até ele também cair no chão, a meu lado. Para completar, a irmã Magdalene nos bateu mais algumas vezes enquanto estávamos no chão cobrindo a cabeça.

— Vocês vão deixar de ser pagãos à força — ela repetia. Durante minha curta estada naquele lugar, nunca mais pude usar um lápis e um pedaço de papel.

Olho para Elijah e Gilberto rindo e no mesmo instante alguma coisa me incomoda. Vejo que Elijah é arrancado deste momento pela onda forte da necessidade de tomar de novo a morfina. Agora sei que ela é muito mais do que remédio. Muito mais.

Todos de nossa seção estão sentados juntos, sem meias e botas, examinando os pés para ver se há sinais de apodrecimento. Em poucos dias voltaremos às linhas, mas por enquanto aproveitamos o tempo quente para descansar aqui ao lado do campo. Graves fala baixinho com o Gordo. Imagino sobre o que ele fala.

Sabemos que Graves esteve em muito mais batalhas do que o restante de nós. Ele é muitos anos mais velho, embora não saibamos quantos. Esteve na África combatendo os bôeres quando eu era só um neném. Vivo pensando por que é que ele nunca virou oficial depois de tantos anos no exército, até que ele me explica que deixou o exército e só voltou quando esta guerra começou.

— Eu não tinha nada em casa — ele diz. — Minha mulher me deixou. Não tivemos filhos. Eu tinha um emprego numa fábrica, mas o salário do exército era igual. E todo mundo dizia que acabaria no Natal. Me lembrei de minha juventude e das colinas e vales da África, das belas mulheres negras, dos cavalos e canhões, nossos uniformes cáqui. Então eu me disse, deve ser muito melhor do que o que tenho aqui em Toronto. Aí, como o Sean Patrick fez, menti sobre minha idade e deu tudo certo. Este inferno — ele diz, olhando em volta —, não foi para isso que me alistei.

O Gordo, fantoche de Graves, quase filho de Graves, pergunta:

— E você, X. Xavier Bird. Como é que um sujeito pode ter um nome como o seu?

Aprendi meu inglês no ano passado, mas às vezes ainda tenho dificuldade de entender o Gordo. Já disse a eles de onde venho, que sou cree da baía James. O que mais querem de mim?

Conto mais uma vez ao Gordo minha história, a história de meu nome.

Da próxima vez, penso comigo, se quiserem conversar, vou dizer a eles para conversarem com Elijah. Estamos nas trincheiras só há cinco meses pelo tempo deles, mas Elijah matou cinco homens para cada mês que passou. Ele é Whiskeyjack, o índio, e Whiskeyjack, o matador.

Os outros soldados também costumam perguntar a Elijah sobre seu nome. E ele fica feliz de falar. Seu nome cree é Weesageechak. Mas essa é uma coisa que ele não conta aos *wemistikoshiw*. Whiskeyjack é como eles dizem o nome dele, se apropriam dele. Elijah me contou que o que fazem com seu nome é o que soa a meus ouvidos como uma palavra mais comprida para *bastardo*, o que o torna um nome sem família.

Weesageechak é o trapaceiro, aquele que assume conforme sua vontade diferentes formas. Os comerciantes da Hudson's Bay Company nunca conseguiriam pronunciar esse nome com suas línguas grossas. Mas viram o trapaceiro no whiskeyjack, o gaio cinzento que adora ouvir o próprio canto e é ousado o bastante para roubar comida da mão deles quando não estão olhando.

Mas aqui neste lugar Elijah é algo mais do que apenas um pássaro, algo mais do que o resto. Maior e ainda mais leve. Invisível.

As últimas semanas em Saint-Eloi são outra vez calmas. Já chegou o fim de agosto. Sei que agora não vai demorar muito para sermos enviados ao Somme. Ah, como Elijah gostaria de ir já. Eu posso esperar. Chega à nossa companhia a notícia de luta difícil nas trincheiras em lugares com nomes como Trincheira do Açúcar, Trincheira dos Doces, até um chamado Fábrica de Açúcar. E estamos presos aqui, diz Elijah, enquanto a recém-formada Quarta Divisão é deslocada para assumir Saint-Eloi.

Entre períodos no front, temos licença para ir à aldeia três quilômetros atrás das linhas, até uma casinha que funciona como taverna, onde bebemos cerveja, vinho e conhaque franceses e conversamos aos gritos acima do barulho de homens vivos. Os soldados chamam esses lugares de botequins. Às vezes vêm mulheres para cá, e os homens fazem fila para ficar com elas em quartinhos nos fundos. O dono vê o que acontece mas parece ignorar. Vejo tudo, absorvo o que acontece, mas sou muito tímido para participar.

Nas semanas que passamos nesta área, Elijah me leva para o botequim sempre que pode. Aprendo a beber como os soldados que estão lá e de vez em quando fico bêbado e falo com eles à vontade. Há uma moça que entrou aqui duas vezes, mas é diferente das outras. É tímida como eu e magra, com um cabelo comprido que usa preso no alto da cabeça. Elijah também a nota, e fico aflito quando ele vê que olho para ela e se aproxima dela com atrevimento. Eles conversam um pouco, mas, por causa do barulho, não consigo entender o que dizem. Ela sorri para ele e começo a me sentir muito triste.

Depois de algum tempo, Elijah volta para nossa mesa.

— Está vendo aquela ali? — pergunta em cree, não querendo que os homens em volta entendam o que diz. Balanço a cabeça sem olhar para ele. — É a filha do dono. É bonita, mas não vale a pena o esforço, quando posso pagar uma das outras para o que quero.

— É verdade — respondo, a tristeza começando a me deixar. Olho para a moça do outro lado do salão e acho que ela sorri para mim quando se vira para sair.

— Não ligue para ela — diz Elijah, empurrando a cadeira para trás e se levantando. — Vamos arranjar uma coisinha especial para você. Por minha conta.

Faço que não com a cabeça, mas ele sorri e vai para os fundos para entrar na fila.

Quando voltamos para as linhas de frente, não consigo tirar a moça da cabeça. Ela sorriu para mim. Tenho certeza. Em minha seção da trincheira, fico fumando cigarro, enviando preces para que fiquemos só um pouco mais neste lugar.

E ficamos, apesar dos rumores de que vamos seguir mais para o sul. Desta vez, quando nossa seção é liberada, sou eu que levo Elijah para o botequim. Ando depressa pela estrada escura, e já é tarde da noite quando chegamos, mas ainda há muita gente no lugar. Já fiquei aqui com Elijah até o sol da manhã surgir, e mesmo assim o dono não fechou o botequim.

Olho em volta, mas a filha dele não está aqui. Meu coração esmorece. Compro uma garrafa de vinho e bebo depressa a maior parte dela. Elijah observa e bebe comigo. Quando terminamos a garrafa, ele compra outra. E depois outra. Quando já estou com medo de não conseguir mais ficar em pé, vejo a moça entrar pela porta lateral, carregando uma caixa grande que evidentemente é pesada. Me levanto sem pensar e quase caio, preciso me apoiar na mesa. Quando me sinto de novo equilibrado, caminho até ela, mais atrevido do que jamais pensei que podia ser.

— Meu nome é Xavier Bird — digo quando chego onde ela está, estendendo as mãos desajeitado para pegar a caixa e quase a deixando cair. Ela olha para mim com medo nos olhos. — Não estou aqui para machucar você — falo abruptamente em inglês, com a voz enrolada. — Não gosto nem de machucar os alemães. — As palavras parecem estúpidas, mas ela sorri e balança a cabeça como se lembrasse de mim.

— Então você vai me ajudar? — pergunta, e balanço a cabeça muitas vezes. — Ainda tenho muitas caixas para carregar.

O sotaque dela não é comum para mim. É bonito. Ela é bonita.

Ponho a caixa no bar e vejo que o pai dela me ignora.

— Venha comigo — ela diz.

Eu a sigo, tentando andar o mais ereto que consigo.

Ela me conduz para fora, e fico olhando para o chão para não ter de encarar os olhares dos soldados, que posso sentir que me olham.

A noite é fresca e me ajuda a me concentrar.

— Onde estão as outras caixas? — pergunto.

Ela olha para seus pés.

— Não há mais nenhuma. Lá dentro está muito barulhento, e eu queria conversar com você.

Estou surpreso.

— Eu? — pergunto. Ela começa a se afastar, e não sei se devo segui-la. Mas sigo mesmo assim. Caminhamos por uma longa trilha que leva para longe das linhas, e durante o que parece ser uma milha não dizemos nada.

— Seu amigo disse que você gosta de mim — ela diz. Mais uma vez estou surpreso. — Não gosto dele, mas gosto de você. — Ela me encara depois desvia o olhar.

Não respondo. Não sei o que dizer.

Andamos de novo, e sinto que ela pega a minha mão. Meu coração começa a bater como se eu tivesse corrido uma longa distância.

— Agora preciso voltar — ela diz. — Meu pai vai ficar preocupado. — Olho para ela e sinto vontade de beijá-la. — Você vai me encontrar amanhã? — ela pergunta.

— Sim — respondo, sem nem sequer imaginar se estarei na linha amanhã. Andamos de mãos dadas, e, envolvido pela bruma da bebida e pelo cheiro dessa moça, me lembro que ainda tenho um dia antes de marcharmos de volta.

Quando ouvimos o barulho do botequim, ela para e olha para mim. Me inclino e a beijo. Ela me beija. Nos beijamos até meus lábios doerem, e não sei quanto tempo passa. Quando a beijo no pescoço ela geme baixinho.

— Já é amanhã? — pergunto, e ela ri e me beija de novo. Eu não pretendia ser engraçado.

— Preciso ir — ela diz. — Me encontre aqui amanhã depois do jantar.

Não sei a que hora é o jantar dela, mas não me importo de esperar. Vou estar aqui no começo da tarde.

— Seu nome? — pergunto quando ela se afasta. Ela para e olha para mim. — Não sei seu nome.

Ela ri.

— Lisette — diz, se vira e vai embora.

Com todos os homens bêbados aqui, fico preocupado com sua segurança, então vou atrás dela até o botequim. Sentindo o peito cheio de luz, vejo-a ir até a porta da pequena construção ao lado do botequim e entrar. Deve ser sua casa.

Por medo de perder qualquer lembrança dela, não volto ao botequim. Passo por ele e volto a nosso acampamento. Vejo que Elijah ainda não voltou e isso me deixa contente. Deito até o sono chegar, me lembrando de seus olhos, sua boca, suas mãos em meu rosto. Logo abaixo do cheiro de lama em minha túnica, acho que sinto um vestígio mínimo do cheiro dela.

Acordo cedo com a cabeça latejando por causa do vinho. Num riacho perto do acampamento, tiro a roupa, entro na água gelada e me banho com todo o cuidado, tentando tirar os piolhos e a lama do cabelo. Me esfrego muito tempo com areia, depois ponho o uniforme na água e o esfrego com pedras, afundando-o na água para matar os piolhos. Quando o visto de novo, ainda molhado, sinto os piolhos voltarem à minha pele em busca de calor. Tiro a túnica e passo a chama de uma vela pelas costuras, para matar o máximo deles que puder.

Quando acabo, não é nem de tarde. Evito a área do rancho. Não sinto fome e não quero que os outros me vejam agora. Sou obrigado a me juntar a eles para a chamada, mas evito falar. Posso ver que a cabeça de Elijah também dói, e isso evita que ele me faça perguntas. Quando somos liberados, caminho com esforço para longe do acampamento, até ficar fora de vista. Então corro para a trilha atrás do botequim e sento no lugar que Lisette me mostrou.

Espero muito tempo, tanto que fico preocupado de ela não vir. Na mata, encontro algumas florzinhas que já floresceram e pego-as para ela. Queria ter outra coisa para dar.

Quando a escuto se aproximando já é quase noite. Me levanto e fico à mostra. Lisette caminha para mim. *Lisette*. Repeti muitas vezes seu nome hoje. É fácil pronunciá-lo.

Quando me vê, ela sorri e pega a minha mão. Quero puxá-la e beijá-la, mas andamos até o lugar para onde fomos ontem à noite. Saímos da trilha e ela me conduz até um laguinho. Ainda há bastante luz quando ela para e começa a tirar a roupa, e vejo como é magra. Queria ter trazido para ela o almoço que não comi hoje. Ela deita na grama e treme um pouco. Também tiro a roupa e ponho a túnica sobre ela, preocupado de os piolhos irem para sua pele.

Ela sorri e nos abraçamos, sentimos o calor um do outro. Estou duro contra sua barriga. Ela põe a mão em mim e não consigo evitar o ruído que me sai da garganta. Ponho a mão no calor dela. Nos beijamos intensamente, e antes que eu saiba o que está acontecendo, ela está em cima de mim, a cabeça jogada para trás, a boca aberta.

Ela grita e fico preocupado de os outros ouvirem. Levanto a mão até sua boca e ela me morde com força na parte macia entre o polegar e o indicador. Então abaixa a cabeça e seu cabelo cai entre nós, me fazendo cócegas no peito. Não consigo aguentar isso muito tempo, então a viro devagar e me empurro para dentro dela, e nós dois gememos. Quero que isso dure, quero ficar assim e não ter de voltar para o front, mas quando Lisette agarra meu peito e me puxa com tanta fome, tenho a sensação de deslizar, passando do limite, como uma canoa sobre corredeiras, até que nós dois desabamos, as árvores e rochas em volta oscilando, a água clara e quente nos engolindo, me sugando para baixo em uma escuridão bonita, até que não consigo mais ficar embaixo. Me levanto bruscamente em busca de ar e olho para ela. Estamos os dois molhados. Lisette cintila à luz da lua.

Ficamos um tempo abraçados sem dizer nada. Quando sentimos o frio da noite, puxo as roupas para nos cobrir e nos beijamos outra vez. Agora é mais devagar. Olho para a moça bonita e ela segura minha cabeça. Quando sinto que ela está perto, me inclino e beijo seus seios pequenos, lambo-os até que ela começa a se sacudir, e, sem saber que faço isso, também começo a me movimentar mais depressa e mais uma vez estremecemos juntos.

— Agora preciso voltar — diz Lisette um pouco depois, vestindo as roupas depressa. — Tenho muito trabalho a fazer para o meu pai.

— Posso ir até lá com você? — pergunto.

Ela faz que não com a cabeça.

— Se alguém nos visse, eu teria problemas.

Quero pedir para vê-la de novo, mas ela se abaixa e me beija. E vai embora. Fico deitado ao luar fraco e penso como poderia vê-la de novo.

Dois dias depois, somos despachados de Saint-Eloi. Marchamos para os trens, somos amontoados como gado e começamos a rastejar para um lugar onde a luta é brutal. Fico calado e infeliz o trajeto inteiro, e o motivo é óbvio, mas Elijah sabe o bastante para me deixar sofrer.

— A única cura é o tempo — ele diz, mas não respondo.

Atrás das linhas, recebemos roupas novas e casacos de inverno compridos, e mais uma vez somos despiolhados e na manhã seguinte já estamos de novo infestados. O comando manda novos fuzis para os canadenses, Lee-Enfields britânicos.

O Ross enguiça nos piores momentos e é responsável pela morte de muitos canadenses no calor da batalha. Vejo que mais uma vez isso é culpa dos comandantes. Eles deram às tropas canadenses munição britânica, e essa munição, um pouco maior que a nossa, fica presa nos fuzis quando atiramos muitas vezes seguidas. Mantenho a máuser que peguei do atirador alemão, e Elijah prefere ficar com seu Ross, muito melhor que um Enfield como fuzil de atirador de elite.

Os soldados examinam seus equipamentos, especialmente as armas, e recebem novos estoques de munição. Olhos Cinzentos farejou uma caixa cheia de seringas de morfina. Desmonto e remonto carinhosamente minha nova máuser, e vou com Elijah para o estande de tiro improvisado, onde miramos com todo o cuidado e Elijah ajusta a mira de seu velho Ross. Não é possível encontrar muitas balas para a máuser, então tomo cuidado para não desperdiçar nenhuma, mas Elijah me promete que vai fazer um ataque especificamente para conseguir mais algumas. A máuser é bonita e precisa, mais leve que o fuzil de Elijah. Seu telescópio é magnífico. Posso examinar uma folha a cinquenta metros de distância. Recuso educadamente tudo que Elijah oferece em troca dela.

Atrás do Somme, acampamos em um lugar chamado The Brickfields, uma paisagem de entulho horrível, na qual, como ratos, cavamos buracos para dormir nele. Nos misturamos com muitos outros que também esperam a vez de avançar e encher as trincheiras adiante. Há filas de britânicos, canadenses e franceses, estes de uniforme azul e com bigodes compridos, e até australianos com chapéu de feltro mole e escoceses de saia. Alguns se aproximam de Elijah e de mim e conversam conosco, e só então percebo que estamos ganhando fama como equipe de atiradores de elite e observadores. Será que esses estranhos sabem que é Elijah quem tem a maioria das mortes e quem se oferece para a maioria dos grupos de ataque? Parece óbvio que a fama dele aqui é grande. Gilberto, Olhos Cinzentos, o Gordo, Graves e até McCaan ficam envaidecidos quando completos estranhos se aproximam de nossa seção nos cumprimentando e oferecendo cigarros.

A única vista nos Brickfields que não é deprimente está no ar. Apesar do estrago no mundo embaixo, os pássaros continuam a voar acima dele como se nada tivesse mudado. Quando não estamos de sentinela ou fazendo exercícios, Elijah e eu ficamos deitados de costas. Bandos de pequenos pardais mergulham e caçam uns aos outros sem parar.

Há pouco mais de um ano, nós dois éramos muito mais diferentes dos soldados que somos agora. Mas Elijah ainda é ousado, falastrão. Ainda quer voar.

Ele fala da época em que pegamos um trem da cidade onde tínhamos comprado nossas roupas. Era a primeira vez que viajávamos de trem. Fiquei enjoado com o balanço, admirado e apavorado de ver como as árvores e os riachos passavam depressa por nós. Íamos para o sul. Assim que entramos, um homem de uniforme nos disse:

— Neste carro não são permitidos índios. — Ele apontou para o corredor. — O lugar de vocês é quatro carros para trás.

Me lembro de Elijah se virando para me explicar em cree, mas eu entendo. Pegamos nossas mochilas e atravessamos o rio de pessoas que nos ignoram. Empurramos as portas e vamos para o próximo carro, depois o seguinte, e o seguinte depois desse.

Aqui é muito diferente. Há alguns outros índios sentados, olhando pelas janelas, nem se incomodam de ver quando andamos pelo corredor. Os assentos são de madeira e são desconfortáveis. Sinto o cheiro forte dos animais no carro seguinte.

Escolhemos um banco e mais uma vez sentamos com as mochilas a nossos pés. Elijah não se incomoda de ter sido obrigado a deixar o carro bom. Acha que tomar este trem é parecido com voar. Mas pode ver que estou infeliz.

— Nós não pagamos o mesmo preço que os *wemistikoshiw* pelos bilhetes? — pergunto irritado. — Não usamos roupas tão boas quanto as deles? — Se a situação fosse outra, Elijah me encorajaria mais do que decide fazer.

— Olhe para seus mocassins! — ele diz, apontando para eles. — Além de estarem se desmanchando, como eles fedem! É por isso que fomos mandados para cá com os índios da mata.

Ao ouvir isso, alguns dos que estão perto riem.

Logo depois, Elijah diz que não acha que isto tenha nada a ver com voar. O trem geme e sacoleja. Parece mais que estamos nas costas de uma vaca doente do que de uma águia. Ele me encara. Sei que devo estar um pouco verde por causa do balanço.

Os outros índios do carro também estão. Alguns olham para os pés abraçando a barriga. Outros dormem um sono inquieto. Mas Elijah está impressionado com o que passa pela janela, a visão das manchas verdes das árvores e do lampejo de riachos escuros, que logo desaparecem. Ele se levanta para ver como é esse movimento sem mover os pés. Isso se parece mais com voar. Caminha pela extensão do carro de braços abertos, olhando pela janela. Sei que se imagina sem peso.

— Xavier! — ele grita. — Experimente isto! — Ele investe para baixo, passando por mim, e emite um grasnido, e ao chegar à porta se vira para dar outro mergulho.

— Idiota! — digo. — Você me deixa envergonhado.

Elijah voa a meu lado e solta um cocô imaginário. Sente que os outros índios olham para ele.

— O que foi? — diz. — Nunca viram uma águia-pescadora?

Duas garotas e um garoto riem dele. Ele dá uma piscada. A jovem mãe deles é bonita. Com alguns movimentos rápidos dos braços, Elijah ganha altitude. O trem entra em uma curva e o joga num banco ao lado de um velho que está dormindo. Os olhos do homem se abrem.

— Whiskeyjacks deviam voar melhor — ele diz.

Elijah olha para ele.

— Como você sabe o meu nome?

— Não sei — diz o homem. — Eu estava sonhando. Havia um bando de whiskeyjacks. — Ele parece confuso. — Estavam bicando alguma coisa morta.

Elijah se levanta e volta para onde estou.

— O que o velho lhe disse? — pergunto.

— Ele sabia meu nome. Diz que estava sonhando com whiskeyjacks.

— Isso é um sinal — digo.

— Para você, tudo é um sinal. — Ele olha pela janela. — Ei, ali está um sinal — diz, apontando para fora. — Está escrito rio Abitibi. Mas você não poderia saber disso, já que é um pagão.

Olho para ele, depois viro a cara.

Um rio largo passa trinta metros abaixo de nós. Nossos estômagos são empurrados para cima, como se estivéssemos caindo. Olhamos para o rio correndo para o norte, na direção de nossa casa, e por um momento sei que Elijah se sente tão triste como eu.

— Olhe aquela ilha — diz Elijah, apontando para uma faixa de terra que obriga o rio a se dividir, na qual há algumas árvores. — É como a ilha na qual dormimos quando conseguimos passar pelo fogo.

Ele fica olhando para a água escura, depois para a margem de barro e areia, mais clara. Sei que neste momento ele percebe que vai sentir falta deste lugar. Mas logo tira isso da cabeça. Com a mesma rapidez com que vimos o rio, o deixamos para trás.

MAMISHIHIWEWIN
Traição

Acordo cedo no segundo dia de nossa viagem pelo rio e descubro que mais uma vez o Sobrinho dormiu ao lado da fogueira. A manhã é fria, então aumento o fogo. Faço um pouco de chá de lariço e me sento ao lado dele, começando a conversar, embora seus olhos estejam fechados e talvez ele não escute. Minhas palavras vão penetrar nele.

Ouça com atenção, Sobrinho. Meu francês voltou para me visitar muitas vezes naqueles primeiros meses de nossa união. Quando a estação mudou, fui para minha casa de verão, informando a ele onde me encontrar. Ele também me visitava lá, e, como os rios congelados que cedem ao calor, alguma coisa dentro de mim se quebrou e me inundou, e então a única coisa que eu queria era ele.

Você deve perceber mais uma vez, Sobrinho, que neste mundo de dificuldades temos de agarrar os momentos que nos são oferecidos. Meu francês e eu éramos vorazes, consumindo um ao outro tanto que estávamos sempre doloridos do jeito mais prazeroso. Falávamos pouco, mas durante o verão aprendemos um pouco da língua um do outro. Nossa língua era física. Nos amávamos encostados em árvores, margens de rios, na água quando estava morna. Foi um verão bom. Eu visitava minha mãe e ela via que eu estava diferente, sabia o que eu estava descobrindo. Me fazia beber chá amargo que evitava que eu emprenhasse. Me avisava com os olhos para eu tomar cuidado com ele, que não se devia confiar nos *wemistikoshiw*, mas eu ignorava isso, porque estava muito preenchida por ele, muito excitada com ele.

O outono nos chamou para longe um do outro, ele para caçar alce para sua cidade passar o inverno, eu por um motivo muito diferente. Aquela sensação voltou a me visitar, aquela que trouxe um aviso de que haveria uma dificuldade. Voltei sozinha para a mata para decifrá-lo, reconstruí a estrutura da tenda tremulante que tinha deixado cair e estava coberta de musgo.

Durante dias tentei invocar as almas de animais para virem para minha tenda, mas era como se os tivesse ofendido de algum jeito, e eu ficava sentada horas de cada vez, rezando e me balançando, queimando ervas aromáticas e procurando na escuridão alguma coisa que se mostrasse a mim. Meu primeiro pensamento foi que ao perder minha infância eu tinha também perdido de algum jeito meu poder de ver além do dia. Ou talvez fosse porque eu tinha escolhido como marido um *wemistikoshiw*. Percebi que é assim que penso nele agora, como meu marido.

Me ocorreu que não podia me concentrar nas duas coisas. E então o escolhi. Eu era jovem e as emoções dos jovens são um impulso tão forte como as ondas do Ártico que sugam para sempre as canoas dos pescadores na baía. Saí de minha tenda tremulante sem nenhuma resposta para o que ia acontecer, e não saber me dava um alívio estranho. Não ter de ser a que adivinhava as respostas era um peso tirado de mim. Eu podia ser normal, sofrer as doces dores que acompanhavam minha idade jovem. Os maus pressentimentos de perigo ainda me incomodavam, mas eu os empurrava para longe pensando nele.

O inverno chegou outra vez, e agora eu mantinha minha própria moradia, depois de ter certeza de que minha mãe estava segura e vivendo com outra *awawatuk*. O francês vinha me ver muitas vezes, e mantínhamos um ao outro aquecidos até nas noites mais frias, mas quando a primavera se aproximou mais uma vez, ele ficou de mau humor. Não sorria tanto como antes e me visitava menos. Quando vinha, não me amava como costumava fazer. Achei que sentia o cheiro de outra nele, mas o cheiro nunca era igual, então afastei esses pensamentos.

No momento em que a neve começa a derreter durante o dia e depois forma uma crosta dura à noite, um *awawatuk* do clã da marta veio a mim com um pedido. Quando ouvi o homem se aproximando em seus sapatos de neve, soube que ele vinha me pedir um favor, que esse favor daria início a uma cadeia de acontecimentos que eu não tinha poder para interromper.

O francês estava comigo. Fazíamos chá dentro de meu abrigo. Ficamos em silêncio quando ouvimos o som de sapatos de neve se aproximando. Um visitante no inverno é raro e nem sempre é bem-vindo. Uma visita de inverno costuma significar que a má sorte desceu. Fiz um gesto para meu homem sentar e esperar enquanto eu saía para ver quem estava chegando. Lá fora, reconheci o rosto dele. Era um velho que eu sabia que era um dos últimos grandes caçadores que usavam armadilhas. Sua aparência confirmou o que eu sentia, e tive certeza de que o que eu tentara afastar tinha chegado agora como chega uma tempestade de neve.

Depois de um cumprimento formal, ele me contou como conhecia e respeitava meu pai, como também sabia que eu era filha de meu pai e tinha herdado seu dom. Explicou que seu clã estava faminto e tinha má sorte para encontrar carne. Queria que eu adivinhasse para ele, tinha trazido um quarto dianteiro de alce de sua parte do campo.

Não tive escolha. Me virei, andei para meu abrigo e contei ao francês que tinha de partir. Ele não brigou, só arrumou suas coisas. Embora talvez não entendesse o que o velho me pedia, de repente entendeu que eu não era simplesmente uma jovem que vivia sozinha na mata. Eu vivia sozinha por um motivo. Tinha um dom que outros queriam e precisavam. Fiquei assustada de ver como isso o deixou mal-humorado, como ele parou de falar comigo.

Antes de ele sair, sussurrei que a culpa não era dele, mas que tinha de ficar sozinha para fazer o que era preciso. Pedi a ele que voltasse logo, mas ele não respondeu. Saiu do abrigo, deixando só o cheiro de sua irritação.

Saí atrás dele, notei a surpresa no rosto do velho caçador ao ver um *wemistikoshiw*, um olhar que ele logo escondeu, fingindo indiferença. Quando o francês desapareceu na mata, abri minha porta para o velho *awawatuk* e acendi a fogueira.

Com a volta da primavera e das moscas pretas, a vida ficou de novo um pouco mais fácil. Mas meu francês não veio me visitar. No começo do verão pensei no que podia ter acontecido e passei longas noites inventando histórias. Ele tinha se ferido e estava de bruços em uma cama naquela cidade sofrendo por mim. Ou estava bem mas esperava com teimosia e paciência que eu fosse até ele e pedisse desculpa por tê-lo despachado tão depressa naquela manhã no fim do inverno. Quando estava mais pessimista, eu o imaginava com outras mulheres.

Visitei minha mãe, e nós passamos muito tempo pescando sem dizer muita coisa. O silêncio me confortava. Eu sabia que ela sabia que eu tinha sido visitada por um *awawatuk* num momento de crise e tinha feito o que precisava fazer. Ela também podia sentir que eu estava outra vez sozinha, que ansiava pelo francês e que a ânsia não ia passar. No fim, ela falou.

— Eu nunca teria me casado com seu pai se não o tivesse perseguido — ela disse. — Cacei ele como se caça um urso. Descobri onde ele vivia e fiz uma visita a ele.

Sorri ao ouvir essa história, e parecia que era meu primeiro sorriso em meses. Pela primeira vez em muito tempo, me senti segura do que devia fazer.

No fim do verão, arrumei algumas roupas e rações para alguns dias e parti de minha morada à beira do rio. Comecei a remar, levando minha canoa para aquele lugar para onde prometera que jamais voltaria. Nas duas noites que passei sozinha na água, acendi pequenas fogueiras na praia e fiquei olhando para um céu que demorava muitas horas para escurecer.

Uma parte dentro de mim me censurava pelo que eu ia fazer. Contei estrelas cadentes como se fosse outra vez criança. Toda vez que previa o facho de luz que atravessava o céu logo antes disso acontecer, eu me convencia a voltar para casa antes que fosse tarde demais. Mas não voltava. Quando senti de novo o cheiro de lixo apodrecido daquela cidade, voltei imediatamente aos dias, anos atrás, em que tinha chegado ali com minha mãe e minha irmã mais nova.

Ancorei minha canoa perto da cidade por volta do meio-dia. Quando consegui coragem para andar por aquele lugar e procurar por ele, o sol já estava se pondo. Fui primeiro para a parte índia de Moose Factory, procurando rostos que conhecia. Havia muitos que eu conhecia da infância e do breve período que passei na escola residencial, e imediatamente ficou claro que havia uma parede invisível, impossível de quebrar, entre mim e os índios abrigados dessa cidade branca. Minhas roupas eram do estilo antigo, que só alguns dos anciãos sabiam como fazer, a maior parte feita de couro de animais.

Mas essa era só a diferença mais evidente. Os índios aqui pareciam cheios, cheios de comida, cheios de bebida, cheios como eu via os homens brancos parecerem cheios. Quase fiquei com inveja ao andar por ali, sentindo os olhares nas minhas costas. Era como se eu tivesse passado fome muitos anos. Meu corpo era menos que os dos outros, como se raras vezes tivesse conseguido se alimentar completamente. Mas fiquei surpresa, quando ouvi famílias conversando, amigos rindo e crianças correndo e gritando, de ver que minha fome era de companhia de outros como eu. Quando percebi naquele dia que não havia mais outros como eu, minhas pernas tremeram tanto no meio da rua poeirenta cheia de pessoas que achei que ia cair.

Quando me aproximava, os pais chamavam os filhos para perto deles. Quando passava, os velhos índios convertidos se benziam e fechavam a porta da casa. Quando achavam que eu não estava olhando, jovens apontavam para mim e ficavam me encarando. O outro talento que os cree têm, quase tão grande quanto a capacidade de caçar, é a capacidade de fofocar.

Quando o peso da atenção ficou grande demais para mim, procurei a rota mais fácil para sair dessa parte da cidade. Quando cheguei ao limite dela, uma mulher, de rosto redondo e enrugado como uma maçã seca, fez sinal para mim com um dedo ossudo.

— *Ashtum* — ela sussurrou. — Venha aqui.

Andei até ela e ela abriu a porta para mim.

— Você é aquela — ela disse, abrindo seu sorriso sem dentes, depois que entrei. Sua cabaninha cheirava a couro curtido e comida boa. Ela me fez sentar à mesa e trouxe uma tigela de ensopado. — Coma, depois conversamos.

Comi enquanto ela me observava com atenção sem desviar os olhos, sem nada de educação formal.

— Você deve tomar cuidado por aqui — ela disse. — Senão a mesma coisa que aconteceu com seu pai vai acontecer com você. — Quando ouvi essas palavras corajosas, olhei para ela. — Os índios daqui sabem. Não se pode impedir as conversas. Alguns deles estão felizes de saber que os velhos costumes ainda estão vivos na mata. Mas há muitos deles, que agora são índios cristãos, que não estão.

Balancei a cabeça agradecendo pelo aviso.

— Algum *wemistikoshiw* sabe? Devo sair deste lugar?

— Não sei — ela respondeu. — Provavelmente não sabem. Assim que você os vir vai saber o que eles sabem. Eles não são muito bons para esconder do rosto seus pensamentos. — Ela riu disso, e eu também.

— Me conte mais, *Kokum* — eu disse um pouco depois. Ela me trouxe chá, e eu o bebi e esperei.

— Falam que um certo caçador *wemistikoshiw* estava fodendo você — ela disse, rindo para mim. — Mas não tenho certeza desse boato, porque vem do lado deles.

Parei de sorrir.

— Então o boato é esse? — eu disse.

Ela me encarou.

— Então é verdade! — disse. Não respondi. — Tome cuidado com esse. Dizem que ele tem um gosto por carne vermelha que não consegue satisfazer. Há crianças meio francesas, meio índias correndo por aqui que ele se recusa a reconhecer como dele. — Balancei a cabeça para agradecer pelo aviso. — Este não é um lugar para você, Pequenina. Você é uma *hookimaw*, de uma família forte. Não tem direito a felicidade. Você é uma matadora de *windigo*. — Disse isso como se pronunciasse uma sentença.

Ela se levantou e foi até uma arca perto de sua cama, remexeu nela um pouco, depois voltou com um punhado de roupas. Levantou uma por uma para que eu pudesse ver. Eram roupas de mulheres *wemistikoshiw*, uma saia de algodão comprida, uma camisa de algodão branca, uma bandana de cores fortes para eu amarrar em volta da cabeça.

— Use estas — ela disse. Fiz que não com a cabeça. — Você tem de usar para ficar parecida com os outros. Essas roupas que você usa lhe transformam num alvo. Você parece um animal da mata que chegou perto demais de um lugar humano.

Peguei dela as roupas, agradeci enquanto ia para a porta.

Quando voltei para minha canoa, podia sentir seus olhos em mim.

Naquela noite acampei um pouco afastada daquele lugar, com a cabeça zumbindo por saber que meu mundo não era nada secreto como eu pensava ou queria que fosse. Então eles sabiam de tudo! A cada hora que passava, eu ficava mais irritada, e de manhã já tinha um plano na cabeça. Tomei banho muito tempo no rio, esfregando o cabelo até ele brilhar e passando areia no corpo até ele ficar rosado. Vesti as roupas que a avó me dera e com todo o cuidado trancei bem apertado o cabelo dos dois lados da cabeça. Quando o sol estava bem alto, voltei à cidade, com um sorriso no rosto, parecendo uma mulher diferente, uma tímida jovem índia abrigada.

Caminhei na direção da torre da igreja, o lugar onde ficava a escola residencial lisa e branca como o rosto de uma criança muda. Não pretendia ir para lá, mas de repente a ideia de ver Coelha — sua mãe, Xavier — me tomou. Ficando um pouco longe, esperei até as freiras soltarem as crianças para a brincadeira da tarde. Olhei com cuidado para o grupo de meninas mais velhas, porque agora minha irmã devia ter quinze invernos, mas não a vi. Fiquei olhando até as freiras tocarem as crianças de volta para dentro.

Ninguém me olhou quando andei para a parte *wemistikoshiw* de Moose Factory. A avó tinha sido sábia ao me dar as roupas. Todas as pessoas pareciam ocupadas demais com conversa ou movimento. A maioria parecia atrasada para alguma coisa, correndo de cabeça abaixada. Ninguém me deu nenhuma atenção, e isso me deixou mais confiante. Andei pela estrada poeirenta da rua grande, olhando no correio, no estábulo, no açougue, na taverna.

Foi neste último lugar que o avistei, comendo o jantar com outro homem em uma mesa perto da janela. O dia tinha sido longo, e percebi de repente como estava com fome. Fiquei a uma distância da janela e aguardei, esperando o outro homem sair. Ver de novo meu caçador trouxe de volta a sensação em meu estômago, fez doer aquele lugar bem embaixo da barriga. Para minha alegria, o homem sentado com ele pegou o chapéu, se levantou e saiu. Esperei o máximo que pude, então entrei.

Primeiro ele olhou para mim como se não me reconhecesse. Pensava que eu era outra jovem cree, e naquele segundo vi que tudo que a velha tinha me dito sobre ele era verdade. Mas quando ele sorriu para mim com seus dentes brancos, sua barba pontuda como a de um lobo, não me preocupei. Eu o levaria para a mata e o manteria lá, o mudaria para que ele não desejasse mais este lugar de humanos.

— Niska — ele murmurou, sorrindo para mim. Levantou, andou até onde eu estava, me abraçou.

Senti todos os olhos do lugar em mim e me afastei dele. Por um segundo um clarão de raiva brilhou em seus olhos, depois outra coisa que não consegui entender.

Ele fez um gesto para que eu sentasse com ele, chamou um homem que trabalhava ali e falou com ele num francês que não entendi. Então olhou para mim, suas mãos na mesa, cruzadas. Começou a falar devagar em sua língua, me olhando nos olhos.

— Senti sua falta — disse, pondo uma das mãos mais perto das minhas. Apenas olhei para ele. — Sinto sua falta aqui — ele disse — e aqui. — Pôs a mão no coração, depois entre as pernas, logo abaixo da beirada da mesa. Sorriu ao fazer isso, e fiz tudo que estava em meu poder para não sorrir de volta. O homem com quem ele falara voltou e pôs na nossa frente dois copos cheios de líquido amarelo, depois saiu.

Ele levantou o copo na minha direção e sorriu de novo, esperando que eu levantasse o meu. Eu sabia o que ele estava ofertando, mas não ligava. Não podia mais aguentar o peso dos últimos dias, e no primeiro gole percebi que isso podia ser um jeito de deixá-los um pouco em algum outro lugar. A bebida era amarga como bolo de aveia estragado, e o gosto demorou em minha boca. Eu o vi erguer o copo até os lábios e tomar um gole tão grande que o calombo em sua garganta deu uns solavancos. Ele pôs o copo quase vazio na mesa e passou as costas da mão na boca, olhando para mim. Vi isso como um desafio e levantei meu copo, esvaziei-o o mais depressa que pude. Quase fiquei sufocada, depois sorri para ele. Ele fez um movimento com o braço para que o homem trouxesse mais.

Do lado de fora da janela daquele lugar, a noite chegou. No começo vi as cores do céu mudarem maravilhada como uma criança, mas enquanto continuávamos a beber, fui tomada por uma tristeza no momento em que o último raio de luz foi embora e o homem que servia trouxe velas para todas as mesas.

— Não quero mais — eu disse a ele, me levantando e caminhando de repente, tão de repente que eu mesma fiquei surpresa. Minhas pernas pareciam as de um bezerro novo, moles e compridas debaixo de mim, de forma que tive de agarrar a moldura da porta ao passar por ela. Andei pela rua poeirenta, tentando imaginar se estava na direção certa ou não, o céu da noite começando a rodopiar acima de mim. Nesse momento eu não sabia nem me preocupava em saber se ele me seguia. O ar fresco em meu rosto era bom.

Eu não tinha certeza se fora eu ou outra força que me levara de volta à escola e ao pico alto da igreja, mas me vi parada no mesmo lugar em que estivera de manhã, procurando Coelha. Chamei o nome dela, primeiro baixinho, mas quando não ouvi nenhuma resposta a não ser o som dos grilos, gritei alto. Chamei muitas vezes, querendo que ela me encontrasse, me confortasse, me levasse de volta à nossa mãe, ao nosso pai. Senti mãos em meus ombros e me virei, mas não era Coelha, era ele. Ele pôs o dedo nos lábios para eu me calar, sussurrando avisos enquanto olhava em volta com olhos enlouquecidos.

— *Ashtum* — ele disse em minha língua. — Venha comigo.

Pegou minha mão e me levou para a igreja. Quando percebi que queria que eu entrasse, lutei contra ele.

— *Mo-na* — eu disse. — Não me leve para lá.

— Aqui é seguro — ele disse. — É um lugar sagrado. Um lugar para falar com o Pai.

Eu o segui, ele abriu a porta grande, depois a fechou. Aqui havia um cheiro em todos os lugares, como o de cedro, mas forte demais. Ele caminhou pelo corredor e tive de segui-lo, passando a mão por uma fileira de bancos baixos para me equilibrar. Ele parou ao lado da mesa na frente dos bancos. Fiquei em uma pequena elevação de madeira.

— É aqui que um homem toma uma mulher para ser dele para sempre — ele disse, me puxando e me beijando.

Comecei a pensar como ele me beijava bem, mas afastei o pensamento e deixei minha língua tocar na dele.

— Este é um lugar bom, um lugar sagrado — ele sussurrou, mordendo minha orelha. — Você é uma índia sagrada, não é? Os outros índios dizem que você é muito sagrada, muito forte.

Seu corpo magro me pressionava. Senti sua dureza. Não respondia, mas o beijei.

— Você me quer para você? — perguntei do melhor jeito que conseguia na língua dele. Ele sorriu e balançou a cabeça. — O lugar é aqui? — perguntei, olhando para ele. Ele sorriu e balançou de novo a cabeça. Eu o beijei. — Nós? — perguntei.

Ele sorriu e me levantou, me pôs sentada na mesa. Levantou meu vestido de algodão, de forma que fiquei exposta a ele, então abaixou a cabeça e me beijou lá com a língua. Segurei sua cabeça, e quando não consegui mais aguentar puxei sua boca para a minha e o beijei bem fundo. Suas mãos lutaram com o cinto, e então o senti entrando em mim com força, até que gritei. Ele ofegou e nós balançamos, então o senti tenso dentro de mim, rápido demais, cedo demais. Enrolei as pernas em torno dele para mantê-lo um pouco mais lá dentro. Por fim ele saiu de mim, e me estiquei sobre a mesa, olhando para ele, minha cabeça rodopiando.

Ele riu.

— Fodi você em uma igreja — disse, e sorriu. Sorri de volta. — Tirei a índia pagã de você lhe fodendo numa igreja — ele disse, mas desta vez o sorriso não era feliz. — Tirei seu *ahcahk* — disse, agora sem sorrir. — Você entende? Fodi seu *ahcahk*, seu espírito. Você entende isso?

Ficou olhando para mim com os olhos arregalados, de um jeito que me enjoou o estômago. Eu o empurrei com as pernas e me cobri.

— É tarde demais — ele disse. — Você não é nada de especial, só mais uma pele-vermelha puta. Tirei seu poder neste lugar e o mandei para queimar no inferno, que é o lugar dele.

De repente senti meu estômago se agitar e só sabia que precisava sair daquele lugar. O cheiro forte de cedro fazia minha cabeça latejar tanto que eu precisava vomitar. Corri para a porta, com as pernas moles. Achava que nunca ia conseguir, mas finalmente cheguei nela e a abri, o conteúdo de meu estômago subindo e caindo nos degraus embaixo. Caí de joelhos, mas ouvi as botas dele se aproximando atrás. Tentei pegar a faca no cinto mas me dei conta de que não a usava com aquelas roupas brancas. Me levantei e corri o mais depressa que pude para o rio, esperando a qualquer momento ouvir seus passos me alcançando, sentir suas mãos me agarrando.

Cheguei ao rio, a cabeça latejando, a boca seca e amarga, o mundo em minha volta rodopiando. Olhei para trás para ver se ele me seguia, mas a única coisa que vi na escuridão foi a forma embotada da escola na colina acima do rio e o braço alto da igreja se estendendo no céu da noite. Me agachei e solucei, com medo de a mágica dele ter matado o fogo de minha família dentro de mim, e foi só então que percebi que ele era uma espécie de feiticeiro e tinha roubado minha força.

O fedor do tabaco e da bebida deles, e especialmente dele, subia das roupas que eu usava, tão forte que pensei que minha cabeça ia explodir. Me levantei e as rasguei, arrancando-as de cada pedaço de minha pele, e joguei tudo no rio. Fiquei parada nua à luz da lua, com a cabeça para trás e a boca aberta, o gemido de um animal ferido preso em minha garganta.

Caindo de quatro, bebi muita água do rio para aliviar a queimadura na garganta e a dor na cabeça. Depois, oscilando, me levantei e comecei a correr. Corri pela margem do rio, sem me preocupar com os arranhões dos arbustos em minhas coxas nuas, com as rochas pontudas embaixo de meus pés, nem com os ramos baixos das árvores. Corri até me aproximar de meu pequeno acampamento e minha canoa. Corri muito rápido para tentar recuperar o que tinha perdido lá.

Não esperei até amanhecer, comecei a remar minha canoa assim que cheguei, e só parei ao chegar em casa, e mantive minha força jurando mil vezes nunca voltar àquele lugar. O medo de que ele tivesse realmente tomado meu poder me acompanhou durante toda a jornada pelo rio.

Assim que minha cabeça tocou o chão de meu abrigo, dormi profundamente e por muito tempo. Quando acordei, sabia o que fazer. Escolhi bem pedras da margem do rio e as aqueci em uma fogueira um dia inteiro, enquanto construía cuidadosamente um abrigo, de acordo com as orientações de meu pai. Fiz várias vezes o ciclo de levantar a aba e entrar rastejando naquele pequeno lugar, deixando cair água sobre as pedras, de forma que o vapor se tornava uma coisa viva, queimando, e rezei para as quatro direções e para a terra, o céu, a água e o ar, deixando cair mais água nas pedras, até que pensei que meus pulmões iam pegar fogo. Rezei mais forte pela purificação, e a dor se transformou em êxtase, e quando completei o último ciclo saí rastejando do abrigo e desabei no chão frio, e o mundo em minha volta era de novo um lugar fresco e limpo.

Quando ouvia a voz do francês em minha cabeça, o medo e a raiva voltavam, e precisei provar a mim mesma que ainda tinha poder. Construí minha tenda tremulante e entrei nela para rezar. Não demorou muito para os espíritos virem a mim. A tenda se encheu de luz, como se houvesse mil vaga-lumes dentro dela. Então os espíritos animais começaram a chegar, o espírito do urso, do alce, da raposa, do lobo, do esturjão, correndo em volta de minha dor naquela tenda como insetos noturnos em volta de uma fogueira. Quem me veio com mais força foi o lince, seu rosnado soprando nas paredes da tenda como um grande vento tentando escapar. Pedi ao lince um favor que me mudaria para sempre. Pedi que ele saísse e encontrasse a fonte de minha dor e a extinguisse. Assim que murmurei meu pedido, a tenda ficou em silêncio e a luz dos espíritos animais desapareceu, e fiquei deitada de costas na escuridão da noite, sozinha e estremecendo.

Tentei não pensar mais naquela noite. Quando me preparava para mais um inverno sozinha na mata, fui tomada por uma sensação de paz.

Foi logo depois do primeiro congelamento forte que minha velha mãe viajou para me ver. Fiquei surpresa com sua visita, pensava que ela não viajava mais. Mas fiquei feliz de vê-la. Esquentei água para fazer um chá e aqueci carne de alce em cima de uma fogueira, e nos sentamos juntas confortavelmente por algum tempo. Comemos e falamos de coisas sem importância, e quando escureceu ela me contou que tinha ouvido dizer que o francês estava louco naquela cidade e costumava correr pelas ruas tentando escapar de demônios que o perseguiam. Ela esperou minha reação, e quando não reagi, terminou sua história dizendo que por mais que ele fizesse não conseguia escapar deles, então correu para o andar de cima do hotel na rua principal e se jogou pela janela. O mesmo padre que tinha me levado para a escola residencial anos atrás julgou a morte do francês um suicídio e se recusou a dar a ele um enterro cristão.

Depois dessa história, fiquei olhando muito tempo para a fogueira, sem conseguir encarar minha mãe.

MISTATIMWAK
Cavalos

Se eu quiser tomar tudo de uma vez e assim acabar com a minha dor para sempre, vou ter de fazer isso logo. Só resta o suficiente para algumas seringas, e não sei o que farei quando terminar. A Tia passa a manhã inteira remando para o norte com movimentos iguais, às vezes cantarolando para si mesma, às vezes falando diretamente para meu mundo amortecido com histórias de sua juventude. Meu corpo grita tão alto pelo remédio que resolvo nem tentar esconder o que faço.

Na canoa, pego a agulha e o couro da mochila, preparo meu braço machucado e injeto um pouco diretamente em uma veia, só o suficiente para afastar a dor cortante. Posso sentir os olhos da Tia em minhas ações, e sob seu olhar me sinto um criminoso patético, embora saiba que ela não me julga. Quero conversar com ela sobre tudo isso e sei que tenho de fazer isso logo, mas por enquanto me permito voltar ao conforto de velhos amigos.

No dia anterior à nossa ida mais uma vez para as trincheiras, o sargento McCaan vem falar com Elijah e diz a ele que vai demorar pelo menos dois meses para Thompson voltar e que até então gostaria que Elijah fosse cabo interino.

— Eu ficaria encantado, sargento — diz Elijah, e quando volta com um novo inchaço dentro dele, começa a contar as liberdades que acompanham sua patente. Mas isso ainda não o ajuda a engolir nada, ele me diz. Ele se sente mal desde o momento em que Driscoll lhe deu a morfina. Pelo menos seu braço não precisa mais de tipoia.

Quanto a mim, sou evidentemente invisível para os oficiais. Como é que Breech se recusa a reconhecer que não é só Elijah quem está matando os fritz? Somos uma equipe. Se ninguém reconhecer isso, talvez eu os obrigue a fazê-lo.

Nosso batalhão é enviado para uma aldeia chamada Albert, tão perto do front que a artilharia dos hunos a atinge com facilidade e constantemente. Os aliados controlam a cidade, mas, dando uma boa olhada no campo em volta, posso ver que ela é claramente um prêmio do qual os fritz gostariam. Em um dos lados desta cidade não sobrou nada além de entulho. Mas na manhã em que seguimos para o front da cidade, Elijah e eu vemos a coisa mais surpreendente desde nossa chegada à França. A Virgem Maria, dourada e com nove metros de altura, se destaca entre as ruínas de uma grande igreja. Está tão inclinada que nos perguntamos como não caiu no chão. Ela leva nos braços um menino Jesus angelical, e seu peso rechonchudo parece ameaçar derrubá-la ainda mais. Elijah me diz que acha que vê um olhar sereno de desaprovação em seu rosto, quando ela olha para a luta embaixo.

Parece que esta virgem inclinada se tornou um símbolo para as tropas que a cercam. Fala-se que ela é um milagre vivo, que enquanto ela permanecer de pé os aliados não vão perder esta cidade. Alguns vão mais longe e dizem que enquanto ela permanecer de pé os aliados não cairão. Mas se ela tombar, eles cairão nas mãos dos alemães. Deve haver algo mágico nela, diz Elijah. Os fritz estão jogando um jogo há meses, mandando artilharia na direção dela, mas até agora não conseguiram derrubá-la.

— A coroa dela seria uma ótima posição para atirarmos — Elijah brinca comigo, e a brincadeira logo se torna uma ideia que ele não consegue afastar. Se pelo menos estivéssemos a uma distância de tiro de algum huno!

Nossa companhia se desloca de Albert e segue pela estrada Albert-Bapaume sob a cobertura da escuridão. Todos estão tensos. Estamos entrando no lugar que devastou os britânicos o verão inteiro, o lugar da artilharia troante que ecoou em nossos ouvidos durante meses. Mas esta noite ele está sinistramente calmo. Perto do lugar chamado Courcelette nos abrigamos ao lado da estrada e esperamos ansiosamente a manhã. Courcelette é controlada pelos fritz. Os canadenses vão tentar tomá-la.

Enquanto os outros fecham os olhos e fingem dormir, vejo Elijah sentar e balançar os joelhos, desejando que a luz chegue para que ele possa ver o aspecto deste lugar. Breech ordenou que Elijah e eu saiamos para uma posição avançada e causemos o dano que conseguirmos quando os canadenses subirem para atacar a Trincheira do Doce, uma das que guardam Courcelette. Nos disseram que havia uma fábrica de doces muito perto daqui, mas não sei se isso é verdade.

McCaan já nos avisou para não sairmos bem na frente da linha canadense. Os canadenses imaginaram uma nova estratégia, algo chamado de barreira progressiva. Nossa artilharia vai caminhar pela terra de ninguém, com a infantaria atrás.

— Você e X não vão querer ser apanhados na frente dela quando acontecer — diz McCaan. Ele mostra a Elijah no mapa a largura aproximada da barreira progressiva. Elijah já tem um plano. Ele e eu vamos nos adiantar o máximo que conseguirmos à direita do pelotão, o que vai nos deixar diretamente ao sul de Courcelette. Assim poderemos entrar na terra de ninguém, encontrar um lugar com boa cobertura e atirar no máximo de fritz que conseguirmos quando os canadenses subirem.

No dia seguinte, Elijah e eu vasculhamos o terreno de cima de uma elevação atrás de nossas linhas, espiando através de nossos telescópios para encontrar esconderijos no campo. Parece haver muitos. Celeiros destruídos, casas tombadas. Estradas encharcadas e velhas linhas de sapa cruzam a área. Agora temos de encontrar um bom lugar para atirarmos nos boches e não sermos esmagados por nossa artilharia.

Localizo o lugar primeiro. Uma pequena crista se destaca de uma casa de fazenda destruída a meio caminho da terra de ninguém, talvez uns quinhentos metros. Isso significa uma distância de quinhentos ou seiscentos metros da cidade e de qualquer tropa de apoio dos hunos, e não mais que duzentos ou trezentos metros das trincheiras da frente. A distância é perfeita, a cobertura parece que será perfeita, e há uma rota de fuga natural atrás da crista se nos localizarem. Parece quase bom demais para ser verdade.

Enquanto há luz, passamos o resto do dia olhando em nossos telescópios para este lugar, Elijah imaginando em sua cabeça todos os cenários possíveis. Boa cobertura da artilharia e do fogo de metralhadora. Uma ampla vista das linhas alemãs, embora isso possa nos deixar vulneráveis a atiradores do outro lado. As trincheiras dos hunos fazem uma curva suave em volta da casa de fazenda, de forma que eles estão expostos num ângulo amplo, o que é bom para nós mas também nos deixa mais vulneráveis ao fogo. E há sempre a possibilidade de a casa de fazenda ser controlada pelos fritz. Nem Elijah nem eu vimos nenhum movimento em torno dela o dia inteiro, mas isso não quer dizer nada.

Quando escurece, deitamos de costas lado a lado e ficamos olhando para o céu da noite. Raiado de roxo, se tornando negro, o céu é pontilhado pela luz das estrelas que surgem no leste.

— O que você acha deste lugar? — pergunto em cree.

— Ele me dá uma sensação boa — diz Elijah.

— A mim também — respondo.

— Então está decidido.

Voltamos com cuidado para nossa linha e informamos Breech. McCaan se juntou a nós para saber onde ficaremos. Elijah e eu vemos como o pequeno McCaan confia em Breech. Elijah conta a eles da casa de fazenda destruída e da crista, da boa linha de tiro que ele e eu teremos, da rota de fuga se necessário. Breech segura o queixo, fica um bom tempo sem responder. Será que ele vai dizer não e nos obrigar a ficar aqui como crianças esperando a decisão de um pai? Aparentemente Breech está reconsiderando a ideia de nos mandar lá para fora. Elijah me conta mais tarde que já tinha decidido ir de qualquer maneira, se Breech nos desse ordem de subir com os outros no dia seguinte.

— Tudo certo, cavalheiros — ele diz finalmente. — Mas quero resultados.

Elijah e eu batemos continência e nos viramos para ir embora. McCaan nos segue. Caminhamos juntos pela trincheira, McCaan dando instruções.

— Levem bastante comida e água, para durar pelo menos uns dois dias. Levem muita munição. Não esqueçam nada. Vocês não vão ter oportunidade de voltar em segurança no mínimo até amanhã à noite.

— Ele parece um pai preocupado — digo em cree.

Elijah sorri.

Tiramos as botas e calçamos nossos mocassins antes de descer pela trincheira e deslizar até o topo enquanto nenhum sinalizador brilha no céu. Carregamos mais equipamentos do que faríamos normalmente, nossa munição e nossas rações amarradas dentro de sacos que atamos bem apertados nas costas, para que não escorreguem nem façam o que está dentro sacudir. Elijah segura seu Ross, o telescópio enrolado cuidadosamente em tiras de pano. Levo um fuzil em cada mão — minha preciosa máuser e outro Ross. Só não temos balas suficientes para a máuser, e quando eu ficar sem vou ter de recorrer ao outro. Até ajustei sua mira.

Seguimos devagar, nos cobrindo e esperando atrás de qualquer coisa que encontramos. Mais cedo, traçamos nossa rota com todo o cuidado, encontrando o caminho que oferecesse mais proteção. Enegrecemos o rosto um do outro com carvão. Verificamos o equipamento um do outro. Elijah verificou bem sua bolsa de couro de alce. No momento eu não sabia o que ele estava procurando nela.

Agora estamos só a uns duzentos metros da casa de fazenda destruída. O desejo de me agachar e correr para as ruínas é muito forte, mas sei que devo ignorá-lo.

Deslizamos para mais perto como cobras, até estarmos a uma distância muito pequena, então ficamos imóveis escutando, tentando perceber o mínimo movimento. Não sobrou muito da estrutura do celeiro além do porão e de vigas caídas. Olhamos para o contorno na luz fraca e vemos o melhor lugar para entrar, o lugar ao lado da crista. Elijah faz para mim um sinal de que vai e para que eu o siga e assuma uma posição que lhe dê cobertura.

O porão é preto, e se alguém está aqui, sabe se esconder muito bem.

Para mim é fácil vê-lo, imaginar Elijah fechando os olhos e pedindo que o remédio o ajude. Um brilho fraco atrás de suas pálpebras. Ele não consegue sentir o fedor de vinagre dos hunos. Desliza para dentro, tentando não fazer barulho, mas chuta uma pedra que corre pelo chão. Alguma coisa do outro lado corre, depois para. Talvez um rato. Elijah se agacha e tira a mochila, deita o fuzil ao lado, saca a faca da bainha e o revólver do coldre. Olha para cima, mais me sente do que me vê no alto, com o fuzil pronto, quando deito com a maior parte do corpo fora do porão. Dou cobertura a ele.

Elijah anda pelo piso cheio de entulho. Vigas e tijolos tornam a maior parte do lugar impraticável, mas há um pequeno caminho sinuoso até o outro lado. Ele dá alguns passos em seus mocassins, para e escuta. Mais alguns. A luz fraca da lua atravessa as vigas ao lado do lugar de onde Elijah quer atirar nas linhas alemãs. Alguma coisa no chão embaixo dele? Talvez um corpo, embrulhado em um cobertor. Ele olha em volta com cuidado mas não sente nada mais aqui. Ele se aproxima furtivamente da forma no chão e se prepara para enfiar a faca bem fundo, mas o monte é apenas um pedaço de lona enrolado. O sangue bombeia forte dentro de Elijah, ele consegue sentir seu calor na pele.

Mais um longo olhar pelo lugar para acalmar os nervos, e Elijah assobia baixo para mim. Subo sem fazer barulho com todo o nosso equipamento. Nós o separamos e nos preparamos para a manhã que se aproxima.

Um disparo de obuses na linha atrás de nós sacode as vigas quebradas perto de onde estamos. Eu dormiria se meus nervos permitissem. Elijah está inquieto, se levanta de vez em quando para espiar a linha alemã. Há surtos de tiros de fuzis, mas afora isso é uma noite relativamente tranquila.

Elijah senta outra vez.

— Me conte uma história, X — ele diz. — Ainda temos algumas horas antes de o dia raiar.

Por um momento não tenho palavras, então pergunto:

— O que você quer que eu lhe conte?

— Se soubesse, eu é que lhe contraria uma história — ele diz. — Me conte alguma coisa que afaste minha mente desta noite. Você nunca fala muito, pode ser bom para você. — Vejo seus dentes brilhando na escuridão.

Passa um bom tempo até que uma lembrança me venha de algum lugar na noite. Não é uma lembrança feliz, nem bem-vinda, mas Elijah me pede outra vez que eu fale, então conto a ele. É uma lembrança que ele já conhece, mas sei que gosta dela. Então conto a ele enquanto esperamos o amanhecer.

Elijah se lembra do navio em que viajamos para a Inglaterra. Eu nunca acreditaria que um navio podia ser tão grande se não tivesse viajado em um. E não sabia que as ondas podiam ser tão grandes como as daquele oceano de inverno.

No começo da viagem, de madrugada, os mares têm quatro e seis metros de altura. Os homens se seguram no que podem. Todos nós enjoamos violentamente. O navio não cede às ondas como uma canoa, mas bate nelas, combate cada uma, o metal gemendo. Assumi os cavalos como minha responsabilidade. Mas aqui é muito pior, o barulho das ondas batendo, cavalos em pânico e chutando a cocheira. Elijah me visita e vê que estou tão enjoado que mal consigo ficar de pé, mas mesmo assim fico com os infelizes animais, tentando acalmá-los. Ele me conhece. Me sinto bem com animais. Eles fazem com que me sinta mais perto da terra.

Elijah me conta sobre o que está acontecendo lá em cima, onde ele recebe rajadas de vento, os borrifos gelados de água salgada caindo no tombadilho, de forma que é impossível caminhar por ele. Ele tenta ao máximo evitar o vento, se espreme contra uma parede atrás de um poste, olhando para as montanhas de água e as cristas de onda raivosas em toda a volta, imagina que está deslizando quando o navio sobe em uma onda, deslizando e caindo do tombadilho escorregadio na água gelada embaixo. Tanta água o apavora. Está tão esgotado que não sobra nada para sair dele. Não serviram refeição porque o mar está muito agitado, mas Elijah não consegue se imaginar comendo nada.

No tombadilho inferior, os homens falam dos U-boats alemães que são como grandes peixes de ferro patrulhando todo o Atlântico norte. Eles encontram um navio como este e disparam torpedos até que o navio é rachado, depois sobem à superfície para ver os homens lutarem na água gelada antes de afundar. Não fazem prisioneiros. Elijah fala sobre isso comigo aqui embaixo quando tem estômago para fazê-lo. As ondas não diminuíram. Ficaram piores. Os animais parecem assustados, mas estão aprendendo a se comportar no mar, esticando-se no momento certo, relaxando quando podem.

Elijah e eu nos encostamos em uma cocheira. Estar tão fundo no navio confunde nossos sentidos. É mais difícil saber quando estamos subindo numa onda ou caindo, e a explosão do aço batendo na água ecoa como os berros graves de um alce ferido. Aqui o navio geme horrivelmente. O cheiro do cocô dos cavalos, do medo deles, é muito forte.

— Por que você fica aqui? — Elijah me pergunta em cree. — Por que não vai comigo lá para cima?

— Gosto de ficar aqui com os cavalos — digo. — Lá fico preocupado de ser jogado para fora do navio, no mar.

— Você sabe alguma coisa dos U-boats alemães? — pergunta Elijah.

Olho para ele, querendo uma história.

— São navios que podem viajar debaixo d'água como peixes e jogam bombas grandes nos navios e os afundam.

— Navios não podem viajar debaixo d'água.

— Aqui onde estamos — diz Elijah —, estamos embaixo da água agora. Os U-boats deles operam de acordo com o mesmo pensamento.

— Eles não podem fazer nada conosco nesse tempo — digo sagaz.

— Embaixo d'água você não sabe se está agitado em cima. É a hora perfeita para nos caçar. Nossa atenção está concentrada em sobreviver à tempestade.

— Eu não posso me preocupar com o que não consigo controlar.

É difícil ir até a área onde os soldados dormem. Só vou uma vez. Alguns homens estão deitados em redes que balançam muito. Sean Patrick parece estar se divertindo, suas pernas compridas balançando de lado, ele gritando como uma criança quando passamos a crista de uma onda maior. Graves e Gilberto estão no chão, encostados em arcas. Tentam jogar Crowns, as cartas deslizando sobre o caixão entre eles.

Graves olha para mim e diz:

— Você parece a morte requentada, X. Eu lhe avisei sobre esses ventos de inverno.

Elijah está ao meu lado. Traduz. Meu inglês ainda é muito ruim. Elijah olha para o Gordo, que está deitado no chão gemendo como uma baleia encalhada.

— Esse não é o jeito de um soldado agir — diz Elijah, mas não alto o bastante para o Gordo ouvir. Os outros riem.

Elijah caminha até onde está o Gordo e se inclina. Pergunta se pode ajudar.

— Faça as ondas pararem — implora o Gordo, e Elijah percebe que ele está falando sério. Está delirando. — Você não pode atirar nelas com um fuzil? — ele pergunta. — Esvaziá-las antes que elas nos atinjam?

Todas as formas de rotina foram interrompidas por esse vento, exatamente o que os oficiais não querem que aconteça.

Mesmo as palestras regulares deles foram adiadas. Eles perderem uma oportunidade de ouvir a si mesmos falando certamente significa que essa é uma tempestade séria.

Volto para os cavalos, acalmo um que está com os olhos enfurecidos. Vejo uma grande mancha de sangue na pele do flanco do cavalo, onde raspou violentamente a cocheira. Tento aplicar um unguento, mas o animal está assustado demais. Me espremo entre o cavalo e o lado da cocheira e começo a passar o unguento. Os outros animais grunhem e relincham. Uma onda bate, jogando todos eles para um lado, me espremendo com força entre o animal pesado e a parede. Gemo e saio me arrastando, escorregadio por causa do unguento, com o rosto e a roupa manchados.

Ouvi Elijah contar a parte seguinte dessa história a outros em nosso batalhão. Ele conta como se lembra da sacudida e da batida que o acordaram. Seus olhos estão praticamente colados, e quando ele consegue abri-los, me vê batendo nele, meu rosto pálido. Naquele momento eu não sabia que ele tinha experimentado a morfina na noite anterior.

— Dois cavalos. Pernas quebradas — digo.

Elijah pode ouvi-los. Eles chutam os lados de suas cocheiras, emitem gemidos agudos de dor. Como o barulho não o acordou? Eu o puxo e vamos para as cocheiras. Um soldado mais jovem está ao lado deles, apavorado. Enquanto entro no estábulo de onde vêm os gritos horríveis, Elijah espia. Dois cavalos estão deitados de lado, tentando desajeitados se levantar. Os dois gritam muito alto, com os olhos revirados, mostrando só o branco. Fico parado entre eles sem saber o que fazer. Eles soltaram um líquido com um fedor horroroso. A visão de tudo isso não é boa de manhã tão cedo.

— O que aconteceu? — pergunta Elijah. — Você estava com eles quando isso aconteceu?

Sacudo a cabeça.

— Eu estava lá descansando. — Aponto para um lugarzinho entre os caixotes forrados com estopa. — Ele estava com eles. — Indico o soldado que está ali. O soldado evidentemente não consegue entender o que Elijah e eu dizemos, mas entende nosso tom. Parece um garoto prestes a ser surrado por uma freira. Os cavalos berram mais alto.

— Precisamos encontrar um sargento, conseguir uma arma — diz Elijah. — Espere aqui.

Então espero. Elijah me conta como corre pelas cocheiras até a escada e sobe. Abre caminho pelo corredor lotado. A maioria dos homens parece dormir. O navio ainda balança, mas agora não tanto. Uma onda maior, esquisita, desequilibra o navio. Deve ter sido uma dessas que apavorou os cavalos.

No tombadilho sopra uma névoa fina, não exatamente neve, não exatamente gelo. O tombadilho é traiçoeiro, e ele tem de pisar com cuidado e segurar em qualquer coisa que encontre. As ondas são grandes, levantando o navio e o deixando cair. Às vezes ondas cruzadas batem vindo de uma direção completamente diferente, sacudindo o navio de um jeito apavorante.

Ele chega à cantina dos oficiais e vê quatro ou cinco deles sentados, tentando tomar chá quente em canecas de porcelana. Eles agem como se Elijah não estivesse ali.

— Senhores — Elijah anuncia. Eles olham para ele. — Há uma emergência com os cavalos. Dois estão caídos. Parece que suas pernas estão quebradas.

— Quem é o oficial de sua seção, soldado? — um deles pergunta. Por sua insígnia, Elijah pode ver que é um coronel do 48º Highlanders.

— Tenente Breech, senhor — diz Elijah.

— Ah, os Rifles de Ontário estão causando esse problema — diz o coronel, olhando para os outros. Eles riem.

— Não foi você — diz outro — que venceu nosso homem na competição de tiro?

— Não — diz outro. — Ele estava nas finais, mas foi o outro índio.

— Senhores — diz Elijah. — Sim, eu estava lá. Mas há animais feridos no porão.

— Eles podem esperar — diz o primeiro oficial.

Todos eles parecem altos e têm a mesma cara com o cabelo e o bigode muito bem cortados. Elijah reconhece dois deles da visão que teve com o remédio na noite anterior.

— Onde você aprendeu a atirar? — pergunta o oficial.

— Perto de Moose Factory, de onde eu venho senhor.

— Então você é um caçador?

— Sim, senhor. Com o devido respeito, senhor, os cavalos.

O oficial faz um movimento com a mão, como se estivesse espantando insetos.

— Naquela parte do campo vocês perseguem sua caça?

— Sim, senhor — diz Elijah. — Às vezes durante dias.

— Essa habilidade vem a calhar — diz outro. — Ele vai dar um bom explorador. Precisamos recrutar mais índios para nosso regimento. — Os outros riem.

— Mas será que ele vai ter um desempenho tão bom no meio do troar dos canhões? — pergunta o primeiro oficial. — Uma coisa é acertar um alvo parado em um estande ou caçar um animal na floresta, um animal que não atira de volta. — Ele passa a mão no queixo e fica olhando para Elijah.

Elijah olha em volta. Todos o encaram, avaliando-o como se ele fosse uma nova criatura interessante que eles nunca tivessem visto.

— Você não fala como nenhum índio que eu jamais imaginei — ele diz. Olha para os outros. — Você fala melhor do que eu! — Todos riem.

— Fui criado por freiras e tenho facilidade para aprender idiomas. — diz Elijah, depois para. — Senhores — ele diz mais uma vez —, os cavalos estão gravemente feridos e estão deixando os outros em pânico. Devemos fazer alguma coisa imediatamente.

— Vá acordar o Breech — diz o líder dos oficiais a um dos outros. Ele se levanta e passa por Elijah.

Elijah continua parado impaciente em posição de sentido. Os outros voltam ao chá, conversando em voz baixa. Finalmente Breech aparece, com olhos avermelhados e o casaco do uniforme desabotoado, McCaan atrás dele, amarfanhado, o casaco pesado jogado por cima da camiseta e o cabelo vermelho espetado. Mas Elijah vê que ele está com seu revólver. Elijah explica a situação e eles se viram para sair.

— Acho que vamos com vocês — diz o líder dos oficiais. — A tempestade parece estar diminuindo e já faz muito tempo que não vamos lá embaixo. — Os oficiais se levantam em grupo e saem todos para o vento.

Eles são mais aprumados do que Elijah tinha imaginado. Breech é o único que escorrega, batendo forte o joelho e xingando. Elijah sorri. Ele os conduz pelo corredor e depois pela escada até os aposentos dos soldados. Lá dentro o ar é pesado com o fedor de muitos homens espremidos no mesmo lugar, cheiro de vômito e suor, e fumaça de cigarro rançosa parecendo uma neblina, de forma que o ar é quase irrespirável. Abaixo disso tudo está o cheiro dos cavalos.

— Maldito inferno — resmunga Breech.

Os olhares nos rostos dos homens ao verem os oficiais se aproximando fazem Elijah sorrir mais uma vez. Toda a rotina se desorganizou. Os homens estão barbados. As roupas estão amarrotadas e sujas. Os hábitos do exército desapareceram. Mas agora, com os oficiais entre eles, de repente as atitudes mudam. Os mais observantes descem das redes, esticam as roupas, abaixam o cabelo com a mão, ficam eretos com os calcanhares juntos, se esforçam para manter essa pose contra o balanço do navio. Elijah olha para trás e vê alguns homens se levantando e ficando eretos mesmo depois da passagem dos oficiais.

Enquanto eles descem as últimas escadas íngremes que levam a mim e aos cavalos, Elijah percebe que alguma coisa está diferente. Outro cheiro forte sobe do porão. Ele não consegue ouvir os cavalos gritando. O jovem soldado que estava de sentinela sobe a escada na direção deles, com o rosto pálido e a boca aberta. Passa empurrando, com os olhos enlouquecidos, sem ver nem se incomodar com o fato de serem oficiais que ele empurra em sua pressa de sair.

— Você! — Breech grita para ele, mas ele já desapareceu.

Elijah é o primeiro a chegar à longa fileira de cocheiras. Os cavalos bufam nervosamente pelas narinas inchadas. Agora ele reconhece o cheiro. É o cheiro de uma caçada bem-sucedida. Na frente das cocheiras do animal ferido o chão está úmido e grudento. O líder dos oficiais olha para suas botas brilhantes e levanta uma delas. Sua reação é calculada.

— Abra as portas da cocheira — ele diz a Elijah.

Elijah faz o que ele manda. Todos olham para mim. Ergo a vista, sentado de pernas cruzadas com um dos cavalos esparramado a meu lado, sua cabeça no meu colo. Parece que fui pintado de vermelho. O cheiro do sangue é forte. Ele cobre as paredes de madeira, o piso, a palha no chão. Elijah vê que uma de minhas mãos está no chão segurando a faca de esfolar. O pescoço do cavalo está aberto ao longo de sua grande artéria.

— Meu Deus! — diz Breech.

— Que diabo está acontecendo? — diz McCaan. Os outros oficiais ficam parados, olhando.

Olho para eles. Elijah me contou depois que o branco de meus olhos parecia fantasmagórico em contraste com minhas bochechas manchadas de vermelho e meu cabelo preto.

— O outro também está morto — digo em inglês. — Não havia escolha. As pernas quebraram.

Dizem a Elijah para abrir a outra cocheira. Ela também está salpicada de vermelho. Um cavalo está deitado desengonçado no pequeno espaço, o pescoço cortado e a língua pendurada, como se ele estivesse provando a palha ensanguentada.

— Vou fazer uma acusação contra vocês — Breech grita para mim.

— Ora, ora — o coronel fala imediatamente. — Vamos pensar um pouco nisso. — Ele olha para a cena, torcendo a ponta do bigode entre dois dedos. — Não foi um feito pequeno despachar dois animais poderosos com apenas uma faca. Que escolha o soldado tinha?

— Devo prendê-lo? — pergunta um dos oficiais.

— Ao contrário — diz o coronel. — Sugiro que o indiquemos para receber uma condecoração por coragem. — Dois outros riem nervosamente. — Ele exibe os melhores traços de um oficial. Capacidade de julgamento sob ameaça, vontade e força para executar tarefas desagradáveis e perigosas, poder de decisão. — Ao ouvir essas palavras, os outros balançam a cabeça, tentando se equilibrar no balanço do navio. — Tenente Breech, despache alguns soldados para cá para ajudar esses dois índios a limparem essa bagunça.

— E os dois cavalos, senhor? — pergunta o sargento McCaan.

— Jogue-os no mar.

Todos os oficiais saem, exceto Breech. Elijah observa quando Breech se inclina para mim e sussurra:

— Você nunca vai se tornar um oficial. — Depois vai embora.

— Ele disse o que acho que disse? — pergunto em cree. Elijah balança a cabeça. — Por que ele me odeia?

— Não tenho certeza.

Em uma hora, Elijah, eu e alguns outros limpamos as cocheiras com pás e enchemos carrinhos de mão com palha velha, estrume e sangue, que são empilhados e coletados em sacos de estopa, levados para o tombadilho e jogados no mar. Agora que os mares estão mais manobráveis, o sargento McCaan manda nossa seção limpar não apenas as cocheiras dos cavalos mortos, mas todas elas. É uma tarefa grande, o cocô desses cinquenta cavalos.

Elijah observa sua cama de estopa ser desmantelada. Gilberto e Sean Patrick se lançam no trabalho. Estão felizes de esticar os músculos depois de dias de inatividade. O Gordo fica rondando sem fazer nada, atrapalhando todo mundo, reclamando muito do fedor. Graves se encarrega de coisas, orientando um grupo de soldados para posicionarem o sarilho de carga e a corda de correr embaixo dos cavalos mortos. Eles os içam e os levam para fora das cocheiras, os posicionam abaixo da abertura do porão de carga. Vão ter de esperar até que os mares estejam calmos ou correr o risco de as ondas entrarem e afundarem o navio. Olhos Cinzentos, Elijah e eu trabalhamos lado a lado, com pás, até que nossas costas começam a doer e nossos braços queimam.

Nos cinco dias seguintes o céu continua cinzento e pesado. Finalmente é dada a ordem para abrir a portinhola de carga e despejar os cavalos, que agora estão duros por causa da morte e começando a cheirar mal. Elijah e eu vemos quando os cavalos caem desajeitados por cima do costado do navio, tombando e batendo antes de desabar na água. Eles flutuam, pretos, antes de serem sugados pela esteira do navio.

OMAWAHTONIKEW
Colecionador

Quando a luz da manhã fica mais forte, Elijah sobe em uma viga que dá para uma vista a partir do porão. Consegue ver a paisagem com mais clareza. As trincheiras alemãs parecem pairar na neblina diante dele e não estão muito longe. Se ele não soubesse, pensaria que elas estavam abandonadas. As linhas canadenses se estendem para a esquerda. Desta posição ele e eu teremos uma visão precisa da ação se a fumaça da barragem não for muito espessa. Fico sentado ao lado dele de olhos fechados. Estou descansando mas não dormindo. Elijah sabe disso. Ele tira uma seringa de sua bolsa de couro e injeta apenas um pouco do remédio no braço. Desde que foi ferido em nosso ataque, ele desistiu de lutar contra a morfina. *Estou só brincando com ela*, ele gosta de dizer com seu sotaque inglês.

— Daqui a pouco — ele diz, agora em cree.

Abro os olhos, me levanto e me estico. Urino no canto e subo na viga ao lado de Elijah. Nossos fuzis estão em cima dela, esperando por nós, descansando em um espaço entre os suportes de madeira grossa que dão boa cobertura e uma vista ampla. Elijah olha através de seu telescópio para a linha dos fritz, nota a posição da fumaça subindo de fogueiras para cozinhar. Treina o telescópio na cidade atrás das linhas, o lugar chamado Courcelette. Não é grande, mas é cheio de casas esmagadas. Mesmo que os canadenses consigam tomar a Trincheira do Doce e a Trincheira do Açúcar, ele pode ver que a cidade vai ser difícil e perigosa.

Um som de assobio enche o ar, e a terra é expelida a uns duzentos metros de nós. A viga onde estamos vibra loucamente, e nos perguntamos se ela é mesmo segura. Cobrimos os olhos da luz e esperamos. É a barreira progressiva da qual McCaan falou. Elijah me cutuca, grita para mim acima do alarido.

— Observe nossas linhas. Logo você vai nos ver aparecendo lá em cima.

Dito e feito, alguns minutos depois vemos os canadenses começarem a subir pela lateral da trincheira, deslocando-se em ondas, caminhando quase calmamente, inclinados na altura da cintura com os fuzis apontados para a frente. A barreira chega mais perto dos alemães, e a fumaça e a poeira impedem a vista de suas linhas. Os canadenses avançam ilesos, e penso que essa barreira progressiva é a resposta. O baque e o som de esmagamento das granadas batendo na lama e explodindo. A uns cem metros, os homens se aproximam em grupos cerrados, cercando as trincheiras dos fritz. Podemos ver pelas explosões que a barreira agora cai diretamente sobre a linha dos hunos. Mas então, tão repentinamente como começou, a barreira para. Pergunto por que em voz alta, minha voz abafada no porão. Meus ouvidos zunem. Começaram a fazer isso cada vez mais neste lugar barulhento. Fico preocupado com minha audição.

— Estamos com medo de esmagar os nossos — diz Elijah. Leio seus lábios para entender.

De repente, um silêncio estranho se instala por algum tempo, o bastante para eu conseguir ouvir o tinido do equipamento dos canadenses acima do zunido em minha cabeça, a batida surda de suas botas no chão. Elijah está tão atento a isso que esquece todo o resto. Olha para os homens avançando, jura que consegue ver uma luz brilhando naqueles que estão prestes a cair. Tudo parece se mover como se estivesse debaixo d'água, mas depois o silêncio é sugado pelo martelar rápido de metralhadoras. Começo a disparar meu fuzil ao lado de Elijah, acordando-o de seu devaneio. Faço pontaria nas linhas dos hunos, atirando através da névoa na tossida amarela das metralhadoras. Ondas de canadenses começam a cair com o barulho, como se seguissem uma deixa.

Elijah se vira, olha em seu telescópio e encontra as metralhadoras através da fumaça. Miramos logo acima dos clarões e disparamos mecanicamente, uma bala atrás da outra a cada jorro brilhante, até ele parar. Então passamos ao seguinte. Agora há muitos disparos de fuzil, e nossos alvos parecem intermináveis. Escolho um clarão de luz no meio da fumaça, miro logo acima e disparo. Sei que minhas balas penetram crânios.

Elijah tem de parar para recarregar pentes de balas, o mundo lá fora está entrando em erupção, terminando para muitos. Seus dedos trabalham o mais depressa possível. Disparo um tiro, puxo o ferrolho para trás e o empurro para a frente simultaneamente ao *clinc* do cartucho gasto sendo ejetado, miro e atiro outra vez. Elijah se junta a mim, disparando depressa, mas com firmeza, logo acima dos clarões de fuzis e metralhadoras. Devemos ter matado dezenas nesta última vez. Dezenas!

— Devíamos ter trazido uma metralhadora leve! — ele grita enquanto as tropas canadenses avançam até o ponto onde mirar nos hunos está se tornando difícil sem acertar um dos nossos. — Olhe, X! Olhe! Vamos tomar as trincheiras deles!

O zunido diminuiu, mas finjo não ouvi-lo, apenas continuo a atirar quando um alvo se apresenta. Elijah volta sua atenção para o tiroteio.

Uma hora depois, os canadenses encheram aquela parte da Trincheira do Doce e se deslocam por seus parapeitos, os fritz voltando para a Trincheira do Açúcar e além dela. Elijah e eu nos apressamos para embalar nosso equipamento e sair do porão, arrastando conosco o pedaço de lona. Temos uma ideia.

Em outra elevação, muito mais alta, encontramos um lugar com vista para Courcelette. Mas as posições boas para atirar não oferecem nenhuma cobertura, então começamos a trabalhar com nossas facas e a lona, abrindo buracos nela e os cobrindo com ramos. Em dez minutos criamos um cobertor para nos cobrir. Elijah rasteja para baixo dele e me pede para ficar atrás e olhar para ele de uma pequena distância. Quando também entro embaixo do cobertor, digo a Elijah que nos tornamos parte da terra. Enfiamos os fuzis nos buracos por baixo da lona e olhamos para as ruínas da cidade, à procura de hunos.

Daqui temos uma excelente visão do combate nas trincheiras e do que está acontecendo na maior parte de Courcelette. Vejo um grupo de fritz montando uma metralhadora sobre o tripé ao lado de uma parede desmoronada, mas deve estar a mais de setecentos ou oitocentos metros.

— O que você acha? — pergunta Elijah.

— Só tenho mais alguns cartuchos para a máuser — digo — e não estou mais acostumado a este Ross.

— Eu atiro — diz Elijah. — Você localiza. Me diga onde vê o tiro pegar e me oriente para os soldados se eu errar.

Elijah olha pelo telescópio e encontra o alvo. Os homens estão muito distantes, mesmo através da lente. Há um pouco de vento, e ele estima que deve mirar logo acima deles para atingi-los desta distância. Aponta para o que está instruindo os outros, mira acima de sua cabeça imaginando que vai atingir o peito e puxa o gatilho. O solavanco do fuzil não permite que ele veja o resultado, mas digo imediatamente.

— Ele caiu. Você o atingiu no pescoço. — Sei que Elijah focaliza o telescópio e vê o homem se contorcendo no chão. Imediatamente penso em Sean Patrick. Elijah recarrega o fuzil depressa enquanto os outros três se inclinam sobre o homem, mira no que está de costas para ele e dispara outra vez. O homem cai.

— Ele também caiu — digo. — Atire de novo antes que o encubram. — Elijah recarrega e mira no de cabelo loiro que olha para ele com cara de interrogação. Mira acima da cabeça dele e puxa o gatilho. — Você atingiu esse também, no pescoço! — sussurro. Elijah olha pelo telescópio e quem se contorce agora é o loiro. Antes de ele poder atirar no quarto, o homem corre para trás da parede e desaparece.

O melhor tiro que já dei, diz Elijah, olhando para mim.

Olho para seus lábios e balanço a cabeça. Com a arma de Elijah tão perto de minha cabeça, de novo não consigo escutar.

Você está com dificuldade de ouvir?, pergunta Elijah.

Entendo pelo jeito como seus lábios formam as palavras.

— O barulho está alto demais — digo em inglês.

Antes de anoitecer, a cidade é tomada pelos canadenses. Elijah e eu voltamos às trincheiras da noite anterior. Exaustos, encontramos o tenente Breech e contamos a ele o que aconteceu. O sargento McCaan está em algum lugar no campo. Breech ouve o relato, Elijah falando, eu parado atrás dele sem dizer nada. Breech parece incrédulo quando Elijah conta que abateu os soldados da metralhadora em Courcelette.

— Havia um oficial presente para verificar? — pergunta Breech, levantando-se e se esticando.

— Não, senhor — diz Elijah.

— Sua afirmação me parece um pouco exagerada. — Breech ri, como se houvesse outros oficiais na sala para rir de seu gracejo.

— Sei julgar bem a distância, senhor — diz Elijah.

— Sim, tenho certeza de que você sabe — responde Breech. — A quantos comprimentos de canoa você disse que eles estavam de você? — ele diz, sorrindo, sentando-se e pegando sua caneta. — Vou anotar isso em meu relatório. — Ele olha para Elijah, seu sorriso desafiando-o a responder.

Elijah sorri de volta.

— Muito bom, senhor. Uma piada muito boa! — Ele é bom em esconder sua raiva.

— Peguem um pouco de comida quente e descansem uma hora, depois se reequipem. Recebi a informação de que Courcelette ainda está resistindo muito.

Elijah e eu batemos continência e saímos. Vejo que agora o efeito do remédio está quase passando, e Elijah sente as dores de cabeça voltarem. Embora não consiga se lembrar da última vez que comeu, ele não sente fome.

— Preciso dormir um pouco — ele me diz, encontrando nosso abrigo e entrando nele.

— Vou ficar aqui — digo, me agachando na entrada e me apoiando no fuzil.

Elijah deita e sente os piolhos caminhando, fecha os olhos para a artilharia que explode e os fuzis que matraqueiam não muito longe.

Nas duas semanas seguintes, Elijah e eu andamos pelo lugar, buscando de longe o inimigo. Breech ordena que façamos relatórios com frequência, contando sobre qualquer movimento do inimigo que vejamos, mesmo a vista de fumaça de fogueiras para cozinhar. Os canadenses limparam Courcelette e agora estão concentrados em tomar as trincheiras dos hunos ao norte, que têm nomes como Hessian, Kenora e Regina. Elijah e eu nos concentramos em fazer fogo atormentante, descobrindo fraquezas nas trincheiras deles e atirando em grupos enquanto eles tentam trabalhar.

Onze dias depois de Courcelette, começa outro grande ataque, e pela primeira vez vemos um tanque andando com estrondo pelo campo. Eu tinha ouvido o rumor deles durante o ataque à Trincheira do Doce, não sabia se devia acreditar que esses grandes monstros de ferro eram reais. Mas lá está um, passando por nosso ninho bem no limite de Courcelette. À nossa esquerda, soldados marcham atrás dele, e Elijah e eu nos aprontamos, buscando ninhos de metralhadora no meio da fumaça e dos entulhos a centenas de metros de distância. Os fritz não estão muito dispostos a desistir dessas trincheiras hoje, e Elijah e eu disparamos nossos fuzis e vemos centenas de canadenses caírem na nossa frente. Por um momento, sinto que estou observando algo privado que não deveria ver, canadenses no chão berrando de dor ou deitados imóveis na terra, mas então a raiva escura me toma e disparo o Ross, sou obrigado a usá-lo até que o tambor fica tão quente que não consigo encostar nele e as balas mal fabricadas começam a emperrar.

Não é possível mais ganhar terreno nesta área, e depois dos ganhos dos canadenses os dois lados se escondem mais uma vez nos buracos. Nossa companhia é mandada de volta a Albert para descansar. Os homens bebem muito. Também participamos, embora eu preferisse me retirar para algum lugar privado. Não gosto desta guerra como Elijah gosta.

Elijah me conta a história de uma noite em Albert. Não pode deixar de me contar. Sou seu ouvinte.

Uma noite, ele sobe os degraus da basílica, com o fuzil na mão. Está bêbado de vinho, e a morfina corre em suas veias de tal maneira que ele mais flutua do que anda. Vai até a torre do sino desmoronada, assustando os pombos que estão lá. Suas asas batem na noite e Elijah observa as penas caírem sobre ele, o que o faz pensar em flocos de neve gordurosos, depois em casa. É o momento errado para melancolia, isso vai estragar seu humor, então ele prende o fuzil nas costas e vai até a janela da torre e sai para o parapeito. Acima dele, a virgem gigante se inclina para fora, brilhando dourada na noite, seu menino Jesus nas mãos como uma oferenda à guerra lá embaixo. Ele sobe até o teto e chega aos pés da estátua. Sobe mais e fica montado nela. Oscilando, ele se desloca nas costas da estátua, se arriscando para ver até onde consegue ir. Ela parece não estar ancorada em nada, e o peso de Elijah, enquanto ele a cavalga como se ela fosse um grande cavalo, ameaça derrubá-la, esmagá-la em mil pedaços no chão lá embaixo.

Ele já chegou à metade das costas e decide que vai até a coroa dourada. Ela se agita com o esforço de segurá-lo enquanto ele desliza para a ponta. Elijah está surpreso de descobrir que ficou duro com a excitação disso tudo. Parece que é a primeira vez em meses que ele tem uma ereção. Fica deitado de barriga e continua a deslizar pelas costas da estátua, o chão baixo acenando para eles, Elijah agora tremendo tanto quanto ela, quase alcançando a coroa. Ele estende os braços para cima até a borda, com uma careta de esforço, dá um último impulso para chegar à cabeça da estátua e começa a entrar em convulsão em ondas, a virgem embaixo vibrando junto com ele.

Elijah fica lá muito tempo, olhando para o mundo embaixo. Tira um cigarro do bolso, acende e traga. Solta o fuzil das costas e pelo telescópio olha a noite. Não há muita luz, só a fúria da batalha no horizonte. Ele focaliza isso, as cores dançando como o *Wawahtew* em nossa terra. Esta noite ele não consegue deixar de pensar no lugar de onde vem. Solta a trava de segurança e mira nas cores dançantes, aperta o gatilho, disparando uma única bala na luz.

Na chuva congelante do final de novembro, marchamos de volta para as trincheiras avançadas, e Elijah me diz que seu mundo seria um lugar perfeito se ele conseguisse se livrar do que come. Parece que o remédio não permite que ele faça isso.

Aqui há bombardeios constantes para todos os lados, e as trincheiras foram atingidas com tanta frequência que algumas delas parecem mais fossos rasos do que trincheiras. Uma ameaça constante de ser atacados paira sobre nós. Mais dias de chuva fria, forte, implacável, e mesmo com tábuas as trincheiras se enchem de água. Muitos homens pegam pneumonia e muitos outros têm irritações na pele por ficarem constantemente molhados, que se transformam em úlceras asquerosas. Nos deram botas de borracha altas que chegam até as coxas, mas em muitos lugares elas não são suficientes e se enchem de água. Surgiu uma nova expressão para descrever a doença dos pés apodrecendo em botas encharcadas. Quando os soldados veem que seus pés estão pretos e inchados, chamam isso de pé de trincheira.

Aqui Elijah e eu pensamos imediatamente em casa. Na primavera e no outono, quando montamos armadilhas para gansos nos rios e nas praias macias e encharcadas da Grande Baía, vivemos na chuva fria durante dias e temos de aprender a caminhar na lama. Isso faz parte da existência cree. Elijah e eu não reclamamos como os outros, concentramos nossa energia em ficar vivos e encontrar os pequenos confortos, esperar o outono e evitar as granadas que caem gritando aleatoriamente do céu cinzento. Usamos os mocassins altos que fiz para nós há muito tempo no Canadá. Eles secam depressa e permitem que nossos pés respirem, e assim evitamos a doença dos pés. Os mocassins são a única quebra do código de vestimenta que McCaan permite.

— Só não deixem que Breech veja — ele murmura.

Os ataques às trincheiras contra os fritz são impossíveis agora, porque eles estão muito bem escondidos, e nesse tempo até as patrulhas noturnas são raras. A lama e a água prendem os canadenses. Cavamos mais fundo e esperamos o que o inverno vai nos trazer.

Fico enjoado com os cadáveres em nossa volta, mas Elijah, entediado, se oferece para o destacamento de enterro, levando os mortos para fora da linha e pelos becos perigosos das trincheiras de apoio que são constantemente bombardeados, arrumando os cadáveres em fileiras como pilhas de troncos e ajudando a cavar túmulos.

— Não é tão difícil neste barro macio! — ele diz.

Eles tentam enterrar os mortos fora do alcance das armas dos fritz para que eles não sejam perturbados de novo. Elijah examina os bolsos dos mortos e pega moedas e pentes, retratos de mulheres, namoradas e crianças, medalhões cristãos para ajudar a afastar a morte, cartas de casa e cartas ainda não enviadas, carteiras de dinheiro, cachos de cabelo, dentes de crianças, balas, caixas de cigarro e tosões, pílulas de morfina, anéis de casamento, certidões de batismo, cartões de preces, mapas, testamentos e poemas. Elijah põe essas coisas em envelopes e marca os nomes dos donos, os empilha e leva para o oficial.

Ele me diz que antes de deixar um cadáver costuma abrir os olhos de cada homem e olhar neles, depois fechá-los com sua mão direita calejada, deixando uma estranha centelha de calor se acumular no fundo dele toda vez que faz isso, notando a cor da íris, sabendo que ele, Elijah, é a última coisa que cada um deles verá antes de ser posto na lama e na água fria aqui. Antes de eles irem para seu lugar.

Elijah diz que a centelha enche sua barriga quando ela está ansiosa por comida.

PAHKONIKEWIN
Esfolamento

No Natal, uma paz tranquila se instala nas trincheiras por algumas horas. Pela primeira vez desde que cheguei aqui, o som troante dos obuses não serve de fundo para tudo que fazemos. O silêncio é perturbador. Nossa seção é uma das sortudas enviadas em boa hora para atrás das linhas, onde são planejadas festividades para os soldados. Em uma aldeia próxima começa uma grande arruaça, o rum circula livremente e corremos de casa em casa bebendo e visitando moradores junto com soldados de muitos lugares diferentes. Gilberto está feliz como nunca o vi e se aproximou mais de Graves e do Gordo. Os três caminham à frente de mim e de Elijah, com os braços sobre os ombros um do outro, cantando uma canção italiana que Gilberto conhece, dividindo uma garrafa de vinho.

Olhos Cinzentos nos alcança com seus olhos vidrados um pouco apagados pela bebida. Ele andou fazendo explorações e traz consigo meio ganso roubado da mesa de alguns oficiais britânicos algumas casas atrás. Cada um de nós pega um pedaço, e enquanto caminho, como o meu e o gosto me lembra do lugar onde nasci, que agora parece tão impossivelmente distante. Olho para Elijah, que está com os lábios sujos de gordura de ganso, e em seus olhos vejo a tristeza do que ele também sente.

O som de um acordeom e de um violino vem de uma casa escurecida na rua, e somos todos atraídos ao mesmo tempo para ele. Lá dentro, franceses com uniformes azuis, de cabelo preto e barba por fazer, estão em volta de uma sala iluminada por velas e cantam acompanhando os instrumentos. As palavras são suaves e bonitas, e a música rodopiando em minha cabeça cheia de rum me traz uma paz que há muito tempo eu não sentia. Olho para Elijah e vejo que sente a mesma coisa. Ele vai para um canto da sala, se encosta na parede e desce deslizando até ficar sentado sobre os quadris, de olhos fechados e com a cabeça balançando, acompanhando o som. A música para mas sei que continua a ecoar em sua cabeça, como faz na minha. No fim, ele senta no chão, estende as pernas e abre os olhos, vendo que só eu permaneço nesta sala com os franceses, prestando atenção nele.

Os homens agem como se Elijah e eu nem estivéssemos aqui, conversam, gesticulam e bebem das muitas garrafas que estão na mesa. Alguns deles têm facas compridas com lâminas finas e perversas, com os cabos no formato de socos-ingleses, jogam uns com os outros, pondo as mãos na mesa e abrindo os dedos, permitindo que o outro bata a ponta da faca o mais rápido que consegue entre os dedos, produzindo um borrão de metal cintilante. Elijah fica hipnotizado pelo jogo. Olha com a cabeça inclinada e de queixo caído. Um dos homens, alto, magro e rijo, se levanta e faz movimentos selvagens com a faca, depois encena uma luta com um inimigo imaginário, aproximando-se sorrateiramente por trás dele, faz um movimento de cortar sua garganta, depois agarra pelo cabelo a cabeça do inimigo caído no chão e corta o escalpo do crânio. Ele é bom nos movimentos, fluido, e posso notar que já fez isso para valer muitas vezes. Todos os homens levantam os copos e repetem palavras que não conheço, depois bebem outra vez. Estou tão fascinado quanto Elijah.

Quando já começo a me perguntar se eles ao menos se lembram de que estamos aqui, o alto e rijo se vira para nós. Não sorri nem zomba de nós, apenas nos encara um pouco. Elijah está olhando para outro lado, mas sei que mesmo assim vê tudo. Olho nos olhos do homem e sustento o olhar até que o francês faz um gesto para nos juntarmos a eles na mesa. Recebemos uma garrafa de vinho tinto espesso. Elijah toma um grande gole.

— Vocês não parecem os canadenses que vi — diz o rijo. A voz tem um sotaque forte, mas seu inglês parece bom.

Os outros continuam a conversar, mas posso notar que estão escutando.

— Eu sou índio — diz Elijah. — Do norte. Este também, mas ele não fala muito inglês.

— Ele fala francês? — pergunta o homem.

Elijah sacode a cabeça.

— Ele é pagão, fala sua própria língua fluentemente, nada mais.

Olho para Elijah e penso que só então ele percebe como meu inglês melhorou nos últimos meses e que entendo sua piada.

— Ouvi falar de um de vocês índios, também um canadense. Dizem que ele matou muitos, muitos homens, que é o melhor caçador de todos nós. — Elijah sorri e está pronto para balançar a cabeça agradecendo pelas palavras gentis, quando o francês continua: — O nome dele é Peggy e ele trabalha sozinho.

Elijah ouviu falar desse Peggy, assim como eu. Nenhum de nós falou nele ultimamente, porque ele não tem atuado muito.

— Ouvi dizer que ele está morto — diz Elijah.

— Não, não está — responde o magro. Agora todos na sala escutam. — Ele apenas trabalha sozinho. O oficial comandante desse Peggy se recusa a reconhecer todas as suas mortes, porque ele não gosta de trabalhar com um observador. Mas ele é o melhor. Matou muitos hunos.

— Eu gostaria de encontrar esse Peggy — diz Elijah.

Nós todos bebemos, e Elijah e eu os ouvimos falarem seu francês, e posso ver que ele fica irritado pensando nesse Peggy. Que tipo de nome é esse?, ouço-o dizer para si mesmo. Vejo-o levantar e sair para os fundos da casa, as vozes e a música flutuando pela porta aberta. Ao arregaçar as mangas e procurar um pedaço de pele que ainda não esteja muito machucado, ele percebe o frio. Mesmo na escuridão pode ver a descoloração preta em todo o seu braço. Pega a pequena agulha na bolsa de couro de alce em seu bolso da frente e a enfia depressa, com eficiência, tendo um sobressalto quando atinge uma área macia. O braço inteiro é macio. Elijah pratica o autocontrole, sabendo, enquanto inunda a veia, que agora usa o remédio por raiva. Injeta só o bastante para não sentir mais a dor no braço, nem frio. O halo dourado se instala em volta de sua cabeça e ele está mais uma vez protegido.

Quando ele volta para dentro, fica surpreso de me ver lá parado, observando-o.

— Não gosto destes — digo em cree. — Vamos encontrar os outros.

— Eu queria que nós ficássemos só mais um pouco. — Elijah quer descobrir mais sobre esse Peggy.

— Então vou esperar lá fora — digo a ele.

Espero, escutando e observando.

Lá dentro, os homens continuam a beber e alguns estão muito embriagados, lutando com suas facas em um tipo de dança ensaiada que Elijah nunca viu. Quase cortam uns aos outros, mas sempre conseguem puxar a mão no último momento, mesmo no estado em que estão. Elijah volta a sentar com o magro. Ele diz a Elijah que seu nome é Francis G.

— Sei quem são vocês — diz Francis. — Falam de você e desse que fica calado. — Elijah balança a cabeça para ele. Tudo realmente fica melhor com a morfina. — Vocês dois mataram o atirador de elite boche perto de Saint-Eloi.

— Matamos — diz Elijah. Eles ficam algum tempo calados.

— Evite o que acontece com Peggy — ele diz. Agora sorri para Elijah. — Faça o que fazemos. Junte provas de suas mortes. Faça o que meu povo ensinou a seu povo há muito tempo. Pegue o escalpo de seu inimigo como prova. Pegue um pouco dele para alimentá-lo.

Elijah não sabe como responder a isso. Sorri.

— E o que juntar esses troféus realmente vai fazer por mim? — ele pergunta.

— Eles vão te trazer honra — diz Francis. — E nós somos homens honrados.

Antes do ano-novo somos deslocados para o norte. Este lugar para onde fomos mandados é chamado Vimy Ridge, um sinuoso campo perto de uma cidade esmagada chamada Arras. Posso ver que um dia foi um belo campo, mas agora é só terra arrasada. Olho para as ruínas e me pergunto se este lugar um dia vai conseguir sarar. Tento imaginar o campo daqui a dez anos, cinquenta anos, cem anos, mas a única coisa que consigo imaginar são homens rastejando para dentro e para fora dos túneis nessas colinas como formigas irritadas e cansadas, pensando em novas maneiras de matar uns aos outros.

Elijah e eu voltamos à linha de frente. Breech age como se quisesse ficar de olho em nós.

— Esta guerra seria uma coisa muito boa se não fosse esse homem — Elijah me diz.

Parece que todo soldado que é mandado para substituir Sean Patrick morre logo depois de chegar. Os homens passaram a chamar isso de A Maldição. Neste momento esperamos uma substituição para reforçar nossa seção. Elijah me diz que sente pena de quem chega. Comenta-se que Thompson está se recuperando muito bem e em pouco tempo vai ser mandado de volta. Elijah usa à vontade o poder que recebeu como cabo interino. Mas neste novo lugar somos impedidos de sair para fazer ataques de surpresa.

Este Vimy Ridge é tranquilo comparado com o que suportamos no Somme no outono. Isso me deixa contente. A linha dos fritz corre pela elevação para leste. Os canadenses ficam agachados abaixo dela, e todos os movimentos que fazemos são visíveis. As tropas têm de se deslocar à noite, senão serão atingidas pelos fritz com grande precisão. Este é o lugar onde o exército francês quase foi eliminado há dois anos, e o inglês, no ano passado. Embora os canadenses não devam saber disso, comenta-se que os franceses perderam cento e cinquenta mil homens na luta aqui, e os ingleses, sessenta mil. É impossível guardar segredo sobre esses números. Para mim eles são impossíveis de entender.

— Quantos homens isso significa? — pergunto a Elijah.

Ele sorri.

— É uma pergunta muito difícil de responder — diz.

Posso ver que ele tomou o remédio. Seus lábios estão inclinados em um sorriso leve e seus olhos brilham. Quando está tomando a morfina Elijah esquece completamente seu sotaque britânico.

— Pense em todas as árvores pelas quais passamos quando íamos para a cidade de canoa. Pense em quantas árvores o fogo comeu. Talvez seja esse tanto.

Sento e fico pensando nisso por muito tempo.

Finalmente chega o tempo frio e a chuva vira neve. A lama da terra de ninguém endurece, o que torna mais fácil o deslocamento, mas quando uma granada cai perto a terra levantada é afiada e mortal como agulha. Com a neve cobrindo o chão, Elijah e eu descobrimos que as patrulhas noturnas são mais difíceis. Em nossos uniformes escuros nos destacamos contra o branco da neve, então McCaan recebe túnicas brancas que pomos em cima dos casacos.

O frio é estimulante. Elijah e eu olhamos através de nossos telescópios procurando baforadas de respiração na linha alemã, que sobem das trincheiras como vapor e entregam posições. Quando nossa artilharia arranca pedaços da linha dos fritz, observamos e esperamos que a pobre alma que não sabe que não deve fazer isso apareça na abertura apenas o tempo suficiente para desaparecer no borrifo vermelho da bala de Elijah, ou da minha.

Breech permite que cacemos fora das trincheiras. Nas últimas semanas de janeiro, Elijah tem se comportado muito bem. Ele e eu trabalhamos de novo como uma equipe, eu localizando e Elijah atirando. Nos movimentamos constantemente e descobrimos lugares novos e melhores para nos escondermos na terra arruinada e nos tijolos esmagados deste lugar. À noite ficamos animados, patrulhando constantemente e planejando ataques grandes e elaborados às trincheiras supostamente impenetráveis dos fritz.

É como se o inverno tivesse inspirado os canadenses que estão enfiados na terra aqui. Neste lugar, que é um cemitério gigante para os franceses, atacamos os fritz à vontade, deixando-os nervosos e com medo. Os oficiais gostam desses ataques grandes, e embora Elijah me diga que prefere trabalhar sozinho ou com um ou dois outros, não tem escolha senão sair com muitos outros homens para patrulhar e atacar. Quando estão na terra de ninguém, ele se afasta do grupo, nunca para tão longe que possa ser atingido por eles acidentalmente, mas longe o suficiente para se sentir invisível.

Em uma noite no final de janeiro, corre a notícia de que são necessários voluntários para uma missão que pretende arrasar uma seção da trincheira dos fritz que foi apontada como um setor de atiradores de elite muito precisos. Elijah fica excitado com a perspectiva de encontrar sua própria máuser com telescópio e usa o remédio com moderação, para que todas as suas faculdades se mantenham aguçadas. Nossa artilharia isola uma parte da linha dos fritz, as explosões dos obuses cortando o ar frio.

Não me ofereço para esse ataque. Não sei ao certo por quê. Um zumbido leve, como uma vespa dentro de um saco de estopa, me diz para não ir, então escuto e não vou. Ultimamente tenho conversado ainda menos que o normal. Penso na necessidade de voltar logo para atrás das linhas, para que Elijah e eu possamos construir um *matatosowin*, um suadouro, para podermos ficar um pouco juntos. Percebo que sinto falta de casa.

Fico sentado atrás observando os rostos serem enegrecidos. Elijah carrega seu porrete e o revólver que recebeu como cabo interino. Eles traçaram cuidadosamente o plano de ataque, e os quarenta voluntários que vão atacar as trincheiras inimigas e cair como loucos sobre os fritz antes de voltarem correndo para suas linhas estão muito concentrados. Não conheço a maioria dos outros pelo nome, mas reconheço muitos rostos, todos da Segunda Divisão, que chegaram ao mesmo tempo.

Enquanto os vejo se prepararem para o ataque, me lembro daqueles franceses no Natal. Eles me causam calafrios. Acho que são *windigos*.

Observo os atacantes deslizarem para fora da trincheira e serem engolidos pela noite. Em meu esconderijo, tento escutar a artilharia que virá. Quando isso acontece, acendo um cigarro e observo a fumaça subir, levando sua mensagem. Não durmo nada o resto da noite, espero por Elijah, preocupado com nossa separação.

Depois de umas duas horas, ouço um ataque de granada diferente, vindo da linha alemã e caindo longe de nós. Não muito depois, ouço um farfalhar do lado de fora do esconderijo. Elijah entra, o rosto enegrecido e os olhos brancos destacados. Acende um cigarro com as mãos cobertas de sangue. Vê que estou acordado esperando por ele.

— Como foi? — pergunto em cree.

— Foi muito bem — responde Elijah. Espera alguns momentos, vê que estou ouvindo. Começa a me contar a história de sua noite.

Os atacantes rastejam ao longo da trincheira que serve de posto de escuta, que se projeta na direção da linha dos fritz, depois sobem para o topo. É uma noite sem estrelas, e Elijah sabe que de manhã vai nevar outra vez. Eles se espalham em uma linha fina e avançam, deitados de barriga pelo chão congelado. Sair pelo posto de escuta os deixa mais próximos do arame dos fritz sem precisarem se expor. Quando projéteis de iluminação e luzes Very explodem e caem na direção deles, eles ficam imóveis, suas túnicas brancas tornando-se parte do chão coberto de neve. Vai ser um bom ataque. Ele pode sentir isso.

No arame dos fritz ele encontra um lugar fácil de atravessar e isso o põe alguns minutos à frente do grupo de ataque. Fica deitado imóvel e observa os sacos de areia do parapeito. É divertido saber que a apenas alguns metros há sentinelas com armas apontadas para ele e sentir que está perto mas não conseguem vê-lo. Esta noite a artilharia canadense é certeira. Cai na terra com baques esmagadores, explosões de fogo e terra congelada a cem metros de cada lado. Isso vai impedir que reforços entrem nesta parte da trincheira que eles planejam demolir, e também obriga as sentinelas a manterem a cabeça abaixada, de forma que os atacantes conseguem deslizar para dentro sem ser percebidos e pegá-los de surpresa. Mas o tempo para fazer isso é pequeno. A artilharia não consegue manter o fogo por muito tempo sem entregar a posição dos atacantes.

Assim que Elijah sabe que boa parte do grupo de ataque está perto dele, se agacha e se desloca para o parapeito, e os outros o seguem. Saltando sobre o parapeito, ele tem a sensação de voar, sem saber nem se preocupar com o que está embaixo. Mas não cai por muito tempo. Suas botas batem em uma chapa de metal corrugado que cai embaixo dele, e ele desaba no meio de três soldados que o encaram de olhos arregalados. Parece que ele aterrissou no teto do esconderijo deles e o afundou. Eles procuram seus fuzis enquanto Elijah tenta soltar as pernas do monte de metal e terra. Está preso até a cintura no teto caído e só consegue mexer o tronco.

Ele age de imediato, apontando o revólver para o rosto do mais próximo e apertando o gatilho. Com um clarão de luz, a testa do soldado explode. A pólvora queima o nariz de Elijah. Enquanto o soldado mais distante pega um fuzil apoiado na parede, o outro agarra com as duas mãos o revólver de Elijah e tenta arrancá-lo. Com a mão livre, Elijah levanta o porrete e afunda os pregos afiados no crânio do soldado. Este o encara chocado, enquanto Elijah tenta soltar o porrete para bater de novo, mas ele entrou muito, então Elijah deixa o soldado cair com o porrete encaixado na cabeça.

Quando ele se vira, o terceiro soldado o encara tranquilo, com raiva nos olhos. Seu fuzil está apontado para o peito de Elijah. Esse momento fica congelado na cabeça de Elijah: homens chegam correndo de todos os lados, a artilharia explode ao fundo, o alemão aperta o gatilho e Elijah espera que o impacto o jogue para trás. Mas o olhar de confusão no rosto do soldado lhe diz que alguma coisa deu errado. O soldado olha para o fuzil inútil em suas mãos enquanto Elijah levanta o revólver e o aponta para o peito do outro, aperta o gatilho, a arma dá um solavanco e seu inimigo cai para trás e fica imóvel.

Ele se sente um pouco ridículo lutando para se libertar do teto desabado, enquanto o grupo de ataque corre pela trincheira aos gritos e berros, lançando bombas em esconderijos e batendo com seus porretes nos fritz atordoados. Elijah está preocupado com não sobrar nada para ele. Por fim sai e se inclina sobre o primeiro dos três soldados. Não há mais rosto e ele está evidentemente morto. Elijah põe o pé sobre a cabeça do segundo soldado e arranca dela seu porrete. O soldado murmura coisas sem sentido, seus olhos girando loucamente. Elijah aponta o revólver para a testa do soldado, como se ele fosse um cachorro ferido, e dispara.

Esta parte não o deixa excitado. É simplesmente o que este lugar e estas condições fizeram com ele. Vai até o terceiro soldado. Ele está quase morrendo, a cada movimento da respiração seu peito emite um som de sucção. Seus olhos abertos, fixos, então Elijah os cobre com uma mão e com a outra aperta a garganta do soldado até ele parar de respirar. O soldado luta um pouco, e no meio da loucura da gritaria e do bombardeio, dos disparos de fuzil e revólver, esse é um momento estranhamente pacífico.

Elijah para aqui a história desta noite. Só muito tempo depois ele consegue me contar o resto. Acha que não vou entender. E está certo.

Elijah olha para o soldado que acaba de despachar e pensa no olhar de raiva que viu há pouco em seu rosto. Se lembra de que poderia muito bem ser ele próprio deitado ali. Vira o homem morto de barriga para baixo, tira a faca de esfolar afiada da bainha, empurra o cabelo do soldado para trás e remove seu escalpo com movimentos cuidadosos, como removeria a pele de um lúcio. Põe o cabelo na mochila, pensando que vai fazer como outros índios, que consideram o golpe certeiro e o escalpo um sinal de honra no combate.

O remédio pulsando em suas veias se acalma e ele sabe que não vai demorar para o efeito enfraquecer, as dores de cabeça chegarem e ele ficar tão cansado que não vai conseguir se mexer. Começa a correr com os outros, que continuam a berrar como loucos, jogando bombas nos lugares onde os fritz dormem, um estranho soldado desnorteado com orelhas sangrentas rastejando do esconderijo só para ter as mãos amarradas e ser feito prisioneiro. Agora os canadenses são donos desta parte da trincheira, e Elijah verifica para ter certeza de que nenhum esconderijo saia ileso, lançando bombas neles para aliviar sua carga na volta. Uma expressão de vitória animal se espalha pelos rostos enegrecidos dos canadenses em volta dele enquanto pegam suvenires dos corpos e vasculham buracos escuros. Mas a artilharia se acalmou dos dois lados deles, e Elijah sabe que logo os fritz vão encher este lugar de reforços.

Ele toma um susto quando o berro da artilharia começa, granadas caindo perto desta seção da trincheira. No momento em que uma delas cai perto o bastante para lançar sobre o parapeito um dos corpos canadenses sem pernas, a dez metros dele, Elijah percebe que os fritz se deram conta de que esta parte da trincheira não é mais deles e estão dirigindo sua artilharia contra ela, buscando vingança. O oficial que comanda o grupo de ataque soa o apito e todos saem da trincheira, arrastando prisioneiros e suvenires, agora correndo não como animais majestosos mas como ratos, por uma cratera de bomba atrás da outra até sua linha, não mais parando quando a sinistra luz vermelha ou verde dos sinalizadores explode sobre eles, mas correndo, correndo, o *ra-ta-tá* das metralhadoras dos hunos atrás deles, derrubando alguns dos canadenses, os fritz não se importando mais se as balas atingem os canadenses ou seus prisioneiros. Elijah chega ao parapeito e à segurança do posto de escuta, e outros também entram. Ele vê que a maioria conseguiu voltar.

Quando vem para nosso esconderijo para me contar a maioria das aventuras desta noite, pensa que a posse que traz na mochila quase pulsa. Vejo-o deitar sobre o cobertor e aguardar que a noite se acalme para poder dormir. Pouco antes de adormecer completamente, ele acorda sobressaltado e murmura para mim que na correria e no clamor do ataque esqueceu de encontrar para si um fuzil de atirador de elite alemão.

Quando somos deslocados para atrás de Arras por alguns dias, Elijah finalmente admite para mim que o remédio o levou a perder peso demais, embora ao mesmo tempo faça muito, muito tempo que ele não consegue aliviar os intestinos de forma satisfatória. Não sei ao certo por que ele me conta tudo isso. Talvez se sinta culpado. Talvez seja porque ele e eu somos iguais em um lugar de estranhos. Provavelmente vê que estou deprimido e me dá pedacinhos seus como oferenda.

Ele me diz que quando passa muito tempo sem o remédio, fica fraco e sente tanta dor de cabeça que a morte parece uma boa alternativa. Quando não toma a morfina, tem medo do mundo, e essa não é uma sensação boa. Digo a ele que tem de parar de usá-la, que seu medo de ficar sem ela vai passar logo. Digo que ele pode pedir para ser mandado para a Inglaterra por algumas semanas para se recuperar.

Mas quando o líquido dourado está em suas veias! Mesmo à noite, o mundo é banhado em uma luz suave. Ele ouve homens conversando e entende o que realmente dizem, por trás das palavras. Pode sair do corpo e flutuar à vontade, olhar para o mundo embaixo — o mundo que o homem criou — e ainda ver beleza nele. Nesses momentos, ele se torna o caçador, um caçador invencível que pode ficar imóvel durante horas, dias, só se mexendo para realimentar o corpo com o remédio, usando sua visão de águia-pescadora para localizar o inimigo.

KIMOTOWIN
Roubo

Depois do meio-dia sinto fome, então remo para nos levar, Xavier e eu, para a praia. Com a água do rio faço um bolo de farinha, enrolo a massa em um galho e asso no fogo, virando o galho de tempos em tempos, quando a massa começa a ficar marrom. Xavier continua sem comer nada. Fico um pouco frustrada com ele, mas não demonstro. Quando olho para ele e vejo a dor em seu rosto, me lembro de que ele sofre de um jeito que não consigo ver. Se quiser viver, ele vai ter de comer alguma coisa. Esta noite vou fazer um caldo e obrigá-lo a comer se for preciso. Por enquanto, vou alimentá-lo com outra história.

Chego mais perto dele, embora pela posição de seu corpo veja que quer ficar sozinho. Pego um galho comprido e com ele remexo a fogueira, olho para o rio se movendo a nosso lado, um rio que nos leva mais para dentro da mata. Hoje outra vez não reconheço grande parte desta terra. Tento afastar o pensamento, o medo de termos entrado em um lugar onde nunca estive, mas ele continua a me atazanar, como uma criança má jogando pedras da mata à beira da praia.

Você é jovem demais para conhecer sua avó, Sobrinho. Ela morreu muito tempo antes de você nascer. A doença chegou de repente e a consumiu. Ficamos um mês na margem de um rio pescando juntas, depois ela era um esqueleto tremendo em um cobertor em seu abrigo. Tentei todos os remédios e todas as curas em que consegui pensar, mas nada funcionou. A crueldade de viver e morrer pode ser muito assustadora.

Eu a enterrei conforme a tradição de nossa família, enrolei o corpo bem apertado e pus no galho mais alto que consegui encontrar, para que seu *ahcahk* ficasse livre para viajar sem estorvo para encontrar seu marido, meu pai. Minha mãe tinha vindo do oeste da baía James. Nasceu ojíbua, mas encontrou meu pai numa expedição de comércio. As duas tribos não eram diferentes em nada, até falavam grande parte a mesma língua. Mas os cree e os ojíbuas nem sempre se davam muito bem. Minha mãe e meu pai, do jeito deles, tentaram melhorar isso.

Era verão, e fiquei sentada embaixo da árvore de minha mãe durante dias cuidando dela. Na época eu era selvagem como qualquer animal, tinha deixado os homens e suas igrejas um punhado de verões antes em troca da solidão da mata. Outras mulheres de minha idade tinham filhos que logo iam estar prontos para entrar na vida adulta. Eu só tinha a mim mesma. Naquela época, não conseguia me imaginar tendo filhos nem voltando para as pessoas daquela cidade.

Fui deixada em paz, e estando sozinha descobri que era fácil sentir pena de mim. As estações vinham e iam, às vezes tão depressa que eu perdia a noção de minha idade, às vezes tão devagar que eu achava que ia ficar louca. Minha irmã Coelha, sua mãe, ainda vivia, mas falava-se que ela se embebedava com rum *wemistikoshiw* e tinha abandonado seu único filho para ser criado pelas freiras naquela escola residencial. O pensamento de meu sangue deixado naquele lugar para se defender sozinho só aumentava minha infelicidade, mas eu não tinha muito que fazer nesse assunto.

Os outros *awawatuk* continuavam a me pedir favores às vezes, mas fora isso minhas únicas conversas eram com o céu e os animais da floresta. Eu pensava no francês mais do que queria, às vezes, tarde da noite, acreditando que tinha agido errado, mas a solidão que sentia, mesmo anos depois, ao acordar sozinha todas as manhãs, servia para me lembrar do que ele tinha feito comigo.

No outono depois da morte de minha mãe, voltei a ter ataques e visões. Eles me assustavam. Agora eu estava sozinha, sem ninguém para cuidar de mim. Os ataques eram violentos e dolorosos. Eu me preocupava de ficar sufocada por minha língua ou bater a cabeça numa pedra quando tinha os espasmos descontrolados. Mas eles vinham, e cada vez mais eu acordava e me via olhando para o céu, um suor frio arrepiando minha pele. Pela secura de meus olhos, imaginava que eles ficavam abertos enquanto eu estava naquele outro mundo, mas normalmente só conseguia me lembrar de imagens passageiras. A única coisa que eu sabia era que a volta dos ataques significava que ia acontecer uma mudança. E nesse momento de minha vida eu não tinha nenhum motivo para acreditar que a mudança seria boa.

Continuei com minha vida da melhor forma que pude, seguindo minhas armadilhas e caçando, coletando raízes e ervas, sempre guardando para os meses de inverno. Me deslocava junto com a caça, o verão um pouco mais fácil que o inverno, que era tão congelado e parado que certos dias eu me convencia de ser a única coisa viva nesta terra.

Eu sabia que um ataque estava vindo pela mudança na luz. O mundo de repente ganhava um tom mais forte — o céu ficava mais azul, a água mais escura. Depois a luz se tornava suave e meus dedos das mãos e dos pés formigavam. A primeira dor era um raio em minha testa, e era sempre a que mais me apavorava, o solavanco me fazendo cair de joelhos ainda consciente, uma bala de gelo me atravessando a cabeça. Só depois de cruzar esse portão doloroso eu deslizava para a inconsciência e tinha instantes de visão, rostos que eu conhecia de repente muitos anos mais velhos, outros rostos que eu não reconhecia. Às vezes me via em um círculo com outros em volta de uma fogueira de conselho, outras vezes estava sozinha. Uma vez voltei do outro lugar com a visão de uma carroça de metal se movendo sozinha, preta, brilhante e barulhenta em uma trilha macia e larga. Às vezes via o lugar onde estavam os animais, outras vezes via uma grande planície árida, as árvores cortadas e a água imunda, cheia de detritos humanos. As visões eram aleatórias, confusas, assustadoras ou alegres. Quando voltava, eu tinha de catar os fragmentos das águas de minha confusão e tentar juntá-los numa história que pudesse entender.

No ano depois da morte de minha mãe, minha solidão se combinou com o medo, então um plano começou a se formar em minha mente. Durante um dos ataques vi o rosto de um menino. Não havia dúvida de que era meu parente. O nariz dele era o meu, os olhos tinham a mesma astúcia. As orelhas saltavam da cabeça. Percebi que estava vendo você, Sobrinho, que você precisava de mim tanto quanto eu de você. Nas longas horas tranquilas da mata, pensar em você me fazia companhia.

Pelo que eu sabia, você tinha apenas quatro ou cinco invernos. Não era possível que as freiras já tivessem lhe estragado demais. Você precisava sair daquele lugar tanto quanto eu precisava quando minha mãe me levou. Tirar você de lá sem ser notada seria uma coisa relativamente simples. Elas não se preocupavam demais com apenas um menininho. As crianças fugiam de lá o tempo todo. E mesmo que elas resolvessem procurar, não existia nenhum *wemistikoshiw* que pudesse me encontrar.

Aquele inverno foi especialmente longo e frio, e nas noites que pareciam durar para sempre me convenci do que precisava fazer. Apareceram muitos problemas para eu resolver, e o maior era que eu não sabia a aparência de meu sobrinho ou mesmo seu nome. Com certeza elas tinham dado a ele um de seus nomes, e eu precisava descobrir qual. Um problema maior ainda era se eu conseguiria me obrigar a voltar de novo àquele lugar.

Saí de canoa logo depois que as moscas pretas morreram. Agora que tinha chegado o meio do verão, os rios me permitiriam uma rota de fuga silenciosa e impossível de rastrear quando eu o encontrasse. Não só isso, eu também sabia, de minha breve estada na escola residencial, que a maioria das crianças tinha permissão para voltar para os pais por um curto período nessa estação, e esperava que isso tornasse mais fácil encontrar você. Se o que eu soubera fosse verdade, minha irmã não tinha nenhuma condição de lhe criar e você estaria solitário e provavelmente disposto a sair se eu convidasse. E foi assim que finalmente decidi. Não o levaria à força. Perguntaria a meu sobrinho se ele queria ir comigo. Se você dissesse não, eu o respeitaria. Se dissesse sim, eu o levaria comigo para ser criado do jeito antigo.

Viajei três dias, remando do amanhecer ao anoitecer. Como me lembrava, o cheiro da cidade chegou até mim muito antes de eu poder vê-la. Havia um bosque de pinheiros perto da escola, um lugar onde eu podia me esconder e observar. Tinha de confiar na visão de você que eu trazia do outro lugar. Estava fresca em minha memória. Só precisava procurar o menino com olhos iguais aos meus e orelhas saltadas. Seria muito difícil?

Entrei na cidade à noite, afastando o medo de encarar de novo o francês, embora agora soubesse muito bem que ele estava morto. Não era seu corpo físico que me assustava. Exatamente como eu me lembrava, os pinheiros perto da escola ofereciam proteção, de frente para a parede branca cheia de janelas, e no piso de cima todas as crianças dormiam. Tomei providências para ter certeza de que não seria descoberta, escondendo com cuidado minha canoa e cobrindo minhas pegadas, construindo um abrigo com ramos de pinheiro bem longe da trilha que chegava até esse lugar. Não podia fazer uma fogueira para cozinhar, então tinha trazido comigo bastante peixe defumado e carne para me alimentar durante alguns dias. Me instalei e esperei, o corpo cheio de ansiedade nervosa pelo que encontraria.

Como eu esperava, só algumas crianças permaneceram na escola no verão. Saíam para brincar ao mesmo tempo todas as manhãs, observadas por uma das freiras com o mesmo cuidado que uma mãe gansa tem com os filhotes. Seis meninos mais ou menos da mesma idade brincavam uns com os outros. Eu os observava de longe. No segundo dia já tinha um palpite de qual deles tinha meu sangue.

Nas tardes, uma freira velha, aquela que eu tinha certeza de que se chamava Magdalene e que antipatizava tanto comigo, saía em uma canoa com o menininho, e enquanto ele remava para um lado e para outro em um trecho do rio, ela pescava na frente. Era um menino pequeno, e o peso dela não deixava a canoa ficar nivelada na água, mas ele tentava o máximo que podia levá-la aos lugares para onde ela apontava. Não demorava muito para ele se cansar com a corrente e o peso dela, e quando ele descansava, ela se virava e batia o remo com força na cabeça dele. Era uma pescadora horrível, dando pancadas na canoa e exigindo que ele a levasse para lugares onde nenhum peixe ia querer se alimentar. Mas ele era paciente, não desistia nem se queixava. Eu não tinha dúvida de que era você.

Dois dias depois, observei enquanto as crianças brincavam. Chutavam uma bola de couro uma para a outra, e andei para mais perto da borda das árvores. Você era uma das crianças, a que estava mais perto de mim, e esperei pacientemente até que a bola fosse chutada para longe e você fosse atrás dela. Quando você chegou perto, fiz o som de um tetraz, alto o bastante para você poder ouvir. Suas orelhas se esticaram como eu sabia que aconteceria. Depois de chutar a bola para os outros, você caminhou entre as árvores. Fiz de novo o som do tetraz, e você se aproximou.

— Sobrinho — sussurrei. Você parou, pronto para correr. — Não tenha medo. Você é o filho da que eles chamam de

Anne — falei em cree, porque meu inglês não era bom o suficiente. Mas você entendeu. Balançou a cabeça. — Sou Niska. Sou sua tia. — Você seguiu minha voz, e observei quando você me viu pela primeira vez. Seus olhos se arregalaram. Então me dei conta de minha aparência, o cabelo comprido, preto e selvagem, o corpo coberto de pedaços de couro.

— O que você quer de mim, Tia? — você perguntou. Falou cree com sotaque *wemistikoshiw*. Você era corajoso.

— Vim perguntar se você quer sair daqui e ir viver comigo na mata.

Você não hesitou.

— Sim, Tia.

Sorri, e ao fazer isso percebi que era meu primeiro sorriso em muitos meses. Meus olhos se encheram de água.

— Me encontre aqui amanhã. — Você também sorriu, depois se virou e foi se juntar aos outros, perseguindo a bola.

Quando você chegou no dia seguinte, expliquei que partiríamos de tarde, que eu remaria até a canoa quando você estivesse pescando com a freira.

— Mas por que não podemos ir agora, Tia? — você perguntou.

— Tem uma coisa que esperei muitos verões para fazer — eu disse. — E ficaria honrada se você participasse dela comigo.

Mais tarde naquele dia, esperei em minha canoa embaixo de uma saliência de salgueiro. Como sabia que aconteceria, você apareceu no rio, Sobrinho, remando a freira gorda, Magdalene. Quando você estava na minha frente do outro lado do rio, imitei o som do whiskeyjack. Você se virou para ele. Não havia dúvida de qual era seu sangue.

Escutei enquanto a freira gritava orientações. Você desviou a canoa para mais perto de mim. Esperei, e, sem querer perder o momento em que ela estava a apenas dois braços de distância de mim, soltei um grande gemido, um gemido de anos de dor, que fez a velha freira se levantar, tropeçar e cair do bote na água. Saí dos salgueiros em minha canoa e no inglês de que me lembrava disse a ela: — *Você* vai remar de volta. — Para enfatizar, peguei meu remo e bati com força em sua cabeça. Ela olhou para mim da água, aterrorizada, a roupa preta flutuando em volta, o fino cabelo cinza colado na testa. Fiz um gesto para você, e você pulou para minha canoa. Você se lembra, Sobrinho? Deixamos aquele lugar devagar e sorrindo.

Os meses seguintes foram os mais felizes de minha vida. Passávamos os dias caminhando, montando armadilhas e caçando na mata. Para minha surpresa, você tinha pouco conhecimento de qualquer dessas coisas, então lhe ensinei tudo que podia. Você aprendia depressa e com naturalidade, e sua capacidade de caminhar sem ser percebido e de atirar era evidente.

Numa tarde do final do outono, quando a grossa geada da manhã cobria o chão e os últimos gansos voavam para o sul em correntes de ar bem no alto, senti o formigamento familiar nos dedos das mãos e dos pés. Seguimos um rio que prometia alces, e eu queria lhe avisar do que ia acontecer, mas era tarde demais. A dor perfurante atravessou minha testa e caí no chão. Enquanto passava para o outro mundo, pude ouvir você me chamando e chorando.

Não sei quanto tempo fiquei ausente, mas quando voltei aos poucos daquele lugar, você ficou inclinado sobre mim, com o rosto manchado de lágrimas.

— Você estava morta, Tia? — você perguntou. Sorri e sacudi a cabeça. — Seus olhos estavam abertos, mas não viam. Você disse palavras que eu não consegui entender.

— Não se preocupe — eu disse. — Quando você tiver idade suficiente, vou explicar.

Aquele inverno e o verão seguinte e o inverno e o verão depois deles foram fartos e felizes. Você se adaptou aos costumes da mata melhor do que eu esperava e se tornou um caçador e leitor de sinais talentoso. Eu lhe ensinei tudo que sabia da mata, a melhor maneira de seguir coelhos e como usar o pelo deles para se proteger da brutalidade fria do inverno, como tecer sapatos de neve e caminhar com eles pela neve funda, como se aproximar de um alce contra o vento e até como laçar um, como fazer suas próprias roupas e seus mocassins, quais plantas e ervas eram comestíveis e quais tinham propriedades curativas.

Mas, como sempre acontece, os bons tempos se transformaram em tempos mais difíceis e nosso terceiro inverno juntos foi longo, difícil e muito frio. Alguns dias eram tão difíceis para nós que você chorava de fome e eu me lembrava de minha infância, daquele inverno muito tempo antes, quando meu pai ainda vivia. Uma ou duas vezes, tarde da noite, quando você dormia um sono sobressaltado ao lado da fogueira, até me perguntei se tinha tomado a decisão certa ao tirá-lo daquela escola. Pelo menos lá você enchia o estômago e tinha uma cama quente. Meus ataques começaram a voltar com mais frequência, e eram uma coisa que você não conseguia entender, mas pelo menos se acostumou, porque percebeu que eu sempre voltava daquele outro lugar. O que eu não lhe contava, Sobrinho, era que voltava sabendo que logo alguém viria nos visitar, um visitante com um pedido que eu não poderia ignorar.

ONATOPANIWIW
Combatente

A história que a Tia conta me traz um sorriso aos lábios. Me lembro daquela freira que gostava de me surrar. Ainda posso ver o olhar em seu rosto quando a Tia a enxotou para a água e bateu nela com o remo. Sorrio para a Tia e isso faz seus olhos brilharem. Niska é uma mulher boa. Boa e louca.

O sol que bate no rio é quente, e já não me sinto culpado por não remar. Ela tem a corrente a seu favor e não estamos com pressa. Deito e passo a mão pelo tecido grosseiro da calça, sinto a saliência da perna. A pele que a cobre ainda está muito vermelha e enrugada, tão feia que não consigo olhar para ela. Quando percebi que tinha perdido a perna, passei dias olhando o ferimento, vendo o sangue atravessar a atadura branca, a vida vazando de mim por uma goteira. Talvez tenha sido nesse momento que decidi morrer. Sei que foi então que descobri por que Elijah adorava a morfina, e as enfermeiras me davam doses generosas.

Luto para ficar um pouco acordado, a canoa me balançando numa parte mais rápida do rio, de um jeito que me lembra os trens em que eu e Elijah fomos nos juntar ao exército, seguindo cada vez mais para o sul, até chegarmos àquele lugar amedrontador chamado Toronto. Me lembro de como ficamos em filas de soldados usando uniformes novos, como comemos e marchamos juntos. Os alojamentos eram iguais aos da escola de minha infância. Todas as manhãs e tardes ficávamos em fila exatamente como soldados esperando para serem inspecionados. No curto período que passei na escola, Elijah e eu estávamos sempre juntos. Ele me protegia e eu o protegia.

Depois que fomos surrados na frente das outras crianças, imaginamos um plano. Ficamos deitados em nossas camas lado a lado, sussurrando até tarde da noite; nos calávamos quando ouvíamos a freira com sua vela fazendo a ronda.

— Vamos fugir deste lugar — eu disse a Elijah em nossa língua. — Todo dia vamos pegar um pouco de comida da despensa, só o bastante para não ser notado. Vamos encontrar um lugar para guardá-la, e quando tivermos o suficiente vamos sair tarde da noite e de manhã nos enfiar tanto na mata que ninguém nunca vai conseguir nos encontrar. — Isso foi antes de eu saber de sua existência, Tia.

— Vamos precisar de mais do que comida — Elijah sussurrou. — Vamos precisar de um machado e alguns fósforos. Vamos precisar de mais roupas e sapatos para o verão e botas para o inverno.

Fiquei surpreso de Elijah precisar de tanta coisa.

— Onde vamos guardar tudo isso? — perguntei. — As freiras têm um faro muito bom. Vão descobrir. Elas descobrem tudo.

— Vamos esconder o que pegarmos perto do rio, e vamos roubar a canoa que sempre fica lá — respondeu Elijah friamente.

— Mas os animais vão comer nossa comida — eu disse, e isso fez Elijah ficar um bom tempo calado.

Circulava um boato entre as crianças de que uma vez duas crianças tinham fugido dali e nunca mais foram encontradas. O outro boato era que no ano seguinte tinham sido encontrados ossinhos no celeiro da escola, muito pequenos para serem de adultos.

— Vamos esconder perto do rio só as coisas que não podem ser comidas, e escondemos a comida em algum lugar aqui na escola — disse por fim Elijah.

Eu duvidava que esse plano funcionasse. As freiras descobriam tudo que tentávamos esconder. Mas não disse nada. Queria que o plano virasse realidade.

— Uma das freiras guarda um fuzil — disse Elijah quando eu estava quase dormindo. — Ela tem um bom fuzil e muitas balas. Eu o vi no quarto dela.

Essa informação me fez abrir os olhos.

— É mesmo? — perguntei. Ele balançou a cabeça. Isso resolvia tudo. Fiquei acordado imaginando se Elijah tinha mesmo estado no quarto da freira. Éramos proibidos rigorosamente de ir a qualquer lugar perto dele. Elijah não era suficientemente bom para espreitar e seria apanhado se tentasse entrar. Só muito tempo depois descobri que ele tinha mesmo estado no quarto. E embora estivéssemos sempre planejando nossa fuga, eram só sussurros no escuro antes de dormir.

Niska cantarola uma canção para si enquanto rema. O sol no rosto me dá sono, e o fluxo da memória me puxa de novo, desta vez me levando para a França. Resisto a ele. Não quero ir para lá neste instante. Me concentro em tentar imaginar que dia é hoje pelo jeito inglês de contar o tempo. É alto verão, mas qual dia, qual mês? Caio num sono leve, lembrando que, pelo jeito como eles contam o tempo, agora faz um ano que Elijah e eu estamos aqui. Sou um homem diferente. Estou mais magro do que quando saí do Canadá, e em muitos sentidos mais duro.

O final do inverno e começo da primavera traz uma chuva fria que vira neve, mas não dura muito tempo. Os engenheiros trabalham o tempo todo, e Elijah me explicou que tenho de decidir se vou ser um carregador de sacos de barro úmido ou um caçador. Passei o inverno inteiro sofrendo de uma coisa miserável chamada depressão. Para piorar tudo, não consigo esquecer aquela moça, Lisette. Durante semanas depois que a deixei, fui carregador de barro. Minha mente não conseguia se concentrar no campo, e isso é perigoso quando o que a gente caça também caça a gente. Mas agora estou farto do barro. A ideia cresceu em minha cabeça o inverno inteiro e agora não consigo me livrar dela. Se puder vê-la de novo, minha depressão vai passar. Penso em maneiras de conseguir isso, de vê-la outra vez. Mas ela vive muito longe de Vimy Ridge. Lisette foi minha primeira mulher. Quando a encontrar de novo, quero poder contar a ela histórias de aventura. É por isso que volto a ser o observador de Elijah no campo.

Encontramos o que promete ser um bom ninho em uma pilha de tijolos logo atrás da trincheira da frente. Caso aconteça algum problema, há uma trincheira de comunicação bem à nossa direita que leva às trincheiras de apoio. Na maioria dos dias, quando o sol sai, ficamos imóveis escolhendo alvos potenciais, o sol é tão forte em nossos olhos que temos de tomar cuidado para ele não se refletir nos binóculos. Mas raramente o sol é um problema. O vento sopra constantemente do oeste, carregando nuvens baixas pesadas que chuviscam sobre nós. Elijah fez amizade com os oficiais que têm autoridade para dirigir a artilharia para áreas específicas, e usa essa amizade, pede a eles que abram buracos nos parapeitos dos hunos. Esporadicamente um fritz perambula pelo campo, e Elijah brinca de marcar os acertos e os erros de cada um de nós.

— Vamos usar sua máuser como prêmio — ele diz. — Depois de duas semanas vamos contar nossas marcas e o vencedor leva o prêmio.

Ao ouvir a proposta apenas sorrio. Este fuzil é ótimo, e vou levá-lo para casa para caçar muitos alces com ele.

Pergunto a Elijah onde posso encontrar balas para o fuzil dos fritz. Já faz tempo que ele me prometeu conseguir mais, e agora restam poucas. Penso que ele as está escondendo. Elijah cobiça esta arma, mas fui eu quem abateu o atirador de elite huno que amava os mortos. A noite do dia em que matei meu primeiro humano foi a primeira vez que me senti como um ancestral, um atacante e guerreiro *awawatuk*. Naquele dia e no seguinte, rezei muitas horas para Gitchi Manitou, agradecendo a ele por ser eu que ainda respirava, e não meu inimigo. Desde aquele momento consigo atirar em outro homem e entender que o que faço é por sobrevivência, desde que reze para Gitchi Manitou. Ele entende. Pode ser que meu inimigo não entenda isso quando o mando para a jornada de três dias, mas talvez entenda no dia em que finalmente eu o encontrar de novo.

De nossa posição, observamos a colina em que os fritz cavaram e de onde observam os canadenses. Nossos engenheiros trabalham à noite, cavando o chão como toupeiras, e Elijah e eu debatemos se estamos cavando outro túnel embaixo da linha alemã para enchê-lo de explosivos, ou se a escavação é por outro motivo. Penso que o que estão fazendo vai surpreender todo mundo, mas Elijah diz que não é possível ensinar novos truques a um cachorro velho. Mas concordamos que vai acontecer alguma coisa grande. Imagino que vai ser quando o chão descongelar. Quando Elijah e eu somos mandados para descansar, há um número cada vez maior de soldados no frio atrás das linhas. Vejo também que as pilhas de suprimentos aumentam e cavalos puxam os canhões enquanto a terra ainda está congelada, para evitar que eles afundem.

Numa noite em que viemos da trincheira de apoio para assumir de novo nossa posição no front, tenho uma ideia que não consigo tirar da cabeça. Através de meu ótimo telescópio alemão vejo que não muito longe há um grupo de três fritz mortos, enganchados no arame, os corpos escurecendo. Perto deles há um posto de escuta a uma distância fácil de atingir com um tiro, e acho que eles devem ter balas para uma máuser. Penso em contar a ideia a Elijah, esperando que ele me acompanhe na aventura, mas depois decido agir sozinho. Sei que é perigoso, mas isso é que torna a coisa interessante. Quase posso ouvir Elijah dizer isso em sua língua *wemistikoshiw* engraçada. Tenho medo não só de ser apanhado pelos fritz, mas também pelos meus, e dos problemas que isso pode causar.

Na noite que escolho para fazer meu ataque de surpresa, tudo parece estar errado. Há muita movimentação de soldados na parte da linha onde estou. Os fritz recomeçaram o bombardeio, concentrando-o no arame dos canadenses, e não fico sozinho por tempo suficiente para escurecer o rosto com cortiça queimada e sair da trincheira sem ser notado. Depois da metade da noite ainda estou sentado em meu esconderijo, paralisado pela indecisão e tentando encontrar um bom momento para sair, e acabo me convencendo, irritado, de que é melhor desistir. Deito de costas sobre o cobertor, envolvido pela escuridão da noite. Digo a mim mesmo que se fosse Elijah ele simplesmente teria ido. Não ficaria preocupado com mais ninguém ou coisa nenhuma, só se concentraria naqueles fritz mortos e no que eles tinham nos bolsos, não deixaria que nenhuma desculpa, nenhum medo, o impedisse. Teria ido e pronto. Fico acordado a noite toda, a derrota que sofri me mordendo como ratos que passam correndo.

No começo de abril Elijah e eu somos chamados ao abrigo de McCaan. Sabemos, como todos os outros soldados, que logo haverá uma ofensiva. McCaan fala depressa e não consigo entender tudo que diz. Não é que eu não entenda inglês. Já estou bom nisso. São meus ouvidos. Zumbem o tempo todo, e às vezes não ouço nada. Mas sei que Elijah escuta com atenção e depois vou pedir que ele me repita tudo em cree. Observo os lábios de McCaan se moverem, e meus ouvidos zunem como se estivessem tapados com terra ou cera. Tento limpá-los com o dedo, o que normalmente ajuda um pouco, mas parece que só consigo tapá-los mais. Fico aliviado quando Elijah e eu somos dispensados.

— O que ele disse? — pergunto, minha voz ecoando na cabeça. Os lábios de Elijah se movem mas é como se não emitissem nenhum som. — Mais alto — digo. Puxo com força os lóbulos das orelhas e parece que isso funciona, mas continuo a ouvir o zumbido no fundo.

— Temos de começar a explorar posições na terra de ninguém o mais próximo que conseguirmos chegar dos fritz sem corrermos riscos — ele diz. — Devemos levar toda a munição que precisarmos, junto com rações e água potável. — Elijah sorri. — Vamos tentar localizar ninhos de metralhadoras dos fritz, e na manhã da "operação", como McCaan chama, devemos tomar o máximo que conseguirmos deles. — Então ele me olha de um jeito estranho. — Você está ficando surdo — diz.

Nos dias seguintes vasculhamos cada centímetro de terreno na frente de nossa seção. Nosso maior desafio é que os fritz estão em posição mais alta e vão identificar sem muita dificuldade quase todos os nossos esconderijos. Mas há uma área de cinquenta metros na frente do arame dos hunos onde a queda dos obuses formou uma pilha de tijolos velhos e um parapeito de terra. Concordamos que esse é o melhor lugar e que vamos verificá-lo esta noite.

Elijah conta a Breech e ele nos dá permissão para prosseguirmos. Tento dormir um pouco depois da prontidão, mas, como costuma acontecer, não consigo. Fico deitado no abrigo e conto os clarões que sobem e projetam sombras na parede de barro em minha frente. Estou preocupado com meus ouvidos. A surdez vem e vai, seguida pelo zumbido, que é o bastante para me deixar louco. Quando o zumbido passa, tenho a sensação de estar vivendo em uma caverna oca.

Escurecemos os rostos e saímos só os dois, como nos velhos tempos. Seguimos pela trincheira do posto de escuta, que já conhecemos, e saímos quando os clarões do fogo inimigo cessam. Os fritz estão nervosos por causa dos últimos ataques de surpresa às trincheiras, e sei me deslocar com cuidado e em silêncio na direção deles. Quando sobe um clarão, ficamos deitados imóveis, sabendo que não seremos vistos nas sombras. Assim chegamos ao lugar que escolhemos mais cedo.

No escuro parece um bom lugar, mas Elijah está tenso. Acena para mim e faz sinal de que os fritz estão perto, dois dedos apontando para o chão. Ficamos deitados escutando a escuridão, mas não consigo ouvir muita coisa. Elijah aponta para a esquerda e para a frente, um sinal que me informa que há pessoas a uns vinte metros de distância, quatro ou cinco deles. Vasculhamos o horizonte e percebo que este lugar vai ser bom para nossos propósitos, com muitos pontos para nos abrigarmos e ao mesmo tempo dando uma vista ampla das linhas dos fritz. Voltamos com cuidado e contamos a McCaan.

— Encontramos um lugar adequado — diz Elijah. Fico ao lado dele, escutando o melhor que consigo. — Mas os fritz têm um posto de escuta a uns vinte metros dele. Imagino que pode servir como ninho de metralhadora quando começarmos nosso avanço.

— Muito bem — responde McCaan —, sugiro que esse posto seja a primeira coisa que vocês tomem quando o ataque começar.

Elijah balança a cabeça e sorri, depois voltamos a nosso abrigo. Seremos avisados para ir para nossa posição na noite anterior, e nos disseram para estarmos prontos para sair a qualquer momento.

No abrigo que escolhemos, nenhum de nós fala. O dia foi calmo e já se aproxima mais uma noite. O resto de nossa seção foi designado para fazer sentinela em turnos esta noite, e ouço o ronco do Gordo no abrigo ao lado e Gilberto murmurando irritado para ele calar a boca. Ouço quando Elijah remexe na mochila, o tilintar que já conheço da pequena seringa de vidro, o leve sopapo de seu braço e o suspiro pesado quando ele termina. Penso que ele dorme, mas ouço sua voz. Esta noite minha audição está boa. Espero que fique assim.

— Tenho uma coisa para você na mochila — ele diz. — Um presente. Há dois pentes de balas da máuser que guardei para você. Use-os de forma sensata.

Estendo a mão para a mochila. Puxo-a para mim e enfio a mão nela. Uma coisa macia e peluda. Tiro a mão para o caso de ser um rato dormindo, que vai acordar e me morder. Talvez Elijah esteja me pregando uma peça. Enfio de novo a mão, devagar, e puxo a coisa macia. Nesta luz não consigo saber o que é, talvez a pele de um animal pequeno, mas o pelo é muito comprido para ser de um rato. Quando o levanto até o nariz para cheirar o lado duro do couro, o cheiro conhecido de carne humana apodrecida me faz soltá-lo com nojo. Me dou conta do que Elijah guarda.

Ponho-o de volta na mochila e tiro os pentes. Deitado ali pela segunda vez, na segunda noite, observo as sombras na parede da trincheira e escuto o estrondo surdo dos canhões. Passo o dedo pelo metal liso e frio de um cartucho de bala e imagino o que está acontecendo em minha volta.

Duas noites depois, McCaan nos dá ordem de assumirmos nossa posição no campo. As trincheiras estão movimentadas. Companhias de homens entram nelas até ficarem todos ombro a ombro. Os engenheiros terminaram de cavar, e os túneis que levam à linha dos fritz estão cheios de homens, fuzis, bombas Mills e metralhadoras. Tentar um ataque frontal no campo aberto acima de Vimy Ridge provocaria uma carnificina, então fizemos o que era natural, cavamos túneis que passam por baixo e saem na terra de ninguém, onde os canadenses sairão da terra perto da linha alemã e a atacarão de surpresa. Elijah está chocado e até um pouco irritado de estar errado e eu estar certo.

Vamos para nossa posição, arrastando mochilas cheias de munição, nossos fuzis e nossa ração, o bombardeio de nossa linha mascarando nosso movimento. Eu tinha menos de duas dúzias de balas para a minha máuser, então McCaan avisou a todos na linha. Alguns soldados trouxeram mais, e agora tenho muitas.

Nos enfiamos no lugar feito de tijolo e barro, e abro no tijolo uma seteira de onde posso disparar o fuzil. Vou ficar bem escondido dos fritz. Elijah pega punhados de barro e tijolos e faz a mesma coisa. Acho que a linha alemã quase zune. O bombardeio canadense cai perto de nós e a terra estremece abaixo de mim, como uma coisa viva. Os fritz devem saber que alguma coisa vai acontecer, e agora, depois de sentirem o gosto dos canadenses nas crateras de Saint-Eloi, no Somme e aqui em Vimy Ridge, sabem que seu oponente é valoroso.

O posto de escuta dos fritz ainda está próximo, o que nos faz trabalhar muito devagar. Os alemães que estão por perto não conseguirão ouvir Elijah e eu por causa do barulho do bombardeio, mas se não tomarmos cuidado vão perceber o movimento. Elijah faz sinal para que eu me aproxime dele.

— Fique aqui — diz. — Me dê cobertura se eu precisar. Se eu não voltar, mantenha este lugar e de manhã mate o máximo deles que conseguir. — Ele sai com a faca de trincheira afiada dos dois lados e rasteja para a escuridão.

Estou aflito de preocupação. Elijah deixou que o remédio o enlouquecesse. Não quero ficar sozinho nesta posição até o amanhecer, enfrentando a precisão das metralhadoras, a artilharia ou uma granada à queima-roupa.

Só me resta ficar imóvel e esperar. O mundo explode em minha volta, obuses caindo a cinquenta e cem metros adiante, destroçando a linha alemã. Ordeno que minha mente se desligue, pare de funcionar, mas ela não obedece.

Parece que passaram horas quando, finalmente, mais sinto do que vejo ou ouço uma forma se aproximar. Elijah. Sei pelo cheiro. Ele chega rastejando, e seus olhos estão arregalados de excitação.

— Três deles! — ele sussurra. — Cortei a garganta de três deles tão depressa que até fiquei surpreso! Agora sou realmente um homem fantasma! — No escuro, suas mãos parecem pretas, e percebo que estão cobertas de sangue.

— Você cortou o cabelo deles? — pergunto.

— Como você sabe? — ele responde, excitado como um menino que pegou seu primeiro tetraz.

Nos acomodamos e esperamos.

O céu relampejante à nossa frente me incita a rastejar de volta a minhas trincheiras antes que seja tarde demais e eu seja apanhado aqui ao ar livre. A temperatura está abaixo do congelamento, me sinto frio e duro debaixo do sobretudo. Examinamos o horizonte ainda escuro, esperando o momento em que o sol desponte à nossa frente e ilumine a linha deles. Logo vai começar o bombardeio. Elijah e eu fomos avisados por McCaan de que será um acontecimento imenso e intenso. A artilharia vai destroçar as trincheiras dos hunos, e haverá um silêncio absoluto apenas por um momento antes de ouvirmos, vindo de trás, o apito estridente que vai dar o sinal para os canadenses começarem a sair, e o mundo vai explodir mais uma vez.

A cada minuto a manhã chega mais perto do horizonte. Sem aviso, a artilharia atrás de nós começa com um rugido e logo o barulho chega ao máximo. Vejo os obuses passarem gritando bem perto, parecendo que vão cair em cima de mim, mas muito precisos esta manhã, lançando no ar barro, estilhaços de metal, sacos de areia, restos humanos e chuvas de fagulhas. Por um segundo imagino se esta será a última manhã de minha vida.

Elijah me cutuca e me passa um cantil. *Beba*, ele balbucia, então pego o cantil e o derramo na garganta ressecada. O gosto não parece nada com água, e quando sinto a garganta queimar percebo que é rum.

— McCaan nos deu rações dobradas. Beba! — ele grita acima do alarido.

Inclino o cantil e bebo de novo, o máximo que consigo. Penso que preciso disso. Quando o devolvo a Elijah, a luz que se aproxima me permite distinguir claramente os detalhes de seu rosto enegrecido, as maçãs saltadas e as bochechas encovadas, muito macilentas por causa do remédio. Seus olhos cintilam como a luz do sol na água, e fico olhando um pouco para ele, observando todos os detalhes. Elijah é bonito como um animal selvagem. Parece muito delicado para o que faz tão bem. Ele me olha com uma expressão zombeteira, depois abre um sorriso amplo, e a brancura de seus dentes me sobressalta.

Elijah pega o fuzil, abre o ferrolho e verifica o funcionamento, e põe uma carga na câmara. Apoia o fuzil no ombro e olha através do telescópio, depois se vira para mim e grita:

— Está vendo aquele outeiro ali?

Olho para o parapeito dos fritz e balanço a cabeça. Há um monte alto bem à nossa frente na escuridão, como uma espinha na terra.

— Você é responsável por tudo do seu lado do outeiro. Eu me responsabilizo por tudo do meu lado. Naquela área deve haver com certeza ninhos de metralhadora. — Ele aponta para pequenos montes que se destacam do parapeito, e eu imagino que sejam reforços com sacos de areia. — Vamos concentrar nosso fogo neles — diz.

Podemos ver pela luz que esta manhã não vai ter sol. O dia nasce com um cinza bem escuro e sopra um vento forte que passa por nós na direção da linha dos fritz. Está frio, e flocos de neve grossos caem rodopiando. Tudo isso é bom para os canadenses, o vento em suas costas e a cobertura natural caindo. Para mim vai ser mais difícil encontrar os alvos, mas esse é um preço baixo. Com a neve nos olhos dos fritz, eles vão ter mais dificuldade de localizar os atacantes.

E então o bombardeio para.

Surge um zumbido em meus ouvidos, de um silêncio que não ouço desde que saí de Mushkegowuk.

Um apito ecoa, alto e cortante, de algum lugar no ar felpudo atrás de mim. Um instante depois, ouço o bramido desesperado de homens correndo pelo topo e se aproximando a cem metros atrás de mim.

Elijah e eu procuramos entre a neve sinais de movimento. Mantenho uma das mãos no gatilho do fuzil, a outra protegendo o telescópio dos flocos de neve. Agora há luz suficiente para eu ver os detalhes da linha deles, sacos de areia e panos de cores fortes, sem desenhos visíveis. Parece que o bombardeio foi preciso. Há enormes brechas na linha dos fritz e por enquanto não se vê nenhum movimento. Giro o fuzil, mirando ao longo de toda a trincheira explodida, procurando entre os flocos de neve algum movimento. Nada. Será possível que tenhamos mandado todos os fritz para o outro mundo? Ouço homens se aproximando atrás de mim. O terreno é difícil, e eles estão evidentemente se esforçando para se deslocar com suas mochilas pesadas, fuzis e botas cheias de barro. Mas continuam gritando, agora mais desesperados e sem fôlego. Tiro o olho do telescópio e olho para a linha dos fritz. Inacreditável. Nenhum movimento ainda. Talvez toda aquela conversa sobre este lugar ser uma fortaleza intransponível fosse mentira.

Então vejo alguma coisa.

Olho através do telescópio e focalizo o contorno nítido de um capacete redondo dos fritz, e embaixo dele o rosto claro de um jovem de língua para fora, lutando para fazer com as mãos alguma coisa que não consigo ver. Sou hipnotizado pelo jovem alemão. Pelo telescópio ele parece tão próximo que eu poderia estender a mão para tocá-lo. Só um homem. Só restou um sobrevivente do bombardeio!

Mas então meu estômago sobe até a garganta. Através da fumaça da barragem, quase dispersa, surgem do nada soldados que se posicionam ao longo do parapeito, os fuzis apontados diretamente para mim. Nos segundos em que observo, a linha deles se enche com os contornos de ombros e cabeças, todos apontando fuzis para os soldados que se aproximam atrás de nós. Me dou conta de que enquanto os canadenses passaram o inverno inteiro cavando túneis na direção dos hunos, os hunos cavaram mais fundo para se proteger do bombardeio.

— Olha eles ali — grita Elijah.

Sem pensar, ponho o centro da mira do telescópio bem no peito do soldado que vi primeiro e aperto o gatilho com firmeza. Meu fuzil dá um coice e o soldado voa para trás como se fosse puxado com grande força, com uma expressão de assombro no rosto antes de desaparecer de vista. O baque surdo da concussão ecoa em minha cabeça, e me dou conta de que este é o primeiro tiro de fuzil a estilhaçar a manhã. Então o mundo parece entrar de novo em erupção.

A artilharia canadense recomeça com uma barreira progressiva, em algum lugar entre a neve que cai. Fecho os olhos bem apertados e rezo para que seja na minha frente, não atrás. Na tentativa de dar cobertura aos soldados que avançam, a barragem canadense cai tão perto de nós que é difícil respirar, a maior parte do ar é sugado pelas concussões. Quero correr gritando, mas meu corpo é um peso inacreditável grudado na terra. Não consigo afundar o suficiente para escapar, mas tento, enterrando o rosto no barro. É na frente? Sim! É!

Aos poucos o tremendo fogo diminui apenas o suficiente para eu saber que está se deslocando para longe e não se aproximando. Os cálculos de McCaan e os instintos de Elijah estavam certos. Estamos bem atrás da linha invisível onde nossa artilharia começa seu bombardeio de cobertura. À minha frente toda a terra está queimando, explodindo em enormes fontes de lama e fogo. Sinto o tremor embaixo de mim, me atravessando, me engolindo. Todo o meu corpo vibra com ele. Eu e Elijah tiramos os braços de cima da cabeça e observamos os obuses seguirem na direção dos hunos.

Mas logo abaixo do som dos obuses posso ouvir o som que esvazia o estômago de todo soldado de infantaria quando ele caminha em campo aberto na direção do inimigo. O estrépito de metralhadoras ecoa na manhã cinzenta. Elijah atira, recarrega, atira, recarrega, sistematicamente, acertando soldados cuja cabeça aparece de repente, através da neve, da fumaça e do barro borrifado, e desaparece com a mesma rapidez. Meu maior medo é que entreguemos nossa posição, mas por enquanto as balas passam bem acima de nós.

Tento descobrir onde estão os ninhos de metralhadora, mas na neve é difícil enxergar muita coisa. Só sei que a cada minuto as balas deles estão atingindo canadenses. Elijah me cutuca e aponta na direção de uma elevação. Depois de olhar bem, vejo o que ele enxergou, o clarão da boca das armas que revela a posição de um ninho no meio da neve espessa. Apontamos os fuzis para o clarão, miro o meu logo acima dele, esperando que a sorte me ajude a atingir o soldado que maneja a metralhadora. Começamos a disparar de forma metódica, constante, mas os clarões continuam. Elijah para para recarregar um pente, e só tenho mais duas balas antes de precisar fazer o mesmo. Miro de novo pelo telescópio, e em um breve momento em que a neve diminui acho que distingo um contorno arqueado acima do clarão. Disparo um tiro, e outro. O clarão da metralhadora cessa. Espero que comece de novo, mas isso não ocorre.

— Acho que o peguei! — digo excitado a Elijah.

— Impossível saber — ele responde.

Vamos manter um fogo de cobertura até que nossos soldados cheguem a essa posição, depois devemos nos levantar e seguir com eles colina acima. Pelos sons atrás de mim, eles já estão se aproximando.

Terra e pedaços de tijolo me atingem o rosto. Alguém localizou o clarão da boca de minha arma. Olho pelo telescópio ao longo do parapeito, mas caiu neve nas lentes e tenho mais dificuldade de ver. Mais balas passam zunindo perto de minha cabeça. Tiro o corpo da linha de fogo e olho para Elijah. Ele continua a mirar, atirar e recarregar. Tem um leve sorriso nos lábios.

— Fomos localizados! — grito para ele em cree.

Parece que ele não me ouve. Ou então está me ignorando. Balas levantam terra em toda a volta dele. Olho para trás. Agora os soldados canadenses estão só a uns quarenta ou cinquenta metros de nós, mas outra metralhadora abre grandes buracos na linha deles.

Olho para a posição secundária que Elijah e eu encontramos ontem à noite. Posso deslizar para a cratera de granada atrás de mim, rastejar por ela e assumir posição lá sem ser visto da linha deles. Grito minha intenção para Elijah e começo a me deslocar sem esperar resposta. Ele está em seu mundo. Me apresso, para o caso de não ser tão invisível para eles como espero que seja. Ao chegar lá, pego um pouco de algodão seco de dentro do casaco e com ele enxugo o telescópio. Encaixo o cano do fuzil entre duas pilhas de tijolos, me certifico de que tenho uma linha de fogo clara e mais uma vez procuro localizar o ninho de metralhadora que está causando tantos danos. A uns cem metros à minha frente e à direita há um abrigo de concreto. Está tão explodido que agora é mais uma pilha de destroços do que uma estrutura. Elijah e eu sabíamos que ele existia, mas supusemos que ele estava muito danificado para ser útil. Mas alguma coisa me diz para apontar para ele o telescópio. Examino bem a estrutura de concreto e tijolo, mas não parece haver nos destroços achatados nenhum lugar para instalar uma metralhadora.

É quando vejo o clarão revelador de uma boca de arma, não da base da pilha, como eu supunha, mas de cima dela. Eles se esconderam de forma inteligente com lona cinza como a cor do abrigo achatado. Agora me parece óbvio. Eu teria feito a mesma coisa. Deveria saber que eles fariam isso.

A metralhadora continua a disparar seu fogo. Aperto o olho para ver através do telescópio, e entre a neve que cai, mais rala, distingo mais uma vez a cabeça de um soldado logo acima dela, olhando pela mira. Também consigo ver que seu parceiro está ao lado, alimentando a metralhadora com o cinturão de munição e localizando para ele. Penso que devo acertar primeiro o atirador, depois o parceiro. Solto o ar, inspiro profundamente, solto outra vez, tento controlar os nervos. Solto metade do ar quando o centro de minha mira encontra o lugar logo abaixo da borda do capacete do atirador, e aperto o gatilho devagar. Mais uma vez o fuzil dá um coice, mas mantenho o olho no alvo tempo suficiente para ver o soldado ser jogado para trás. Movo o telescópio para a esquerda e focalizo o outro. Ele ainda não percebeu, olha para as mãos, fazendo alguma coisa abaixo do ponto onde consigo ver. Vejo-o olhar para cima e ver pela primeira vez o companheiro morto. Sua boca faz um O e então ele se apressa a assumir a posição atrás da metralhadora. Mais uma vez inspiro e solto o ar. Em minha cabeça não existe nada além do som de minha respiração. Aperto o gatilho e o soldado cai para trás num borrifo vermelho.

Agora os primeiros canadenses chegam aonde estamos, de boca aberta e peito arfante, não mais gritando mas choramingando entre o tinido dos disparos de fuzil contra eles. Seus rostos estão tisnados e pálidos, os olhos arregalados. As baionetas estão encaixadas nos fuzis e parecem pesar em suas mãos.

Procuro a baioneta em meu cinto, tiro-a da bainha e encaixo no cano, travando-a. Deito de costas por um segundo, sentindo a neve cair no rosto, e tento me acalmar para ficar de pé no meio do fogo. Sento e respiro fundo, olhando para o céu. A neve em meu rosto é fria, boa. Olho para ver se Elijah ainda está vivo e fico surpreso de ver que ele não está mais lá.

Agora os homens me ultrapassam com maior frequência, e olho para seus rostos quando passam na maior velocidade possível, já num trote lento, olhando para os fuzis que atiram neles. Vejo se aproximar um rosto que reconheço. Gilberto. Ele também me vê, se vira para mim, oferecendo a mão para me ajudar a levantar, no rosto a expressão de que finalmente encontrou um amigo perdido há muito tempo. Levanto a mão para pegar a dele bem no momento em que o sorriso em seu rosto se abre em uma flor vermelha. Ele cai de joelho e desaba sobre mim. Berrando, tento tirar o corpo de meu amigo de cima de mim. Quando consigo, levanto e começo a correr com os outros para a linha alemã.

Quanto mais avanço, mais íngreme é a elevação. Em toda a volta homens berram e caem no chão se agarrando. Outros desabam como sacos de farinha. Penso que em pouco tempo não vai sobrar ninguém além de mim. Em minha cabeça o mundo está quase em silêncio, ouço apenas um zumbido forte e o que parece ser o som distante de ondas quebrando numa praia e depois recuando. Tento não pensar, mas me vem a lembrança de brincar na praia barrenta da Great Salt Bay, uma presença perto de mim, minha tia vigilante me protegendo. Você, Niska. Não sei por que penso em você agora, enquanto balas passam zunindo tão perto de minha cabeça que sussurram para mim. Uma atravessa meu casaco e sinto o flanco queimar. Penso que fui atingido, mas quase não sinto dor, só uma ferroada incômoda. Começo a balbuciar seu nome, sem parar, como uma proteção contra as balas. *Niska*, sussurro enquanto corro colina acima e me aproximo de um trecho de arame farpado. *Niska. Niska.*

Niska. Niska. Niska. Quando tropeço e caio de joelho percebo que o som das ondas quebrando em minha cabeça é minha própria respiração.

Olho para o arame à frente e vejo que ainda é um emaranhado confuso, apesar do bombardeio que pretendia rasgá-lo e dos esforços dos sapadores, dos quais muitos estão mortos e enganchados no arame em posições grotescas. Em toda a volta, outros gritam e correm na direção do arame, mexendo a boca sem emitir nenhum som. Me levanto outra vez e sigo em frente. O arame se rompe e os homens se amontoam para passar pela abertura. Sem saber o que mais fazer, vou na direção deles, mas vejo que muitos estão sendo abatidos e que agora há corpos demais empilhados no buraco para que alguém consiga passar. Olho ao longo do trecho de arame e vejo que alguns soldados encontraram mais um lugar para passar, jogando-se no chão e se arrastando por baixo dele. Outros sobem nos corpos dos mortos ou lançam tábuas de madeira que trouxeram da trincheira para criar pontes sobre o arame. Encontro um lugar que me permitirá passar por baixo.

Balas rasgam o chão em volta de minha cabeça, lançando em meus olhos torrões de terra dolorosos. Consigo atravessar o arame e vejo que estou perto do parapeito dos alemães. Eles estão inclinados sobre ele, atirando à queima-roupa. Deitado de barriga, aponto o fuzil, e agora que estou tão perto o telescópio é inútil. Atiro em um soldado que parece estar causando muitos estragos. Ele cai, recarrego e atiro em outro, derrubando-o também. Quero só ficar aqui deitado atirando até ser atingido, mas as pernas e corpos dos outros canadenses me impedem de atirar mais. Levanto e, com um berro desesperado, me junto a eles na carga contra o parapeito.

Pela primeira vez, os rostos dos hunos parecem nervosos. Agora os canadenses estão tão perto que o fogo de fuzil é quase inútil, e aqueles que estão logo à minha frente chegam aos sacos de areia dos alemães, golpeando com o fuzil os homens embaixo. Os canadenses caem em grande quantidade sobre a linha e entram nas trincheiras inimigas. Os homens são tomados por um grande pânico, e só por um instante olho para o caos atrás de mim. Soldados combatem com fuzis, usando-os freneticamente como lanças para golpear e aparar os golpes. Nesses movimentos não há nada da uniformidade de nosso treinamento. Outros lutam desesperadamente com as mãos, estrangulando-se uns aos outros ou usando o que podem — capacetes, coronhas de fuzil, pedaços de madeira — para esmagar o crânio um do outro.

Agarrando o fuzil com as duas mãos, pulo numa trincheira. Um jovem com olhos surpreendentemente verdes corre em minha direção, seu fuzil apontado, sua estrutura pequena quase como a de uma criança num casaco grande demais. Me desvio do fuzil e deixo a força da carga do alemão jogá-lo na baioneta da minha máuser. Os olhos do garoto se arregalam e sinto toda a extensão da faca entrar em seu corpo. Então a ponta encontra algo duro e para. O jovem soldado abre a boca enquanto tento tirar dele a baioneta. Mas ela está presa e sou obrigado a levantar a bota até a barriga do soldado e chutar forte para soltá-la. Ele cai para trás, agarrando o estômago.

Dou as costas a ele para não vomitar, bem no momento em que outro soldado corre para mim, esse muito maior, me parece um gigante, de cabelo vermelho e olhos que parecem estar pegando fogo. Ele carrega na mão um porrete que brande, desajeitado mas com grande força, acima de minha cabeça. Pulo para o lado, e a força de seu ataque lança o homem para a frente e ele cai de quatro no chão. Antes que ele consiga se levantar, ergo o fuzil com as duas mãos e enfio a baioneta em suas costas. Sinto-a resvalar com força em sua espinha, depois encontrar um ponto mais macio e afundar pela metade. O grandalhão cai sobre o estômago e luto para retirar a baioneta.

O alemão mexe loucamente os braços nas costas, tentando alcançar o centro delas, como se sentisse uma grande coceira. Puxo com toda a força, mas a baioneta está presa. Não tenho escolha senão subir nas costas do homem, e enquanto ele se contorce puxo bem forte, e de repente a faca se solta, de forma que caio para trás sobre o cóccix, completamente sem fôlego. Em minha volta só há pernas e troncos de homens lutando, e enquanto arquejo só posso assistir horrorizado quando o gigante vermelho se levanta, os olhos atordoados e raivosos, as pernas bamboleantes, e me ataca, estendendo as mãos para apertar meu pescoço. Chega tão perto que posso sentir o cheiro acre de sua respiração. Ele murmura algo que não consigo entender, e só então me dou conta de que vou morrer agora, e quando sei disso meu diafragma relaxa e consigo respirar um pouco. Quando o alemão começa a me apertar sinto que suas mãos são calejadas e muito fortes, e a única coisa que posso fazer é olhar em seus olhos vermelhos. Ele não tem nada de monstro, é apenas um homem, penso enquanto meus olhos se arregalam e paro de respirar de novo.

Com a garganta ardendo, sinto o movimento de alguém se aproximando ao lado do grandalhão, e quando olho vejo McCaan empunhando seu revólver de oficial. Ele o encosta do lado da cabeça do grandalhão e vejo seu dedo apertar o gatilho. A cabeça do homem explode em um borrifo de vermelho e cinza que cobre meu rosto com seu calor, uma sensação assustadora no ar frio. Aspiro grande quantidade de ar e sangue, depois começo a falar atabalhoado. McCaan se desloca calmamente pela trincheira, apontando o revólver e atirando.

Quando consigo força, me levanto, mas caio outra vez. Pelo que posso entender, os hunos estão batendo em retirada. Meus olhos se fecham, mas ainda estou vivo.

ISHINAKWAHITISIW
Desvio

Estamos fora das linhas para um descanso de alguns dias, e todos os canadenses em minha volta estão barulhentos e felizes. Tomamos o lugar onde centenas de milhares de franceses e ingleses morreram tentando fazer isso nos últimos anos. De repente somos um exército a ser levado a sério, não mais os colonos, como os ingleses nos chamam, olhando para nós de cima.

O Gordo levou um golpe de baioneta na parte inferior da perna, o bastante para afastá-lo das trincheiras, porque a perna inchou e infeccionou. Comenta-se que ele mesmo fez isso na terra de ninguém, o que tem sentido, porque não havia nenhum fritz em volta num raio de duzentos metros no momento em que ele afirma ter sido ferido. A história que correu depois foi que ele tropeçou e caiu, causando um corte feio na perna.

Somos alojados ao lado dos destroços do que antes era uma cidade, onde o único prédio que ficou de pé é um belo hotel semidestruído que ainda serve bebidas alcoólicas e comida, quando há. Os que têm sorte o bastante para não estarem levando suprimentos para a linha de frente à noite ficam até tarde bebendo e jogando Coroa e Âncora, um jogo de dados, tentando ir para a cama com as duas mulheres locais que aceitam comida como se fosse dinheiro em troca de sua amizade. Sinto falta da moça chamada Lisette, aquela com um cabelo louro como nunca vi. Luto contra o impulso de sair caminhando para o norte os cinquenta e seis quilômetros para encontrá-la. Na verdade já planejei isso muitas vezes. Posso andar essa distância à noite, passar o dia com ela e voltar no dia seguinte. Se fizesse isso, provavelmente não iam sentir minha falta. Há muita loucura aqui com os reforços chegando e partindo, e as carroças de suprimentos e a artilharia passando barulhentas por este lugar dia e noite. Agora controlamos a crista que dá para a longa Planície de Douai, e obrigamos os fritz a recuarem para suas trincheiras fundas, o lugar que eles chamam de Linha Hindenburg. É a primeira vitória dos aliados nesta guerra.

Não me lembro de muita coisa depois de ganhar a trincheira deles e do combate mano a mano. Minha mente falhou depois que Gilberto foi morto na minha frente e ficou pior quando o grandalhão começou a me estrangular. Me dizem que, depois que McCaan atirou na cabeça do homem, me levantei e acompanhei os outros, ajudando a garantir a primeira trincheira, depois dando cobertura quando atacamos a trincheira secundária e por fim a trincheira reserva. Elijah me encontrou inclinado sobre um parapeito e teve certeza de que eu estava morto. Pelo que ele me conta, quando me virou eu abri os olhos e disse a ele que tinha falado com minha tia louca, você, Niska. Então Elijah me pegou, pendurou meu fuzil no ombro junto com o dele e me carregou até nossa trincheira da manhã, onde dormi trinta e seis horas seguidas, vigiado por ele.

E agora é primavera e estamos aqui no topo de Vimy Ridge e não embaixo dele. A neve e o vento que chegaram esta manhã foram embora, e me pergunto se não foram mandados por você para nos ajudar, Niska. Chega um dia quente, o primeiro em muito tempo, e o sol surge. Tiramos as camisas e deitamos à beira de um riacho que passa aqui perto. Os mais corajosos nadam na água gelada. Fico com Elijah, Olhos Cinzentos, Graves e o Gordo, que acaba de voltar. Somos os únicos soldados originais que sobraram, e todos olhamos para os balões de observação que tentam descobrir o que os fritz estão fazendo. O peito dos outros é branco como barriga de peixe, e mesmo o de Elijah e o meu parecem mais claros do que nunca. Ninguém fala de Gilberto. Ele foi embora. Lembrar dele só vai provocar tristeza, e a tristeza aqui pode se acumular tão depressa quanto a chuva nas trincheiras, até afogar tudo. Elijah fala de escrever uma carta para a mulher e os filhos de Gilberto descrevendo sua bravura e sua gentileza, mas não sei se ele vai fazer mesmo isso.

Alguém aponta para o céu, e ouvimos ao longe o zumbido de um avião. Todos nos esforçamos para ver de qual direção ele vem, prontos para pular em busca de cobertura se ele vier nos bombardear.

— Lá está ele! — grita Graves, e vejo o clarão do sol na hélice quando o avião sai de uma nuvem e avança na direção de um dos balões. Sua metralhadora é só um *tic tic tic* na distância, e assistimos hipnotizados ao balão de observação pegar fogo, o cesto e os homens que estão nele mergulhando para a terra. O avião vira e se dirige para outro balão, e este também se incendeia, os homens que estão nele parecem pontinhos caindo no chão. O avião vira de novo e começa a atirar em um terceiro balão. Este, em vez de se tornar uma chama de vela ao longe, simplesmente fica flácido, vazio de ar e cai rodopiando preguiçosamente. Alguns dos canadenses gritam vivas quando mais dois aviões aparecem no horizonte, e pelo jeito como seguem na direção do outro parecem ser nossos. Os três aviões investem e disparam, caçam um ao outro em círculos e mergulhos, até que uma chama laranja e uma fumaça preta espessa são expelidas do avião alemão e ele cai na terra, desaparecendo atrás da elevação de Vimy Ridge.

— Eu daria o braço esquerdo para voar em um desses aviões — diz Elijah aos outros.

Não consigo imaginar nada mais assustador. Elijah começa a falar baixinho e os outros têm de se inclinar na direção dele. Parece que todos querem ouvir o que ele diz quando conta daquela manhã na crista na terra de ninguém, e hoje meu inglês e minhas orelhas estão bons o bastante para entender a maior parte do que ele fala. Mas preciso me esforçar para ouvir Elijah, embora esteja perto dele. Agora vivo em um mundo onde minha cabeça parece estar o tempo todo cheia de algodão.

Elijah fala de sair sorrateiramente na escuridão antes do amanhecer, deslizar para dentro do posto de escuta dos hunos e cortar a garganta deles. Noto que ele deixou de fora o jeito como corta o cabelo deles. E também que, agora que descobriu a morfina, ele não fala muito com seu sotaque inglês. Conta como a barreira progressiva quase o fez sujar as calças, como as granadas caíam tão perto que ele conseguia sentir na boca o gosto de metal canadense, como xingou sua própria artilharia por ser tão precisa. Os homens riem. Ele fala de escutar o matraquear das metralhadoras deles antes de vê-las através da neve e das explosões, de como destruiu pelo menos três ninhos de longe e de incontáveis soldados que foram tolos o suficiente para manter a cabeça acima dos parapeitos. Ele se levantou e correu com os outros, atirando sem pensar, perto demais para usar o telescópio, e se juntou ao resto dos homens que o cercavam atacando com baioneta os hunos apavorados, até que os sobreviventes saíram correndo das trincheiras para a Planície de Douai, Elijah os acertando com cuidado e casualmente enquanto corriam. Foi como se eu nem estivesse lá, como se não tivesse feito tanto quanto ele no ataque.

Um soldado começa a falar e afirma que testemunhou Elijah acertando um huno em retirada, de pelo menos quinhentos metros de distância, diz que nunca viu nada parecido na vida e provavelmente nunca mais verá.

— Até a próxima vez que você estiver comigo numa situação semelhante — Elijah responde a ele.

Todos riem.

Olho em volta e me dou conta de que agora conheço muito poucos dos homens pelo nome. Chegaram e foram embora tantos que não consegui acompanhar. Surpreendentemente, Elijah parece conhecer todos, age como se os conhecesse há anos. Um dos novos pergunta se é verdade que Elijah foi mencionado em despachos naquele dia. Ele balança a cabeça.

— Ele provavelmente vai ganhar uma fita na medalha militar que prometeram a ele — diz outro. — Você é o orgulho da companhia.

Os olhos de Elijah brilham por causa do remédio em suas veias. Ele não me mencionou nem uma vez.

Observamos quando um pequeno pato voa ao longo do riacho, procurando um lugar para pousar. Ele cai na água e flutua com a corrente, a uns cem metros de distância. O soldado que elogiou Elijah diz:

— Aquilo daria um ótimo jantar. — E olha para os outros, esperando uma reação.

Posso ver que o pato é um comedor de peixes e sei que sua carne deve ser oleosa e fedida.

— Aposto que Whiskeyjack consegue acertá-lo daqui.

Os outros riem e concordam. Elijah pega o fuzil, verifica sua ação e põe uma bala na câmara. Senta com os joelhos para cima e apoia o fuzil em um deles. Todos fazem silêncio, esperando o que vai acontecer.

Ouve-se o tiro, e trinta centímetros à frente do pato a água respinga, fazendo o animal voar apavorado. Vejo-o subir bem alto, depois voar em círculos, procurando outro lugar na água para pousar. Mesmo assim os homens riem e dizem:

— Belo tiro.

O pato volta e pousa não muito longe do lugar anterior.

Pego o fuzil e o carrego com uma bala, depois miro com cuidado, através do telescópio. Solto metade do ar, aperto o gatilho e o fuzil dispara. As penas do pato se espalham, depois caem lentamente na superfície da água, em volta da carcaça rasgada. Os homens ficam olhando para mim quando levanto e saio andando. Não vou deixar se esquecerem de quem sou.

Dois meses se passam e só penso em minha terra. Estou morto de vontade de voltar para lá, agora que o verão chegou aqui e há florzinhas vermelhas nos lugares mais inesperados do front, em volta de soldados mortos e seus fuzis, uma tentativa frágil de cobrir o horror antes que as flores sejam esmagadas no lodo preto pela artilharia. Se não puder voltar para casa, vou ficar com Lisette, mesmo que só uma noite. Todo dia planejo como fazer isso e assim tiro um pouco da mente o desejo de estar em casa.

Parece que nenhum dos generais por aqui sabe exatamente o que fazer. Ninguém esperava que os canadenses tomassem Vimy Ridge e não havia nenhum plano para depois. O comando nos faz percorrer as cavernas e túneis de Vimy para passarmos o tempo na linha de frente, depois somos deslocados para a linha de apoio, e então para a linha de reserva. Me parece que tudo que esses *wemistikoshiw* fazem é em três. São obcecados por esse número. A linha de frente, a linha de apoio e a linha de reserva são apenas o começo. Os destacamentos de trabalho são divididos em grupos de três e recebem ordem de se separar da mesma forma. O soldado um faz sentinela enquanto os soldados dois e três trabalham. Até o exército eles dividiram em três seções, a infantaria, a artilharia e a cavalaria. E essas três seções passam pelos mesmos três rituais de treinamento, depois combate, depois recuperação.

Todo esse amor por esse número passou dos que dão as ordens para os que as recebem. Quando somos deslocados das linhas para descansar, seguimos o mesmo padrão. Comida, depois descanso, depois mulheres. Até morremos em três etapas. Vi vezes sem conta como um soldado morre. Antes de a bala chegar ele é um homem, mas quando ela o atinge a dor penetra em seu corpo e ele se torna um animal desesperado. Por fim, inescapavelmente, ele se torna um cadáver. Às vezes compareço às rezas para as quais os *wemistikoshiw* se reúnem, e nelas eles invocam seus três manitus, o Pai, o Filho e o Espírito Santo. Talvez seja por isso que os *wemistikoshiw* fazem tanta coisa em três.

Mas não para aí. Também eu comecei a ver o mundo em três. Foi Elijah quem me ensinou, quando estamos de tocaia à noite, a procurar o clarão do fósforo na trincheira dos hunos. Ele me mostrou como mirar no fósforo e atirar depois de contar devagar até três. O primeiro soldado risca o fósforo para acender seu cigarro, e é isso que vemos de nossa posição. Então ele oferece o fósforo para o cigarro de seu amigo, e é nesse momento que o atirador mira na chama com o fuzil. Quando o soldado oferece o fósforo a seu terceiro amigo, o atirador tem tempo suficiente antes que esse soldado infeliz inale a fumaça.

Quando o dia é calmo, fico deitado no fundo da trincheira e penso sobre como o mundo do soldado é feito de olhar para o céu, rastejar pela terra à noite e viver embaixo dela durante o dia. Na escuridão da noite penso que minha vida foi dividida em três por esses *wemistikoshiw*. Havia minha vida antes deles e seu exército, há minha vida no exército deles e, se eu viver, haverá minha vida depois de eu ter saído dele e voltado para casa. Eles devem ter alguma magia em seu número três. Sei que você, Niska, me ensinou que um dia faremos a jornada de três dias, e agora fico imaginando que ligação pode haver entre o mundo deles e o meu. Preciso descobrir se temos algo em comum, alguma magia. Talvez ela me ajude a passar por tudo isto.

Elijah e eu passamos a maior parte do tempo na linha de frente patrulhando a Planície de Douai, de tocaia e explorando a área. Quando estou por perto, ele consegue se sentir à vontade em sua loucura e não precisa pôr a máscara de inglês para cobri-la. Carrega seus escalpos com ele, os secou para evitar que apodreçam e os amarrou juntos. Não sei quantos ele tem. Elijah conversa comigo tarde da noite, aos sussurros, enquanto estamos de guarda para qualquer movimento na planície ou patrulhamos os vastos complexos de cavernas e túneis que não faz muito tempo abrigavam o inimigo.

— Os franceses vão me respeitar — ele diz, os olhos brilhando. — Sou melhor que Peggy. Ele não consegue pegar um escalpo. Não consegue fazer o que faço.

Tenho de escutá-lo com atenção para entender o que diz. Meus ouvidos ficam surdos algum tempo, mas normalmente não demora muito, e então consigo ouvir um pouco outra vez.

Encontramos muitos equipamentos dos fritz em suas antigas trincheiras. Montes de utensílios de rancho, capacetes, peças de roupa, fotos de mulheres e crianças sorrindo, velas, botas, balas, grande quantidade de balas máuser para meu fuzil. Também encontramos duas máuseres, mas nenhuma delas parece agradar a Elijah, nenhuma tem o ótimo telescópio alemão que a minha tem. Elijah ainda tenta me convencer a abrir mão dela. Para ele é como um jogo, mas atrás de seu sorriso amistoso queima uma obsessão assustadora. Tenho medo de muitas coisas neste lugar. Mas não quero ter medo de meu amigo.

A coisa mais louca que encontramos estava em uma casamata a nove ou dez metros embaixo da terra. Atrás de uma cortina de veludo vermelho há sofás e cadeiras confortáveis e velas em todos os lugares, e até iluminação elétrica. E no meio da sala há um piano grande. Elijah e eu encontramos alguém que sabe tocá-lo, e este lugar logo se tornou o rancho dos oficiais e não temos mais permissão de entrar nele.

No meio do verão corre a notícia de que nossa seção vai se deslocar para outra área, o que quer dizer que logo vamos ser mandados para mais uma ofensiva. Estou cheio disso. Não quero mais lutar. Alguma coisa me aflige, tenta me dizer que o pior ainda está por vir. Mas não consigo imaginar nada muito pior do que o que já passei. É na metade de julho, em nossa última noite no front antes de sermos mandados de volta ao descanso, que me decido. Se precisar, vou caminhar para ver Lisette mais uma vez. Temos pelo menos alguns dias de descanso, e ninguém parece perceber que estou por aqui.

Na primeira noite atrás da linha tenho sorte. Estamos alojados perto de uma estrada, e caminhões carregam feridos, seguindo para o norte. Ouço com atenção os motoristas conversarem, e no meio do eco metálico em minha cabeça percebo que estão indo para um lugar a apenas alguns quilômetros de onde Lisette vive.

Depois da prontidão da tarde, pego um rolo de gaze e vou para o comboio. Sentado com o fuzil e a mochila do lado, faço com a baioneta um pequeno corte no braço, depois afundo a gaze nele, absorvendo o sangue. Os caminhões começam a andar e olho em volta, mas parece que ninguém está prestando atenção. Caminho para os caminhões enquanto eles seguem para a estrada principal, e no último segundo, quando estão ganhando velocidade, pulo na traseira do último e rastejo entre as coberturas de lona. Espio para ver se alguém me viu, mas os homens de minha companhia estão deitados de costas ou sentados conversando casualmente.

Quando começo a fechar as abas vejo Elijah. Está de pé na estrada, olhando para mim com uma expressão de dúvida no rosto. Parece um garoto deixado fora do jogo. Aceno para ele, depois me instalo na escuridão do caminhão e enrolo a gaze na cabeça para parecer ferido, caso seja descoberto. Sou tomado por uma sensação estranha e boa, agora que me separei dele, agora que sou eu quem está fazendo e não quem é deixado para trás. Os homens em toda a volta estão apinhados em macas ou sentados encostados nas paredes do caminhão. Gemem e balbuciam e ocasionalmente gritam, mas o pior de tudo é o fedor. Metálico e forte, com um toque de podridão. É o cheiro do desespero, o fedor dos moribundos.

Estico a cabeça para fora do caminhão. Mesmo a poeira sufocante levantada pelos pneus é melhor que o mau cheiro de dentro. Respiro através de um lenço, e enquanto a noite cai olho para o brilho no horizonte e o clarão dos obuses ao sul, onde a guerra ruge para valer. Os canos de escapamento do caminhão me lembram do cheiro da cidade chamada Toronto. Penso naqueles últimos dias de liberdade antes de Elijah e eu entrarmos no exército.

Parecia que todos os lugares em que parávamos naquele trem não tinham mais depósito de recrutamento. Ficamos no trem e no fim ele parou. Entrei em pânico no meio de todas aquelas pessoas e do barulho, então encontramos um lugar para acampar longe dali, ao lado do grande lago. A areia é quente no sol e atrás de nós há um bosque que chega a um pântano cheio de gorjeios de melros.

— Você vai se acostumar com tudo isso — diz Elijah. Ele aponta para trás, para o trecho da cidade a apenas quinhentos metros de distância, pasmado com esta praia tranquila tão perto do caos. — Pelo menos encontramos um lugar bom.

Elijah sai para explorar a cidade enquanto caminho pela mata que me cerca. Encontro as pegadas de um pequeno cervo, passo o dia montando armadilhas ao longo de sua rota. Antes de Elijah voltar, na manhã seguinte, estripo o animal e monto um esconderijo em uma pequena angra entre rochas. Quando ele finalmente chega, estamos com muita fome. Comemos cervo assado e ele me conta a história de sua aventura.

Ele tinha encontrado um cemitério em uma colina que dava uma vista ampla da cidade. Em um lugar calmo à sombra de um bordo, ele se estica e olha para o céu. Nuvens brancas passam no alto. Ele sente os olhos pesados.

Algum tempo depois ele acorda assustado com o som de vozes. Virando a cabeça, vê uma jovem e duas crianças ao lado de um túmulo. A cabeça da mulher está abaixada e ela sussurra consigo. As crianças se mexem e chutam a grama com seus sapatos pretos brilhantes.

Uma delas olha para cima. Elijah senta e cruza os braços sobre os joelhos. A criança, uma menininha, sorri para ele. Elijah sorri de volta. Ela olha para a mãe e depois para Elijah de novo. Anda até ele sem que a mãe perceba.

— Olá — ela diz.

— Olá — responde Elijah.

— Quem é você? — ela pergunta. Seu cabelo é quase branco, de uma cor que ele nunca viu. Cintila no sol da tarde.

— Eu sou Elijah — ele responde. — Elijah Whiskeyjack.

— Seu nome é engraçado — ela diz.

— Qual é o seu nome?

— Suzanne — ela diz.

— Você tem um sobrenome?

— Claro! — Ela ri. — Erikson.

— Mmm... — diz Elijah. — Erik Suzanneson. Este é que é um nome engraçado, especialmente para uma menina.

— Não, bobo! — ela reclama. — Suz*anne* Erikson.

— Ah, desculpe.

— Sua pele é escura — ela diz. — E seu cabelo é comprido como o de menina.

Elijah sorri.

— De onde você é? — ela pergunta.

— De muito longe — ele responde. — Um lugar chamado Moose Factory.

— Moose Factory!* — ela diz. — É um nome muito bobo.

— Sim.

Depois de algum tempo, ela aponta na direção da mãe e do irmão. O menino é um pouco mais velho que ela e olha para eles com timidez.

— Aquele é meu pai — ela diz, apontando de novo para os dois.

Elijah demora alguns segundos para perceber o que ela quer dizer.

— Ele morreu em uma guerra — ela diz. — Morreu em um lugar chamado França. — Ela parece um pouco confusa. — O corpo dele nem está naquele túmulo — diz. — Enterraram ele na França.

Elijah balança a cabeça.

— Os hunos malvados mataram ele com gás — ela diz, depois encolhe os ombros, como se isso fosse algo que acontece com ela todos os dias.

— Suzanne! — de repente sua mãe chama. — Venha já para cá!

— Até logo, Elijah — ela diz animada, depois se vira e sai correndo.

Quando o caminhão faz uma parada, é tarde da noite e meus rins doem por causa das batidas constantes do caminhão na estrada esburacada. Saio e sou saudado pelas mãos de atendentes de hospital tentando me levar para um prédio iluminado por luzes elétricas. Me solto deles, que ficam me olhando enquanto caminho para a escuridão. Alguns gritam para mim, mas estão ocupados demais descarregando o caminhão para me perseguir.

* Em inglês, Fábrica de Alces. (N. do T.)

Se me lembro bem, a estrada segue daqui para o sul e o oeste na direção da aldeia de Lisette. Começo a caminhar por ela, de olho em patrulhas e sentinelas. Se eu for descoberto aqui, vão me mandar para a prisão, e ficar trancado tão perto de Lisette com certeza vai me matar. Quando chego ao fim da cidade, sigo para a escuridão da estrada que se estende pelos campos e diques e por terrenos que já foram pomares. Há uma neblina em toda a volta, e na escuridão me lembro dos primeiros meses que passei neste lugar, quando parecia que eu tinha sido jogado em um submundo cheio de crânios e morte rápida e brutal. Muita coisa mudou desde então. Me dou conta de que quem mudou não foi o lugar, fui eu.

Sinto mais do que ouço soldados vindo em minha direção no nevoeiro. Mergulho para me esconder em um fosso raso e fico deitado de bruços, com o fuzil pronto. Da escuridão vêm vozes e aparecem quatro corpos, que no nevoeiro parecem fantasmas. Eles se apoiam um no outro, e percebo que cantam uma canção, as vozes engolidas pela noite. Noto que estão bêbados, vindo da aldeia de Lisette, tentando voltar antes do amanhecer e da chamada. Um nó se forma em meu estômago quando me dou conta de que em poucas horas minha ausência será descoberta. Depois que os homens passam sem problema, sigo caminho.

Posso ouvir o botequim de longe. Não falta muito para amanhecer agora, mas ele ainda está bem animado. Pouca coisa mudou aqui, e isso me dá uma sensação boa. Há homens sentados no chão do lado de fora, bêbados. Não me dão a mínima atenção enquanto vou até a porta de Lisette, ao lado do salão de bebidas.

Decido descobrir se há uma porta dos fundos e dou a volta na pequena construção. Vejo uma. Quando bato nela de leve, meu coração está na boca. Lembro que Lisette me disse que vive com a mãe. Não quero que ela nem o pai de Lisette atendam à porta. Ninguém aparece, então bato um pouco mais forte. Será que ela foi embora? Meu coração se acelera.

Bato mais uma vez, e finalmente vejo o clarão de um fósforo acendendo uma vela na janela do andar de cima e ouço o barulho de pés descalços na escada lá dentro.

A porta se abre um pouco e lá está Lisette, o cabelo louro brilhando à luz da vela que segura. Seus olhos estão sonolentos como os de uma garotinha, e meu corpo inteiro se enche de calor. Minhas pernas tremem. Mas seus olhos não mudam quando olham para mim. Ficamos alguns momentos nos encarando.

— Você está ferido — ela diz por fim. — Quer um pouco de água?

— Não estou ferido — digo em meu melhor inglês. — Eu... vim muito longe ver você.

— Você não pode me ver — ela diz, e me dou conta de que ainda estou com a gaze enrolada na cabeça. Rasgo-a e puxo-a para mostrar que sou eu.

— Sou eu, Xavier — digo.

Alguma coisa em seus olhos se ilumina e penso que ela vai me reconhecer e me deixar entrar.

— Eu me lembro de você! — ela diz. — Você é o garoto índio, do Canadá!

— Sim — digo.

— Você não pode ficar, garoto índio.

Meu estômago parece ter recebido um soco tão forte que ficou totalmente sem ar.

— Estou com outro. Ele está lá em cima. — Ela aponta com o dedo.

Sou tomado por uma raiva tão repentina que acho que vou cair.

— Vim muito longe ver você — grito, e é estranho ouvir minha voz, a voz que usei tão raramente neste último ano.

— Agora você tem de ir — ela diz, e então sou sobressaltado por uma voz atrás dela.

— Quem está aí?! — ele reclama em um sotaque britânico. Seu rosto aparece na luz de vela atrás de Lisette. Ele tem um bigode comprido, o bigode de um oficial.

Não respondo, apenas olho para ele com um ódio que poucas vezes senti.

— Quem é você, soldado? — ele exige. — A qual regimento você pertence? O que significa isto?

Meus olhos queimam tanto que poderiam abrir um buraco na cabeça do oficial.

— Você está falando com um oficial! — ele grita, e quando faz isso, me lanço contra ele por cima de Lisette, atingindo-o bem no nariz, e a força de meu braço também derruba Lisette.

Imediatamente sinto vergonha por machucá-la e tento ajudá-la a se levantar. Mas ela berra, e o oficial atrás dela geme com as mãos cobrindo o nariz.

— Saia! — ela grita.

Pego a mochila e o fuzil, me viro e saio correndo de seu quintal, pego a rua e saio da aldeia o mais depressa que posso. Continuo a correr pela estrada até não poder mais, a mochila quicando em minhas costas, o fuzil na mão. As bordas do céu brilham e uma névoa lentamente se afasta do chão. Alguma coisa em mim ficou entorpecida e dura, e me forço a continuar correndo. Meus ouvidos não ouvem nada além do *uush* superficial da respiração em meu peito.

Evito o lugar com o hospital e começo a caminhar para o sul por uma estrada de terra, já não me preocupando se vou pegar uma corte marcial quando voltar. Vou só continuar caminhando pela estrada até estar de novo com minha seção, e então, se deixarem, vou voltar para as trincheiras e começar a matar. Passo por fileiras de soldados marchando para o norte para um breve descanso, os rostos enrugados, sujos e cansados. Me misturo a uma companhia que segue para o sul, e marchamos para um lugar onde mais caminhões esperam para nos levar de volta a Vimy.

Sem me preocupar em ser apanhado, me enfileiro com os outros e entro na traseira aberta de um transporte, e alguns soldados olham para mim mas não dizem nada. Começamos a viagem sacolejante para o sul por campos de barro esburacados e ruínas de pequenas aldeias. Começa a chover, uma neblina constante que me encharca a roupa e me dá calafrios. Os outros no caminhão parecem, como eu, decididos, e mantêm a cabeça abaixada com os joelhos perto do peito.

Quando reconheço o cruzamento perto de onde está minha companhia, já escureceu de novo. Pulo do caminhão e caio sobre um joelho. A dor sobe até a virilha e parece que levei um chute ali. Deixo que a intensidade da dor afaste tudo mais dentro de mim e vou coxeando até o acampamento escurecido. Passo pelo jovem sentinela que não conhecemos. Ele está semiadormecido, e preciso me conter para não dar um tapinha nele quando passo no escuro. Esse tem muito a aprender, se não morrer antes.

De manhã, quando somos chamados para entrar em formação para a chamada, Elijah fica a meu lado.

— Aonde você foi? — ele pergunta em cree.

— Não quero conversar — digo.

— Já sei — ele responde. — Você foi ver aquela garota, não foi? Eu podia ter lhe poupado o problema e dito a você que ela era uma puta, mas você não teria me escutado.

Olho para Elijah, me lembro de como ele se aproximou dela primeiro, conversou com ela. A verdade começa a surgir em minha cabeça. Sou tomado por algo que nunca senti. Quero bater em Elijah com o punho até ele sangrar.

McCaan e Breech aparecem diante da fila. Breech anda de um lado para outro, inspecionando os soldados enquanto Mc-Caan chama os nomes. O meu é um dos primeiros, e quando McCaan grita "Soldado Bird!", respondo, e os homens em volta se viram para me olhar. McCaan faz uma breve pausa, depois continua a chamar, e fico imaginando o que está acontecendo. Quando McCaan termina a chamada, toma seu lugar e Breech se adianta.

— Um anúncio importante, cavalheiros — ele começa, olhando para um lado e para outro das fileiras, suas botas altas de cavalgar brilhando ao sol da manhã. — Vocês talvez tenham ouvido os rumores, que são verdadeiros. Logo seremos enviados a um novo local não revelado. Parece que nossa vitória em Vimy nos tornou os queridinhos do Comando Britânico e devemos ser a ponta de lança de mais uma ofensiva. — Não parece ser a novidade que ninguém à minha volta quer ouvir. Os ombros baixam visivelmente. — Num comentário à parte — ele continua —, acabei de saber que foram concedidas medalhas por valor no campo de batalha. O sargento McCaan, o cabo Williams e o soldado Reardon foram recomendados por bravura na ação. — Breech faz uma pausa. — Estou especialmente orgulhoso de dizer que o cabo interino Whiskeyjack foi recomendado para uma Medalha de Mérito por bravura incomparável em face do inimigo.

Os homens à minha volta gritam vivas. Meus ouvidos começaram de novo a zunir.

— Está prometida uma cerimônia mais formal antes de partirmos — diz Breech. — Dispensados.

Os homens relaxam e se viram para Elijah, e na comoção da pressão dos corpos me sinto esmagado. Devo realmente ser invisível para eles. Então ouço o estrondo da voz de McCaan, acima do vozerio.

— Soldado Bird, apresente-se a mim imediatamente! Soldado Bird, para o alojamento do tenente!

Meu estômago se enche de suco azedo. Os homens olham para mim, depois desviam os olhos. Alguns murmuram com indiferença.

— Não se preocupe — me diz Elijah em cree. — Vou com você. Apenas fale em cree e eu traduzo.

Olho para ele, depois cuspo no chão e viro o rosto. Ando na direção de McCaan, que espera no meio do campo de parada improvisado. Então seguimos em fila única, McCaan primeiro, depois eu, em terceiro lugar Elijah.

A tenda do tenente é fria e escura. Quando entramos, ele fica de pé e pergunta o que Elijah está fazendo ali.

— O inglês do soldado Bird é muito ruim, senhor — ele diz. — O senhor vai precisar de mim para traduzir.

Sei que McCaan sabe que a questão não é essa, e me pergunto por que ele não reage.

— Um exército deve estar mesmo desesperado para admitir gente que não fala inglês — murmura Breech. — O soldado entende que a pena por deserção é a execução imediata por um pelotão de fuzilamento? — Ele faz uma pausa, como se para deixar que seu argumento seja absorvido. — Pergunte ao soldado por onde ele andou ontem à noite e no dia anterior.

Elijah me olha nos olhos e diz em cree:

— Tenho uma ideia. Fale em nossa língua e eu traduzo. Não brigue comigo por isso.

— Eu não ligo mais a mínima — digo em cree. — Deixe os bastardos me matarem. Os fritz vão mesmo fazer isso, mais cedo ou mais tarde.

Elijah se vira para o tenente, e começa a falar com seu sotaque engraçado.

— O soldado diz que saiu em busca de caça para os homens. Perdeu-se neste ambiente estrangeiro e só conseguiu voltar ontem tarde da noite. Ele planejava relatar isso diretamente ao sargento McCaan, mas não teve oportunidade de fazer isso antes da chamada. Então, já era tarde demais.

Breech parece um pouco desnorteado. Não é a resposta que ele esperava.

— Certamente o soldado deve entender que a ausência sem permissão é uma ofensa terrível. Pergunte isso a ele.

Elijah se vira para mim.

— Uma mentira muito boa, hem? — ele diz. — Você saiu para ajudar os outros. Eu sabia que isso o pegaria desprevenido.

— Diga ao tenente que eu fodi a mãe dele ontem à noite — respondo. Elijah finge tossir para cobrir o grunhido de uma risada. Olho em seus olhos e pergunto: — Por que você me enganou a respeito dela? E por que eles não me concederam todas as honras?

Elijah volta a olhar para Breech.

— O soldado não é mais o mesmo desde nossa ofensiva em Vimy. Levou um tremendo golpe na cabeça no meio de uma luta brutal nas trincheiras dos fritz. O sargento McCaan testemunhou isso. — Elijah olha para o sargento. McCaan balança a cabeça, concordando. — Desde então ele tem sofrido surtos de esquecimento e náusea — ele continua. — Quando desapareceu, só queria aumentar nosso suprimento de carne fresca. Não há um homem em nossa companhia que contestaria que o soldado Bird é um soldado e uma pessoa excelente.

Breech fica um pouco em silêncio, pensando sobre essas informações.

— O soldado foi examinado por um médico depois da batalha? — ele pergunta.

— Espero que você tenha tratado muito mal aquela assanhada, por todos os problemas que ela lhe causou — me diz Elijah.

— Estou cheio deste exército e quero voltar para Mushkegowuk — digo.

Elijah se vira de novo para Breech.

— O soldado Bird tem um pouco de medo da forma inglesa de medicina. Está acostumado a uma prática de cura muito mais primitiva. Pedi a ele para ver nossos médicos, mas ele está desorientado, temeroso.

Mais uma vez o tenente fica em silêncio, enrolando as pontas do bigode enquanto pensa.

— Não vou nem me arriscar a perguntar que bruxaria esse pagão pratica na selva de onde vem. — Ele sacode a cabeça tristemente para McCaan. — Ordeno que o soldado Bird seja confinado por três dias sob observação de um médico. Depois disso se decidirá se ele está apto a voltar ao campo. Diga isso ao soldado e pergunte se ele tem algo mais a dizer.

Elijah fala para mim.

— Você é um bastardo muito sortudo. Tem a sorte de eu ser um amigo tão bom.

— Diga a Breech que a mãe dele é uma nojenta imoral e piolhenta com peitos murchos como uma luva de pele de alce. Diga também que vou fugir hoje à noite e voltar para minha terra.

— O soldado pede que eu agradeça e diz que está ansioso para ser cuidado e descansar.

Elijah recebe permissão de ir comigo e os policiais militares até o lugar onde serei mantido.

— Você foi um desastre lá, Xavier — diz Elijah.

Aperto os punhos.

— Eu sabia que uma mulher faria bem a você, mas que você nunca visitaria uma prostituta, então fiz isso para lhe ajudar, não para lhe magoar.

— Bastardo — digo, e cuspo outra vez.

— Paguei muito dinheiro pelo tempo dela com você. Se eu soubesse que você ia se apaixonar como um tolo, não teria feito isso. Agora eu queria não ter feito.

— Cale a boca e vá embora — digo, sem olhar para ele.

Ele me dá as costas e volta para onde estão os outros.

A cabana onde me puseram é silenciosa, empoeirada e quente. Levaram meu fuzil e me deram roupas novas que me dão coceira e são quentes demais. Um guarda foi postado do lado de fora da porta e em intervalos de poucas horas o médico vem examinar meus olhos e fazer perguntas bem devagar. Olho pelas janelas sem vidro para o pedaço de céu e as nuvens brancas no alto. A única diversão é uma andorinha que fez um ninho no canto da cabana perto da janela e entra e sai voando depressa, alimentando seus filhotes barulhentos. Vejo-a fazer seu trabalho e o conforto da mata me envolve. O pássaro me faz lembrar de casa. Fico observando-a a tarde inteira, fascinado.

No começo da noite, com o sol caindo devagar, ouço o guarda lá fora dizer alguma coisa, e então Breech aparece na porta, seguido por Elijah e o médico.

— Como está indo o soldado? — ele pergunta, dando uma olhada no quarto.

— Acho que ele está sofrendo de exaustão e que o descanso lhe fará um bem enorme — diz o médico.

— Pergunte ao soldado como ele está — diz Breech a Elijah.

— Eu lhe trouxe um pedaço do ganso que peguei em uma fazenda ontem à noite — Elijah diz em nossa língua. — Está aqui, embaixo de minha camisa.

Não quero fazer isso, mas balanço a cabeça para ele.

— Ele está se sentindo muito melhor, senhor — responde Elijah.

A andorinha voltou ao quarto, mas está zangada com a invasão. Parece não gostar de Breech e fica empoleirada em um caibro perto do ninho, gritando para ele. Breech olha para cima, incomodado.

— Mande o soldado remover esse pássaro e seu ninho imediatamente — ele diz. — Isso não é jeito de manter os aposentos de ninguém!

Elijah estende a mão para pegar uma vassoura num canto, me entrega e aponta para o ninho.

Recuso-me a pegar a vassoura, olho para ele com braveza.

— É só um pássaro — diz Elijah. — Não vale a pena criar problema por ele. Breech está testando você. Precisa sentir que o controla.

— Quero que o tenente se foda — digo.

— Diga ao soldado para se levantar e derrubar aquele ninho! — grita o tenente, de repente irritado.

Não me mexo.

— Faça logo — diz Elijah.

Olho para o teto. A andorinha grita mais alto. Elijah pega a vassoura e bate com força no ninho, derrubando-o no chão. Os filhotes caem para fora. Dois estão inertes, mortos instantaneamente pela queda. O terceiro levanta a cabeça sem penas, desnorteado, os olhos grandes e redondos acima do bico amarelo. As asinhas minúsculas batem freneticamente no chão, depois mais devagar. A mãe grita. As pálpebras do filhote afundam e ele para de se mexer. Viro a cabeça para longe de todos eles.

KA NIPIHAT WINDIGOWA
Matadora de *windigo*

Minha história de bater na freira com o remo faz Xavier sorrir, e isso me dá esperança. Manejando a canoa devagar pela tarde, vejo--o adormecer. É um momento de descanso para ele, e quando ele grita seu rosto parece o de uma criança assustada. Tento acalmá-lo um pouco, começo a falar com ele. A história não tem final feliz, mas alguma coisa em mim me obriga a contá-la. Há nela uma verdade que Xavier tem de ouvir, e talvez seja melhor ele ouvi-la no sono para que o remédio da história entre nele sem ser percebido.

Pergunto ao Sobrinho se ele se lembra do dia ensolarado depois de uma grande nevasca, quando os ramos das árvores estavam cobertos e cintilando. Ele ainda era um menininho. Foi o dia em que um *awawatuk* do clã da tartaruga veio nos visitar. Sua chegada inesperada me lembrou de outra visita, muito tempo antes.

Você ficou sentado comigo, Sobrinho, em nosso abrigo de inverno. Se lembra? Nós fizemos chá e eu costurei enquanto você brincava com um galho no canto. Quando ouvimos o som de sapatos de neve ficamos em silêncio. Com medo de que os *wemistikoshiw* se aproximassem, fiz sinal para que você sentasse e esperasse enquanto eu ia ver quem era. Lá fora reconheci o rosto de um velho caçador.

O velho foi logo falando.

— Um de nós virou *windigo* neste inverno — ele disse, e as palavras me trouxeram todas as lembranças de meu pai, por isso fiquei tonta e achei que ia cair. Mas eu tinha de parecer forte. Fiquei de pé esperando para ouvir.

— Um jovem saiu para a mata e não voltou por semanas. Supusemos que ele estava morto. Mas quando ele voltou carregava uma mochila cheia de carne que era evidentemente humana. Ele enlouqueceu e ameaça destruir todos nós.

— Quantos vocês são? — perguntei.

— Doze — ele respondeu. — A maioria é parente. O jovem é meu sobrinho.

Não tive escolha.

— Onde é seu acampamento? — perguntei.

— A dois dias de caminhada daqui — ele respondeu. — No lugar perto de Thunderhouse Rapids.

— Vamos partir já — eu disse a ele, e me virei para entrar e pegar minhas coisas.

A viagem na neve funda e úmida foi difícil. Caminhamos com esforço por dois dias, você lutando para nos acompanhar. E foi preciso um terceiro dia. Eu preferia não ter levado você para esse lugar de doença para onde estávamos indo, mas era arriscado demais deixá-lo no acampamento. Era possível que eu nem voltasse. Não tinha certeza do que me esperava.

Eu sabia que o velho com quem caminhávamos se perguntava sobre o garotinho que me acompanhava. Ele sabia que eu não tinha filhos, mas ficava olhando direto para a frente, seus olhos enrugados sem dar uma pista sobre o que ele pensava. À noite construíamos um abrigo e acendíamos uma fogueira para nos aquecermos. Durante o dia, parávamos algumas vezes para comer alce defumado. O velho andava depressa. Estava ansioso para voltar e se livrar da ruindade que se abatera sobre seu povo.

Naqueles dias de viagem consegui entender a história toda. Era semelhante ao que eu testemunhara quando jovem, só que desta vez a mulher morrera e o marido, o sobrinho do velho, a comera. Ele voltara para a pequena comunidade de *awawatuk* meio louco de tristeza e raiva, sem tentar esconder o fato de que virara *windigo*, atacando o tio, que, com a ajuda de outros homens, mal conseguira agarrá-lo e amarrá-lo bem apertado. Quando estávamos perto de sua aldeia, o velho arregaçou a manga e me mostrou onde o sobrinho o mordera. Havia um vergão roxo no braço, as marcas de dentes bem visíveis. Parecia infeccionado. Quando chegássemos à casa dele eu aplicaria ervas no braço.

Na terceira manhã, quando finalmente entramos na clareira com algumas *askihkans* que era a residência de inverno do velho, esperei algum tipo de barulho ou movimento. Mas o lugar estava silencioso como a morte. O medo que eu estava segurando se soltou. Eu me perguntei se estava mesmo pronta para assumir o papel de meu pai. A imensidão do que se esperava de mim me fez duvidar de minha capacidade. O segundo medo que eu tinha era de o *windigo* ter se soltado das cordas e matado todos, e ao perceber isso consegui me firmar um pouco. Então vi fumaça saindo de buracos de fogueira das *askihkans* e me esforcei para afastar minhas dúvidas.

Assim que vi a *askihkan* onde estava o sobrinho, apontei para ela e disse:

— Ele está lá.

O velho balançou a cabeça, seus olhos me dizendo que ele se perguntava como eu tinha tanta certeza. Mas era como se a *askihkan* brilhasse por dentro. Uma aura que para mim era tão brilhante quanto as Luzes do Norte pulsava dentro dela com uma grande tristeza. Percebi então que a tristeza estava no coração do *windigo*, uma tristeza tão pura que murchava o coração humano e deixava outra coisa tomar seu lugar. Saber que você profanou aqueles a quem ama, que por cobiça pela vida fez algo tão danoso que foi exilado de seu povo para sempre é uma refeição difícil de engolir, muito mais do que o primeiro pedaço de carne humana.

O velho tentou me levar imediatamente ao lugar onde o sobrinho estava amarrado e vigiado, mas eu disse a ele que precisava de um lugar onde pudesse ficar um tempo me preparando e rezando. Ele me levou para seu abrigo e fui deixada lá, você ficou esperando sossegado do lado de fora. Fiquei muito tempo sentada no escuro, sem rezar, sem nem pensar, apenas balançando sobre os quadris e esperando que o *ahcahk* de meu pai viesse a mim.

Quando deixei a *askihkan* do velho, minha mente estava vazia, não cheia de luz, nem de força, nem de qualquer outra coisa. Disse a você que ficasse esperando até eu voltar. O velho ficou do lado de fora me esperando, olhando para a mata. Vi os rostos de um casal de crianças pequenas me espiando das entradas de suas *askihkans*, mas logo mãos as puxaram para dentro. Com certeza a doença do *windigo* podia se espalhar como a doença invisível dos *wemistikoshiw*. Eu era a cirurgiã convocada para extirpar a doença de um pequeno grupo, aquela que supunham ter a capacidade que outros não tinham.

O velho me conduziu para a tenda onde estava o doente, e em meu entorpecimento não pude deixar de me sentir uma prisioneira sendo levada para o confinamento. Quando me aproximei, a dor que emanava da *askihkan* pulsou mais forte. Tive a sensação de estar caminhando contra uma corrente forte, como se pudesse ser arrastada a qualquer momento. O velho afastou a aba de couro e caminhei para a escuridão, meus olhos demorando a se adaptar. Havia dois homens sentados na entrada, montando guarda sobre a forma coberta por um cobertor. Pedi que tirassem o cobertor. Quando fizeram isso, fiquei surpresa com a pequenez do homem exposto, mãos e pés amarrados, olhando para mim com olhos de ganso negros. Não pareciam nada humanos, aqueles olhos, me olhando com a curiosidade de um animal. Vi os olhos mudarem ao perceberem quem e o que eu era. Ficaram frios e sem luz como pedra, e o homem virou a cabeça para a parede.

Eu chegara sem nenhum plano, esperando que o que era preciso viesse a mim. Disse aos dois homens para o desamarrarem e segurarem seu braço acima da cabeça, sabendo que isso tornaria mais difícil para ele fugir. Eles me olharam só por um segundo, então fizeram o que eu pedi. Eu disse ao velho que sentasse sobre os pés do *windigo* e ficasse com a faca pronta para o caso de ele nos dominar. Não houve luta quando os homens desamarraram os braços dele do corpo e os ergueram acima da cabeça, prendendo-os assim, de forma que ele ficou esticado sobre o cobertor. Peguei um galho da cova da fogueira e uma corda da cintura e me ajoelhei ao lado dele. Seu cheiro era acre, como se ele tivesse se mijado, mas havia também um odor almiscarado mais fundo, que eu nunca cheirara e esperava nunca mais cheirar. Pisei em seu peito, soltando meu peso leve sobre ele. Por fim ele virou a cabeça para mim e olhou fundo em meus olhos.

Vi que ele entendia. Estiquei a mão por baixo de seu pescoço e pus a corda em volta dele, enrolando as duas pontas no galho. Agora eu só precisava torcer o galho sem parar até a corda ficar apertada e impedir sua respiração. Comecei a sussurrar uma prece a Gitchi Manitou, torcendo o galho a cada frase. A corda mordeu o pescoço, e ele começou a lutar. Enrolei mais e rezei mais alto. Seus olhos foram inundados por um pânico animal, e ele investiu contra mim com força, tentando me afastar.

Apertei minhas coxas em volta dele e continuei a torcer, e seus olhos começaram a se arregalar e ficar abaulados. Os homens se esforçavam para controlar a força dele, xingando e respirando com dificuldade. Pelo jeito como o *windigo* se contorcia e caía, eu soube que o velho também estava lutando por sua vida.

O *windigo* começou a arfar e falar em uma língua que eu nunca ouvira, com voz arranhada. Seu olhar me queimava, e percebi que ele me amaldiçoava. Rezei mais alto para Gitchi Manitou, pedindo que ele afastasse essa maldição, que a levasse na fumaça da fogueira, para fora da tenda, para o céu. Minhas mãos ardiam pelo esforço de torcer. O rosto do *windigo* estava roxo e eu tive medo de que seus olhos saltassem para fora da cabeça. Suas palavras se misturaram num longo gemido e sua língua grossa se esticou para fora da boca.

Com um último estremecimento, ele tentou me empurrar. Meu corpo e meus pés subiram no ar e, bem antes do momento em que eu ia me separar dele, o peso de meu corpo voltou com força sobre seu peito. Com uma grande golfada de cuspe e sangue, o último ar fétido que havia em seu corpo o deixou e respingou em minha camisa de algodão grosso. Seus olhos continuavam abertos, os brancos transformados em um vermelho forte, por causa do estrangulamento. Os dois homens que o seguravam desabaram numa pilha. Me virei e vi o velho de cócoras, olhando para mim.

Fiquei mais um pouco, com as pernas tremendo. Sentia o calor do sangue escorrendo por dentro de minhas coxas. Um som no canto me chamou a atenção. Me virei depressa. Você estava sentado na sombra dentro da tenda, nos observando. Entrara sorrateiramente, e por seu rosto eu soube que você vira tudo.

No dia seguinte dei aos homens orientações sobre como se desfazerem do corpo. Disse a eles que construíssem uma fogueira grande de madeira rija e acumulassem os carvões quentes durante um dia. Quando a fogueira estivesse no máximo, eles poriam o corpo sobre ela e manteriam o fogo aceso até que não sobrasse nada. Então varreriam com cuidado as cinzas e as queimariam em outra fogueira. Isso devia ser repetido uma terceira vez, e quando as cinzas fossem recolhidas com cuidado da última fogueira, eles deviam jogá-las no rio e deixar a corrente levá-las.

O velho se ofereceu para me acompanhar nos dois ou três dias de caminhada de volta para casa, mas eu disse a ele que queria ir só com meu sobrinho. Partimos na manhã seguinte cedo, meu coração cheio de pensamentos, como crianças competindo por atenção, de forma que eu não conseguia lidar com nenhum deles. Eu tinha livrado aquelas pessoas do *windigo* do modo adequado? A notícia do que eu fizera chegaria aos *wemistikoshiw*, que viriam atrás de mim e me condenariam como tinham feito com meu pai? Como acontecera comigo quando tinha sua idade, você agora tinha visto algo que era jovem demais para entender plenamente. Eu precisava lhe explicar que era uma curandeira, e que às vezes a cura acarretava extirpar a doença. Antes eu batalhara contra a função que me fora atribuída, uma luta tão difícil quanto tentar domar um lobo ou uma raposa para transformá-los em bicho de estimação. Na época eu era jovem e queria viver livre de tudo isso. Mas agora era velha e sabia que essa negação não era possível.

Você acabou falando comigo, Sobrinho, na manhã do terceiro dia, quando estávamos perto de casa.

— Por que você matou aquele homem, Titia?

Eu esperava a pergunta, mas não tão cedo. Depois de muito tempo, eu disse:

— Às vezes alguém tem de ser sacrificado para que todos sobrevivam. — Você balançou a cabeça como se fosse um adulto, embora não pudesse entender totalmente. Eu lhe ensinara tudo sobre a vida física da mata e era hora de lhe ensinar sobre a outra vida.

Continuamos no lugar de onde tínhamos partido, e eu estava mais feliz do que nunca agora que você estava perto de mim. Você ficou forte na mata, e quando completou doze verões seu cabelo preto estava comprido. Você o trançava e enrolava com uma tira de couro cru e um pedacinho de lã, do mesmo jeito que meu pai fazia. Parecia mais que contente de esquecer os costumes *wemistikoshiw*, e só raramente falávamos inglês ou conversávamos sobre aquele lugar.

Você me perguntava sobre sua mãe, Coelha, mas eu sabia pouco. Depois que meu pai morreu e fomos obrigados a ir para a cidade para sobreviver, a vontade dela secou. Naquelas circunstâncias é muito fácil, para encontrar conforto, se encharcar de bebida *wemistikoshiw*, e era isso que sua mãe fazia. Expliquei a você que encontrava meu conforto no suadouro, e muitas das respostas que eu precisava na tenda tremulante. Com o passar dos anos, lhe ensinei como se limpar e, muito mais difícil, como você mesmo adivinhar respostas. Isso não pode bem ser ensinado, e sim nutrido, e muitos dias vi em você a centelha do talento verdadeiro. Mas você se interessava muito mais pela caça, passava períodos cada vez mais longos sozinho na mata.

Um dia você me pediu uma coisa que me pegou de surpresa. Mas para mim tinha sentido. Era muito natural.

— Quero fazer amizade com alguém, Titia — você disse naquela noite, quando voltou de suas armadilhas com três raposas e uma marta. — Estou me sentindo solitário.

Levantei os olhos da costura e vi que realmente você crescera durante o último inverno.

— Você quer dizer uma namorada? — perguntei.

Você ficou vermelho e disparou:

— Não! Quero fazer amizade com outro menino com quem possa caçar e brincar. Vou esperar por uma moça até ser mais velho.

Ri, mas logo vi que o tinha magoado.

— Eu não quis rir de você, Sobrinho — eu disse. — É que você é muito racional. Também não tem medo, não esconde seus sentimentos, e isso é bom.

Ficamos sentados muito tempo. Eu lhe ajudei a esfolar os animais.

— Não vive muita gente por aqui — eu disse por fim. — Onde você vai encontrar um amigo, especialmente um da sua idade?

— Podemos nos mudar para mais perto da cidade — você disse.

Eu não estava preparada para essa resposta.

— Se os *wemistikoshiw* o encontrarem, vão lhe levar e o pôr de volta naquela escola.

— Nenhum *wemistikoshiw* consegue me pegar, Titia — você disse. — Não quero morar na cidade, só perto o suficiente para encontrar meu antigo amigo que virá comigo para a mata, para caçar.

— Devemos ir quando o tempo permitir — respondi depois de um tempo.

Você sorriu.

Embora eu não gostasse de admitir, eu achava bom voltar a viver perto de outros seres humanos. Não importava que eu não visse ninguém. Estava um pouco confortada de que a única coisa que me separava dos outros cree era meio dia de caminhada. Você também estava muito mais feliz. Eu me preocupava a cada vez que você ia para a cidade, mas você sempre voltava, e em poucos meses começou a trazer com você um menino que tinha sua idade e gostava de caçar tanto quanto você. Nos verões, seu amigo passava muitos dias conosco, e eu me preocupava com a possibilidade de seus pais ficarem intranquilos com suas longas ausências. Uma noite, do jeito mais educado que consegui, perguntei a ele sobre isso.

— Minha mãe está morta, então ela não se preocupa muito comigo — ele respondeu. — Me disseram que meu pai monta armadilhas para a Hudson's Bay Company, mas nunca o vi. Se eu não viesse para cá ficar com vocês, aquelas freiras gordas me fariam remar para elas enquanto espantariam com seus gritos todos os peixes do rio.

Ri dessa conversa. Ela me trouxe lembranças de anos antes.

— Acho que prefiro ficar com vocês do que voltar para a escola residencial no outono — ele acrescentou.

— Acho que isso não é possível — eu disse. — Com certeza eles viriam procurar você e nos jogariam em uma das prisões deles.

— Bem, devemos pensar sobre isso — ele respondeu.

Ele conhecia pouco da mata, e eu assistia com orgulho quando você o ensinava, Sobrinho. E como ele gostava de falar! Podia passar horas falando de qualquer coisa, as estrelas, os rios, a escola, as pessoas que conhecia, lugares que não conhecia, muito longe, do outro lado do oceano. Toda noite, bem tarde, eu adormecia ouvindo a conversa dele. Você ficava ao lado, Sobrinho, com os olhos arregalados enquanto ouvia as histórias dele.

Seu amigo começou a voltar ao nosso acampamento com um fuzil e muitas balas. Eu ainda tinha um velho mosquete que tinha sido de meu pai, e numa troca conseguira de outro *awawatuk* pólvora e balas de chumbo. Mas o fuzil dele era muito bom, uma

Winchester de repetição que era quase da altura de vocês. Eu imaginava onde ele conseguira um fuzil tão bom, esperava pacientemente que ele contasse a história. Mas não precisei esperar muito.

— Peguei este das freiras — ele disse a você um dia, quando estávamos do lado de fora sentados em volta da fogueira, defumando peixe para o inverno que estava chegando. — Para que uma freira precisa de um fuzil? E eu já a vi atirar com ele — ele acrescentou. — É a pior atiradora que já vi.

— Não sei se é certo pegar uma coisa que não é sua — você disse a ele.

— Eu sou um guerreiro — ele respondeu. — Vou usar esta arma muito mais e muito melhor do que ela. Isso é uma paga pequena por ela sempre querer me dar banho.

Vocês dois riram disso, mas as palavras passaram dias ecoando em minha cabeça.

Vocês passaram o resto daquele verão fazendo competições de tiro, e eu vi como melhoravam depressa. Atiravam em pedras que punham sobre outras pedras do outro lado do rio, em folhas das árvores, na cabeça de gansos que pousavam no topo de pinheiros altos. Nenhum de vocês errava muito. A competição era amistosa, mas séria.

— Sobrinho — chamei um dia, depois que vocês tinham tentado muitas vezes acertar uma pedrinha a grande distância —, vocês são mesmo atiradores muito talentosos. — Você sorriu para mim. Seu amigo mirou com todo o cuidado na pedra, atirou e errou.

— Por que ela o chama de Sobrinho e não por seu nome verdadeiro? — ele perguntou.

— Sobrinho é meu nome verdadeiro — você respondeu. — Sou sobrinho dela.

— Ela alguma vez o chama pelo nome de batismo? — ele perguntou.

Você sacudiu a cabeça, olhou para mim nervoso.

— Meu nome é Sobrinho.

— Seu nome é Xavier — seu amigo respondeu.

Ele não falou por mal. Pude ver pela voz dele que o menino estava só tentando entender.

— Seu nome de batismo é Xavier — ele disse. — E o meu é Elijah.

TAPAKWEWIN
Armadilhas

Enquanto Niska monta o acampamento para mais uma noite, injeto no braço uma dose de morfina, o bastante para afastar a dor em meu corpo, mas não para me matar. Não tenho mais o suficiente para parar meu coração, só, no melhor dos casos, para me manter até amanhã. O que acontecerá comigo depois? Decido não pensar nisso agora, prefiro desfrutar o rio morno da morfina.

Devo imaginar o que aconteceu com Elijah. Se ele conseguir voltar para mim, vai me ajudar. Vamos combater juntos de novo, contra este remédio que nos consome. Vamos melhorar juntos. Ele vai me ajudar a superar a dor e eu o ajudarei a sair da loucura de guerra que o engoliu inteiro. Onde ele está?

Lembro de quando ele começou a explorar os lugares que não são seguros para explorar. Lembro dele aprendendo a amar a morte em vez de simplesmente matar para sobreviver. Mesmo quando ia tão longe naquele outro lugar que me deixava constantemente preocupado com ele, Elijah ainda adorava me contar histórias. Nunca perdeu a capacidade de falar. Acho que foi essa capacidade que levou os outros a acreditarem que ele não tinha ficado louco. Mas eu sabia.

Elijah me conta uma história. Uma noite, no fim de setembro, ele se vê em uma trincheira dos hunos. Não tem certeza de como chegou ali. Cada vez mais percebe que perde pedaços de seu dia. Seu rosto está enegrecido com cortiça e ele está sozinho. Lembra-se de ter patrulhado uma das pequenas aldeias destruídas com alguns outros perto da Colina 70. E agora está aqui. Deve ter se afastado sozinho e passado pelo arame dos hunos. Tem um motivo para estar aqui, disso ele tem certeza. Se ao menos conseguisse lembrar qual é.

Ele olha para a mão e vê que segura um carretel de arame fino que encontrou em um depósito de munição. Agora sabe!

Antes que seja descoberto, ele faz com o arame um nó de correr e enrola cada ponta em vigas de suporte dos dois lados da parede da trincheira. É um lugar maravilhoso para caçar coelho, a armadilha posta cuidadosamente ao lado de degraus que levam para baixo a alguns pés de profundidade. Com sorte, um homem com altura próxima da de Elijah vai enfiar a cabeça bem no laço e, quando pular para baixo, encontrar seu fim.

Elijah sai da trincheira e acha um lugar para se esconder e observar. Surpreendentemente, não aparece ninguém, então ele pega uma bomba Mills da mochila e está prestes a puxar o pino, mas acha melhor não. Guarda de novo a bomba e cobre a boca com as mãos em concha. Contraindo a garganta, faz o som do ganso, e o grasnido sai tão doce e rouco como ele se lembra de ter ouvido um dia. Já faz muito tempo que ele não produz esse som. Parece bom. Certamente vai fazer os homens correrem. Nada ainda. Ele tem outra ideia. Põe de novo as mãos em concha sobre a boca e grita: "Aqui Fritzy, Fritzy, Fritzy."

Em um minuto ele ouve a pisada de botas vindo pela trilha. Quatro ou cinco soldados se aproximam, reduzindo a marcha onde a trincheira muda de direção. Um, outro e mais outro passam pelo laço e pulam para baixo ilesos. Será que ele calculou mal?

Então outro soldado vem correndo e desce os degraus pulando, mas para abruptamente, seus pés chutando a esmo alguns centímetros acima do chão. Ele estende a mão para o pescoço, mas agora o arame está tão enterrado em sua pele que a única coisa que ele consegue com o esforço é apressar sua morte. Em segundos ele está lá pendurado em espasmos. Dois soldados sobem atrás dele e, ao ver o camarada aparentemente flutuando, param e ficam olhando, sem saber ao certo o que está acontecendo. Um deles se aproxima e descobre. Grita para os outros. Chegam homens correndo, e enquanto falam freneticamente e tentam libertar o corpo do laço, Elijah rasteja dentro da noite. Se ele contar, quem vai acreditar?

Há dias, atrás da linha, em que ele só quer ficar olhando para o céu à procura de aviões. Ele andou perguntando como se pode conseguir voar. Parece que ninguém sabe. Elijah me diz que a luz do dia machuca seus olhos. E ele come muito pouco. E não defeca. Bebe água e chá com muito açúcar e mata o tempo até sermos enviados de volta à linha de frente. Ali é seu lar.

Elijah me conta que quando dorme sonha que é enviado para o poço de uma mina recém-escavado debaixo da linha dos hunos. Ele carrega um grande saco de explosivos e vai até o fundo do poço, as paredes em volta ficando cada vez mais próximas. Sem aviso, o túnel se fecha à frente e atrás. Sua lanterna se apaga. Ele fica num buraco preto sufocante com explosivos suficientes para despedaçar a base do mundo.

Numa manhã, depois da prontidão, recebemos ordem de trocar nossas meias por outras, secas e limpas. Não usamos os mocassins desde a Colina 70. Botas de sola grossa são melhores para caminhar sobre pedaços de tijolo e pedras pontudas. Quando Elijah tira as botas e meias, vejo que os dedos de seu pé esquerdo estão um pouco pretos. Ele os esfrega, e pelo rosto dele posso ver que seu atordoamento matinal é perpassado pela dor. Ele tenta cobrir os dedos antes que alguém note, mas McCaan está ao lado.

— Olhe esse pé, Whiskeyjack! — ele grunhe. — Está com cheiro de podre. Relate imediatamente ao médico.

Ele sai coxeando pela linha e encontra Driscoll. O médico empurra os óculos para trás no nariz e põe o pé de Elijah no colo, observando-o atentamente.

— Você está com o princípio de um caso horrível de pé de trincheira, cabo — ele diz.

Driscoll tira uma lata de seu estojo médico, abre, pega com os dedos algo parecido com graxa e esfrega no pé de Elijah. A dor faz Elijah quase desmaiar.

— Óleo de baleia — diz Driscoll. — Faz meses que não vejo um caso de pé de trincheira. Você não deve andar se cuidando muito. Não deixe um oficial ver isso, senão ele vai lhe pôr sob custódia. — Elijah ri, mas vê que Driscoll fala a sério. — Troque as meias duas vezes por dia — continua Driscoll — e a cada vez use o óleo de baleia em abundância. Se piorar, eu mesmo vou lhe denunciar.

— Isso não vai ser preciso — diz Elijah, com o máximo de animação que consegue. — Não dói quase nada, quase nada.

Driscoll entrega a ele um frasquinho com pílulas.

— Se doer demais, ponha uma dessas na boca e deixe dissolver debaixo da língua. É morfina. — Ele pisca para Elijah. — Só não tome antes de uma patrulha.

Elijah sai andando.

— Cabo — grita Driscoll antes que ele se afaste muito. — Você parece muito anêmico. Está comendo direito?

— Direitinho, senhor. — Elijah vai embora, coxeando e assobiando.

Recebemos ordem de ir para a linha de frente perto de uma cidade chamada Lens. Nosso batalhão fica agachado, de costas para a parede de barro, os rostos entre os joelhos. Granadas silvam e caem com estrondo nas trincheiras inimigas nas proximidades e meu corpo vibra com a terra. Olho para Elijah a meu lado. Ele sorri.

Mais tarde, ele me conta que cantarola para si uma canção que se tornou popular entre os soldados. Por causa do barulho, não consegue ouvir o que cantarola, apenas sente no peito a vibração da canção. Tudo treme tanto que ele se pergunta como é que o mundo consegue se manter inteiro. Os soldados perto dele também estão agachados, esperam que a barragem termine antes de sair da trincheira. Mantêm os olhos fechados bem apertados e protegem o rosto com as mãos. Elijah olha para os que estão a seu lado, eu, Graves, o Gordo, McCaan, todos os novatos, e imagina quem não vai ver mais depois de hoje. A barragem chega ao máximo. Ele pensa que a única coisa que existe no universo é barulho. E isso o faz começar a rir.

Então tudo silencia. Ele sente um zumbido elétrico nos ouvidos e só consegue escutar a própria respiração no fundo do corpo. Há lugares no mundo, muito longe, onde homens não estão prestes a fazer o que Elijah e os outros esperam tensos para fazer. Elijah imagina homens nesse exato momento ainda dormindo na cama ao lado da mulher. Imagina caçadores índios acordando com a aurora para seguir pegadas na floresta. Embora o silêncio dure só alguns segundos, Elijah imagina que demora horas, sua mente tiquetaqueando como um relógio de bolso, o remédio em suas veias iluminando o verdadeiro significado de tudo isso, momentos antes de mudar tão completamente para tantos.

Um apito estridente interrompe o silêncio. Parece o grito solitário de um pássaro enlouquecido, faz o estômago de Elijah afundar. Breech começa a berrar, dando a ordem. Elijah esperou a noite toda por isso, injetou no corpo machucado remédio o bastante para mantê-lo calmo sem fazê-lo dormir. Bebemos nosso rum. Agora passamos gritando por cima do parapeito. Imediatamente as metralhadoras começam a matraquear e homens dos dois lados caem. O Gordo luta para subir no parapeito e Elijah e eu voltamos e o puxamos com toda a força que conseguimos reunir. O descanso do Gordo não durou o suficiente. Ele fica lá deitado como um inválido, tentando recuperar o fôlego, então Elijah e eu nos viramos para começar o avanço. Chove metal, balas rasgam o chão e os sacos de areia bem ao nosso lado.

Quando começamos a curta corrida para a linha dos boches, nos vemos atrás de uma fila estrita de soldados que assumiram a liderança, mas muitos deles se ajoelham e deitam, ou são jogados no chão pelas metralhadoras, e logo parece que somos só nós dois, correndo precipitadamente para o arame farpado. Ouvimos o *bum* e sentimos o baque de morteiros arrasando tudo em volta. Nos jogamos na frente do arame alemão e esperamos que os sapadores venham de trás com seus torpedos Bangalore. Só chega um, que rasteja a nosso lado, desliza o cano até o arame, acende o estopim e então ordena que rolemos para longe e cubramos a cabeça. Fazemos o que ele diz, e o cano explode abrindo um trecho largo no arame. Rolo primeiro, depois Elijah, e rastejamos o mais depressa que podemos através do buraco, e agora há uma metralhadora mirando em nós, as balas assobiando logo acima de nós e explodindo no chão, levantando chuveiradas de terra.

Depois que atravessamos o arame, preparamos nossas granadas e as lançamos na área onde está a metralhadora. Elijah carrega o fuzil automático que McCaan lhe deu para usar hoje. Leva o fuzil de atirador de elite preso nas costas, e experimenta a metralhadora no meio da fumaça e da poeira no lugar de onde parece estar vindo mais fogo. A arma é pesada e escoiceia fortemente em suas mãos enquanto ele dispara rajadas contra o ninho. O ninho silencia. Avançamos depressa, bem abaixados, e pulamos na trincheira de avanço, prontos para começar a atirar de perto.

O lugar está despedaçado. Dois boches estão amontoados sobre a arma e outros estão espalhados em posições deformadas, pernas e braços dobrados em ângulos estranhos. Um ainda está vivo, gemendo e xingando. Elijah caminha até ele e esvazia o resto do pente em seu peito. Então recarrega a arma e arrasta o arame farpado que consegue para a trincheira, vinte metros de cada lado, enquanto monto guarda. Isso vai atrasar qualquer contra-ataque dos hunos se eles decidirem retomar esta seção.

Imagino onde está o resto dos inimigos, mas então percebo que esta é apenas uma pequena trincheira de avanço, das muitas que cercam as ruínas de aldeias de mineração que recebemos ordem de tomar. Sentamos bem juntos e esperamos por qualquer um dos outros que possam chegar até nós. Logo outros soldados começam a aparecer, McCaan, Graves, Olhos Cinzentos. Estou feliz de ver o cabo Thompson deslizar para dentro da trincheira conosco. Ele está de volta da Inglaterra e parece magro e mais pálido. Finalmente, o tenente Breech chega e imediatamente começa a gritar orientações.

O combate pesado continua em todas as pequenas trincheiras em volta de nós. Caos. As trincheiras são como teias de aranha, seguindo em todas as direções, algumas levando a lugar nenhum, outras ao coração das aldeias apinhadas de infantaria, atiradores de elite, lançadores de bombas e artilheiros de metralhadoras dos boches. Devemos encontrar nosso caminho para entrar nesses lugares e tomá-los. Ao fazer isso, controlaremos o lugar chamado Colina 70 e, por uma vez, seremos nós que olharemos para os hunos de cima, com uma visão panorâmica da cidade chamada Lens. Mas primeiro temos de seguir passo a passo por essas trincheiras que serpenteiam através dos destroços desta aldeia e matar cada inimigo que pudermos encontrar.

— Bird, Whiskeyjack, vocês vão antes com Thompson e vejam o que temos pela frente — diz Breech. — Quero que vocês voltem dentro de meia hora para fazer um relato diretamente a mim.

Verificamos nossas armas e começamos a caminhar pela trincheira agachados. Pelo que posso ver, ela leva diretamente aos destroços fumacentos da aldeia. Fica mais funda à medida que avançamos, serpeando, de modo que a cada dez ou vinte metros um novo trecho de paredes de barro se abre diante de nós. Podemos ver pelos tijolos arruinados dos dois lados que estamos no limite da aldeia. Uma virada pronunciada surge na trincheira à frente. Paramos ao lado dela e Thompson pega um pequeno espelho, segura-o cuidadosamente para poder espiar depois da curva. Ele entrega o espelho a Elijah, sussurra que há ruínas de uma igreja que com certeza deve conter um atirador de elite ou uma metralhadora. Se tentarmos avançar mais, caminharemos direto para ser vistos por mais de trinta metros.

Elijah espia pelo espelho e vê o traçado. Com o sol agora mais alto e atrás de nós, vamos oferecer silhuetas perfeitas se seguirmos adiante. Elijah percebe um esconderijo na parede dez metros adiante na trincheira, ao qual diz que pode chegar em segurança. Nos agachamos para ver como resolver este problema.

— Posso ir até a cobertura a dez metros — diz Elijah a Thompson. — Isso vai atrair o fogo de qualquer atirador de elite que esteja lá. Caberá a vocês dois ver de onde ele está atirando.

— Você está supondo que só haverá um — responde Thompson.

— Um, dois, três, qual é a diferença? — responde Elijah. — Apenas se certifiquem de descobrir a posição deles. Ponha X naquele lugar ali, de onde ele vai ter uma visão clara da igreja. — Ele aponta para uma pilha de tijolos que se projeta do canto da trincheira, com um buraco que cria uma seteira natural, um lugar atrás do qual posso ficar deitado e disparar, sem expor mais que o cano e o telescópio do fuzil. Gosto da ideia. Me abaixo e me encaixo cuidadosamente, alinhando o fuzil de modo que tenha uma boa visão da igreja. Dou uma olhada em toda ela. Estou pronto.

Thompson fica de pé acima de mim, posiciona o espelho.

Com o fuzil na mão direita, Elijah respira fundo e sai caminhando, dando a volta no canto. Não corre, vai o mais devagar que seu corpo permite. Thompson sussurra alto entre os dentes: "Vai!", mas Elijah quer ter certeza de que quem estiver na igreja possa vê-lo. Depois que andou cinco metros na trincheira, um fuzil dispara bem no momento em que ele pula para o lado. Uma bala esmaga a parede de barro onde ele estava. Ele segue em frente outra vez e depois pula para trás logo antes de o fuzil disparar pela segunda vez, outra bala assobiando muito perto.

Então ele caminha diretamente para o esconderijo e desliza para trás dele enquanto uma bala fura a parede. Elijah olha para trás, para o lugar de onde veio, e posso notar que ele vê Thompson refletido em seu espelho, sacudindo a cabeça para Elijah.

— Você conseguiu ver onde está o atirador? — Elijah grita.

— Há dois deles — respondo em cree. — Um está atirando do nível do chão, o outro daquele lugar mais alto onde está o sino.

— Bom, atire neles — diz Elijah.

Talvez ele pense que este seja um jeito seguro de me tirar da ansiedade em que tenho estado desde minha viagem para ver Lisette. E posso ver que também é uma grande diversão para ele. De onde está ele pode me observar muito claramente. Fico imóvel, respiro calmamente, olho através do telescópio. Sei que Elijah pensa que faz mais sentido atirar primeiro no homem no chão. O que está mais em cima vai ter muito mais dificuldade para escapar se sentir-se preso em seu poleiro.

Minha máuser rompe o silêncio e Thompson assobia:

— Belo tiro!

Recarrego rapidamente enquanto uma bala rasga o tijolo perto de minha cabeça. O outro atirador me localizou. Disparo quase ao mesmo tempo, meu dedo apertando bruscamente o gatilho. Não é o tiro que eu pretendia. O sino emite um som oco.

Elijah ri.

— Atire outra vez, depressa! — ele grita.

Recarrego bem no momento em que o atirador responde a meu tiro. Sobe terra ao lado de minha orelha. Solto um palavrão, me acalmo. Sinto Elijah me observando enquanto inspiro, depois solto metade do ar. Atiro.

— Você o pegou! — grita Thompson, enquanto o som de um fuzil batendo nos tijolos embaixo ecoa pela trincheira.

Além das ruínas da igreja, começa o fogo de artilharia, e muitos fuzis disparam das trincheiras dos dois lados. Vamos até a igreja e vemos que os destroços do campanário onde está o atirador morto são altos o suficiente para oferecer uma boa vista da área em volta. Elijah diz a Thompson e a mim que vai subir.

— Já passou meia hora — diz Thompson. — Breech vai querer que nós voltemos.

— Melhor garantir a posição elevada — diz Elijah. — Não vai demorar.

Ele tem que atravessar uma pilha de tijolos soltos que é bem aberta para qualquer pessoa dos dois lados. Cubro a igreja para o caso de ainda haver boches esperando lá, e Thompson tem a tarefa impossível de cobrir todo o resto. Sem perder tempo, Elijah sobe cambaleando no monte. Ouvimos o tinido e o zunido de disparos de fuzil e de metralhadora vindo dos tijolos. Elijah mergulha no vão de porta quebrado da igreja.

A parte seguinte da história ele me conta depois. Entra na igrejinha, deixando os olhos se ajustaram à escuridão. Agora sabe que esta é uma área perigosa, mas tem aquela sensação boa, que é como um manto em volta dele. Neste momento nada vai dar errado.

O teto foi quase todo arrancado. O campanário está perto de desabar. Elijah sobe os degraus frágeis e chega ao topo. O atirador morto está deitado no chão de rosto para baixo, como se cochilasse. De um buraco do tamanho de uma moeda de um centavo na parte de trás de sua cabeça vaza sangue e cérebro cinzento. Elijah acena para Thompson e para mim, depois vira o atirador. Seus olhos ainda estão abertos. São muitos azuis mas estão começando a escurecer. Como os olhos de um pequeno lúcio, pensa Elijah. O morto é jovem, sem muita experiência. O sangue vaza lentamente por um buraco não maior do que um pequeno botão de camisa no centro de sua testa, alguns centímetros abaixo do cabelo. Um tiro maravilhoso. Elijah às vezes esquece como eu sou realmente bom. Que ironia, ele pensa, este huno ser morto por uma arma de seu próprio país! Se Elijah ou eu fosse um dia capturado, não haveria piedade para nós.

Uma nova onda de fogo de armas pequenas irrompe dos dois lados de Elijah. Ele olha através de um buraco aberto na lateral da parede e vê que ele oferece uma boa visão. Consegue ver grande parte do caminho pela trincheira de onde acabamos de vir, e na distância vê a planície nos arredores da cidade e alguns soldados canadenses se deslocando por ela. Vai até o outro lado do campanário e levanta com cuidado a cabeça acima de um pequeno parapeito de janela. Paredes caídas e destroços bloqueiam boa parte da visão, mas ele consegue ver linhas de trincheiras correndo através da aldeia que definitivamente não são controladas pelos canadenses, mas parecem abandonadas. Ele ainda precisa entender de onde veio todo o fogo que atraiu.

Inclinando-se em nossa direção, ele grita para mim em cree. Não quer correr o risco de um soldado alemão que saiba inglês ouvir.

— Diga a Thompson que ele e eu vamos manter nossas posições enquanto você volta e traz a companhia até nós. Mas seja rápido. Se os fritz decidirem que querem esta igreja de volta, vão tomá-la depressa.

Depois de um minuto, Thompson grita de volta:

— Tudo bem. — E eu sigo para buscar nossa seção.

Elijah se instala com seu fuzil automático e começa a tentar descobrir onde o inimigo está escondido. Há muito fogo de fuzil ecoando em volta, mas não tão perto quanto o que foi dirigido contra ele.

— Você está vendo alguma coisa? — Elijah grita para Thompson. Antes de ele poder responder, uma rajada de metralhadora atinge a parede contra a qual Elijah está agachado, fazendo-a vibrar. Eles sabem exatamente onde ele está. Ele pensa em sair do campanário para se cobrir melhor embaixo, mas se fizer isso vai perder a vantagem de visão que tem. Pelo menos agora sabe mais ou menos onde os fritz estão. Ao sul e a leste, a pequena distância. Essa é a única direção de onde o artilheiro da metralhadora poderia atirar e atingir a parede atrás de Elijah. Ele queria ter o espelho de Thompson para poder dar uma boa olhada sem expor a eles a cabeça.

— Posso adivinhar a localização deles, mas não consigo ver coisa nenhuma — Thompson grita para Elijah. — Vamos manter nossa posição e esperar pelos outros.

Passa-se uma tensa meia hora, e Elijah fica muito surpreso de os fritz não tentarem retomar a igreja. O combate se deslocou para mais perto da aldeia, e ele supõe que os fritz estão fazendo uma retirada controlada. Decide arriscar uma olhada por cima do parapeito. Lentamente, levanta a cabeça. Agora o sol está forte e quente, no ápice. Se um atirador estiver esperando, terá um tiro seguro em Elijah.

Elijah espera. Nada acontece. Ele pode ver uma entrada para uma pilha de tijolos que imagina que é onde eles estão abrigados. Ela parece levar a um porão. Grande parte da outra área é pedra esmagada e madeira quebrada. Ele não consegue ver muitos lugares grandes o suficiente para esconder mais que um soldado. Eles devem ter se retirado do porão quando era seguro. Quando eu chegar com os outros, Elijah sabe, vamos jogar alguns ovos lá dentro apenas para ter certeza.

Elijah senta outra vez e relaxa. Um gemido ecoa em sua cabeça, os braços e o traseiro doem. Um sinal seguro de que ele precisa de um pouco mais de remédio. Enfia a mão no estojo e tira uma seringa preparada. O suprimento está ficando muito reduzido. Logo ele vai precisar obter mais, talvez pedir a Olhos Cinzentos. Nem se preocupando em abaixar a calça, ele enfia a agulha através da lã na coxa. A picada alimenta sua expectativa. Ele empurra o êmbolo e sente o calor e a plenitude da morfina entrando na perna. Nada de injetar diretamente na veia quando ele precisa estar alerta. O mundo se encolhe um pouco e a luz forte se difunde em um brilho agradável. Mesmo a dor de seus intestinos, que não são esvaziados há anos, ao que parece, vai embora. A audição se aguça, e enquanto ele deixa os olhos se fecharem distingue o ruído de botas vindo pela trincheira. A seção dele, vindo nesta direção. Mais longe ele capta as vozes de boches sussurrando. Onde eles estão? Não perto o bastante para Elijah se preocupar com eles neste momento. Ao tentar ouvi-los, ele acaba pensando em mim. Pobre Xavier, vai ficar surdo, mas não quer admitir isso para ninguém.

O grito de McCaan obriga Elijah a levantar as pálpebras.

— Cabo Whiskeyjack, você localizou o inimigo?

Elijah se põe de joelho e olha para nós por cima do parapeito. Paramos e olhamos sobre a trincheira na direção de seu poleiro no campanário, fuzis apontados para o trecho de aldeia destroçada à nossa frente.

— Na verdade, localizei, sargento. Mas acredito que eles se retiraram. Há um buraco levando a um porão ao sul e a leste que parece perigoso, mas nada que alguns bombardeiros não possam resolver.

Ele ouve Breech gritar algumas ordens. Breech não está acostumado a toda essa atividade na linha de frente. Graves e um novo soldado que ainda nem tem barba recebem bombas e são mandados para o topo para cuidar do problema. Vejo Elijah subir lentamente até ficar de joelho para ter uma boa visão dos procedimentos. O fragor do combate continua a centenas de metros de distância. Graves assume a liderança e caminha na direção da entrada. O jovem soldado segue seis ou sete metros atrás.

— Não esqueçam de puxar os pinos — grita Elijah. Os outros na trincheira riem.

— Corra, soldado! — McCaan grita para o jovem. — Quanto mais depressa vocês fizerem isso, mais depressa podemos entrar em ação! — Todos riem de novo. Essa é a primeira missão do soldado. Graves fez esse tipo de coisa dezenas de vezes.

Voltando a olhar para o porão, distingo a figura de um homem que surgiu dele quando estávamos todos rindo. Ele tem um trapo amarrado cobrindo o nariz e a boca. E carrega nas mãos o que parece ser um fuzil, mas ele está preso a um tubo que passa por baixo do braço e chega a um grande tanque em suas costas. Uma chama azul sai do cano da estranha arma e se espalha pelos tijolos. Todos os outros devem ver isso logo depois que vejo. A risada cessa e Thompson grita:

— Mexam-se!

Graves para. Parece prestes a se virar, mas depois segue adiante, levantando a bomba na mão como se segurasse um porrete.

— Graves, se deite! — grita Elijah, pegando seu fuzil, e percebo, no mesmo instante em que ele deve perceber, que ele falou cree.

Graves olha para Elijah, a confusão estampada em seu rosto. Uma torrente de fogo amarelo brilhante sai da ponta da estranha arma com um grande *uush* e engolfa o corpo de Graves. Ele ergue o braço para Elijah como se acenasse, seu cabelo e seu bigode queimando. Em segundos ele é uma bola de fogo se contorcendo silenciosamente no chão. O jovem soldado se vira e começa a correr de volta à segurança, mas tropeça num tijolo, aterrissando com os braços esticados na direção dos outros, e a bomba Mills que ele carregava voa em nossa direção. Os homens saem correndo e tropeçam uns nos outros em minha volta, tentando sair do caminho da bomba. Outra chama cospe da arma e engolfa o soldado, que solta um berro estridente e se levanta, depois corre ardendo num fogo amarelo oleoso até desabar no chão. Só então me dou conta de que tenho de pegar meu fuzil e terminar com isso.

Então a bomba explode na trincheira, lançando os homens no ar.

Antes de eu conseguir sair do chão e mirar no atirador do fogo, um par de homens na trincheira faz isso. Um deles acerta o tanque nas costas do huno. Uma explosão feroz forma uma bola laranja e preta de chamas. O que era um homem agora são pedaços queimados de carniça no chão. Elijah desce correndo do campanário. Graves é uma pilha fumegante. O jovem soldado ainda está vivo, as chamas acabaram mas queimaram suas roupas, e ele me faz lembrar do alce torrado que Elijah e eu encontramos na margem do rio há tanto tempo. Está irreconhecível lá deitado, arfando, e a parte rosada de sua boca é a única cor que se destaca contra o preto suado e esturricado do corpo.

Um soldado berra na trincheira. Outro está morto. Seus corpos abafaram a explosão, e é por pura sorte que a seção inteira não foi morta por ela. Estou bem, mas abalado. O Gordo caminha em círculos, murmurando. Graves era o único que o tratava com gentileza. Um par de soldados olha para o que berra na trincheira. Outros, confusos, olham fixo para o garoto queimado. Ninguém sabe o que fazer. Estamos atordoados pela nova arma usada contra nós. McCaan começa a gritar pedindo um médico. Isso parece despertar todos.

Elijah e eu assumimos posições de cobertura e ficamos vigiando para perceber a chegada de algum boche. Nesse momento ouvimos outro som vindo da direção de Graves. Me viro e vejo o Gordo sentar ao lado do cadáver queimado, estapeando o próprio rosto com toda a força, chorando.

No fim do dia já limpamos a aldeia de carvão e corre a notícia de que a Primeira e a Segunda Divisões tomaram a Colina 70. Os canadenses agora estão posicionados para entrar na grande cidade de Lens. Também chegam notícias de mais ataques de fogo contra nós, e cada vez mais soldados canadenses estão sendo trazidos de maca das linhas de frente, corpos derretidos e pretos. O cheiro doce é tão forte que nos faz enjoar. Comenta-se que os alemães introduziram outra arma nova, um tipo de gás que é disparado de longa distância por granadas e queima a pele. Entramos em uma guerra de fogo, me diz Elijah.

Elijah me conta que sonha com Graves no fogo, acenando para ele. Vê e cheira seu corpo enegrecido. E isso o faz sonhar com Sean Patrick, um buraco nítido em sua garganta, sua vida explodida da base de seu crânio. Ele sonha com Gilberto, comigo descrevendo como em um momento ele estava lá sorrindo, e no seguinte seu corpo grande estava deitado a meu lado, sem vida. Elijah olha para cima. Eles estão em volta dele em seu esconderijo. Da cabeça de Graves sai fumaça. Sean Patrick está cinzento. O cérebro de Gilberto vaza por sua boca. "Faça o que puder", todos dizem a ele. "Não há mais nada sagrado em um lugar como este. Não lute contra isso. Faça o que puder." Elijah acorda sobressaltado.

Durante o resto de agosto, mantemos a colina e as pequenas aldeias em volta que tomamos. Desta posição privilegiada continuamos a bombardear Lens, mas, como ocorreu antes, nosso avanço foi interrompido. Elijah está louco com o tédio da rotina. Pouca ação em termos de ataques a trincheiras, apenas patrulhas noturnas na terra de ninguém. Ele pede permissão ao tenente Breech para voltar a ficar de tocaia comigo, tenta impor seu argumento explicando que temos grande vantagem de estar sobre uma elevação, olhando para os hunos de cima. Não demora muito para que estejamos outra vez procurando novos lugares bons, e isso ajuda a aliviar a dor crescente dentro de Elijah que ele não consegue estancar. Ficamos imóveis durante dias, procurando alvos. Queremos encontrar oficiais e temos de ser muito pacientes. Thompson nos disse uma vez que localizar oficiais é fácil. Eles são os únicos que não estão fazendo nada quando todos os outros estão trabalhando.

Nas longas horas de caça, Elijah tenta entender o que está crescendo dentro dele. Fala comigo sobre isso durante as noites que passamos lá fora na umidade e na lama. A névoa sobe das crateras e rodopia no fedor. No fim, a resposta que vem é simples. Elijah aprendeu a sentir prazer em matar.

Ele diz que alguma coisa em mim endureceu nos últimos meses. Falo ainda menos que antes, e não sorrio mais. Ele sabe que quero estar em casa, que estou cheio de tudo isto, mas me diz que devo perceber que a liberdade deste lugar não vai se apresentar outra vez. Mas essa liberdade de que ele fala, a liberdade de matar, é uma escolha que não quero mais.

Encontramos um lugar que fica a trezentos metros da linha dos boches. Temos uma boa visão dela, mas aqui há muito pouca cobertura e seremos facilmente localizados assim que dispararmos. Um tiro, dois no máximo, depois teremos de voltar para nossa linha. Esperamos e observamos.

Há um oficial que aparece na linha dos hunos, mas só por um momento a cada manhã na hora da prontidão. Esta manhã ele estava claramente visível, e Elijah deu um tiro, mas ainda estava grogue depois de uma noite longa e intranquila. Ele me diz que não vai deixar escapar essa chance de novo amanhã de manhã. Passamos este dia olhando para o céu, esperando que os aviões passem mergulhando por cima das trincheiras, metralhando e bombardeando. Mas não aparece nenhum.

— Quero voar em um deles antes de morrer — diz de novo Elijah.

A noite é ainda mais longa que o dia, mas Elijah fica acordado pela imagem do oficial tornando-se visível e dele puxando o gatilho. Finjo dormir levemente ao lado dele enquanto ele enfia a mão no estojo e extrai uma seringa. Ele precisa de um pouco para acalmar os nervos, afastar as dores que agora fazem parte de todos os momentos em que está acordado. Quando a manhã se aproxima ele me cutuca e espia através de seu vidro para a trincheira deles. Agora há luz suficiente para distinguirmos formas na escuridão.

Quando o cinza surge do preto acima do horizonte, Elijah põe o dedo no gatilho. Exatamente como ontem, as cabeças dos mesmos soldados aparecem para a prontidão, e logo atrás deles surge um tenente, com as mãos nas costas, inspecionando a fila.

— Você tem sua chance — digo, e Elijah não hesita.

O centro de sua mira está na testa do oficial. O oficial está lá parado fazendo careta. Elijah aperta o gatilho, mas o soco do fuzil o impede de ter uma visão clara do resultado.

— Ele está morto — comunico, e Elijah começa a rir. Ele está melhor no lugar para onde Elijah o mandou. Me viro para pegar nossos poucos equipamentos e saio depressa de nossa cobertura.

Elijah já pode ver através do telescópio os olhares surpresos dos soldados, os veteranos apontando as armas para nossa posição. Ele recarrega e encontra outro alvo, e, embora saiba que não deve fazer isso, dispara de novo, desta vez contra um soldado cuja cabeça é mais alta que a dos outros. O soldado cai com o impacto, mas o clarão da boca do fuzil entregou nossa posição. O estampido de fogo de fuzil chega até a elevação, balas zumbem perto de nós.

— *Ashtum*! — grito, já cinco metros mais perto da segurança de nossa linha. Elijah recolhe o equipamento e rasteja de seu buraco, aponta preguiçosamente para o céu e sorri para o sol. Balas rasgam o ar em toda a sua volta.

— Ponha-se em perigo se quiser, mas não eu! — grito irritado quando me viro para correr.

Elijah também se vira e começa a caminhar com displicência.

— Eu só queria pôr um pouco de animação em sua manhã, arrancá-lo dessa ansiedade em que você se afundou — ele grita de volta.

Raramente ergui a voz para ele. Posso ver que ele está magoado.

As noites estão ficando frias de novo. A estação de caça de gansos voltou em Mushkegowuk. Correu a notícia de que vamos ser deslocados para o norte, para um lugar chamado Passchendaele. O nome é bonito. Me faz pensar em mulheres. Mas então fico sabendo que é perto do lugar onde Lisette vive e meu coração volta a doer. Quando somos tirados da linha, somos mandados para uma vila muito atrás dela. No meio da aldeia há um bar que a companhia adotou como seu. Não gosto de ir lá, mas Elijah me faz ir.

— Há outras Lisettes — ele me diz. Isso me deixa louco.

Hoje vamos beber até cair. Não sou um bom bebedor e acho que não vou precisar de muito.

O bar está lotado, barulhento e cheio de fumaça. Os homens batem copos e garrafas nas mesas de madeira, compridas e cheias de marcas. Há aqui uma sensação de que Elijah diz não gostar. Compramos bebidas da velha que está atrás do balcão. Seu nariz é fino e curvado. O cabelo branco comprido está preso em uma trança. Ela me lembra uma velha avó, uma *kokum*. Então olho pelo bar e o vejo. Estou chocado de ver seu rosto neste lugar. Um rosto semelhante ao meu. Já vi outros homens pardos, uma tropa de homens pardos a cavalo, com pano branco enrolado no alto da cabeça e barba comprida bem amarrada, de forma que pareciam assustadores e belos com suas espadas chocalhando no flanco. McCaan me contou que eram outro tipo de índios.

— Índios da Índia — ele disse. — Alguns dos melhores do rei.

Mas o que está aqui é índio como Elijah e eu somos índios. É um anishnabe. Parece ojíbua.

Cutuco Elijah e sussurro para ele olhar à nossa esquerda. O homenzinho pardo de cabelo preto está sentado a uma das mesas rindo com alguns outros. Vejo que Elijah demora um momento para perceber. Primeiro pensa que pode ser um índio de Moose Factory do qual não se lembra bem. Mas então vê as insígnias de cabo.

— Ele é o que chamam de Peggy? — ele me pergunta.

Dou de ombros, tomo um gole grande de meu copo como se não me importasse.

Ele não olha para nós mas sabemos que tem conhecimento que estamos aqui. Elijah compra uma segunda garrafa de vinho da *Kokum* e vai sentar ao lado dele.

— *Wachay, wachay* — diz Elijah, entregando a ele a garrafa.

Ele sorri para Elijah. É um sorriso desconfiado.

— Três anishnabe no mesmo lugar — diz o cabo, balançando a cabeça. Fala em sua língua, mas ela é próxima da nossa o bastante para a entendermos.

— E como vai sua caçada? — pergunta Elijah. — Espero que esteja tão boa quanto a minha.

Solto uma risada. É bom rir de novo. Os homens brancos em volta da mesa deles olham para nós com estranhamento. Não gostam que os índios conversem usando palavras que eles não conseguem entender.

— Você deve estar me confundindo com outra pessoa — diz o cabo. — Há mais anishnabe andando por estes campos de batalha do que você deve imaginar. Todos nós queremos ser guerreiros de novo.

Elijah olha para mim. Sorrio e depois rio outra vez. Percebo que estou bêbado.

— Meu palpite é que você é Whiskeyjack, e esse camarada bêbado a seu lado é Bird — diz o cabo.

— Eu não estou bêbado! — digo enrolando as palavras. É a vez deles de rir.

— Sua fama o precede — diz o cabo, afastando os olhos de Elijah. — Pelo que ouvi dizer, você é um dos bons.

Elijah olha direto para a frente. Sua boca está tensa, mas ele não pode deixar de sorrir levemente.

— Você sabe que os *wemistikoshiw* não acreditam em nós quando ouvem falar de nossas mortes no campo — diz o cabo. — Fazemos o trabalho sujo para eles e se voltarmos para casa seremos de novo tratados como pedaços de bosta. Mas enquanto estamos aqui podemos muito bem fazer aquilo em que somos bons.

— Não vamos falar de morrer esta noite — diz Elijah, sabendo de imediato que matá-lo não provaria nada. — Vamos só beber.

À meia-noite eles também estão bêbados. Todos neste lugar estão. Ele é da infantaria, como nós, e sua companhia, como as outras, logo irá partir para Passchendaele.

— Sabe — diz Elijah, inclinando-se na direção dele —, você e eu não somos tão diferentes.

— Pelo que eu soube, você matou muitos. Quantos? Seja honesto.

— Cento e noventa e quatro, até hoje — responde Elijah. Os olhos do cabo se arregalam de pasmo. — É verdade! — grita Elijah. — X, quantos eu matei? — ele pergunta em cree.

— O quê? — grito de volta.

Elijah grita mais alto.

— Quantos fritz você acha que eu matei?

— Um número exagerado — respondo. — Mais do que as cem mortes de tocaia que observei. Você também está sempre saindo para caçar sozinho. Não sei quantos você despachou na escuridão da noite. E não esqueça o cabelo que você guarda na mochila.

— Não vamos falar disso agora — diz Elijah, sacudindo o dedo para mim.

— Existe outro, um Métis — diz o cabo. — O nome dele é Norwest. Ele é de Alberta e o boato é que ele matou até mais do que você.

— Estou cheio de ouvir sobre os feitos de outros — diz Elijah. — O que você realmente quer de mim?

O cabo sorri.

— Pense em mim como sua consciência — ele diz. — E você pode ser a minha.

Lá fora o ar tem o frio do outono. O cheiro de fogo está na brisa e eu e Elijah nos lembramos de casa. Imagino que o cabo também. Caminhamos pela rua principal da aldeia, de volta a nossos respectivos acampamentos. Nenhum de nós diz nada. Me dá uma sensação esquisita andar como se estivéssemos indo para casa. Um avião mergulha ao longe. Está vindo em nossa direção. Elijah diz que espera ter um vislumbre de suas asas refletindo o luar quando ele passar por nós.

O zumbido se aproxima. O pelo atrás de meu pescoço se eriça.

— Por aqui — digo, puxando a manga de Elijah e acenando com a outra mão para o cabo.

Deslizamos para um beco enquanto o avião passa por nós, baixo e rápido. Uma bomba cai dele e silva no ar frio, depois ouvimos o *uomp* de um telhado se estilhaçando quando ela fura a madeira e o minúsculo instante de silêncio antes da explosão. As chamas se elevam bem alto. Homens gritam e correm para todos os lados. Acima do som da madeira queimando Elijah diz que consegue distinguir o zumbido do avião voltando. Ele percorre a extensão da rua principal, sua metralhadora atingindo as pessoas que saíram para a rua para investigar.

Depois que o avião foi embora, caminhamos de volta à rua. O bar onde estivemos momentos antes é uma fogueira que arde lentamente. E também as construções dos dois lados dele. Há corpos na rua e homens cuidando deles.

Mais tarde, Elijah me conta que nesse caos o cabo se achegou a ele e sussurrou que tinha o dobro das mortes de Elijah no campo. Elijah diz que nesse momento teria sido simples enfiar sua faca de esfolar no cabo, nos músculos macios entre as costelas. Me diz que está feliz de não ter aproveitado a oportunidade. Não sabe bem por quê.

MASINAHIKEWIN
Escrevendo

Xavier me conta que seu remédio vai acabar logo, e quando isso acontecer ele vai ficar muito difícil, como a pior criança que eu já vi. Diz que seu coração provavelmente vai parar. Que primeiro ele vai lutar, e a dor na perna e no braço e a dor no coração vão matá-lo, e quando esse momento chegar ele não quer que eu fique triste. Me conta isso quando está preso nas garras do remédio. Ele sorri enquanto fala, e penso que esse remédio é muito mais forte até do que a raiz que ouvi dizer que os anishnabe do sul tomam para ter visões.

Olho para ele deitado ao lado da fogueirinha que acendi na praia. Na luz suas bochechas são fundas como as de um velho, mas o sorriso é jovem. Fiz um caldo de carne de alce e raízes. Vou para perto dele enquanto o sol continua a descer, e perto da meia-noite o céu ainda brilha tanto que consigo ver claramente a linha das árvores do outro lado do rio.

Quando ele se aquieta começo a cantarolar uma velha canção que cantava para ele quando era pequeno, e o sorriso permanece em seus lábios. Mas ele fica de olhos abertos. Eles brilham à luz da fogueira e me perturbam. Imagino o que veem. Com certeza não é o mundo que está na minha frente.

Começo a levantar sua cabeça para pôr em meu colo e ele permite. Continuo a cantarolar, passando a mão em seu cabelo. Ele tirou o casaco, e vejo as cicatrizes em seus braços marrons, e o peito encovado onde a camisa está desabotoada. Quando olho para a perna da calça vazia começo a chorar. Mesmo que ele sobreviva a esta viagem de canoa para casa, como vai sobreviver na mata? Ele anda desajeitado nas muletas. Em poucos invernos serei velha demais para continuar caçando para ele. Então, o que vai ser de nós?

Olho de novo para seus braços. Eles me fascinam. Estão todos cobertos de cicatrizes, brancas sobre a pele marrom. Imagino de onde vieram. Os *wemistikoshiw* do posto comercial me explicaram que o inimigo usava um arame afiado para impedir que os homens subissem nele e os surpreendessem. Me contaram histórias de como as bombas se estilhaçavam em agulhinhas que penetravam em tudo que havia ao redor. As cicatrizes de Xavier devem vir disso. Quando olho para elas sinto raiva de quem fez isso a ele. Paro de chorar e cerro os dentes para não gritar. Não vou deixá-lo ir embora facilmente.

O caldo esfriou. Ponho um pouco na boca e me inclino para o Sobrinho. Seus olhos continuam abertos, mas não me veem. Encosto a boca na dele e assim o alimento, ele engolindo em tragos pequenos. No começo ele resiste, mas não cedo ao seu fraco protesto. Não o alimento muito, com medo de ele vomitar o que lhe dei. Mas não vomita.

Depois de um tempo ele volta a falar.

— Elijah — ele diz. — Sabe quantos ele matou?

Olho para ele. Vejo que ainda está muito longe.

— Eu também matei muitos. Mas Elijah realmente tem o dom.

— O que aconteceu com Elijah? — pergunto. As palavras me saem da boca antes que eu consiga impedir. O Sobrinho continua com o olhar parado, mas seus dedos se mexem e brigam uns com os outros. Ele rola para longe de mim e solta um gemido longo e baixo que atravessa o rio.

Xavier tenta se levantar, mas sem as muletas acaba caindo com força. Ofereço ajuda mas ele não aceita.

— Sobrinho — digo. — Vou lhe contar uma história. Vai ajudar a passar a noite. — Ele se vira de costas para mim, mas desiste de ficar de pé.

Quando chegou a hora, no fim do verão, de seu amigo Elijah voltar para a escola residencial, ele não quis partir. Não fiquei surpresa. Vocês tinham crescido juntos, mais irmãos que amigos, e por muito tempo depois de Elijah ter ido embora você ficava calado, sabendo que iam ser raras as vezes em que ia conseguir vê-lo durante o ano escolar. Elijah deixou o fuzil. Você se lembra, Sobrinho? Afinal, ele não podia levá-lo para a escola, então você o carregava para todo canto. Eu não gostava do jeito como a arma tinha sido conseguida, mas você já estava crescido o bastante para tomar decisões sozinho, e para viver com as consequências. Você continuou a atirar com o fuzil com frequência, como se esperasse impressionar Elijah com sua habilidade quando ele voltasse. Elijah era uma dessas pessoas raras que todos sempre pareciam querer impressionar. Eu achava engraçado que até eu me perguntasse o que ele achava da comida que eu fazia ou dos mocassins que costurava para ele.

Você estava na idade em que eu precisava começar o passo seguinte de seu aprendizado. No final daquele outono, quando a neve estava no ar e nós defumávamos ganso suficiente para durar boa parte do inverno, fiz uma fogueira bem quente e pus sobre ela o quarto dianteiro de um alce. Pedi que você pensasse sobre o animal, seus hábitos, seu cheiro, o que ele mais gostava de comer. Disse a você que falasse em voz alta sobre ele, contasse de sua última caçada bem-sucedida. Você observava com atenção enquanto falava, e eu rezava. Quando tive a sensação boa de um velho amigo vindo se juntar a nós na tenda, comecei a gotejar água no osso. Ele chiou e estalou, e finalmente um padrão que eu consegui reconhecer começou a surgir na face do osso.

Deixei a fogueira apagar, depois retirei o quarto ainda quente. Fiquei muito tempo estudando as linhas, falando para que você pudesse começar a entender o pensamento. Esse animal tinha vivido a vida inteira no campo, e como todos nós ele carregava um mapa interno de sua vida, onde gostava de comer, de descansar, de acasalar. E onde esse alce estivera, outros com certeza se reuniam. O trabalho do adivinho era conseguir tirar essas informações do animal.

— Essa rachadura — perguntei, correndo o dedo por ela —, o jeito como ela se divide em três lembra você de algum riacho em que você pode ter estado?

Imediatamente você respondeu:

— Existe um riacho a meio dia de remada pelo rio que é bem parecido com isso.

— Mas existem muito riachos que se dividem em três — eu disse.

Você ficou muito tempo olhando para o osso.

— Mas o riacho em que estou pensando corre de outro que parece igualzinho a isto. — Você apontou para outra rachadura que se juntava àquela que se dividia em três.

Eu sorri.

— Isso lhe dá uma sensação boa? — perguntei. Você me olhou com cara de surpresa. — Quando você imagina caminhar por esse riacho, tem a sensação de que vai encontrar um alce aqui, ou não sente nada?

Você pensou sobre isso, de olhos fechados, então finalmente respondeu:

— Tenho uma sensação boa.

— Você vai partir amanhã antes da primeira luz — eu disse.

Quando Elijah voltou, no começo do verão seguinte, você ficou muito contente. Vocês dois tinham crescido e agora eram jovens homens. Elijah fez seu anúncio naquela noite, quando comíamos.

— Agora já estou velho o bastante para não precisar voltar à escola residencial. Estou livre para viver com vocês.

— Em um mês você vai estar louco — provoquei —, sem ninguém além de uma velha e um amigo que prefere caçar do que falar.

— A cidade não é tão longe — respondeu Elijah. — Xavier e eu podemos ir lá quando ficarmos entediados. Ninguém vai mais reconhecer Xavier. Ele parece mais um índio da mata, com esse cabelo comprido e essa roupa.

Olhei para você, Sobrinho. Elijah tinha razão. O único sinal de sua infância eram as orelhas que se destacavam um pouco da cabeça.

— Agora você também precisa deixar crescer o cabelo — você disse, Sobrinho, olhando para o cabelo residencial curto de Elijah.

— Eu gosto assim — ele disse. — É fácil de cuidar.

Mas durante os meses de verão eu vi o cabelo de Elijah crescer enquanto ele se tornava outra vez um selvagem da floresta.

Nessa época os anos passavam depressa para mim, Xavier. Com a idade, meus acessos ficaram menos frequentes e comecei a acreditar que tinham sumido de vez. Você e Elijah atingiram a idade em que começaram a passar uma parte do tempo na cidade, onde havia mulheres jovens. Vocês dois estavam felizes, e isso me deixava contente. Mas então, sem aviso, a luz começou a mudar e o formigamento voltou. Exatamente como se a terra se abrisse embaixo de mim e eu fosse engolida por ela, fui levada para aquele outro lugar, tive visões atormentadas de horizontes negros e trovões constantes e mais homens mortos do que uma mulher consegue contar ou chorar. Logo entendi.

— Começou uma guerra naquele lugar chamado Europa — Elijah anunciou um dia, quando vocês voltaram de uma ida à cidade. — Os canadenses entraram nela.

Para mim, Europa era aquele lugar para onde a Hudson's Bay Company mandava peles de animais da mata. Eu conhecia pouca coisa dali além de sua fome por peles.

Como se fossem de novo meninos, você e Elijah ficavam acordados até tarde da noite, conversando. O assunto da conversa era evidente. Eu rezava para Gitchi Manitou para que vocês não fossem tirados de mim, mas estavam sendo feitos outros planos que eu ainda não conseguia ver ou entender.

Você se lembra da manhã em que veio falar comigo, olhando para o chão? Eu sabia o que ia acontecer.

— Tia — você disse —, Elijah e eu decidimos uma coisa, mas queremos sua aprovação.

Eu continuei a costurar a camisa que estava fazendo para você e também não levantei a vista.

— Nós decidimos ir de canoa até uma cidade onde possamos entrar no exército deles — você disse.

Eu fiquei um bom tempo em silêncio. Por fim disse:

— Tem alguma coisa que eu possa dizer para vocês mudarem de ideia?

Você fez que não com a cabeça.

— Não vai ser como vocês imaginam — eu disse. — Saiba que vocês vão para um lugar que vai mudá-los para sempre.

Você balançou a cabeça.

Minhas palavras seguintes foram difíceis de dizer.

— A gente tem de fazer o que precisa ser feito.

Eu velei nas semanas em que você e Elijah se prepararam para a longa viagem. Elijah parecia ansioso para ir embora.

— Essa guerra não vai durar muito. Vamos acabar perdendo-a — ele dizia a cada dia em que não partia.

Mas você, Sobrinho, parecia menos ansioso para ir. Talvez quisesse aproveitar os dias tranquilos de verão antes de ser engolido pelos *wemistikoshiw* e seus costumes. Ainda faltava tanta coisa para eu lhe ensinar, mas de repente o tempo ficara curto demais.

Pouco antes de vocês saírem, esquentei de novo as pedras e construí o *matatosowin*. Levei você e Elijah para dentro dele e rezei dando uma volta atrás da outra até que todos nós estávamos tão secos que não conseguimos mais entrar. Rezei para as quatro direções, para os espíritos animais, para Gitchi Manitou.

Na manhã em que vocês iam viajar, amarrei um macinho de remédio em volta do pescoço de vocês. Vejo que você ainda o tem. Eu tinha escolhido os ingredientes com cuidado, pitadas de todas as ervas protetoras que eu tinha, junto com o dente do lince que daria a vocês velocidade, invisibilidade e visão. Não olhei vocês partirem, você sabe. Fui fazer uma longa caminhada na floresta e chorei. Quando voltei, entrei na tenda tremulante e invoquei o lince, implorando que ele seguisse e cuidasse de vocês. Ele não respondeu.

Voltei a viver como quando era jovem, sozinha e tranquila. Outro inverno chegou e foi embora, e eu sobrevivi para ver de novo o verão. Todo dia eu rezava por vocês, fazia oferendas com erva-doce para que vocês fossem protegidos. Ouvia algumas notícias de cree que vigiavam suas armadilhas de caça. Nenhuma era boa. Milhares estavam morrendo, e uma guerra que devia terminar em pouco tempo de repente não tinha nenhum fim à vista. Eu morria de vontade de ter mais notícias.

Quando um velho chamado Hookimaw veio me visitar um dia, trazendo um ganso gordo para eu assar, fiquei preocupada com o que ele me contou. Os *wemistikoshiw* tinham enlouquecido com a guerra e inventado instrumentos incríveis para matar uns aos outros. Eu depenei o ganso e o preparei para a fogueira enquanto Hookimaw falava, dizendo que o inimigo tinha criado uma arma invisível. Quando a gente respirava o ar em que ela se deslocava, ficava asfixiada até morrer. Era verdade? Outra invenção era uma grande máquina de metal que rolava em cima de trilhos e disparava balas que explodiam.

— Os *wemistikoshiw* do posto de comércio acompanham a guerra com muita atenção — disse Hookimaw enquanto comíamos. — Ficam sentados falando dela o dia inteiro. — Como se soubesse o que eu pensava, ele acrescentou: — Talvez eles até tenham notícia de seu sobrinho.

Antes de a semana terminar eu tinha embalado o que precisava em minha canoa e remei até perto da cidade. Fiz um acampamento de verão e depois, quando consegui juntar coragem, fui remando até lá.

Pela primeira vez desde quando era jovem, caminhei abertamente pelas ruas daquele lugar. Como tinha acontecido anos antes, as pessoas me encaravam. Cree e *wemistikoshiw* falavam sobre mim assim que eu lhes dava as costas. Fiquei constrangida, como nunca tivera de ficar quando estava sozinha na mata. Agora eu era uma velha, meu cabelo comprido ainda era preto, mas já estava raiado de cinza. Era magra e rija, as veias de meus braços eram saltadas como as de um homem. Minhas roupas eram no estilo que não era usado fazia anos, minha saia de algodão estava tão puída que quase dava para ver através dela. Eu os ignorei o mais que pude e andei até o armazém da Companhia, preocupada o tempo todo com a chegada da polícia deles para me prender.

De repente, um grande estrondo se aproximou de mim vindo de trás. Me virei depressa na direção dele, pronta para me proteger, e vi uma carroça de metal preto aos solavancos pela estrada plana, se movendo por conta própria. Aquele que eles chamavam de Velho Ferguson estava sentado nela, usando óculos de proteção e a pilotando com uma roda. Fiquei muda de surpresa enquanto ele passava, a poeira da carroça subindo, depois assentando sobre tudo em meu redor. O cheiro dela era horrível, um cheiro de queimado ao mesmo tempo doce e enjoativo, o cheiro de uma nova era que eu conseguira viver para ver. Ele parou a coisa ao lado do armazém da Companhia e ela chocalhou e engasgou até parar de fazer barulho. O ar de repente ficou calmo de novo e os pássaros continuaram a gorjear. Eles estavam acostumados com aquela coisa estranha. Eu fiquei pasma.

Dentro do armazém era frio e escuro. Como o velho Hookimaw tinha dito, havia homens sentados em volta de uma mesa com jornais abertos na frente deles. Quando entrei pararam de falar. Sentei num canto e esperei o que fosse acontecer. Começaram a falar sobre mim, apontando para mim com os polegares. Depois de um tempo, o Velho Ferguson veio até onde eu estava e começou a falar em sua língua. Eu não a entendia. Ele parecia irritado. Tentou me pegar, mas me levantei e escapei antes que ele pudesse reagir. Ele pareceu surpreso, depois começou a gargalhar.

Um índio mais velho que reconheci se levantou de onde estava sentado, em um canto escuro, e começou a falar em inglês com Ferguson. Ferguson respondeu a ele depressa. O índio olhou para mim.

— Eles acham que você é uma bruxa e uma pagã e dizem que você deve sair daqui agora, senão vai ter um fim violento.

— Diga a eles que só vim para me informar sobre meu sobrinho que está lutando com os canadenses na guerra deles.

O índio se virou para Ferguson e falou. Ferguson sacudiu a cabeça e respondeu irritado.

O índio se virou para mim.

— Ele diz que você é uma índia suja da mata e ainda por cima uma feiticeira e que ele não vai deixar você ficar no armazém dele mesmo que você tenha cem parentes no exército deles.

Eu sorri.

— Diga a ele que eu posso ser uma índia da mata e uma feiticeira, mas também sei onde encontrar as peles mais grossas e mais brilhantes que qualquer um desses bastardos já viu. Se ele deixar que eu me informe sobre meu sobrinho, vou pensar em pagar a ele o favor.

O índio parecia nervoso para dizer isso, mas disse, hesitante. Ferguson berrou comigo, fez de novo um movimento em minha direção, mas foi agarrado por um dos homens à mesa. Eles conversaram.

— Seu sobrinho foi para a guerra com aquele chamado Elijah Whiskeyjack? — o índio me perguntou por fim.

Balancei a cabeça concordando.

Ele disse aos homens à mesa e eles falaram animados.

— E você vai começar a comerciar peles só com a Hudson's Bay Company e não fazer nenhum negócio com os irmãos Revillon? — continuou o índio.

Balancei de novo a cabeça, rindo.

O índio falou de novo com eles, na língua deles. Eles responderam. Ele se virou para mim.

— Você pode se informar sobre o que conseguir, mas eles não querem você aqui o tempo todo.

Ele pareceu desgostoso por ter de me dizer isso. Eu gostei das linhas de riso ao lado de seus olhos.

— Você deve sentar longe deles e não tocar em nada no armazém. Eles dizem que você deve ir embora no fim da semana e voltar no fim do inverno com o máximo de peles que conseguir.

Mais uma vez balancei a cabeça concordando.

Os homens voltaram a se sentar à mesa meio desajeitados e abriram os jornais. Aos poucos começaram a falar de novo, mas constrangidos. Depois de um tempo, se esqueceram de mim e começaram a conversar mais abertamente. Eu não conseguia ouvi-los, então me aproximei. Eles pararam de falar e olharam para mim. Dois deles fizeram o sinal da cruz. Eu estava perto o bastante para sentir o fedor do suor deles.

Não me mexi, fiquei sentada, com as mãos juntas no colo. Depois de um tempo, começaram a falar de novo. Tagarelavam como velhas. Mas eu não conseguia entender, e pedi ao índio, que reconheci de minha infância, que traduzisse. Me lembro do nome dele. Joseph Redeiro. Ele tinha mais ou menos a mesma idade que eu.

— Velho Joseph — eu disse. — Me conte o que eles dizem.

No começo os outros à mesa pareceram irritados por ele falar comigo depois que qualquer coisa era dita, mas depois pareceram se esquecer de nós. Falaram de muitas coisas que eu não consegui entender direito, de muitos nomes de lugares — Festubert, Saint-Eloi, Monte Sorrel, o Somme —, todos eles lugares de grandes batalhas. As batalhas não eram mais travadas do jeito tradicional dos *wemistikoshiw*, em que os homens atacavam uns aos outros a cavalo e a pé. Eles se enterravam no chão e viviam como animais noturnos, e o tempo todo caía do céu uma chuva de ferro que explodia e matava muitos homens. Aprendi muito naquele primeiro dia, Sobrinho, fiquei lá sentada com eles até que começou a escurecer e eles se levantaram para ir embora.

Voltei no dia seguinte, e no seguinte, e sempre Joseph Redeiro estava lá para traduzir, mas eu soube pouca coisa de você, Sobrinho, onde você estava, se ainda vivia. A sensação dentro de mim dizia que você ainda vivia, então continuei a ir ao armazém da Companhia. Parecia impossível eu saber de você e de

Elijah. Havia tantos homens lá. Eu não conseguia nem começar a imaginar como encontrar você.

Enquanto ouvia comecei a aprender coisas sobre o exército deles. Joseph, que na infância tinha passado verões perto de nossa família na Grande Baía Salgada, me explicou que os homens do mesmo lugar que entravam no exército costumavam ser mantidos juntos. Isso queria dizer que você e Elijah pelo menos tinham um ao outro para se protegerem. Perguntei se os homens de nosso Campo do Norte seriam enviados para um lugar específico lá. Eu estava tendo uma ideia.

Joseph fez minha pergunta a um dos velhos que liam e reliam constantemente os jornais que chegavam ao armazém da Companhia. O homem falou muito tempo, e o rosto de Joseph ficou preocupado. Esperei impacientemente que ele traduzisse para mim.

— Não é tão simples como eu pensava, Niska — disse Joseph quando eles terminaram de falar. — Tantos homens são mortos e feridos que seus grupos são absorvidos por grupos maiores e esses grupos maiores se deslocam o tempo todo para lugares diferentes. Os *wemistikoshiw* me contaram que o armazém da Companhia recebe notícias de soldados de nosso país que são mortos ou feridos. Não receberam nada falando de seu sobrinho. — Ele fez uma pausa, depois disse: — Isso é uma boa coisa, não é?

Balancei a cabeça.

Eu me misturei tão bem naquele armazém que eles se esqueceram de mim, então fiquei mais tempo do que devia, escutando o que Joseph me contava da guerra. Mas o verão estava terminando e eu estava mal preparada para um inverno na mata. Tinha chegado a hora de voltar e fazer o que eu precisava fazer. Um dia eu disse isso a Joseph, e ele pareceu um menino magoado.

— Por que ficar longe na mata, Niska? — ele disse. — Você pode ficar comigo no inverno e saber mais sobre seu sobrinho. Tenho uma cabana confortável que eu mesmo fiz, e é longe da cidade o bastante para você nem saber que está perto dela.

Eu ri.

— Você é muito gentil, Velho Redeiro. Mas eu sempre só soube viver sozinha. Ia lhe deixar louco com meus hábitos e minha teimosia.

Me virei e saí, não planejava voltar àquela cidade até que a neve estivesse funda e eu pudesse andar com sapatos de neve.

No começo, foi difícil ficar sozinha de novo, mas depois que passaram duas luas cheias, me perguntei como tinha conseguido ficar tanto tempo naquela cidade. Mas sentia falta da companhia agradável de Joseph. Sentia falta de seu rosto redondo, e de vez em quando ele viajava para me ver, trazendo notícias que podiam ser importantes.

Numa manhã clara de inverno ele apareceu usando sapatos de neve, e eu soube por sua expressão que ele tinha algo urgente a me contar. Convidei-o a entrar em minha *askihkan* e fizemos chá de larício.

— O Velho Ferguson diz que continuam a chegar notícias do amigo de seu sobrinho, Elijah.

Me preparei para ouvir Joseph me contar que ele tinha sido morto.

— Ferguson diz que os jornais militares trazem relatos da bravura e das explorações dele.

Respirei aliviada.

— Isso deve significar também que eles têm uma ideia de onde estão o Sobrinho e Elijah — eu disse.

— Sim, se eles ainda estiverem mesmo juntos — disse Joseph.

— Bom, eu vou voltar para aquela cidade e descobrir de Ferguson onde eles podem estar.

Joseph sorriu.

— Eu já descobri essa informação. Pensei antes e pedi a Ferguson que escrevesse tudo para mim. — Ele puxou um pedaço de papel, e nele estavam escritas palavras inglesas que eu não conseguia ler.

Ficamos em silêncio um tempo, e eu olhava para a fogueira, imaginando em quem podia confiar o suficiente para fazer o que eu precisava fazer. Joseph olhava para outro lado, depois olhou de novo para mim.

— É claro que você quer dizer alguma coisa — eu disse. — Fale.

— Não entendo por que você precisa saber onde eles podem estar, Niska — ele disse.

Ele escolheu bem as palavras e falou, e eu sabia que ele não queria me ofender.

— Saber onde eles estão vai lhe acalmar de algum jeito?

— Eu quero fazer o que os *wemistikoshiw* fazem. Quero escrever uma carta para ele. Preciso contar a ele que ele vai voltar para casa em segurança. — Sacudi a cabeça. — Mas não existe nenhum *wemistikoshiw* em quem eu possa confiar o bastante para fazer isso.

Joseph sorriu de novo, desta vez um sorriso largo.

— Eu posso escrevê-la para você! — ele disse, feliz.

— Você sabe escrever na língua deles? — perguntei, sem acreditar.

— É claro. Fui obrigado a ir para a escola deles, como todos os outros. Você sabe que é uma das poucas que não foram.

— Não acredito em você — eu disse.

— Eu vou provar.

Joseph pegou o pedaço de papel e correu o dedo por ele, movendo os lábios em silêncio. Olhou para mim.

— Ferguson escreveu que eles estão na Segunda Divisão do exército canadense. Passaram o inverno num lugar chamado França. Ferguson diz que o exército não vai dizer mais sobre onde eles estão, porque eles se preocupam com espiões. Mas ele disse que Elijah, e seu sobrinho, imagino, estão numa coisa chamada batalhão, e o nome dele é Southern Ontario Rifles.

Pouca coisa disso fazia sentido para mim, mas pelo menos parecia que agora eu podia enviar uma carta que podia muito bem chegar a você, Sobrinho.

— Se vamos escrever uma carta, e depois?

— É muito simples. Eu a levo para Ferguson e ele a manda com o outro correio. Vai levar algum tempo, mas a carta vai viajar por canoa, depois por trem, depois por navio, e depois por trem de novo até seu sobrinho.

Fiz essa viagem em minha cabeça, vi você no fim dela recebendo a carta, com uma expressão de espanto no rosto.

— Então vamos sentar já e fazê-la — eu disse.

Embora eu não precisasse dizer muito, a escrita foi demorada. Joseph usou um toquinho de lápis e escreveu com esforço num pedaço amarelado de papel. Ele escutava com atenção o que eu dizia, depois punha as palavras em inglês e na página. Eu disse a você o que queria dizer mas não tinha conseguido no verão em que você foi embora. Disse que você devia voltar para casa, porque era o último de nossa linhagem familiar. Um dia você criaria seu filho e ensinaria a ele o que tinham me ensinado. Disse que na guerra você devia fazer o que fosse preciso para sobreviver, e que nessa circunstância Gitchi Manitou entendia se você tivesse que matar. Elijah também devia saber disso. Eu lhe disse para fazer oferendas com Elijah para Gitchi Manitou, para rezar pedindo orientação e para fazer tudo que tivesse de fazer para poder voltar para casa.

Quando terminamos, perguntei a Joseph se ele tinha traduzido minhas palavras com cuidado.

— Sim, Niska, sim — ele disse.

Mas eu pude ver nos olhos dele que ele não estava tão seguro.

No dia seguinte Joseph partiu, levando a carta no bolso. Eu segui para minhas armadilhas para ver que peles podia encontrar para levar ao armazém *wemistikoshiw* quando chegasse a primavera. Parecia que alguma coisa não estava direito, e eu não conseguia imaginar o que era.

Agora paro de falar, e vejo que o sol não está longe. Eu nos mantive acordados a noite toda. Os olhos do Sobrinho estão fechados mas sua respiração indica que ele está consciente. Parece descansar um pouco melhor do que nos dois últimos dias. Fico feliz de ver isso, deito de costas em meu cobertor e deixo meus olhos vagarem de novo pelas lembranças.

MICISOW
Alimentação

A conversa da Tia de repente resolve um mistério. Eu riria disso tudo se a carta não tivesse me causado tanto mal. Ela me azedou e eu perdi o desejo de sobreviver. Devo contar a ela os erros que o Velho Joseph Redeiro fez com suas palavras? Isso só traria mais tristeza. Em vez disso, volto para um ano atrás, quando recebi a notícia.

Somos conduzidos para caminhões abertos que andam a noite inteira por estradas esburacadas que me fazem sentir como se estivesse sendo despedaçado. Quando finalmente descemos deles com os cóccix machucados, ficamos na margem da estrada para nos aliviarmos. Olho para Elijah.

— Olhe seu mijo — digo. — Está vermelho como sangue.

— O seu também — diz Elijah.

E está mesmo. Meus rins doem por causa das batidas no caminhão.

Seguimos na direção do lugar chamado Passchendaele, e à primeira luz da manhã temos uma vista de nosso novo lar. Nunca vi um lugar tão deprimente. Chove sem parar durante semanas, e agora há em nossa frente um trecho de lama e buracos abertos por projéteis cheios de água e corpos dos mortos. Este lugar é um campo imenso. Não sobrou nem uma árvore ou arbusto de pé. As trincheiras não são bem trincheiras, mas crateras rasas cheias de água ligadas umas às outras por paredes lodosas desabadas. Os hunos, como sempre, estão na posição mais alta e foram espertos o bastante para construir casamatas em vez de trincheiras, de onde as pontas das metralhadoras saem por fendas no concreto. Aqui a artilharia canadense é inútil. Ouvi dizer que a lama é tão funda que cada vez que um canhão atira acaba afundando. Os soldados então têm de puxá-lo para fora e reposicioná-lo antes de tentar disparar de novo. Não acertam muito, mas a culpa não é deles.

Em que eles estão pensando ao nos porem aqui?, me pergunto enquanto ando com os outros pela lama funda. Cheguei ao ponto em que para mim nada mais tem sentido, especialmente os atos daqueles que deslocam os soldados e os mandam para a morte. Eu os odeio pelo que me obrigam a fazer, mas não falo, apenas deixo isso se inflamar como pé de trincheira. Elijah me diz que é minha atitude que me mantém como soldado raso, quando, com minha habilidade, eu já devia ser pelo menos cabo agora.

As outras divisões têm a tarefa infeliz de ser as primeiras levas enviadas contra as casamatas. Elas têm de ocupar depressa as ruínas esfaceladas de Passchendaele, atravessar com dificuldade o mar de lama que têm pela frente e o fogo de metralhadora e tomar as posições dos fritz. Sinto pena dos que são mandados, mas fico agradecido por pelo menos uma vez não estar entre eles. Todos os outros vivemos em buracos apertados onde a água fria e fedida de novembro chega até a coxa. Em desespero, homens saem dos buracos tentando encontrar um lugar mais seco na terra para dormir, só para serem alvejados facilmente pelos atiradores de elite alemães.

Parece incrível, impossível, mas os canadenses fazem o que lhes pedem, só que as perdas são pesadas. Observo da retaguarda quando os homens rastejam de volta pela lama com macas apoiadas nos ombros. Há rumores em todos os cantos de que os feridos que não são recolhidos pelos padioleiros logo se afogam na lama. Deve ser verdade. Tentei caminhar ao lado das tábuas postas no chão em todos os lugares, parecendo estradinhas. Afundei até a cintura e ia afundar mais quando Elijah me puxou.

E a chuva continua a cair, e as granadas golpeiam e agitam a lama. É este meu pesadelo, ser ferido e, em minha agonia, afundar na lama e ser engolido para sempre. Liquidado. Desaparecido em ação, e você, Niska, esperando anos por minha volta.

E então é minha vez de assumir o combate. Elijah e eu somos mandados como exploradores avançados para a cidade desmoronada. Estou feliz de sair da lama. Andamos entre os destroços, tomando cuidado com os atiradores de elite hunos. Até a metade do caminho para a aldeia não encontramos resistência, mas de repente somos surpreendidos por fogo de fuzil vindo da janela de um edifício baixo esmagado. Parece ser a única estrutura que restou de pé na cidade. Elijah e eu nos enfiamos embaixo de uma carroça destroçada. Os tiros passaram muito perto de minha cabeça.

Presos aqui, somos inúteis. Um vai ter que tentar chegar a um resto de parede a vinte e cinco metros à direita enquanto o outro dispara dando cobertura. Então estaremos numa posição muito melhor para atacar o atirador no edifício.

— Eu vou — diz Elijah, mas digo a ele que eu quero fazer isso. Elijah balança a cabeça. — Se você puder atirar, não hesite. Dispare.

Respiro fundo algumas vezes e o ar ecoa em meus ouvidos entupidos, me abaixo, depois, no momento combinado, me levanto e corro com toda a força. Imediatamente Elijah gira o fuzil sobre o lado da carroça e ouço o *crec crec* quando ele dispara contra a janela. Estou quase lá quando uma bala zune tão perto de mim que nem sei como não me pegou. Mergulho embaixo do resto de parede, esfolando as mãos, que começam a sangrar. Deitado de costas, verifico o fuzil, depois rolo até uma pequena brecha na parede da qual posso olhar para o edifício pelo telescópio. Procuro a janela e tenho o vislumbre de um movimento na janela de baixo à esquerda. Só consigo distinguir a sombra de um corpo agachado. Soltando metade do ar, aperto o gatilho. A explosão do fuzil é um eco surdo em meus ouvidos. De repente a sombra cai e sei que a acertei. Aceno para Elijah. Ele faz sinal para que eu lhe dê cobertura enquanto ele vem até onde estou.

Decidimos entrar no edifício para investigar. Se ele tiver sido usado como posto de comando, podemos encontrar papéis valiosos. Tenho de ler os lábios de Elijah para entender. Minha audição vai voltar. Sempre volta. Andamos ao longo da parede até a entrada lateral do edifício, pulando carniça, um cobrindo o avanço do outro. Até agora só percebemos um atirador, mas temos de tomar cuidado, pode haver outros. O que matamos era um retardatário. Não sei por que ele ficou para trás.

Esperamos nossos olhos se ajustarem à escuridão, e então entramos. Não sobrou muita coisa dentro do edifício. As paredes estão na maior parte destruídas. Aponto para onde atingi a figura.

Ele está deitado de cara para o chão. Com a bota, Elijah rola o corpo. Eu o atingi no alto do peito, e no chão debaixo dele há uma poça de sangue vermelho brilhante. Sangue do pulmão. Elijah examina os bolsos dele e encontra seus documentos e um pouco de dinheiro alemão. Nada mais de valor. Era só um soldado raso. Sua máuser é velha, não vale a pena levá-la. Um desertor, pelo que consigo imaginar.

— Que tal você dar uma busca no resto do edifício? — diz Elijah em inglês.

— Não há mais ninguém aqui — respondo.

— Mesmo assim, seja um bom camarada e faça isso. Sei que você não gosta do que vou fazer agora.

O olhar de Elijah é assustador. Só posso acreditar que foi esta guerra que deixou assim meu amigo. Penso que Elijah vai melhorar quando sairmos dela.

Balanço a cabeça e me viro, sigo até uma distância suficiente para não ter de pensar no escalpo sendo arrancado do crânio.

Entro no que sobrou de outro aposento. Há uma mesa no meio, com um pouco de comida em cima. Meu estômago ronca. Quando me aproximo dela, percebo um movimento vindo da esquerda em minha direção. Me viro e disparo o fuzil no mesmo instante em que vejo que é uma jovem. Ela é jogada para trás, com assombro no rosto. Cai contra a parede. Olho rapidamente em volta para ver se há mais alguém aqui. Num canto, há uma criancinha encolhida, olhando para mim de olhos arregalados. Quando me aproximo da mãe, a criança começa a chorar.

— Desculpe, desculpe — repito para a criança, para a mãe. — Desculpe. — Me viro para a criança para tentar acalmá-la, me aproximo e ela, aterrorizada, começa a bater os punhos em minhas pernas. Ouço as botas de Elijah quando ele entra correndo.

Explode um tiro de fuzil e a criança fica imóvel, com um buraco vermelho aberto pela bala no peito.

— *Mo-na*! — berro. Me viro para Elijah, que está lá parado com uma expressão de perplexidade, absorvendo a cena.

— Eu não sabia que era uma criança — ele diz, olhando para ela. — Na escuridão, só vi que ela estava lutando com você.

— Você não viu que era uma criança? — grito para ele.

— Não sou treinado para hesitar em situações de perigo — ele responde com frieza. Olha para a mulher, como se quisesse justificar seu argumento.

A respiração dela é rasa, cada inspiração gorgoleja saliva vermelha. O que estava fazendo neste lugar? Me inclino sobre ela para ver se posso fazer alguma coisa para ajudar. Já sei. Uma grande bolha vermelha se forma em sua boca. Ela me olha nos olhos. Seus olhos não têm brilho. É magra e tem cabelos castanhos. Sem graça, diria dela o sargento McCaan. Minhas mãos tremem. Estendo a mão para tocar nela, mas me impeço de fazer isso.

Somos mantidos em Passchendaele só até o final de novembro, mas nesse curto período fizemos o que era preciso. É nossa terceira grande vitória em um ano. Os canadenses estão provando serem aqueles que vencem as batalhas. Isso deixa meus companheiros felizes, mas me dou conta de que só significa que vamos continuar a ser mandados como ponta de lança para os outros lugares infernais que foram criados aqui. Quando o inverno chega e os campos de lama começam a congelar à noite, ninguém fica triste de deixar este lugar. Passchendaele é de longe o pior lugar em que estivemos.

Os rostos da mulher e da criança me perseguem. Elijah não relatou a morte delas ao quartel-general do batalhão. Haveria perguntas demais. Não pareceria boa coisa. Mas ele relatou a morte de um atirador de elite inimigo, atribuindo-a a mim. Estou entorpecido demais para dar importância a isso.

Somos mandados de volta a nosso velho conhecido campo de Lens. Minha audição continua falhando, agora por períodos mais longos. Acho que é castigo pelos crimes que cometi. Muitas vezes olho para o Gordo, McCaan ou Olhos Cinzentos e os vejo me olhando com uma expressão estranha no rosto, esperando que eu responda a uma pergunta que fizeram. Eu a desconsidero como se não entendesse muito bem o inglês deles, e eles deixam por isso mesmo. Agora todos eles conhecem tão bem meu silêncio que não o questionam.

O grande feriado deles se aproxima mais uma vez, dentro de mais ou menos uma semana, o que chamam de Natal, que celebra o nascimento do Gitchi Manitou deles. Já passei dois Natais com eles. Este será meu terceiro Natal. É um momento de comemoração e bebida, mas não vejo nele muito do deus deles. Imagino que ele seja um manitu lutador, embora não seja assim que os homens santos dessas pessoas falem dele. Quando o fazem, usam palavras como *perdão*, *virgens*, *crianças*. Mas acredito que o deus deles seja um guerreiro, porque é para ele que todos eles rezam antes de sair das trincheiras. Nunca vou entender esse deus, essas pessoas.

O Gordo, Olhos Cinzentos e McCaan são os únicos originais que sobraram. Todos os outros estão mortos. Não me preocupo mais em conhecer os novos que chegam. Agora não é mais segredo que quem chega para tomar o lugar de Sean Patrick é sempre jovem e sempre morre dentro de um mês depois da chegada. Todos os outros olham para ele, pensando que o novo garoto está amaldiçoado, mas ninguém ousa dizer isso.

Esta celebração de Natal deles se estende uma semana inteira até outra celebração, do começo do novo ano. Percebo que toda essa bebida e essa falsa comemoração só mascaram a tristeza. Todos falam sobre o que aconteceu no ano passado e de como esperam que o próximo ano seja o último da guerra. Eles chamam este novo ano que começa de 1918. Sei que isso é quantos anos passaram desde quando eles dizem que seu deus nasceu como homem.

Essa tristeza e essa reflexão passam para mim. Não gosto do jeito deles de contar o tempo. Ele se baseia mais ou menos nas luas, mas é tão ordenado quanto o modo como os oficiais tentam manter as trincheiras, cheio de números sem significado e nomes diferentes para dias que afinal de contas são os mesmos. Fiz os cálculos e sei que estive vinte e sete luas cheias com os *wemistikoshiw*. Estive nos campos de batalha por dezenove luas cheias. É muito tempo, e não há fim à vista para esta guerra que eles criaram.

Na noite da véspera do novo ano estamos em uma trincheira de reserva e recebemos rações dobradas de rum. Elijah desapareceu. Só eu percebi. Ele saiu para encontrar os franceses que conheceu há um ano quando estava comigo naquela cidade. Foram eles que contaram a ele sobre guardar os troféus do inimigo, mas a loucura dele é só dele. Elijah vai encontrá-los para mostrar a eles sua habilidade como caçador. Agora a única coisa que carrega na mochila são os troféus dos mortos. Ele os coleciona como peles. A mochila está cheia.

Elijah não parece ter mais necessidade de comida. Está magro e duro como uma corda. É uma sombra que desliza para dentro e para fora da escuridão. É alguém que já não conheço.

Bebo o rum e circula mais dele. Tomo-o com voracidade. Qualquer coisa é melhor que mais uma noite de espera pela granada que caia perto o suficiente para nos matar. Bebo com os outros e as granadas continuam a cair nas trincheiras da frente, interrompendo as canções que eles cantam a meu redor. Me levanto e ando para longe deles. Esta noite quero ficar sozinho. Sem pensar. Vou até uma trincheira de apoio que leva à linha de frente. Soldados correm para todos os lados e se abaixam quando as granadas chegam berrando, mas eu os ignoro. Há outro batalhão aqui na linha de frente, um que não reconheço. A maioria dos soldados não me dá atenção.

O mundo parece irreal, como se não fosse eu, mas alguém fingindo ser eu que caminha pela linha de frente e não se incomoda. Bebi muito do rum deles. Paro em um abrigo onde há um pequeno grupo de homens, encolhidos.

— Vocês têm rum para mim? — pergunto.

Eles me olham.

— Quem diabo é você? — pergunta um deles.

— Sou Xavier Bird. Sou atirador de elite dos Southern Ontario Rifles.

— Você é um índio bêbado, isso sim — diz um deles. Os outros olham para a máuser pendurada em meu ombro, para o telescópio.

— Eu ouvi falar desse — diz outro. Tenho de ler seus lábios para entender. — Trabalha com um camarada chamado Whiskeyjack. Eles têm uma senhora reputação! Você pode tomar uma bebida comigo sempre que quiser!

Ele me entrega sua xícara de estanho e bebo um grande gole. Minhas pernas começam a ficar moles, como se eu não as usasse há muito tempo.

Aceno e vou embora. Na linha surge uma explosão estrelada, iluminando o céu e a terra de ninguém. Subo na prancheta de tiro para ver melhor. O chão é iluminado por um brilho vermelho, como se houvesse uma fogueira logo abaixo da superfície da terra. Posso ver a linha do arame farpado dos fritz, a corcova do parapeito deles.

Quando a luz morre, me impulsiono para cima, saio da trincheira. Estico o corpo e começo a caminhar pela terra de ninguém, ao longo da trincheira. Paro e fico olhando para a linha dos fritz. Ando na direção dela, depois volto para a minha. Pela primeira vez em muito tempo me sinto livre. Ando mais, seguindo os sacos de areia de minha trincheira. Nenhum som. Até as granadas pararam momentaneamente de cair. Afora o zumbido constante em meus ouvidos, o silêncio é completo.

Percebo movimento em minha trincheira. Um homem acena freneticamente para que eu vá até ele. Sua boca forma palavras, mas não consigo ouvi-las. Outro clarão estrelado ilumina o céu. De repente tudo brilha como a luz do dia. Ando na direção dele e pulo na trincheira a seu lado. Ele me diz alguma coisa que não consigo ouvir. Algo em minha cabeça estala, e a audição volta em um ouvido. Fogo de fuzil dos dois lados, o forte deslocamento de ar das granadas na linha, o *uomp* de seu impacto.

— Você está bem, companheiro? — o soldado grita para mim por cima do alarido.

Ele tem cabelo vermelho e bigode também vermelho, como McCaan. Sacudo a cabeça.

— Há uma mulher e uma criança mortas em Passchendaele — digo, e saio andando.

Quando Elijah volta, dois dias depois, me conta que encontrou alguns dos franceses que no ano passado lhe ensinaram a tirar o escalpo dos inimigos. Ele trouxe um pouco de carne, diz que é um presente dos franceses. Ficamos bem para trás da linha, e Elijah corta a carne em tiras finas, depois as frita em sua xícara de estanho, e assim que elas estão cozidas me passa pedaços na ponta de sua faca de trincheira. Tento não pensar no que essa faca já fez. Esta é a primeira refeição quente que como em semanas. Elijah explica como encontrou os franceses, que eles lhe informaram como procurar por eles, mas não faço mais perguntas.

— Se eles não sabiam no último Natal que sou um caçador com quem devem disputar, agora sabem — diz ele. — Ficaram só olhando quando lhes mostrei meus troféus. — Ele sorri ao se lembrar. — Depois disso ficaram nervosos. Acho que minha reputação está selada. — Ele ri satisfeito.

Me pergunto como é que sumo um ou dois dias e sou posto sob custódia, mas Elijah faz isso sem ser punido.

A carne tem gosto forte e é um pouco dura.

— É cavalo? — pergunto, tirando cartilagem da boca.

Elijah dá seu sorrisinho maldoso de garoto.

— Não. É carne humana. Alemã, para ser mais preciso.

Me levanto de um pulo antes de ter consciência do que estou fazendo e me aproximo de Elijah com os punhos fechados. Então me vejo pegando a faca. Mas o que ele disse me provoca náuseas, então me ajoelho e enfio um dedo na garganta. O conteúdo de meu estômago sai numa bola viscosa.

— X! Acalme-se! — diz Elijah. — Estou só brincando. O que foi? Você acha que estou louco? Eu estava brincando. É carne de cavalo.

Sua testa se enruga inocentemente e em seus olhos vejo o brilho do trapaceiro. Ele enfia um pouco de carne na boca, mastiga e engole.

MASINAHIKAN
A carta

O inverno em Lens é tranquilo. Parece que os dois lados estão tratando das feridas, preparando-se para o clima mais quente da primavera antes de reiniciarem a matança. Todos concordam que os alemães continuarão a ofensiva, tentando retomar o terreno que perderam neste último ano.

Agora os americanos estão na luta, e seu acréscimo foi bem-vindo. Não vi muitos deles. Estão ao norte e se concentrando no sul. Eles têm muito a aprender, precisam entender muitas coisas que os outros dominaram nos últimos anos.

Elijah e eu somos mantidos em atividade sendo mandados em patrulhas. Os alemães estão bem enterrados na Linha Hindenburg, e neste setor os ataques de surpresa a trincheiras estão fora de cogitação, mas na terra de ninguém há muita ação para manter minha mente ocupada. Percebo que estou cada vez me arriscando mais, sem ser tão cuidadoso como era antes, não me preocupando com isso.

Uma noite, Elijah e eu rastejamos por uma área na qual, segundo relatos que chegaram ontem à noite, há um grupo de trabalho dos fritz. Avançamos um pouco e escutamos, avançamos e escutamos, e quando os sinalizadores sobem ficamos deitados imóveis no chão. Mas não encontramos nada. Normalmente, sou eu que digo a Elijah que é hora de voltar, mas esta noite não me preocupo com isso.

Ficamos fora tanto tempo que quando Elijah diz que devemos voltar já está quase amanhecendo. Meus ouvidos ficaram zumbindo e tive de depender dos movimentos de Elijah para saber quando o perigo podia estar próximo. Aprendi a ler bem Elijah. Quando nos deslocamos ele se dobra como uma lebre, mas quando sente o cheiro do inimigo o corpo fica relaxado e fluido, exatamente o oposto de qualquer outra pessoa com quem já estive nesta posição. Quando nos afastamos da linha dos fritz, chegando a uns dois terços da distância na terra de ninguém, Elijah para e aponta na direção do inimigo. Olhamos no escuro que começa a clarear e vemos duas formas que deslizam em silêncio para dentro de um buraco aberto por granada. O vislumbre de outros fazendo o que fazemos neste lugar perigoso me causa um choque. Às vezes, quando estamos aqui, sinto que Elijah e eu somos os únicos no mundo. Em pouco tempo o sol vai estar tão perto do horizonte atrás da linha alemã que seremos sombras que os fritz poderão alvejar.

Andamos até uma cratera vinte metros mais próxima de nossa linha. Elijah espia por cima da borda e começa a gritar em inglês.

— Fritzy! — ele berra. — Eu vi vocês, Fritzy! Amanhã à noite vamos voltar para este mesmo lugar e eu os desafio a brincarem conosco.

Apesar de ser o mais sensato, dou uma risada. Elijah gritou tão alto que até eu consigo ouvi-lo entre o zumbido.

Quando rastejamos para fora da cratera para voltar à nossa linha, fico surpreso de ouvir uma voz gritando para nós. Não consigo entender o que o alemão diz, só a palavra *Tommy*. Elijah solta uma gargalhada e nós corremos.

— O que ele disse? — pergunto a ele depois que chegamos em segurança e estamos tomando nosso rum matinal.

— Era um sujeito engraçado — diz Elijah. — Nos chamou de Tommy e disse que estaria lá esperando por nós amanhã.

— Nós vamos voltar? — pergunto.

— De jeito nenhum — diz ele. — Eles não vão estar lá.

Quando ganhamos alguns dias de descanso, ficamos esperando a chuva parar. Quando para, nos reunimos todos ao lado da carroça de cozinha, onde é mais quente. Os homens sentam e conversam ou ficam olhando para nada. Fico sozinho, observando os outros e o que eles fazem.

Vejo Elijah conversar em voz baixa com Olhos Cinzentos. Agora o relacionamento deles é de conveniência. Um recorre ao outro quando está sem o remédio. Eles falam em código. Um dia Elijah pede uma xícara de chá, no dia seguinte Olhos Cinzentos pede uma atadura a Elijah, no outro, um cigarro. Eu costumava me preocupar com Olhos Cinzentos, que ele cometesse um erro que causaria a morte de alguns de nós, como fez com Sean Patrick. Mas desde aquele momento Olhos Cinzentos se tornou uma sombra. Ninguém realmente o percebe mais, o que é melhor. McCaan e Breech sabem que só devem mandá-lo em grupos de trabalho. McCaan deve ter ideia de que ele toma o remédio. Por motivos que não entendo, McCaan não faz nada. Mas se Olhos Cinzentos for apanhado dormindo quando estiver montando guarda, ou deixar acontecer o que aconteceu com Sean Patrick e for considerado culpado, não há dúvida de que será mandado para atrás da linha para enfrentar um pelotão de fuzilamento. Olhos Cinzentos também sabe disso, e é esse medo que o mantém funcionando.

O Gordo está sentado ao lado de uma fogueirinha e come um grande pedaço de chocolate que recebeu pelo correio. Ele perdeu peso. Ainda está gordo, e nunca vai ter nenhuma graça nem pensar em nada além de seu próprio conforto, mas de algum jeito conseguiu sobreviver em um lugar onde tantos outros fracassaram. Algumas pessoas carregam a sorte como outras carregam peso. Ele carrega os dois.

McCaan discute com Breech a ação de inverno e o que eles esperam da primavera que está próxima. Ele continua a cuidar de nós como um pai. Toda essa tensão fez surgirem linhas em sua testa e dos lados da boca. O cabelo vermelho está ficando cinza. É um homem forte, um homem bom. Sei que carrega o fardo de cada morte nesta seção e às vezes fico preocupado com ele.

Ultimamente, vi uma mudança nos olhos de McCaan. Não quero admitir isso, mas sei com tanta certeza quanto posso ter de qualquer coisa. McCaan também sabe. Quero me aproximar dele, dizer que ele deve deixar este lugar, ir para a Inglaterra, voltar para o Canadá, qualquer lugar que não seja aqui. Mas não se pode fugir dessa coisa. Quando chega a hora, ela encontra a gente. Nós dois sabemos que McCaan não tem muito tempo, mas nenhum de nós diz isso. Não serviria para nada.

Mas não me incomodo com Breech Bastardo, o homem que é tão preocupado com aparência, afinando as pontas do bigode todas as manhãs, batendo o cabo do chicote na perna enquanto fala conosco como se fôssemos crianças. Ele daria um bom professor na escola residencial.

Eu queria tanto quanto Elijah que os encarregados de nós fossem o sargento McCaan e o cabo Thompson, e que Breech fosse embora. Embora Thompson não seja um de nossos originais, foi ele quem nos ensinou a explorar, patrulhar e atacar de surpresa. Ele é silencioso como um índio e costuma ficar sozinho. Comenta-se que é advogado em Toronto. Ninguém sabe muito sobre ele, e ele gosta que seja assim. Thompson presta mais atenção em Elijah do que em mim, e já me acostumei com isso. Elijah. Ele engana todos, menos eu. Sou o único que consegue ver através de sua máscara.

Fico acordado a noite inteira antes de voltarmos à linha. No meio da noite sou obrigado a encarar algo com que venho lutando. Elijah está louco. Os atos que ele pratica vão trazer má sorte a todos nós. Alguma coisa vai acontecer, mas não posso ver exatamente o que é.

No inverno nosso batalhão é deslocado outra vez para as cavernas e os túneis de Vimy. Fala-se que é onde os boches vão concentrar sua ofensiva na primavera. Eles gostam de terrenos elevados, e agora os canadenses controlam a crista da montanha.

Uma noite, corre a notícia de um ataque de surpresa às trincheiras, o primeiro em muito tempo. O plano é simples. Avançar sob cobertura de uma barragem de enquadramento, e quando chegarmos às trincheiras, infligir o máximo de danos possível. Esse será um de muitos ataques pequenos. São convocados cinco voluntários. Elijah e eu, Thompson, um novo soldado e McCaan. Fico surpreso por McCaan ir conosco. Ele é melhor na retaguarda, ajudando na barragem.

Tarde da noite, saímos e estamos rastejando pela terra de ninguém. Mais cedo a artilharia executou uma barragem desnecessariamente grande que durou demais, na esperança de desmantelar a seção dos hunos para a qual seguimos. Atravessamos o arame sem muito problema, e fico surpreso ao descobrir, quando entramos na trincheira inimiga, que não há nenhum inimigo para combater. Parece que eles abandonaram esta linha. Então percebo o que houve.

Há um motivo para eles terem abandonado esta seção. Começo a achar que a barragem nos entregou e sussurro isso para Elijah quando a primeira granada chega silvando e o jovem soldado a dez metros de nós desaparece em um clarão branco e vermelho. Todos os outros somos jogados de costas. Foi uma granada alemã. Veio da direção deles, não da dos canadenses. Os fritz estavam esperando.

Outra granada chega, e mais outra. Estão caindo tão perto que o ar é sugado de meus pulmões e não consigo respirar. Me viro de barriga para baixo e começo a rastejar. Não tenho ideia do que aconteceu com os outros. Estilhaços de terra congelada chovem sobre mim quando encontro um abrigo e rolo para dentro dele. Na escuridão e na fumaça, é impossível ver qualquer coisa. A terra tem cheiro de queimado.

O bombardeio cessa com a mesma rapidez com que começou, e sei que a qualquer momento os hunos vão encher esta seção para acabar conosco, mas estou atordoado demais pela explosão para conseguir me deslocar. Meus ouvidos só ouvem o silêncio.

Onde estão os outros?

Me forço a rastejar para fora do esconderijo. Na escuridão agarro uma perna. Me impulsiono ao longo dela mas descubro que não está presa a um corpo. A perna pertence a um de nós, e sou atravessado por uma onda de enjoo. Só me resta rastejar de lado e voltar para nossa linha. Do parapeito, olho para baixo mais uma vez. A fumaça clareou um pouco e consigo ver McCaan no solo.

— Sargento — eu o chamo. Ele olha para mim mas parece que não me vê. Vejo que ele perdeu um braço. O sangue jorra dele em jatos. Ele luta para se sentar. Estou paralisado no parapeito, as pernas e os braços não respondem ao que peço para fazerem. — Sargento McCaan! — grito, e em minha cabeça minha voz é abafada. Os olhos dele focalizam os meus. Ele sorri e seu bigode vermelho se retorce com os lábios. Ele estende o braço que restou na minha direção.

Percebo um movimento à minha esquerda. Dois soldados chegam correndo com os fuzis apontados e olham para Mc-Caan. Um deles grita para ele e o outro ergue o fuzil e mira na cabeça de McCaan. Vejo a cuspida de fogo sair do cano e então McCaan fica imóvel. Pressiono o corpo contra o chão, tentando desaparecer na terra, apavorado como nunca me senti. Se fizer algum som vão me matar também. Observo-os se deslocarem um pouco, e quando ficam de costas para mim me esforço para rolar para longe da borda do parapeito. Agora posso me deslocar para me salvar, mas não pude fazer nada por ele. Sou um covarde, e o pensamento de sobreviver a este momento toma conta de meus membros. Lágrimas e fumaça me queimam os olhos enquanto me viro e rastejo de volta sozinho pela terra de ninguém.

A manhã está próxima e sou o único que conseguiu voltar. Relato a Breech a confirmação da morte de McCaan. A notícia se espalha depressa pela companhia. Disparamos nossa artilharia a tarde inteira, uma grande barragem alimentada por raiva, tristeza e vingança. No começo da noite nada mudou. Os três homens mais populares do batalhão, todos perdidos em uma única noite.

Tarde da noite sou acordado pelo fantasma de Elijah. Está tão magro que penso que quase posso ver através dele. Elijah ri e fala, mas não consigo entender o que diz. Dou as costas a ele para voltar a dormir e Elijah me empurra. Me viro e vejo que é mesmo ele.

— Tive de ficar escondido o dia inteiro em uma cratera de granada a menos de dez metros da linha deles! — ele diz, animado.

— E os outros? — pergunto. — Fale mais alto!

— Arrastei Thompson para fora pouco antes de os fritz chegarem — diz Elijah.

Penso em minha incapacidade de fazer o mesmo por McCaan. O pensamento esmaga alguma coisa dentro de mim.

— O novo soldado foi morto instantaneamente — continua Elijah. — Não consegui encontrar você nem McCaan, e tive de sair da trincheira quando ouvi os fritz chegando.

— McCaan está morto — digo. — Eu vi quando aconteceu.

— Estou contente de você estar vivo. — diz Elijah. — Thompson foi gravemente atingido. Tive sorte de ter levado morfina, senão os gritos dele teriam nos entregado. Eu o ajudei a dormir lá o dia todo. Ele tem um ferimento tão feio na barriga que não consigo imaginar que vá sobreviver. Mas na escuridão consegui trazê-lo para nosso lado.

Olho para Elijah, acompanho o movimento de seus lábios. Ele encontrou um jeito de se livrar da dor de tudo isso. Nada disso parece afetá-lo.

Todos estão atordoados pela morte de McCaan, mas a milagrosa sobrevivência de Elijah e Thompson alivia um pouco a dor. Os homens têm algo positivo em que se concentrar. Também sinto algum alívio por Thompson ter conseguido voltar. Mas McCaan foi embora para sempre, e isso continua a consumir a pequena parte de mim que me faz seguir adiante. Thompson não vai sobreviver. Sei disso com a mesma certeza que tinha sobre o destino de McCaan antes de ele saber. Sofro do meu jeito por meus dois amigos, queimo raminhos de grama seca que encontro nas estradas que entram e saem deste lugar. As preces enviadas na fumaça parecem muito pequenas. McCaan e Thompson eram os únicos que ancoravam a companhia, tornavam o tenente Breech suportável. Me dou conta de que passara a pensar neles como parentes.

Pouco tempo depois disso, gritam meu nome para que eu vá receber correspondência. Fico muito surpreso. Elijah e eu costumávamos brincar que éramos os únicos no exército canadense que nunca recebiam cartas.

— Se pelo menos sua tia pagã soubesse escrever em inglês — dizia Elijah.

Quando me entregam a correspondência, só consigo olhar para a carta em minha mão. Abro-a com cuidado e fico muito tempo olhando para ela. Preciso encontrar alguém que a leia para mim. Elijah sabe ler, mas não quero que seja ele. Ele pode mentir sobre o que ela diz ou me pregar uma peça. Vou atrás do Gordo, demoro muito a juntar coragem para pedir a ele.

O Gordo resmunga e depois começa a ler com sua voz anasalada.

— Aqui diz que você deve voltar para casa. — Ele para de ler, olha para mim. — Isso é muito difícil de ler, X. Não há pontuação e a letra parece de criança. Pelo que consigo entender, ela diz que você é o último da família. Você deve ter um filho para poder ensinar a ele o que lhe ensinaram.

Esmoreço exatamente como se uma granada tivesse explodido a meus pés. Isso significa que a Tia está morta?

O Gordo continua.

— Diz que Deus entende se você tiver de matar Elijah. — Ele para e olha para mim. — Isso é absurdo, X. Matar Elijah! Eu, hem!

— O que mais ela diz? — pergunto, mal conseguindo respirar.

— Não muito. Diz para rezar e fazer o que precisar fazer para voltar para casa.

Ele me devolve a carta e me sento de cócoras.

— Tem um nome nela? — pergunto, desesperado.

O Gordo pega a carta e olha de novo.

— É um rabisco de criança, mas parece dizer "Joseph Redeiro". Que tipo de nome é esse? Eu, hem!

Penso muito, me lembro de Joseph. Ele não era um índio abrigado, mas um dos bons que ainda viviam do jeito antigo. Não mentiria nem pregaria uma peça como esta. Me aproximo de novo do Gordo, chamo-o de lado e peço a ele que leia mais uma vez a carta, devagar e em voz alta.

— Não fala nada de minha tia? — pergunto.

— Não, diz claramente que você é o último de sua família.

Meu coração se aperta.

— E é seguida pela frase de que Deus entende se você tiver de matar Elijah. Estou pensando em contar isso ao tenente Breech, X.

Ele me devolve a carta de novo. Dobro-a com cuidado e a ponho no bolso, me levanto e caminho para longe para poder entender isso.

Fico sentado sozinho e deixo as palavras ecoarem em minha cabeça. A Tia não sabe escrever na língua deles, muito menos falar. Esta carta diz que ela está morta. Fala até da loucura que se apossou de Elijah. Por que o velho Joseph enviaria isso? De repente o mundo é menos real do que era ontem.

Estamos nas cavernas de Vimy, esperando para ser mais uma vez deslocados para o front, quando Elijah vem me encontrar, carregando um saco. Seus olhos parecem de novo selvagens e brilhantes. Ele tem tomado remédio demais, me explicou que desenvolveu tanta tolerância que uma das doses que toma mataria na hora um homem normal. Quero lhe contar as notícias da Tia, mas não posso mais confiar nele.

— Venha comigo, X — ele diz. — Preciso de um grande favor seu.

Ele me conduz pelos túneis tortuosos até a superfície no fundo da crista. Estamos fora numa noite do começo da primavera. O céu ainda está claro no oeste. Do sul sopra uma brisa fresca. Um rouxinol canta. Andamos até a borda de um pequeno arvoredo que sobreviveu ao bombardeio do ano passado. Elijah parece animado.

— Vamos fazer uma fogueira — ele diz.

Fazemos isso juntos, escolhendo uma boa madeira rija seca que está aqui desde o ano passado. Sentamos ao lado da fogueira e olhamos as chamas.

Elijah continua a pôr madeira no fogo embora isso não seja mais necessário. A noite é agradavelmente tranquila.

— Vá devagar com a madeira — digo. — Você vai fazer os fritz verem a fogueira e nos bombardearem.

— Preciso que ela fique muito quente — ele diz. — Quero que você faça uma coisa para mim.

Imagino que loucura ele quer que eu faça com o fogo. Ele enfia a mão no saco e puxa um osso esbranquiçado. É levemente côncavo e liso e parece que o reconheço. Elijah me entrega o osso. Eu o viro, passo os dedos nele e percebo o que tenho.

— Onde você encontrou o quarto dianteiro de um urso? — pergunto.

Elijah sorri.

— Não é de um urso. É de um alemão.

Solto imediatamente o osso, olho para ele para ver se está brincando de novo. Não está.

— Preciso que você leia o osso — diz Elijah me encarando. — Quero que você adivinhe para mim.

Estou confuso.

— Por quê? O que você acha que eu posso decifrar nele?

— É a mesma coisa que conjurar um alce, não é? — ele diz. — Você leu ossos de alce no passado. Vi você fazer isso. E muitas vezes funcionou. Você já nos levou direto para eles.

— Mas isso é diferente — digo.

— Qual é a diferença? — ele pergunta. — Caçar é caçar.

— Eu caço para me alimentar — digo.

— Eu também — responde Elijah.

Não sei ao certo se entendo o que Elijah diz.

— Você está me dizendo que agora come alemães?

— Não seja tão literal, X — diz ele. — Descobri uma coisa em que sou realmente bom, e é matar homens. Não preciso de comida quando tenho isso.

Ficamos um tempo calados, olhando a fogueira.

— Embora — continua Elijah — existam aqueles que comem os olhos do inimigo para ver o que ele vê. Thompson me falou deles. Aqueles franceses também verificaram isso. Além disso, os iroqueses comem o coração do inimigo para pegar sua força. Nós fomos criados ouvindo essas histórias. — Ele para, como se pensasse sobre isso.

Sacudo a cabeça.

— Você não é mais o mesmo, Elijah.

Ele fica em silêncio. Pequenos tremores começam a agitá-lo. Seus punhos estão fechados e o rosto se contorce num sorriso de escárnio. Meu medo dele volta mais forte que antes. Não quero participar disto. Como se percebesse o que penso, ele relaxa os punhos e exibe no rosto uma máscara de calma. Sorri, mas não é um sorriso autêntico. Tenho de ir embora.

— Se você quiser que eu adivinhe para você onde pode encontrar hunos — digo, me levantando para ir embora —, eu faço isso. Eles estão lá. — Aponto para Vimy Ridge e para a Linha Hindenburg.

Quando somos mandados de novo para descansar, tenho uma ideia. Procuro pedras boas e pego uma lona velha emprestada do intendente. Ando pelo bosque esparso atrás de onde estamos e encontro um lugar apropriado, então construo um *matatosowin*, faço uma fogueira perto dele e deixo as pedras esquentando o dia todo. Faço todo o trabalho sozinho, e quando as pedras estão prontas, carrego-as uma por uma usando minha pá de trincheira, depois levo também um balde de água. Tiro toda a roupa, ficando apenas com meu maço de remédio em volta do pescoço.

Entro engatinhando na tenda e dou uma volta nela no sentido horário, depois tomo meu lugar. Uma xícara de água derramada nas pedras as faz chiarem vermelhas e soltarem uma onda de fumaça. Aspiro o vapor e meus pulmões queimam. Quero que o vapor libere as rezas de dentro de minha cabeça para que eu possa enviá-las para o céu.

Nada.

Derramo mais água nas pedras e o calor úmido chamusca minha pele. Sinto o corpo em fogo.

Derramo de novo água nas pedras e desta vez o vapor é tão doloroso que me dobro na cintura e sugo o ar mais frio do chão. Olho para as pedras brilhando vermelhas na escuridão. Fissuras brancas de calor pulsam embaixo do vermelho. Olho para elas e vejo que começam a perder o brilho. Outra xícara de água nas pedras as faz chiar de volta à vida. Começo a entrar em pânico. O ar está quente demais para eu respirar. Sair do *matatosowin* agora seria um fracasso. Me acalmo o mais que consigo e me dobro até enterrar o rosto no chão. A dor do calor nas costas me faz gemer.

Está quente demais para eu me concentrar, então espero e tento dominar a dor. Não vem nenhuma reza. Penso nas quatro direções, penso em você, Niska. Penso em casa. Tento ver se você está realmente morta. Nada. Pergunto em voz alta o que devo fazer, o que posso fazer. Nada. Que você morreu e a carta é verdadeira, Niska, parece mais do que claro agora.

Finalmente, ela me vem. Começo a pensar em uma reza simples, repetindo-a sem parar. *Quero ouvir. Quero ver. Quero ouvir. Quero ver. Quero ouvir de novo. Quero ver o que devo fazer. Quero ouvir de novo. Quero ver o que devo fazer.* Derramo mais água e a onda de dor que me toma se transforma em êxtase. Rezo até deixar meu corpo e flutuar sobre este lugar, subindo tão alto que vejo as linhas das trincheiras riscadas na terra. Tento ler seu padrão, entendê-lo. Linhas cortam a pele da terra. Cicatrizes. Não consigo ler sua língua, mas sei que devo ir.

Quando saio do *matatosowin* estou tonto, quando me inclino para pegar as roupas tropeço. Ainda nenhuma resposta. O calor sugou tudo de mim. Minha pele está vermelha e sensível. O ar de fora é deliciosamente fresco. Neste momento minha vontade não me guia. Alguma coisa me carrega. Fiquei horas na tenda. O mundo agora é de uma cor que nunca vi, um preto-azulado tão intenso que parece que o céu está perto o suficiente para que eu o toque. Uma meia-lua flutua acima de mim. Deixo que isso, seja lá o que for, me puxe, me leve para onde quiser.

Quando entro em uma das tendas, no escuro, ouço a respiração regular e baixa de Elijah. Caminho para ele. Elijah dorme o sono do remédio. Me acocoro ao lado dele, olho para seu rosto tranquilo delineado na pouca luz. Ao lado dele vejo o estojo. Minha mão vai até ele, tateia dentro procurando a seringa do remédio. Tiro-a, olho para ela.

Sento de costas contra a cama de Elijah e toco de leve a ponta da agulha. Enrolo minha manga. Quero sentir o que Elijah sente. Talvez então eu entenda melhor. Encosto a ponta da agulha na pele e começo a empurrar, mas quando as primeiras camadas de pele se rompem, algo me faz parar. Outra ideia. Sei o que fazer.

Me viro e me ajoelho, encaro de novo Elijah. Procuro seu braço e o tomo gentilmente em minhas mãos. Procuro com um dedo o inchaço da veia, a que corre dentro do cotovelo de Elijah. Pego a ponta da agulha e com cuidado a alinho com o inchaço, como vi Elijah fazer. Elijah nunca toma mais que um pouquinho assim. A seringa agora está cheia de líquido dourado.

Empurro a ponta da agulha na veia de Elijah. Ela entra, primeiro com resistência, depois suavemente. Ponho o polegar no êmbolo e, antes de descarregar o remédio na veia de meu amigo, procuro seu rosto mais uma vez.

Seus olhos estão abertos. Ele tem um leve sorriso nos lábios.

— O que você está fazendo? — ele pergunta em cree.

— Estou lhe dando o remédio — digo.

— Neste momento não preciso de mais — ele diz.

Ficamos muito tempo olhando um para o outro. Estamos presos neste momento.

Devagar, puxo a agulha do braço de Elijah, ponho-a de volta no estojo. Me levanto, sem forças, e saio da tenda.

PIMINAAWIN
Voando

Hoje é o terceiro dia inteiro que passamos no rio. Logo vou começar a reconhecer o campo onde cresci. O tempo continua firme, mas à nossa frente, ao norte, nuvens cinzentas sobem da Grande Baía Salgada. Não me preocupo se chover. Estou tão acostumado a viver na chuva fria, a ficar tanto tempo tremendo embaixo de lã molhada, que quando o sol brilhava parecia que faltava alguma coisa à vida.

Seguro a última agulha de morfina e a giro, de forma que o sol captura o líquido dourado e o faz brilhar. Sinto cólicas no estômago e meu braço dói muito no lugar onde entrou uma bala da máuser.

— Titia — digo, me virando para ela. Ela olha para mim enquanto rema. — Esta é a última. Depois desta não há mais. — Dou as costas para ela, escolho uma casquinha de veia no braço, enfio nela a ponta da agulha. Empurro o êmbolo e sinto a queimadura leve quando o líquido entra em mim. É bom não precisar mais esconder meu hábito, mas rio ao pensar que bem no momento em que cheguei a este ponto o remédio acabou.

Volto a respirar normalmente. O sol brilha atrás de minhas pálpebras, a canoa balança suavemente, a água pinga do remo da Tia e eu saio flutuando de meu corpo arruinado. O vento morno me faz cócegas na pele. Pela última vez sinto o remédio me envolver totalmente. Em algumas horas vou cair e me espatifar nas pedras de um lugar duro, mas até lá vou flutuar livre de mim mesmo e não sentirei nenhuma dor.

De cima vejo Elijah e eu de prontidão com os outros em um campo aberto, os fuzis descansando na mão direita. Recebemos uniformes novos e o novo sargento da companhia providenciou corte de cabelo para todos. Elijah diz que seu couro cabeludo está inflamado pelos cortes da tesoura cega. Apesar do que tentei fazer a ele com a agulha, apesar de eu dizer que não quero mais que ele fale comigo, Elijah continua falando. Sem parar, como uma criança. Talvez pense que se parar de falar comigo vai explodir como uma bexiga de esturjão lotada de ar. Fala comigo como se sua vida dependesse disso, com os olhos molhados da morfina. Para compensar os longos períodos que passa fora sozinho caçando na terra de ninguém, ele passa as noites sussurrando seus pensamentos para mim, enquanto tento dormir.

Hoje ele é o centro das atenções, esta manhã tomou mais remédio do que devia. O sol lhe machuca os olhos. Suas pupilas já não se retraem na luz como deveriam. Elijah olha em volta. Há muito poucos dos velhos rostos. Eu. O Gordo. Breech Bastardo. Olhos Cinzentos desapareceu há uma semana. Ninguém sabe se está morto ou vivo.

Vejo que Elijah sua. Suas pernas estão bambas. Todos nós suamos nos uniformes de lã sarnentos. O suor desce pelas costas de Elijah e seu corpo estremece. Estamos parados aqui há uma hora, esperando.

Finalmente, aquele que estamos esperando chega a cavalo com seu ajudante. É um general, e fica muito tempo falando com o novo sargento chamado Colquhoun e o tenente Breech. Elijah vê Colquhoun apontar para ele, e os olhares de todos os outros acompanham isso. Elijah segura o impulso de acenar para os oficiais que olham para ele. O homem a cavalo continua falando, usa palavras como *bravura, o bom combate, honra, vitória*. Ele desmonta do cavalo, recebe do ajudante uma caixinha de veludo e caminha diretamente para Elijah. O homem abre a caixa, pronuncia o nome Whiskeyjack na mesma frase em que menciona o rei da Inglaterra, tira uma medalha e a prende com alfinete no peito de Elijah, atrapalhando-se só um pouco. Elijah bate continência, parado neste calor e neste sol, com os olhos inundados. Vê um pássaro flutuando numa corrente de ar no horizonte e se concentra nele. Elijah está voando.

Elijah não sabe o que fazer comigo. Não consegue esquecer que há alguns meses acordou de um sonho bom e me viu enfiando uma seringa em seu braço. Ele me acusou de também tomar o remédio, mas sabe que não tomo. Travo meus combates exatamente como ele, e como todos os outros, canadenses, ingleses, alemães, franceses, australianos, americanos, birmaneses, austríacos, travam os seus. Todos nós lutamos em duas frentes, a que encara o inimigo e a que encara o que fazemos com o inimigo.

Vejo em Elijah uma fome que ele não consegue satisfazer. Agora que não quero mais ir para o campo, ele sai sozinho para ficar de tocaia. Me conta uma história sobre rastejar na lama e encontrar o lugar onde não será visto. Se enfia na lama como uma toupeira, de forma que só a ponta do fuzil fica para fora, com o telescópio coberto por estopa para impedir o reflexo. Ele queria que eu o deixasse usar minha excelente máuser alemã. Fica deitado durante horas, às vezes dias, só se mexendo para tomar o remédio, esperando o tiro importante. Deixa passar muitos alvos, só quer o certo. Os homens são animais de hábitos, e ele faz com que isso mantenha sua paciência. Procura cabos, sargentos, tenentes, todos identificados pelo jeito como andam. Mais confiante. Mais seguro. Os oficiais sempre parecem ter pernas finas. Elijah aumenta suas marcas nos campos propícios em volta de Vimy, volta só com sua palavra de que matou, mas agora sua palavra é suficiente.

Em suas tocaias, Elijah matou tantos alemães que os boches começaram a bombardear fortemente nosso setor, e quando ele passa nossos soldados balançam a cabeça para ele e dizem: "Dê o fora, vá fazer seu trabalho em outro lugar." Ele decide se deslocar para uma parte da linha que os soldados supõem que não seja mais usada. Sente alguma coisa em relação a ela.

Elijah rasteja pela terra de ninguém à noite, escutando, parando muitas vezes, procurando um bom lugar para quando amanhecer. Finalmente encontra um. A beira de uma cratera oferece uma ótima posição. Ele faz um ninho, trabalha nele a noite inteira para que de manhã esteja pronto. Depois passa o dia todo olhando através do telescópio, parando para descansar os olhos de tempos em tempos, depois voltando a espiar. Ao que tudo indica, esse parece ser um trecho inativo da linha, mas então, no fim do segundo dia, ele percebe um movimento.

Um gato, gordo e feliz, está sentado em um parapeito e lambe as patas. Elijah fica muito tempo olhando para ele. O que um gato está fazendo aqui? O gato parece bem alimentado e tratado, não é selvagem. Normalmente os ratos de trincheira o teriam comido. Alguém está cuidando dele, e os únicos que podem ter esse tipo de luxo são os oficiais.

Elijah passa o dia inteiro deitado observando, e tarde da noite sai do ninho e rasteja em silêncio até onde viu o gato. Da trincheira vêm sussurros. Ele escuta as palavras. Há três ou quatro deles. O que estão fazendo em uma seção de trincheira abandonada? Uma reunião chamada às pressas, talvez? Não importa. Logo estarão mortos.

Com o revólver numa mão e o porrete na outra, ele desliza para dentro da trincheira, olha em volta para não ser surpreendido. Observa-os na escuridão. Estão sentados em dois grupos de dois. Elijah vai até atrás do primeiro grupo e bate com o porrete no que está mais próximo antes mesmo que percebam sua presença. O oficial berra e cai, segurando a cabeça. Agora Elijah tem de trabalhar depressa. Gira o porrete e bate na têmpora do homem que está ao lado do que caiu, e este também tropeça e desaba. Agora os outros dois se levantaram. Um corre na direção oposta, o outro corre para Elijah com uma pistola na mão, apontada. Atira freneticamente, erra. Elijah levanta o revólver e dispara, acertando o huno bem na testa. O homem morre antes de chegar ao chão. Elijah vai atrás do que fugiu. Este não é difícil de pegar. A uns quinze metros na trincheira ele está deitado de lado, apertando o peito. Está tendo um ataque do coração. Elijah ajuda a pôr fim ao ataque descendo o porrete no crânio do homem. Enfia o revólver no coldre, pega a faca e começa a cortar.

Elijah volta aos outros. Os dois primeiros ainda estão vivos, gemendo. Um rastejou uma distância considerável. Elijah vai até atrás dele, senta em suas costas, puxa a cabeça pelo cabelo expondo o pescoço e faz nele um corte profundo. Vai até o outro, cujos olhos estão abertos mas não veem. Com a mão, Elijah os fecha gentilmente, depois põe o revólver na testa do oficial. A arma emite um estampido e o corpo do oficial dá um solavanco, então fica imóvel.

Depois de pegar o cabelo deles e examinar seus bolsos, Elijah sai da trincheira. Todos são oficiais. Ao voltar para o ninho, ele muda de ideia e retorna. Rastejando de novo para dentro da trincheira, ele retira as insígnias dos uniformes, entra no abrigo e encontra uma bolsa cheia de papéis e mapas. Não quer que ninguém questione quando contar o que fez esta noite.

De volta ao ninho, ele toma o remédio e deita de costas com o corpo tremendo. Enquanto flutua para o céu ele ouve uma voz de mulher conhecida, perguntando se ele não sente nada depois dessa matança. Alguma coisa anda por sua perna e ele acorda com um solavanco. Não quer ser mordido por um rato. Estende a mão para estrangulá-lo e agarra o pelo quente. O animal ronrona. O gato o seguiu até aqui. Ele se deita e fecha de novo os olhos. O gato sobe nele e se aninha na curva de seu braço. Os dois adormecem juntos.

No meio do verão somos mandados para descansar em um lugar tranquilo à margem de um rio. Acho difícil entender como há dois dias estávamos em trincheiras cercadas de arame farpado enferrujado e ratos comendo cadáveres e hoje estamos acampados em tendas em um campo de fazenda olhando para o vento que agita campos de trigo. Como se falasse casualmente, o tenente Breech informa que o cabo Thompson morreu de seus ferimentos.

— Ele era um bom sujeito — me diz Elijah enquanto olhamos para o campo. — Espero que tenha morrido em paz.

— Imagino que eles o encheram desse remédio — respondo. Desde a primeira vez que vi Thompson, acreditei que ele seria o único a sobreviver a esta guerra. Agora que ele se foi só posso contar com Elijah e comigo mesmo.

Perto daqui há um campo de aviação, e todas as manhãs Elijah vai até lá antes de o sol nascer e fica observando os pilotos e os mecânicos prepararem os aviões para voar. Os mecânicos trabalham com pressa, mexendo em motores, passando as mãos sobre as asas e carregando munição em cinturões de metralhadoras. Ele vê os pilotos se vestirem para voar, primeiro calções e camisas de seda branca, depois calças e túnicas de lã, e então casacos quentes, cachecóis de seda, chapéus e luvas. Quando estão prontos, parecem preparados para o inverno no calor de julho, e sobem desajeitados nas cabines dos aviões.

Nesse momento eles se tornam uma parte da máquina. Elijah observa da borda do campo enquanto os motores tossem ao serem ligados, a fumaça saindo dos canos de escapamento, os aviões aos solavancos pelo chão tosco até o campo e então zunindo cada vez mais alto, ganhando velocidade, correndo no solo até o momento em que as rodas saem do chão e os aviões se lançam abruptamente no ar, empurrando as correntes de vento, subindo cada vez mais alto e mais longe até virarem pontinhos zumbindo no horizonte. Mais tarde Elijah fica escutando o retorno deles, imaginando quais voltarão e quais não.

Em nosso último dia de descanso perguntam a Elijah se ele quer subir em um avião. Os pilotos souberam que o atirador de elite índio Whiskeyjack está alojado nas proximidades.

— Eu teria muito prazer — ele diz, e é simples assim, o sonho que ele tem há tanto tempo vai se realizar.

Elijah me conta tudo, embora eu diga que não quero ouvir. Mas nessa história o tom dele é diferente. Ele não parece um louco sussurrando sobre mortes. Parece voltar a ser ele mesmo.

Primeiro os pilotos dão a ele perneiras de seda macia, depois uma calça de lã para vestir sobre elas. Ele recebe o casaco de piloto com gola de couro de ovelha. Um cachecol de seda é enrolado em volta de seu pescoço e na cabeça põem um capacete de couro e óculos de proteção. Ele sobe na asa e entra na cabine, com a cabeça zumbindo de excitação. O piloto senta atrás dele. É um sujeito magro e belo, com um perfil igual ao dos homens dos postos de recrutamento, e olha com bravura para o horizonte.

— Vamos mantê-lo muito atrás das linhas, mas fique bem atento — o piloto grita acima do ruído do motor quando ele tosse, depois começa a rugir. — Os fritz gostam de nos surpreender vindo de cima com o sol atrás deles.

O piloto manobra para a pista e eles a percorrem aos solavancos, o avião acelerando para velocidades que Elijah nunca viu, as árvores passando cada vez mais depressa. E então chega o momento. As rodas saem do chão e Elijah sabe disso porque o avião para de se sacudir e começa a vibrar regularmente, e de repente o chão embaixo dele está muito longe. O piloto manobra abruptamente para o céu e o estômago e as tripas de Elijah quase saem do corpo. O motor e o vento em seus ouvidos se combinam num rugido, e ele olha para a terra embaixo, petrificado. Não consegue se mexer.

O piloto vira o avião para a esquerda e Elijah tem uma vista do campo de batalha ao longe, as trincheiras cortadas na terra, exatamente como ele viu nos sonhos. O piloto inclina o avião de lado, de forma que a asa esquerda aponta diretamente para a terra. Elijah tem um pânico repentino, pensando que neste ângulo fechado pode cair do avião, e começa a tentar encontrar na cabine alguma coisa para agarrar. O solo está muito longe. Seu corpo está tão tenso que o estômago dói. Ele vê as baforadas dos disparos de canhão no lado alemão. Quando vira a cabeça, o céu azul lhe dá uma sensação de enjoo, como se ele se debatesse em um oceano sem nenhuma terra à vista.

O vento parece uma faca afiada, mesmo com todas as camadas de roupa que ele está vestindo. O piloto sobe mais. A terra encolhe. Elijah se sente sem peso amarrado no assento, como se fizesse parte do céu, mas não do jeito que tinha imaginado.

Nada o impede de desabar. Ele se imagina caindo, os braços se agitando freneticamente, o mundo se aproximando depressa até se chocar com ele. Ele está preso no assento desta coisa vibrante que tosse e cospe. Não tem nenhum controle.

O piloto vira o avião para a direita e faz sinal para Elijah olhar para baixo. Um rio serpenteia pela terra, cintilando à luz do sol. A cabeça de Elijah está tão leve que parece uma bolha vazia. Ele quer voltar para o chão. O escapamento do motor do avião lhe dá náuseas.

O piloto deve sentir isso e começa a descer para a terra, e é nesse momento que se forma uma grande pressão nos ouvidos de Elijah e uma dor atravessa sua cabeça. Ele faz o que foi instruído a fazer e começa engolir, mas a dor não passa. Elijah agarra a cabeça com as duas mãos e aperta. A dor é tão intensa que ele começa a pensar que vai matá-lo, tão ruim que ele começa a vomitar, o estômago se contraindo e se soltando enquanto ele põe a cabeça entre os joelhos. Quando está a ponto de berrar, há um estalo em sua cabeça e imediatamente a dor passa. A terra está bem embaixo deles e de repente eles estão mais uma vez aos solavancos pelo chão, o avião estremecendo enquanto se esforça para diminuir a velocidade. Agora ele está de volta ao chão, e sente de novo o peso da terra quando desce vacilante e caminha até a cantina para tomar uma bebida com os outros.

Será que ele está fadado a caminhar no chão e não voar?, ele me pergunta. Antes disso ele não pensava em morrer, só em abstrato, mesmo durante os bombardeios mais intensos. Sempre foi diferente dos outros. Enquanto os pilotos brindam com os copos, acendem cigarros e contam suas histórias, Elijah se dá conta de que agora alguma coisa mudou.

NIPAHIWEWIN
Assassinato

Quando Elijah era criança, sua mãe morreu de uma doença pulmonar. Ele era muito jovem e não aceitou que ela estivesse morta. Continuou a falar com ela, imaginando vê-la em sua frente. As freiras que cuidavam dele na escola residencial ficavam irritadas com esse comportamento, e começaram a castigá-lo toda vez que ele e a mãe conversavam. Então ele começou a fazer isso cada vez mais, até que seu corpo começou a doer muito dos golpes de palmatória e açoite.

Pouco tempo depois disso ele me conheceu e eu o apresentei a você, Niska. Quando Elijah falou pela primeira vez com você, parou de falar da mãe morta.

Os dias passados na mata com você e comigo são lembranças que ainda estão vivas dentro dele. Elijah diz que fica triste de me ver assim, nessa infelicidade que me queima o estômago. Não tenho jeito para a guerra como ele. Gosto é de ficar sozinho na mata, caçar alces e pegar coelhos com você, não de ficar rastejando na lama à procura de homens.

Elijah não gosta de desperdiçar o tempo refletindo sobre o passado, mas nestes dias quentes de verão fica um pouco triste. Como eu, ele sente falta de casa. Mas consegue espantar essa tristeza falando sobre seu retorno triunfante para lá.

— Vou voltar e me tornar chefe — ele me diz. — Vou me tornar um grande chefe das pessoas e envelhecer sentindo muita falta destes dias.

Olho para ele e vejo que não está brincando. Isso é o que ele decidiu que quer.

Em agosto, o rumor de outra grande ofensiva dos aliados se torna realidade. Os fritz tentaram, com tudo o que tinham, terminar esta guerra na primavera, mas estão se enfraquecendo. Quando os canadenses tomam uma seção da trincheira dos boches, eu e Elijah vemos que eles não estão comendo muito nem bem, que a batalha por comida é tão constante quanto a batalha contra o inimigo. Elijah diz que está preocupado com eles pararem de lutar mais cedo do que ele quer que parem, e está ansioso para entrar em ação.

No começo do mês somos mandados, sob a cobertura da escuridão, para um lugar a leste da cidade chamada Amiens. No caminho passamos por um batalhão de australianos e trocamos cigarros e fofocas. Elijah descobre que os franceses estarão no nosso flanco direito e imagina se consegue encontrar os amigos que fez. Quando ele saiu às escondidas para visitá-los no último Natal, só metade deles ainda vivia. Eles são uma sociedade secreta e não admitem facilmente novos membros, mesmo agora que suas fileiras estão tão reduzidas. Elijah se diverte pensando que, por mais loucos que eles sejam, olhavam para ele como se ele fosse muito mais. Será que estou louco?, ele se pergunta. Num lugar como este, quem não está?

Andamos pela escuridão da terra de ninguém. Elijah ri, levando na mão o fuzil e a baioneta armada. Caminha a meu lado, ereto, não agachado como fez todas as vezes em que estivemos neste lugar. O cheiro dos gases que saem do tanque à nossa frente nos deixa tontos. Ele se arrasta, guincha, geme e range, enquanto as balas das metralhadoras dos hunos resvalam inutilmente nele.

O apito estridente para sairmos das trincheiras foi dado na escuridão e na névoa da noite. Ainda vai demorar uma hora para o sol nascer. O plano é inteligente. O padrão para os dois lados é atacar de madrugada. A teoria popular é que na escuridão grandes grupos de soldados não conseguem operar como um só corpo. Imagine a enorme confusão. Mas nesta manhã do começo de agosto os canadenses desafiam a teoria. Pegamos os fritz de surpresa.

O tanque atrás do qual caminhamos deixa cair grandes ganchos atrás dele, puxando o arame farpado do caminho, criando uma trilha ampla para nós. Ele rola direto para dentro e depois para fora da trincheira alemã. Elijah e eu podemos ver as silhuetas de soldados na névoa escalando desesperadamente e correndo. Pulamos para a trincheira, andamos para um lado e para o outro, atirando e dando baionetadas nos valentes que ficaram para lutar. Elijah encontra uma caixa de granadas de mão, a recolhe e anda calmamente até cada um dos abrigos, puxa o pino da granada e a joga lá dentro, depois continua a andar, e a granada explode atrás dele com um ruído surdo, destruindo tudo o que há no abrigo.

Quando a névoa se desfaz, no meio da manhã, perseguimos os alemães em retirada, seguindo-os no sol. Pela primeira vez parece que os fritz finalmente se fartaram. Estão correndo. Ao meio-dia, os canadenses avançaram quatro quilômetros no território alemão; à tarde, dezesseis.

Na confusão perco Elijah de vista. Não o vejo durante o resto do dia, e começo a imaginar se desta vez ele foi longe demais e não vai retornar. No dia seguinte à tomada de Amiens, nosso batalhão avança mais no que até há pouco tempo era território alemão. Os fritz continuam a recuar. Ainda nada de Elijah.

Em uma estrada inundada de sol, nosso pelotão marcha em uma bruma de poeira. Estamos cansados, mas felizes. À frente na estrada, Elijah surge andando em nossa direção. Sinto alívio e algo mais. Quando o veem, alguns soldados gritam para ele.

— Estávamos começando a pensar que você estava morto, Whiskeyjack — diz um deles.

— Eu morto? Nunca! — grita Elijah.

Ele ficou dois dias longe de nós, e caminha cansado, mas alerta. Já o vi assim muitas vezes, e sei que ele tomou o remédio. Elijah diz que anda com um pé neste mundo e um plantado firmemente no outro mundo. Que é como se estivesse se observando de dez metros acima e que pode ver um pouco adiante no futuro.

O tenente Breech balança a cabeça para Colquhoun, aquele que veio substituir McCaan. Vejo-o marchar até Elijah. Elijah não gosta de Colquhoun. Ele está tentando se mostrar.

— Você ficou ausente sem licença por dois dias, soldado — ele grita para Elijah, e todos ficamos em silêncio, observando. Elijah fica um pouco surpreso, está acostumado com o jeito calmo e paciente de McCaan. — A menos que tenha uma boa explicação para seu desaparecimento, vou ter de pô-lo sob custódia. — Ele encara Elijah, desafiando-o. Breech observa de trás, se divertindo.

— Eu estava fora matando fritz — responde Elijah.

Alguns soldados seguram as risadas. Colquhoun fica mais irritado.

— Você obviamente não entende a seriedade disso, cabo. Estou pensando em lhe submeter a uma corte marcial. Não é porque você foi condecorado que vai ter imunidade sob meu comando.

Ah! Então o problema é esse! Colquhoun e Breech estão com ciúme. Em vez de dizer mais alguma coisa, Elijah permanece em silêncio, deve estar mordendo a língua para que ela não diga o que ele vai lamentar depois. O silêncio que se segue é esquisito. Elijah pode me ver atrás de Colquhoun, mas tento não olhar para ele.

Quando paramos de marchar para passar a noite e concluímos nossas tarefas, Elijah me procura para contar onde esteve e o que fez. Não parece orgulhoso nem triste. Fala em voz baixa. No dia em que tomamos as trincheiras de Amiens, ele continuou avançando o mais rápido que conseguia. Andou a tarde toda, ficando perto de uma companhia de fritz em retirada, espreitando-os.

Com o sol atrás dele agora, Elijah encontra um lugar em uma crista de morro e olha por seu Ross, segue os soldados em retirada enquanto eles correm desesperados por uma longa planície aberta. Ele põe o centro da mira nas costas de cada soldado, um a um, e aperta o gatilho, vê o soldado tombar para a frente e ficar imóvel. Depois da décima morte Elijah se sente mal. Os tiros são muito fáceis. Agora ele está quase sem balas, e continua a derrubar os hunos até elas acabarem.

Quando o sol de um dia glorioso está se pondo, ele fica de pé na crista e olha em volta. Está completamente só e se dá conta de que se adiantou demais em relação à nossa seção e nos perdeu. Não há ninguém para testemunhar essa farra de mortes. Ele faz um cálculo de cabeça e sua estimativa moderada é vinte mortos, todos em apenas meia hora. O cano do fuzil está tão quente que Elijah não consegue tocar nele, e o ferrolho está emperrado por causa da expansão das balas britânicas. Ele se vira para oeste e segue a estrada de terra pela qual veio.

Elijah passa por companhias de franceses e sorri para eles, procurando rostos conhecidos. Eles retribuem o sorriso, dão a ele cigarros e garrafas de vinho para ele tomar tragos. Quando o sol baixa, ele decide que será impossível encontrar seu acampamento e vai até um acampamento de canadenses construído às pressas.

É só quando está bebendo água e comendo um pouco que ele percebe que está sentado entre os 48° Highlanders, os velhos rivais de nossos dias de treinamento em Ontário. Ele não reconhece nenhum dos rostos, pergunta sobre o exímio atirador baixinho que foi um desafio tão grande para ele e para mim há tanto tempo, e descobre que ele está morto, acertado por outro atirador de elite enquanto caçava. O batalhão sentiu muito a morte do baixinho. Ele ultrapassou cem mortes e era uma lenda. Até agora Elijah chegou a trezentos e cinquenta e seis mortes, e essas são só aquelas de que ele tem certeza. Hoje ele conquistou um novo recorde pessoal para um dia, e diz isso aos que estão sentados conversando com ele em volta de uma fogueira. Eles o parabenizam e olham para ele quando acham que ele não percebe, encaram o índio magro com nariz afilado e rosto enegrecido, as maçãs do rosto brilhando à luz da fogueira, o fuzil com o telescópio montado à esquerda, deitado perto dele, enrolado em estopa. Tantos cortes de faca no cabo que ele parece talhado a mão.

A cabeça de Elijah lateja com o atordoamento do vinho e do rum, e ele estende a mão para o estojo para pegar mais uma seringa, mas não acha nenhuma. Pergunta onde pode encontrar o médico e recebe a indicação. O médico está em uma grande tenda aberta, trabalhando à luz de lanterna. Há fileiras de soldados deitados, gemendo ou inconscientes, e ele corre com seu assistente de um para outro. Elijah observa tudo isso da escuridão e sabe que tentar falar com o médico sem nenhuma doença óbvia seria um grande erro. Ele só tem tempo para os feridos. Vendo a caixa de madeira, Elijah tem certeza de que ela contém o que ele está procurando. A caixa está ao lado de um homem que oscila entre a consciência e a inconsciência, e Elijah deve conseguir pegá-la sem ser visto. Quando o médico e o assistente estão no outro lado da tenda, ele vai até a cama do soldado e senta na lateral dela. Olha para o soldado e este abre os olhos, aperta o estômago. Elijah olha para o local. O meio do corpo do homem está enrolado com atadura bem apertada, mas o sangue a atravessa. Elijah sente o fedor das entranhas do homem. Ele mexe a boca, mas Elijah não consegue ouvir o sussurro. Sua pele pegajosa tem a palidez da morte. Elijah se aproxima da boca dele.

— Morfina — ele sussurra.

Elijah sorri.

— Morfina — ele diz de novo.

Erguendo a vista, Elijah vê que o médico não vai notar. Vai até a caixa, se agacha, abre a caixa e encontra a fileira de vidros brilhantes. Pega alguns punhados e coloca em seu estojo. Mais tarde haverá tempo para embrulhar cada uma em pano. Ele volta até o soldado e senta mais uma vez na cama.

— Quem é você? — sussurra o soldado, depois fica murmurando.

Elijah tira uma seringa, pega o braço do soldado e procura a veia que deseja. Olha por cima do ombro e vê que o médico continua ocupado. O corpo de Elijah grita pela agulha. Ele não lhe dá ouvido. Enfia a agulha no braço do soldado e descarrega o remédio em suas veias. Observa e imagina o calor se espalhando lentamente por dentro do soldado. O corpo do homem relaxa, seu rosto se descontrai e ele fecha os olhos.

Elijah pega outra agulha e a enfia no mesmo buraquinho no braço do soldado, injeta mais em suas veias. Vê a lenta sombra da morte se movendo por ele, observa o que antes estava vivo esfriar e se enrijecer.

Escuto Elijah contar essa história, vejo sua boca se mexendo, observo seus olhos. Eles absorvem a luz, não querem refletir o que ele fez. Não consigo mais ouvir, então me levanto e saio andando com os ouvidos zumbindo.

Depois de nossa vitória em Amiens, somos deslocados mais uma vez para o norte, para o campo conhecido perto de Arras. Não descansamos muito antes de chegarem ordens para marcharmos pela estrada Arras-Cambrai até onde é travado um combate feroz, perto do Canal du Nord.

Embora eu me afaste de Elijah quando ele me conta essas histórias, ele não parece incomodado. Simplesmente me procura como uma criança irritante. Pouco tempo depois da história da morte do Highlander, Elijah me conta um sonho que tem toda vez que fecha os olhos e cai no sono. Uma família está sentada na neve, com frio e fome. Estão cansados demais para se mexer. Elijah pode sentir o frio deles, o aperto em seus estômagos. A morte está em todos os cantos em volta deles, na floresta, olhando para eles de detrás das árvores. Mas uma coisa muito pior que a morte está acocorada perto deles. É mais sentida que vista. Espera pelo momento em que eles fecham os olhos e se aproxima.

Essa é uma história sua, Niska, que voltou para assombrar Elijah? Ele me conta que não tem espaço na cabeça para essas coisas. Afasta o sonho.

No começo de uma noite, quando estamos perto das linhas de frente, Elijah e eu somos convocados a ir ao abrigo do tenente Breech. O céu está cinza, como fica antes da chegada do mau tempo. Os alemães começaram mais um bombardeio, mas os obuses caem muito longe de nós, e quando explodem sinto um tremor contínuo me subir pelas pernas. No abrigo, somos surpreendidos ao ver Olhos Cinzentos sentado numa cadeira ao lado de Breech. Ele desapareceu por algumas semanas e todos pensamos que tinha desertado de vez ou sido morto, mas aqui está ele ao lado do tenente. Continua muito magro, e seu uniforme está sujo e rasgado. Seus olhos parecem os de um animal selvagem apanhado em uma armadilha.

— Este soldado traz algumas acusações graves contra você e o soldado Bird, cabo — diz o tenente. Ele fala com Elijah, ainda supondo que não sei falar inglês. — Entre outras coisas, ele afirma que você é viciado em morfina e que cometeu atrocidades no campo de batalha. — A expressão no rosto de Breech é presunçosa, por ele saber que finalmente pegou Elijah.

Elijah olha para Olhos Cinzentos, que encara o chão perto dos pés. Os obuses continuam a cair. Eu queria que eles chegassem mais perto para podermos sair dessa confusão.

— Ora, por que você ia querer fazer isso comigo? — pergunta Elijah. — O que aconteceu? Você desertou e foi capturado, e para salvar a pele está me atacando? — Brota em Elijah uma raiva que cresce incontrolavelmente.

— O que é que você está dizendo? — diz o tenente. — E essa afirmação de que você escalpela seus inimigos como seus antepassados pagãos?

Os obuses começam a silvar mais perto. Todos menos Elijah erguemos a vista para os caibros quando eles soltam sujeira e pó.

— Estou dizendo que ele age por ciúme e por medo. — Elijah estende a mão para o revólver e abre o coldre. — E foi o ciúme que levou você a me ameaçar com a corte marcial por fazer bem demais meu trabalho. — O negrume de sua raiva fervilha logo abaixo da pele. E faz sua voz tremer.

Breech vê o que Elijah está fazendo, mas parece não querer acreditar.

— Não vamos tolerar nada disso, agora pare, cabo, e não piore as coisas. — De repente seus olhos estão apavorados.

Começo a ouvir um assobio. Mais tarde, Elijah me diz que a mesma dor que tinha sentido no avião voltou a ele no abrigo de Breech e que ele teve dificuldade de enxergar. A raiva dentro dele cresceu. Ele não sai à noite correndo grande perigo por homens como esses dois que estão em sua frente? Seu revólver foi sacado e está apontado para Olhos Cinzentos. Olhos Cinzentos cai tropeçando da cadeira e a puxa para sua frente. A cabeça de Elijah vai explodir, e a culpa é toda de Olhos Cinzentos. O assobio se torna um grito, há um clarão de luz forte e uma concussão nos tira todos do chão. O ar é sugado do abrigo enquanto chove terra e o mundo fica preto.

Estou deitado de barriga e me esforço para ficar de quatro. Há quanto tempo estou deitado aqui? Não pode ser muito. O abrigo ainda está quase intacto, mas a fumaça é espessa e tenho dificuldade de respirar. Engatinho até onde Elijah estava e o encontro. Ele está sangrando na cabeça.

— Depressa, me ajude — ele diz, me cutucando.

Me sacudo para sair do atordoamento e nós rastejamos até o tenente e Olhos Cinzentos. Elijah verifica e descobre que os dois estão respirando. Ele perdeu o revólver no bombardeio, mas sussurra que era mesmo a arma errada.

Procurando pelo chão, ele encontra um pedaço de madeira compacta. Atônito, vejo Elijah agarrá-lo com as duas mãos e bater com ele no peito frágil de Olhos Cinzentos.

— Olhos Cinzentos — Elijah grita. — Acorde.

Ele abre os olhos e olha para Elijah. Elijah ergue a madeira com as duas mãos e a desce com o máximo de força que consegue na testa de Olhos Cinzentos.

— *Mo-na*! — eu grito.

— Não temos escolha — responde Elijah. — Não quero passar o resto de minha vida nas prisões deles. — Ele brande a madeira sem parar, batendo na cabeça do homenzinho até ele ficar sem vida.

— Temos de levar o tenente a um médico — digo.

— Você está brincando? — responde Elijah. — Esse irritantezinho sabe de tudo. — Ele rasteja e encontra Breech, vira a cabeça dele no ângulo certo e começa a esmagá-la com a madeira.

Posso ver que Elijah se sente muito bem resolvendo o último problema que o enfrentou. Posso mesmo ver isso.

Aos poucos, sua raiva começa a diminuir. Ele joga terra nos dois homens e põe tábuas soltas em cima deles.

— A Providência — ele diz. — E a dor em minha cabeça. Está tudo terminado.

Ele se vira para mim. Estou sentado com a cabeça entre as mãos.

— Vamos — diz Elijah.

Não me mexo.

— Nós tínhamos de fazer isso — ele me diz. — Você preferia que nós tivéssemos enfrentado as consequências, X? Não entende que agora estamos livres de tudo? Não temos mais preocupações.

Ouço vozes gritando do lado de fora, e Elijah pedindo ajuda.

Nos dias seguintes, Elijah continua a falar comigo quando a noite está mais escura. Me diz que está lutando contra aquilo que se tornou. Ultimamente tem tido uma lembrança. Estamos fora caçando durante alguns dias. É o meio do outono e o ar está frio. Ele e eu nos despedimos de Niska de manhã cedo, antes de o sol nascer. Seguimos um dia inteiro pelo rio em nossa canoa. Temos quinze invernos e achamos que conhecemos bem o mundo.

O berro de uma fêmea de alce chega até nós quando o sol está se pondo. Vamos na direção dele, mas fica muito escuro para prosseguirmos. Depois de montar um acampamento e acender uma fogueira, sentamos ao lado dela e falamos de garotas.

Sem planejar nem querer, Elijah me conta a história da freira, Magdalene, que gostava de dar banho nele toda semana quando ele era menino. Me conta como ela esfregava as mãos ensaboadas nele, como ele tinha uma ereção, como ela ralhava com ele e depois pegava sua ereção com as mãos e a esfregava até que o pênis retesado batia em seu baixo ventre num espasmo.

Elijah me conta da primeira vez que ejaculou na mão dela, uma pequena corrente branca saindo dele num jato. Ele ficou horrorizado. Pensou que estava ferido. Ela olhava para o líquido na mão. Começou a gritar com Elijah até que ele ficou com medo de ela ter enlouquecido e poder tentar afogá-lo. Então saiu correndo. Muitos meses depois ele teve a chance de roubar o fuzil dela, o mesmo que usávamos agora para caçar a fêmea de alce.

Elijah me diz que eu fiquei olhando para o fogo depois que ele me contou essa história. Não disse nada. Diz que com ele eu era sempre assim. Em silêncio, calmo e ouvindo, mas nunca dizendo o que ele precisava ouvir.

Na manhã seguinte levantamos de novo antes do sol e encontramos as pegadas da fêmea de alce. Nós as seguimos e espantamos o animal para fora do matagal, onde ele estava escondido. Elijah atirou nos pulmões do alce e ele não correu muito antes de desabar. Entre couro e carne, a quantidade quase não coube na canoa. Mas nós levamos. Você ficou feliz, Niska, de ver nossa presa. Sorriu para nós da praia com orgulho, seu cabelo comprido solto ao vento. Você sempre se preocupava em ter o bastante para comermos durante o inverno. Elijah nunca sabia exatamente por que você se preocupava.

E nunca mais falou dessa experiência.

Elijah e eu estamos cansados e na verdade ficamos aliviados de saber que a Segunda Divisão vai ficar na retaguarda enquanto a Quarta e a Primeira vão encabeçar um ataque a um canal. Ficamos sentados atrás da linha uma noite e observamos os clarões dos canhões parecendo raios no horizonte. Agora nos enviaram um novo tenente, e ele é jovem e correto e entende que Elijah e eu somos *corps élite*. Elijah acha que ele não vai nos incomodar muito.

Uma noite, quando estamos sentados com um grupo de outros ao lado de uma fogueira, noto que Elijah ri muito, levado pelo fluxo morno do remédio. Há cheiro de carne assada no ar, e sabemos que nos próximos dois dias nossos irmãos vão fazer de novo uma coisa valente e grande e pressionar as linhas desesperadas dos fritz. Mas eles têm de vadear um canal, e vai ser um trabalho perigoso e miserável. Nesta noite de começo de outono, Elijah diz a todos que, por uma vez, está contente de ficar para trás e deixar tudo acontecer sem ele.

Continuo com meu jeito calado. Elijah brinca um pouco comigo, sabe que não gosto do que ele fez, mas acha que para sobrevivermos tinha de fazer. Conversamos em cree. Ele não quer que os outros saibam o que dizemos.

— Os fritz estão quase desistindo — ele me diz. — Não vai demorar muito para tudo isso acabar e voltarmos para Mushkegowuk.

Balanço a cabeça, mas não respondo. Elijah vê que estou triste.

— Sei que fiz coisas horríveis aqui — ele diz. — Sei que você acha que enlouqueci. — Ele faz uma pausa. — Às vezes também penso que estava louco. Mas acho que devo sair deste lugar, que estou pronto. Vamos para casa e você e eu voltaremos como heróis. — Ele aponta para os mocassins que está usando, aqueles que fiz para ele há tanto tempo em Ontário. Eu já refiz a costura deles muitas vezes, mas evidentemente agora estão quase acabados.

— Não há como consertá-los — digo.

— Apesar do que fiz aqui, do que você fez aqui — diz Elijah, atraindo meu olhar da fogueira —, ainda podemos voltar para casa juntos como sempre planejamos.

Ainda não respondo. Elijah precisa de mim. Posso ver que dentro dele há um vazio que ele não consegue preencher.

— Podemos voltar para a mata e viver com Niska — ele diz.

Quando ouço isso me viro para ele. Suas palavras liberam a agonia que até agora não consegui encarar, não consegui expressar em voz alta. Perdi tudo.

— Não podemos, não — digo. — Niska está morta.

WEESAGEECHAK
Herói

Estamos na parte longa da tarde. Só tenho em mim restos ralos do remédio. Meu corpo grita por mais, sem querer acreditar que não há nenhum.

— Me leve para a praia, Tia — grito.

Quando a proa da canoa assenta no barro da margem, me impulsiono para fora e rastejo até a mata, nada mais que um animal ferido. Abaixo a calça bem no momento em que a ruindade de meu corpo sai de mim em um jato fedorento. As cólicas diminuem um pouco, e me limpo com as folhas o melhor que consigo. Me impulsiono de volta à praia e vejo que a Tia está montando acampamento. É um lugar bom, com um terreno plano gramado e pedaços de madeira seca espalhados.

— Vamos acampar aqui — ela diz quando me vê. — E vou ajudar você a passar por isso. — Ela faz uma fogueira e me deixa ao lado dela, depois entra na mata.

Estou suando. Minha camisa está encharcada. Sinto ondas de cólica na barriga que me fazem dobrar o corpo e cerrar os dentes. Parece a estocada de uma baioneta. O corpo já está muito tenso, mas grandes mãos invisíveis o torcem ainda mais e sinto vontade de gritar. Ponho um pedacinho de madeira entre os dentes para aliviar a dor na mandíbula. Só mais uma agulha. Eu queria ter só mais uma. Começo a pensar em todas as vezes em que tomei o remédio nos últimos meses quando não era preciso. Eu podia ter economizado, guardado para os meses difíceis. O que pensava? Não percebia que este dia ia chegar e me destroçar? Elijah chamaria isso de minha falta de previdência.

Elijah. Ele devia estar aqui. Nós podíamos ajudar um ao outro a passar por esta situação. Sinto uma dor tão forte no intestino que solto um gemido longo e alto. Preciso dormir. O sono vai me ajudar.

Olho o bosque para onde a Tia foi, ele lembra o bosque onde estivemos nos últimos dias, um arvoredo denso. O bosque mais bonito que já vi, árvores grandes, o solo macio e escuro. A seção avança em silêncio, andamos entre uma névoa que paira na altura de nossos joelhos e não sabemos no que vamos pisar. Hoje meus ouvidos não estão bons. Um zumbido contínuo, as vozes das pessoas ecoando em minha cabeça. Tenho de depender só dos olhos e prestar atenção em Elijah. Ele vai ser o primeiro a notar qualquer coisa.

O Gordo tropeça e cai o tempo todo, e Elijah se vira para ele. *Você vai nos matar se continuar a fazer isso*, dizem seus olhos embaçados. O resto da seção original está morto. Acho difícil acreditar que o Gordo é o único que sobreviveu tanto tempo. Nenhum de nossos amigos mortos teria acreditado que morreria antes dele.

O *crec* dos disparos de fuzil chega até nós, ricocheteando nas árvores. Nos acocoramos e continuamos. Estamos perto. Elijah para e faz sinal para nos dividirmos em dois grupos. Observo-o me orientando para assumir um deles e seguir cinquenta metros para o flanco direito. Seus lábios dizem que há um grupo de hunos à frente, presos em uma parte da mata que desabou. Vou saber quando a vir. Os dois grupos devem lançar bombas Mill no local, e então o lado de Elijah vai avançar para dar cabo deles enquanto meus soldados abrem fogo para dar cobertura.

Exatamente como Elijah disse, encontro a mata desabada à frente. É como se ele tivesse estado aqui antes, visto a disposição do terreno.

Deixo o lado de Elijah lançar as primeiras bombas e depois faço o mesmo. Ouço gritos e berros e o alarido do grupo de Elijah atacando. Meu nariz arde com o cheiro de cordite. Em meio à névoa vejo um movimento, corpos vindo da mata desabada em minha direção. Estão correndo de Elijah. Aponto para os outros verem e eles apoiam os fuzis nos ombros, matam os primeiros que se aproximam, com olhos assustados. Os retardatários que aparecem erguem os braços, e rapidamente os fazemos prisioneiros e recolhemos suas armas.

— Não há tempo para prisioneiros — repreende Elijah quando chega e vê os homens que capturei.

Sinto a raiva latejando em meu peito.

— Você prefere que eu os mate, cabo?

Elijah olha para mim com uma espécie de tristeza nos olhos.

— X, você vai ter que levá-los para a retaguarda. Gordo, você vai com ele.

Fico satisfeito em fazer isso. Não tenho mais estômago para fazer o que faço normalmente. O Gordo e eu começamos a caminhada com nossos prisioneiros para atrás da linha. São cinco, três com aparência muito jovem, um da minha idade e o quinto velho o bastante para ser pai de todos eles. Dos ouvidos do velho escorre sangue. Devem ter sido estourados por nossas bombas Mills. Nos dois lados corre o rumor de que não fazemos prisioneiros, de que eles são mortos no ato ou levados para ser torturados. Ofereço cigarro a esses cinco, ponho os cigarros em suas bocas e os acendo, sorrio para que saibam que não quero machucá-los. Seus olhos têm o aspecto de um combate longo e terrível, de terem visto coisas que homens não deviam testemunhar, o mesmo que está em meus olhos, acho. Para eles, pelo menos, a guerra acabou. Eu queria poder dizer o mesmo de mim.

Tarde da noite, quando me sinto mais vulnerável, tenho uma ideia. Se eu ficar bastante ferido, vão me mandar para a Inglaterra, talvez até para casa. Mas como conseguir? Eu poderia pedir a Elijah para fazer isso. Não, não é uma boa ideia. Em sua sede de sangue, provavelmente Elijah acabaria me matando. Rio sozinho. Será que por pensar essas coisas sou um covarde?

O ar da manhã é cortante, o cheiro das fogueiras de madeira rija viaja quilômetros pelo campo aberto. Rompemos a Linha Marcoing e estamos diante de Cambrai. A cidade é importante, o principal centro ferroviário dos fritz. Tomar Cambrai é estar perto da vitória. Pelo menos é o que dizem os oficiais.

Em uma noite de outubro fazemos os preparativos finais. Observo os homens escreverem as últimas cartas a mulheres e filhos, limparem os fuzis e verificarem o equipamento, rezarem em silêncio mexendo os lábios ou apenas olharem para o céu.

Elijah e eu recebemos ordem de sair antes do amanhecer. Vamos ser observadores avançados, relatar o que encontrarmos, sobre o movimento de tropas, se a cidade está bem fortificada.

Chegamos furtivamente aos primeiros edifícios externos esmagados da cidade bem no momento em que o sol ameaça nascer. Rastejamos sobre entulhos, com um olho no inimigo e o outro procurando um bom lugar para cobertura, e gradativamente entramos na cidade. Está deserta. Elijah se levanta e com ousadia começa a caminhar pela rua que antes percorremos passando de escalão. Fico tenso, pronto para ouvir o disparo de um atirador de elite, mas nada acontece. Elijah avança pela rua e eu o sigo. Agora o sol está acima de nós. Não há ninguém aqui. A cidade foi abandonada.

Elijah segue na frente e seus ombros se sacodem. Penso que ele deve estar perturbado. Estou feliz de não termos precisado lutar hoje. Elijah se vira mas não está com raiva. Abre um grande sorriso. Parece ser jovem de novo, ser ele mesmo.

— Qual é o problema deles? — ele ri. — Ainda não estão prontos para desistir, estão? Vão fazer isso comigo?

Ele começa a rir mais alto e quero acreditar que é uma risada louca. Ele se afasta de mim, toma a direção de nossa linha. Eu o sigo de longe.

Depois de Cambrai somos dispensados, ganhamos um tempo para nos recuperar e nos preparar para a perseguição aos alemães. Os outros falam de como os fritz se retiram para mais perto de sua pátria, recusando-se a se renderem. Os alemães ainda têm capacidade para manter esta guerra durante meses, até anos. Pensar nisso me deprime, depois me enfurece.

Começo a ficar atraído pela ideia de contar a um superior sobre o assassinato de Olhos Cinzentos e do tenente. Contar pode purificar, algo que o *matatosowin*, o suadouro, não pode mais fazer. Elijah passou do limite, e já faz tempo. Não vai parar. Cabe a mim pará-lo? Eu queria que você estivesse aqui, Niska. Você é a única que poderia me ajudar a resolver isso, mas está morta. Estou sozinho. Me sinto com se tivesse perdido o caminho na mata, e o pânico começasse a mostrar sua cara feia atrás das árvores.

Nos últimos dias, estivemos cercando, depois atacando aldeias, esvaziando-as de nossos inimigos e libertando as cidades. Os aldeões ficam extasiados quando nos veem chegar, dançam nas ruas e nos dão flores e vinho. Elijah luta intensamente, se arrisca muito. Eu me pego esperando que ele vá longe demais, seja morto em combate. Então conseguirei descansar com mais facilidade, com a consciência limpa o bastante para pelo menos encarar o que foi feito, à mulher e à criança, a Olhos Cinzentos e ao tenente, aos incontáveis outros que Elijah surpreendeu e massacrou na noite. Os outros observam Elijah em ação, dizem que ele é bravo, um guerreiro da mais alta classe. Para mim ele está louco. Agora sou o único que conhece seus segredos, e Elijah se transformou em uma coisa invencível, desumana. Mas às vezes sinto que também vou enlouquecer.

Em uma bela manhã, avançamos para o leste em território francês e chegamos onde nenhuma de nossas tropas chegou. Mais uma vez estou sozinho com Elijah, fazendo observação avançada e procurando descobrir movimentos do inimigo. Saímos de um trecho arborizado para o começo de um belo prado. Acho difícil acreditar que ele seja devastado por uma guerra. O prado sobe lentamente e se torna uma colina cujo topo é coberto de árvores. O lugar perfeito para uma emboscada. Vejo que Elijah também sente isso.

— Vou subir trinta metros e parar. Você me dá cobertura — diz ele. Seu cabelo cresceu. Está sujo e embaraçado. — A grama é alta o bastante para eu desaparecer nela se ficar sob fogo. Tente apenas ver de onde ele vem.

— Por que não esperamos os outros chegarem aqui? — digo.

— Não há tempo. Não há tempo. — Parece que ele sabe que há algo se aproximando. Talvez um fim para isso.

Elijah desliza pela grama, e consigo seguir seu deslocamento um pouco, antes de ele desaparecer completamente. Espero tenso um minuto, depois mais um. Um fuzil estala e ouço um grito, e então o silêncio. Com a rapidez possível para não me arriscar, me desloco pela pequena reentrância aberta por Elijah.

Ele está ajoelhado no meio da grama alta e embaixo dele está preso um jovem alemão. O alemão sangra mas ainda está vivo, olhando para Elijah com choque e medo. No momento em que me aproximo por trás, Elijah dá um golpe forte com a faca no plexo solar do soldado, murmurando. Não consigo entender o que ele diz. O homem se contorce e berra. Vejo Elijah afundar mais uma vez a faca. Quando ele levanta a mão até o rosto, vejo o horror nos olhos do soldado se transformar no embotamento da morte.

— Elijah — sussurro.

Ele se vira para mim. Suas bochechas estão manchadas de sangue. Os olhos, cheios de lágrimas.

— Por que você o matou? — pergunto. E por que o sangue dele está em seu rosto?, quero perguntar.

— Como assim, por que o matei? — ele pergunta calmamente. — Há poucos momentos ele estava tentando me matar. — Elijah tenta enxugar o sangue da boca, mas ela fica ainda mais manchada.

Nossa companhia tem avançado tão depressa que precisamos esperar que a artilharia nos alcance. Perto de nós está acampada uma companhia de cavalaria. Em quatro anos de combate esta é uma das únicas vezes em que eles conseguiram avançar e ser usados como se pretendia. Sinto o cheiro dos cavalos. Me lembro do Parque de Exposições em Toronto, e outra vez do navio.

Estou sentado sozinho e olho para os cavalos na penumbra. São animais altos e saudáveis batendo os cascos na terra, alguns com o nariz para o vento, uns poucos com a cabeça abaixada para comer. De repente Elijah está a meu lado. Não o ouvi se aproximar.

— Eu estava falando com você — ele diz. Agora estou acostumado a ler os lábios para compensar meus problemas de audição. — Fiquei atrás de você e falei com você, mas pensei que estava me ignorando. Sua audição piorou, X.

Balanço a cabeça para ele. Não quero ficar perto dele neste momento.

— Se você quisesse, poderíamos ir ver o médico juntos. Poderíamos explicar a ele que você não consegue mais ouvir direito. Eles podem fazer exames. O médico vai ver que isso é verdade e vão lhe mandar para casa como herói.

Ele fala como se fosse o Elijah que eu conheci um dia. Me sinto atraído por sua preocupação, consolado neste lugar de solidão. Luto para não ser seduzido por ela.

— Eu não estou louco — ele diz. Continuo a olhar para os cavalos. — Você deve me ouvir, X. Isso é guerra. Não é casa. O que é louco é eles nos colocarem em trincheiras. A loucura é nos dizerem para matar e premiarem os que fazem isso bem. Eu só quero sobreviver.

— Você foi além disso — digo.

Elijah chuta o chão.

— Me escute, X — ele diz. — Eu nunca deveria ter entrado naquele avião. Antes daquilo eu acreditava que nada podia me machucar aqui. Mas parece que perdi alguma coisa lá. Preciso pegá-la de volta. — Elijah estende a mão para um cavalo. O cavalo recua. — Posso ver que por algum tempo fui longe demais em um lugar perigoso. Mas eu entendo isso. — Ele para de falar, depois recomeça. — Isso significa alguma coisa?

Não sei ao certo se ele quer que eu responda. Não tenho mais certeza de nada.

Agora o sol está atrás de Elijah, seu rosto está na sombra e a luz brilha em volta de sua cabeça.

— Quer saber o que eu acho? — digo baixinho. — Acho que ontem você fez mais do que apenas matar aquele soldado. — Quando digo isso olho para Elijah para ver seus olhos, mas ele continua a ser uma sombra.

— Por que você diz isso? — ele pergunta. Fala alto para que eu consiga ouvir.

Quando não respondo, ele parece disposto a ir embora, mas então me olha nos olhos, se certifica de que posso ver seus lábios, ver o que ele vai dizer.

— Vim falar com você para lhe oferecer ajuda. Nós temos um grande futuro depois desta guerra. Vamos voltar para casa como heróis. Vou me tornar um grande chefe. Não vou deixar você nem ninguém me tirar isso. — Ele se vira e sai andando com as mãos nos bolsos, antes que eu possa responder.

Sinto de novo cólicas no estômago e grito. Deito de lado na areia, olhando o rio e o sol do fim da tarde cintilando nele. O que devo fazer, Niska?

ONIIMOWI PINESHISH
O pequeno pássaro dançarino

Arrasto o que preciso para fora da mata. Ramos de salgueiro da largura de meus dedos, madeira rija para uma fogueira bem quente, raízes de plantas secretas, casca de lariço. Não vejo imediatamente o Sobrinho, então continuo a coletar as pedras que falam comigo. Nenhuma delas é muito grande, mas todas têm um caráter próprio, me chamam quando passo por elas. *Niska, me escolha. Vou lhe dar calor sem rachar. Vou faiscar no escuro e lhe contar de seu avô. Sou mais velha que as outras.* Faço uma pilha delas e monto uma fogueira perto, usando a madeira que juntei para que o fogo seja quente e brilhante.

Só então começo a me perguntar pelo Sobrinho. Olho em volta, vejo suas pegadas antigas na areia e no barro, a marca sólida de uma única bota, pesada no calcanhar, os dois buracos fundos de cada lado feitos pelas muletas. Os passos dele são irregulares, e posso ver claramente que ele caiu tentando caminhar e se arrastou na direção do rio. Por um segundo entro em pânico, imaginando-o se empurrando para dentro do rio e se afogando na corrente, mas então vejo que ele entrou na canoa. Caminho até ele.

Ele está deitado, suando e se sacudindo descontroladamente. Entrou na canoa para se proteger. Me inclino sobre ele, mas ele me olha como se não me reconhecesse. Está perto de me deixar para sempre e só quero abraçá-lo, mas ele me empurra fracamente. Deixo-o deitado na canoa e sento em uma pedra ao lado dela, mexendo nervosamente os dedos. Parece que ele está tendo um pesadelo. Grita palavras inglesas que não conheço, cobre o rosto como se o protegesse do perigo. Sonha com a guerra, e isso aumenta a febre dentro dele.

Deixo-o e acendo de novo a fogueira. Com cuidado, ponho as pedras no centro para se aquecerem. Os carvões brilham em vermelho e branco. Esquentar direito as pedras vai demorar horas. Ainda é o final da tarde, e o céu vai brilhar até tarde da noite.

Construo com cuidado uma armação de salgueiro, trançando ramos finos na grossura adequada, depois enfio as pontas na terra e o que construí fica parecendo uma pequena tenda. No centro cavo um buraco para as pedras, depois encho o balde com água do rio e o ponho ao lado do buraco. Pego a lona da canoa e ponho sobre a armação, empilho mais pedras em volta das bordas para que o calor não escape e não entre nenhuma luz. No fim, o abrigo tem um tamanho suficiente apenas para que eu e o Sobrinho entremos nele engatinhando e sentemos confortavelmente.

Verifico as pedras esquentando nos carvões, depois saio para procurar alguns ramos de espruce e encher minha bolsa de remédios com ramos de erva-doce.

Quando o Sobrinho está mais consciente e bastante calmo, tiro-o da canoa e o deito sobre um cobertor ao lado da fogueira. Seu peso é o de uma criança. Ele não consegue comer, e os tremores continuam a sacudir seu corpo.

O crepúsculo da parte mais quente do verão se aproxima. Pensei muito nas últimas horas. Tentei adivinhar do que o Sobrinho precisa, o que vai ajudá-lo a estancar suas feridas antes que seja tarde demais. Conheço raízes e talos para dor de cabeça, para doença do estômago, para infecção. Sei como usar glândulas de gambá para curar cegueira da neve. Mas o que faz o Sobrinho sofrer foi infligido em um lugar que não entendo. Nunca vou entender plenamente o que ele passou. Na maior parte de minha vida, durante muitos de meus acessos, tive lampejos da morte e da terra explodindo em fontes de lama, mas isso é só um gostinho da realidade, embora as imagens passassem dias me perseguindo. Uma febre está comendo o Sobrinho vivo.

Me lembro de quando era criança e ia falar com meu pai arranhada ou machucada. Me lembro do que ele fazia para me ajudar. Inventava histórias para mim. Sobre mim. Sobre como ele me imaginava antes mesmo de eu nascer. Não tenho nenhum remédio para ajudar o Sobrinho, mas nessas lembranças encontro alguma coisa.

Ele continua a estremecer no cobertor ao lado da fogueira. Às vezes grita nomes e palavras. Seus sonhos são ruins. Talvez ele não dure até de manhã. Não posso deixá-lo ir sem lhe contar sua história. Deito ao lado dele e ponho gentilmente o braço sobre seu corpo frágil. Nunca tivemos proximidade física, e parece estranho cuidar dele assim, como uma mãe. Aproximo a boca de sua orelha para ele poder ouvir meu sussurro. Sua pele queima. Ele não reage, mas não me preocupo. Se eu escolher as palavras certas, e falar daquele lugar interno que não diz mentiras, ele vai ouvir.

Sobrinho, antes mesmo de o conhecer eu sonhava com você. Sonhava que o levava para caçar antes de você saber andar. Amarrava você apertado em seu *tikonoggan* e o carregava nas costas pela mata. Você era muito bom. Observava tudo. E quando chegávamos perto da caça, você ficava em silêncio. Mesmo nesses sonhos eu sabia que um dia você se tornaria um grande *hookimaw*.

Ele se agita um pouco, tenta me empurrar, mas me agarro a ele e continuo a sussurrar em seu ouvido. O suor começa a encharcar também minha camisa.

Eu sonhava que quando você tivesse idade para andar, nós passaríamos dias na mata. Pegaríamos só o que pudéssemos carregar em nossos *mewutikans*. No inverno amarrávamos sapatos de neve em nossas botas e seu corpo ficava forte com esse peso nos ombros e nas pernas. Quando eu sonhava, notava, desde a primeira vez que você puxava um arco ou disparava um fuzil, que você tinha alguma coisa a mais que os outros, uma respiração calma, um olho que enxergava a grandes distâncias, firmeza.

Ele geme alto e começa a se sacudir. Me agarro mais forte a ele e seguro as lágrimas. Tenho medo de perdê-lo. Não quero perdê-lo.

Escute, Sobrinho, quando você tinha pouco mais de cinco invernos fui tirá-lo da escola deles, tirá-lo deles. Eu não tinha mais que viver em visões. E esta história que lhe conto é a sua história.

Paro por um momento e escuto sua respiração. É assustada e rasa.

Em seu primeiro inverno comigo seguimos pegadas de alce na neve funda. Fizemos isso por quilômetros. Você me segurava com seus passinhos, embora eu abrisse uma boa trilha na sua frente. Aos poucos, me adiantei cada vez mais de você até desaparecer de sua vista. Você ficou sozinho pela primeira vez na vida. Seus soluços ecoavam no ar gelado. Mas você continuou andando.

Choro ao contar isso a ele, mas mantenho a voz firme e baixa.

Você cruzou uma longa planície aberta e minhas pegadas o levaram a uma vegetação rasteira espessa, tão espessa que você deve ter se perguntado como mesmo meu corpo pequeno podia atravessar os galhos emaranhados que desciam e o agarravam como dedos ossudos. Você continuou andando entre árvores tão próximas umas das outras que sugavam a luz do sol em seus corpos pretos. Foi preciso esforço para que você visse minhas pegadas embaixo de você. Você se agachava e tentava escutar meu som à frente. Mas só ouvia sua própria respiração. Tinha de continuar seguindo em frente.

Posso sentir a batida de seu coração através de nossos corpos magros.

A mata começou a se abrir e você viu, com mais luz, que não estava seguindo minhas pegadas, mas sim a longa trilha tortuosa deixada pelo alce ao abrir caminho na neve. Então você deve ter sentido na parte baixa do estômago um medo que não conhecia. Ele deve ter subido depressa até encher sua boca como o gosto de carne estragada.

Você se acocorou e agarrou os joelhos para não cair. Quando a tontura passou, você se levantou outra vez. Eu tinha lhe avisado do perigo do pânico. Ele vem depressa como um acidente, de lugar nenhum. Mesmo nessa época você sabia que não devia deixá-lo tomar conta de você. Ficou lá um pouco e deve ter pensado nas histórias que eu tinha lhe contado em volta da fogueira, de homens no inverno muito frio sendo comidos vivos pelo próprio medo, homens que tentavam fugir dele e ficavam quentes por causa da corrida, e acabavam arrancando a roupa para se esfriar e continuar a correr mais depressa, homens que no final do inverno eram encontrados seminus por caçadores, com uma careta no rosto duro, do momento em que viram o medo pegá-los.

Então você se levantou e pegou o arco que eu tinha feito para você. Pensou que eu o encontraria. E se não encontrasse, você iria sozinho atrás daquele alce e o encheria de flechas, o limparia e o enterraria na neve. Depois encontraria o caminho para casa. Chegaria lá e me encontraria, Sobrinho, e me levaria até onde estava o alimento.

Ele grita um nome que não reconheço. McCaan. Parece com os nomes dos homens da Hudson's Bay Company. Penso em todos os jovens que lutaram na guerra ao lado do Sobrinho. Deve haver muitos que voltaram para casa prejudicados assim. Ele continua a gemer e estremecer, grita outros nomes no sono, nomes que não conheço. *Gilberto. Sean Patrick. Olhos Cinzentos. Graves. Breech.* Tantos nomes, mas não o de seu amigo de infância.

Depois de um tempo ele abre os olhos. Olha apático para a fogueira, com o corpo ainda tremendo. Mais uma vez esquento carne de alce na chama. Se não comer logo, ele vai morrer. Mastigo um pedaço bom na boca para amaciá-lo, e quando ele está de olhos fechados deslizo a carne de minha boca para a dele. Ele tenta cuspi-lo, mas mantenho sua boca fechada até ele engolir. Repito isso várias vezes. Ele engole a maior parte.

Agora o sol está baixo, e ainda quente. Adormeço num sono leve, mas sou acordada pela voz dele.

— Olhe minha perna, Tia — ele sussurra. Seu tom é de raiva. — Olhe o que sobrou dela. — Ele puxa para cima o tecido da calça e no lugar onde devia estar o joelho aparece uma protuberância vermelha. Está inflamada e me revira um pouco o estômago. Os olhos dele estão vermelhos de febre. Ele não deve desperdiçar sua pouca energia.

— Não fale — digo. — Você deve descansar.

— O que vou fazer com isso? — Ele bate de leve na perna.

— Você vai aprender a andar de muleta quase tão bem como andava com duas pernas — digo. — Quando se dedicar a isso.

Ele diz um palavrão e tenta cuspir na fogueira, mas o cuspe fica pendurado no queixo. Agora ele não está totalmente neste mundo. Uma parte dele já morreu e puxa o que restou para segui-la.

Sem saber o que mais posso fazer, retomo a história.

Quando você descobriu que estava seguindo as pegadas de um alce e não os sapatos de neve de sua Titia, resolveu não ter medo. Isso foi uma coisa corajosa para um menino que só tinha visto seis invernos. Mas quando você seguiu as pegadas viu que elas entravam muito na mata, e quando os galhos arranharam de novo seu rosto, você sentiu que aos poucos perdia a coragem.

Mas continuou em frente porque não tinha escolha. Depois de meio dia seguindo as pegadas você chegou à beira de um lago. A neve era funda. Você seguiu as marcas da barriga do alce pelo lago. Na metade da travessia você parou para tomar fôlego e lá estava o alce, na outra margem. O sol brilhava em seus enormes chifres. Pelo que eu tinha lhe dito, você sabia que estávamos no mês da lua mais fria, e isso significava que logo o alce deixaria cair os chifres da cabeça para andar com mais facilidade pela mata densa e pela neve funda. Novos chifres brotariam e começariam a crescer, tão depressa que no verão já estariam de novo muito grandes, para ser usados contra outros alces machos quando fosse hora de acasalar.

Lembra como o vento estava a seu favor e o alce não soube de sua presença? Eu também tinha lhe dito que a única verdadeira defesa do animal era seu olfato. O *mooso* é tão míope quanto um avô velhinho. Seu medo quase desapareceu quando você ficou o mais imóvel que conseguia e pensou em maneiras de se aproximar sem ser notado.

Quando você olhou para suas flechas, elas pareciam minúsculas em comparação com a massa do alce. Mas você imaginou que se caminhasse bem silenciosamente o alce não o notaria. Ele estava muito ocupado comendo. Você se lembra de puxar bem devagar a luva da mão com os dentes? Como estendeu a mão para a aljava ao lado e puxou a flecha mais reta e mais afiada? Deve ter parecido que demorou uma eternidade, e sua mão já estava doendo por causa do frio, mas você conseguiu pegar a flecha sem ser ouvido.

O Sobrinho grita, mas se acalma de novo. Continuo a sussurrar em seu ouvido.

Seus primeiros passos com os sapatos de neve foram cautelosos e silenciosos. Foi então que você pensou: Ele não pode escapar de mim. E de repente, como se você tivesse gritado bem alto esse pensamento, o alce virou a cabeça e olhou direto para você. Soltou uma baforada de névoa branca pelas narinas, como se houvesse uma fogueira dentro dele. Sacudiu a cabeça com os chifres, desgostoso, depois andou até a vegetação rasteira e seguiu por ela, quebrando os ramos.

Você ficou parado muito tempo ouvindo o barulho do alce pela floresta, sua mão nua latejando no frio, os ramos estalando como tiros em seus ouvidos. O frio deve ter chegado enquanto você ficou tanto tempo parado, e o medo, escondido nele, também voltou. Para combatê-lo você calçou de novo a luva e começou a andar, seguindo as pegadas. Se pelo menos você tivesse um fuzil, você pensava. “Se eu tivesse um fuzil hoje, nos alimentaria durante os meses difíceis”, você disse em voz alta.

Você começou a criar sua história, como seguiu com habilidade as pegadas, uma parte do tempo até sob uma tempestade de neve! Como conseguiu sentir o cheiro do grande animal antes que ele sentisse o seu, como suas flechas resvalavam no couro grosso dele sem causar nenhum dano, e isso não provava que você já tinha superado os brinquedos infantis e precisava de uma arma de homem? Como o animal se virou e quando o viu seus chifres caíram de puro terror. Sua Titia teria de lhe dar um fuzil ali, naquele momento. Mas então, quando você pensou em mim, a preocupação de nunca mais me ver voltou depressa, provocando lágrimas em seus olhos que congelavam antes de chegar ao queixo.

Pouco a pouco, enquanto seguia as pegadas do alce, você começou a sentir um pouco de medo e o engoliu, deixou seu estômago faminto o dissolver. A Titia veria suas pegadas e o encontraria. Você chegaria a um lugar que reconheceria. Daria meia-volta e encontraria o caminho de casa. Mas a mata escura em que você estava o impediu de se voltar.

Foi nesse momento que você se lembrou de todas as histórias de *windigos*? Altos como árvores, com bocas cheias de dentes afiados. Você os imaginou enquanto se esforçava para andar pela neve que cintilava dolorosamente no sol da tarde. Tinha ouvido histórias de que a Titia era uma matadora de *windigos*. Você veio de uma família de matadores de *windigos*. Sabia que os *windigos* eram reais.

Quando ouve essas palavras o Sobrinho se agita. Grita mais uma vez, e espero que ele se acalme.

Depois que o sol passou de seu ponto mais baixo de inverno e ainda não havia nenhum sinal da Titia, você começou a ouvir uma grande algazarra na floresta densa à sua frente, um barulho que nunca tinha ouvido. Então teve certeza de que tinha encontrado um *windigo*. Parecia que pés batiam na neve, que muitas pessoas assobiavam umas para as outras e arrastavam ramos de árvores mortas. Quando você percebeu que não havia nada mais que pudesse fazer, armou de novo o arco e engatinhou para a clareira de onde vinha o barulho.

No meio dela, sobre um pinheiro desfolhado, que tinha perdido as agulhas há muito tempo, estava o maior tetraz que você já tinha visto, com as asas bem abertas, cantando alto. Abaixo dele havia um círculo de outros tetrazes, pelo menos trinta ou quarenta, circulando em volta da árvore. Você se lembra de como eles dançavam lado a lado, sem parar, o grande tetraz cantando, liderando-os, lembra como você ficou observando tão atônito que perdeu a noção do tempo? E então aconteceu uma coisa assombrosa. O grande tetraz parou de bater as asas, deu um pio alto e os outros imediatamente pararam, levantaram as asas de forma que pareceram ficar com o dobro do tamanho, depois começaram a dançar de novo, mas na outra direção. Você nunca tinha visto nada assim na vida. Ninguém ia acreditar numa coisa dessas, uma dança de pássaros na floresta!

Enquanto você observava, o jeito como eles dançavam lhe lembrou de outra coisa que você tinha visto, sem que as freiras vigilantes soubessem. Seu povo reunido no verão para celebrar uma estação boa, uma tradição que eles mantinham apesar das palavras duras que ouviam na igreja *wemistikoshiw*. Você ficou parado olhando aqueles pássaros dançando na neve, a luz do sol refletida nela em milhares de cristais minúsculos. Viu no movimento deles o movimento de seu povo quando viajava do inverno para o verão e outra vez para o inverno, dançando ao longo dos anos.

Pela primeira vez você viu o círculo. Embora ainda não conseguisse expressar isto em palavras, você entendeu as estações, a tenda em forma de domo, a tenda tremulante, a tenda cônica, o círculo de fogo, o *matatosowin*. Viu que toda a vida está no círculo e percebeu que sempre voltamos, de algum jeito, para o lugar onde estivemos antes.

Agora o Sobrinho está mais calmo, respira com mais facilidade, olhando para a fogueira e as pedras que esquentam no centro dela.

E aqui você volta para o rio onde começou sua viagem, mas desta vez comigo.

Fico um pouco em silêncio, as palavras me faltam. Forço-o a engolir um pouco mais de comida. Não resta muita. Não sei quanto ele ouviu de minhas palavras. Penso que algumas devem ter entrado em sua cabeça. Começo minha história pela terceira vez, a última.

E então, Sobrinho, você observou aqueles pássaros dançarem em seu círculo e percebeu como nós somos parecidos com eles. Enquanto os observava você esqueceu o medo, e a dança terminou tão depressa como tinha começado. O grande tetraz e alguns outros permaneceram lá, mas logo o grande tetraz bateu as asas e voou. Então você deve ter se sentido solitário e faminto. Não tinha comido nada desde a manhã.

Um dos que permaneceram, que pela cor devia ser uma fêmea, ficou sozinho em um pinheiro ao lado da clareira. Você pegou o arco, que ainda estava armado com uma flecha para *windigo*, e calculou a distância. Seus músculos estavam frios e doendo de ficarem imóveis tanto tempo. Você mirou um pouco acima da fêmea. Soltou a flecha, mantendo o braço direito esticado e os dedos esquerdos ao lado da orelha, como eu tinha lhe ensinado. A flecha partiu num sussurro, atravessou a distância e entrou no peito da fêmea. Ela caiu do poleiro, morta antes de bater no chão. Você se levantou e caminhou até ela.

Com alguns galhos secos você fez uma fogueira para cozinhar bem grande para poder se aquecer. Deitando a fêmea de tetraz de costas, você abriu as asas e pôs um pé em cima de cada uma, perto de onde elas se ligavam ao corpo. Agarrou os pés e puxou para cima, de forma que o peito nu se soltou das asas. Sem perder tempo, você o espetou num graveto e o pôs na fogueira. Enquanto ele cozinhava você depenou as asinhas e também as pôs no fogo. Você estava faminto. Enquanto esperava, examinou a parte interna do pássaro e furou a goela para ver o que ele tinha comido. Só algumas agulhas de pinheiro.

E foi nesse momento que eu cheguei.

— O cheiro é bom — eu disse, lhe dando um susto tão grande que você quase caiu na fogueira. — Você pode dividir comigo?

Comemos o pássaro sem falar. Você estava muito feliz de me ver. Eu lhe contei que naquele dia você tinha se saído muito bem sozinho, mesmo que tivesse se assustado com o alce. Disse-lhe que poucas pessoas conseguiam testemunhar a dança de acasalamento dos tetrazes. Então você percebeu que eu tinha estado o tempo todo perto de você. Em vez de ficar chateado, você pareceu muito orgulhoso. Nesse momento eu soube que você seria um grande caçador da mata, Sobrinho.

Paro de falar um tempo, escuto sua respiração. Em intervalos de poucos minutos os pequenos tremores voltam.

Na manhã seguinte continuamos a seguir o alce, e dois dias depois o alcançamos. Você se lembra? Eu lhe dei meu velho fuzil, que era mais alto que você, lhe disse para mirar embaixo e logo atrás do quarto dianteiro dele. Você mirou e disparou um tiro perfeito, e enquanto seguíamos a trilha de sangue do alce vi que a bala tinha perfurado seu pulmão. Quando o encontramos nós o esquartejamos e comemos até não poder mais, depois guardamos o que podíamos carregar e enterramos o resto.

Ao chegarmos em casa com nosso prêmio, convidamos todos os *awawatuk* que podiam vir para um banquete. Foi um momento especial para você. Você se lembra de todos os índios da mata chegando, Sobrinho? Que eles lhe traziam pequenos presentes, penas e colares de águia, amuletos e balas? Se lembra de como todos comemos bem, pão de aveia banhado em gordura, bagas secas, carne?

Depois de comer ficamos sentados rindo e conversando, éramos mais de dez, os homens elogiando sua habilidade como caçador enquanto o fogo enchia de sombras nossa casa de casca de árvore. Sentávamos todos em cima de ramos de espruce recém-cortado. Se lembra do cheiro dele?

Agora minha voz está desesperada. Ele está tão quente que o suor seca assim que sai de seu corpo. É agora que ele vai decidir. Sinto que ele luta.

Eu lhe pedi que contasse uma história de sua primeira caçada. Seu rosto ficou vermelho, mas era de orgulho. Você contou de seu dia, como me perdeu mas continuou em frente, como parecia que o alce bufava rindo de você no lago congelado, como você teve medo de os *windigos* lhe pegarem, e como encontrou os tetrazes e viu a dança deles. Suas mãos dançavam com a história, Sobrinho, e as crianças que estavam lá ouviam de boca aberta.

— Mostre para nós como os tetrazes dançavam — disse o Velho Francis, e você, embriagado pelo interesse, se levantou e fez todos os outros também ficarem de pé em volta da fogueira. Imitou o grande tetraz, e todos levantaram os braços e andaram em volta do círculo. Se lembra? Você gritou e nós andamos em volta do círculo, e então você levantou os braços e gritou de novo e todos nós tocamos com os dedos o alto da cabeça e andamos no outro sentido, você batendo os braços como se fossem asas emplumadas e todos rindo. E foi nesse momento que eu disse: "De agora em diante vamos chamá-lo de Pequeno Pássaro Dançarino", e todos riram e concordaram que era um bom nome para você.

O Sobrinho fica imóvel. Prendo a respiração para ver se ele ainda está aqui. Começo a chorar. Seu coração ainda bate no corpo magrinho, um pouco mais regularmente.

Adormeço com ele, tentando sonhar o que ele sonha, imagens de noites banhadas de verde e vermelho, rostos de soldados que ele conheceu. O ar virando veneno. Homens usando máscaras monstruosas. O Sobrinho correndo de alguma coisa. Todos eles correndo de alguma coisa. Um grande medo. Eles se viram para olhar. É Elijah.

NIPIWIN
Morrendo

Quando acordo, estou ao lado de uma fogueira com a Titia. Sei que minha dor foi tão grande que rastejei para dentro da canoa para escapar dela. Agora estou aqui e ela me contou a história de minha infância. Dias antes de Elijah.

Não posso mais fugir dele. Não tenho energia para isso. Me lembro de nosso último dia juntos.

Recebemos ordem de avançar por um trecho de campo aberto entre duas cercas vivas. Mas há um problema nisso. O inimigo tem uma metralhadora e muitas granadas em algum lugar perto da entrada da aldeia que nossa companhia deve tomar, e toda vez que um soldado tenta atravessar até lá é atingido por uma bala ou explodido antes de chegar à metade do caminho. Quando os obuses caem no campo que separa os canadenses dos fritz, ele entra em erupção.

O oficial comandante decide na segurança de sua casamata que, se não conseguirmos fazer a travessia individualmente, iremos em grupo. Quando ouço essa última ordem, quero berrar. Quero encontrar o comandante e obrigá-lo sob ameaça de arma a atravessar primeiro. Começo a sussurrar xingamentos e os sussurros vão ficando mais altos. Os outros olham para mim. Não estão acostumados a me ouvir falar, muito menos com raiva. Solto todos os palavrões que conheço em cree e em inglês.

O Gordo ri.

— Isso mesmo! Essa foi boa!

Pego o cordão com minha identificação e o arranco do pescoço.

— Eu não faço parte de um exército tão estúpido — grito, jogando-o no chão. Deixo o macinho de remédio preso no pescoço. É só isso que eu sou.

— Que tumulto é esse? — diz o tenente, vindo de trás de nós.

Nos juntamos e olhamos pelo campo. Quero protestar mas as palavras em inglês ficam presas em minha boca.

— Vamos, senhores, está na hora! — diz o tenente, de pé, depois pulando e começando a correr pelo campo.

Assim que começamos a correr atrás dele, ouço o barulho surdo de uma granada de fuzil e vejo o tenente ser lançado no ar, batendo os braços, como se de repente tivesse descoberto o segredo do voo. Antes de ele aterrissar percebo que suas pernas estão no chão na minha frente, bem arrumadas, como se ele as tivesse tirado e posto ali. Tropeço nelas, o que é bom, porque nesse momento começa o *ra-ta-tá* do fogo da metralhadora e as balas passam silvando logo acima de minha cabeça.

Fico no chão e rastejo o mais depressa que já fiz na vida, e outros caem sobre mim mortos ou moribundos. Elijah passa pulando rápido, disparando o revólver contra a metralhadora e mergulhando atrás da cerca viva para se proteger. Me levanto de novo e também corro, a toda a velocidade, as balas levantando terra junto a meus pés, me fazendo correr ainda mais depressa. Consigo chegar à outra cerca viva e me viro para trás; vejo outros correndo ou caindo.

Uma granada pega um dos soldados bem no meio do tronco e ele se desintegra em um borrifo de pedaços vermelhos. O Gordo está um pouco atrás dele e protege os olhos, berrando.

— Corra, Gordo, corra! — gritam para ele os que estão atrás da cerca viva, e ele parece ser guiado pelas vozes. Dispara na nossa direção, cercado por balas de metralhadora que lembram abelhas zangadas. Parece impossível, mas ele alcança a cerca viva e cai a nossos pés, uma protuberância encharcada de suor. Três de nós o arrastam para uma posição mais segura.

Agora quem está no comando é Elijah. Ele espia através da cerca viva enquanto ela é despedaçada por balas que passam acima de nós.

— Não podemos ficar aqui para sempre, rapazes. — E quando ele diz isso ouvimos de novo os projéteis da artilharia, primeiro do lado alemão, depois do nosso. As granadas alemãs chegam mais perto de onde estamos escondidos.

Elijah aponta para uma cratera no campo com uma boa borda, mas ela está a vinte metros mortíferos.

— X, você vem comigo — ele grita, e sorri. — Todos os outros comecem a atirar e não parem. Alguém precisa tomar aquela metralhadora. Quando X e eu chegarmos à cratera, voltem e digam ao comandante que envie reforços.

Percebo imediatamente o erro de Elijah. A pior coisa possível é sermos deixados os dois sozinhos na cratera sem nenhum fogo de cobertura. Por que Elijah quer ficar lá só comigo?

Ele se levanta e espera por mim.

Meu corpo reage contra minha vontade e também se levanta. A influência de Elijah é muito forte. Nestes últimos anos, desde que saímos de Mushkegowuk, estivemos percorrendo um rio, e agora o rio nos levou a corredeiras. É tarde demais para que eu salte da canoa e chegue à margem. Me levanto e me junto a ele.

— *Ashtum*! — diz Elijah. — Vamos.

Irrompemos da cerca e corremos o mais rápido que conseguimos para a cratera, dobrados na cintura. A metralhadora volta a atirar. Balas zunem ao lado de minha cabeça, uma delas atravessa a manga de minha camisa e abre um corte no braço. O braço começa a arder. Elijah corre à minha frente em zigue-zague, como se conhecesse exatamente o caminho. Tento acompanhá-lo, esperando a bala que vai me derrubar. Ela não chega. Nos lançamos dentro da cratera e rastejamos para o fundo.

Meu braço está adormecido, não responde quando tento mexê-lo para ver o ferimento. Posso ver que uma bala me atingiu na parte carnuda do bíceps. A cada batida do coração, o sangue é bombeado para fora.

Puxo um torniquete da mochila e, segurando uma ponta com os dentes, enrolo a outra em cima do buraco no braço e aperto forte. Não sinto dor. O sangue sai um pouco mais devagar. Meus ouvidos zumbem. Olho para Elijah. Está deitado de costas, rindo para o céu. O sangue corre por sua bochecha num fluxo contínuo, talvez um ferimento causado por um estilhaço de granada. Ele nem parece notar.

— Isto não é bonito? — ele grita. — Venha aqui.

Ele rola e rasteja até a borda da cratera para espiar. Balas de metralhadora escavam a terra dos dois lados de sua cabeça. O cabelo sujo está mais comprido do que vi em anos. Se destaca da cabeça em chumaços. O sangue da bochecha corre pelo pescoço até a túnica.

Ele desce.

— Me dê sua máuser — ele diz. — Eu consigo acertar aquele sujeito.

— *Mo-na* — digo, puxando o fuzil de cima da cabeça. — Nós dois conseguimos. — Não quero ficar sem arma neste momento.

— Então está bem — ele diz, tirando seu fuzil de cima da cabeça. — Cada um de nós assume uma posição de um dos lados da cratera. Quando eu disser já, comece a atirar. — Ele dá uma risadinha.

Vou até o outro lado e subo com todo o cuidado até a borda. Tiro a estopa do telescópio, verifico a ação do ferrolho e empurro uma bala na câmara. Olho para Elijah.

— Ele está a doze horas — ele grita. — Você não pode errar.

Deslizamos ao mesmo tempo os fuzis por cima da beirada da cratera, e olho freneticamente através do telescópio para encontrar o operador da metralhadora. Nós o confundimos. Primeiro ele atira em mim, errando por alguns metros, depois vira na direção de Elijah. Vejo o clarão saindo da boca da metralhadora em uma casamata de terra na minha frente e me concentro nela. A metralhadora continua a disparar contra Elijah.

Tenho um tiro direto, mas espero.

Elijah dispara e erra, recarrega e dispara de novo. Está gritando, rindo. Acho que ele diz "Atire!".

Ponho o centro da mira um pouco acima do clarão da boca da metralhadora.

— Niska — sussurro. — Titia — e aperto o gatilho.

Imediatamente o mundo vira outra vez um zumbido surdo.

Rastejo na direção de Elijah. Quando estou ao lado dele, deito de costas e olho para o céu. Elijah ainda está deitado de barriga, e espia pelo telescópio. Sem olhar para cima, ele põe a mão dentro do casaco. Fico tenso. Ele puxa um maço de cigarros e me entrega dois, ainda olhando através do telescópio. A dormência em meu braço passou. Parece que ele está pegando fogo.

Acenda-os e me dê um, ele diz. *Você sempre foi o melhor atirador.*

Olho para ele para ter certeza de que disse o que ouvi.

A tampa de metal de meu isqueiro se abre com um tinido, e nesse instante a terra à nossa frente se ilumina num grande clarão. Ouço o apito estridente de uma granada passar voando por cima de nós e explodir perto. Mais uma vez o mundo entra em erupção à nossa volta. Elijah continua a olhar pelo telescópio.

— Temos de sair daqui — grito. — Esse bombardeio é pesado demais.

Finalmente, Elijah tira o olho do telescópio e olha para mim com um sorriso triste no rosto ensanguentado. Me diz alguma coisa, mas no barulho não consigo entender.

Nós dois não podemos... ele balbucia, e então uma granada cai tão perto de nós que sinto o ar quente sendo sugado.

— O quê? — grito, de olhos fixos nos lábios dele.

Vá embora, ele balbucia, ainda sorrindo, seus dentes cintilando.

Elijah senta e estende os braços como se fosse me abraçar. Quando suas mãos tocam em mim, um choque frio percorre meu corpo inteiro. Empurro-o, sinto um peso no braço ferido. Elijah se debate e estende de novo os braços em volta de mim. Não está mais sorrindo. Sua boca está retorcida em uma careta zangada.

Não penso mais. Luto contra Elijah até ficar em cima dele. Seu rosto está tranquilo, a boca agora forma uma linha fina. Com uma mão Elijah tenta alcançar o casaco, com a outra empurra o peso de meu peito. Agarro sua garganta. Não sei mais o que fazer. Sento em cima de sua cintura e aperto com toda a força. Minhas mãos escorregam em seu sangue. Por um instante ele arregala os olhos, depois as pálpebras se fecham. Ele começa a bater em mim com os braços, me acerta a cabeça, o nariz, os flancos, o braço ferido. Berro e aperto mais forte. A língua dele salta. O rosto escurece.

— *Mo-na* — ele diz com voz entrecortada. — *Mo-na.*

Começa um apito, primeiro fraco e distante. Outra granada cai perto de nossa cratera e sou jogado para longe de Elijah. Fico deitado de costas, arfando, a boca e os olhos cheios de terra.

Esfrego os olhos. Quando consigo enxergar de novo, Elijah está de joelho a meu lado, olhando para mim.

Por quê?, seus lábios perguntam.

Sinto a cabeça despedaçada pela explosão. Não consigo me mexer, só olhar para ele, sua boca.

— Nós não somos melhores amigos, Xavier? — ele pergunta. — Não somos melhores amigos e grandes caçadores?

Agora ele é outra vez meu velho amigo. Vejo nele a criança magoada. Balanço a cabeça.

— Você sempre foi o melhor caçador — ele diz.

Estende a mão para mim.

— Isso foi longe demais, não é? — ele diz. — Eu fui longe demais, não é?

Suas palavras despertam meu corpo. Ele estende as mãos para minha garganta. Aperta com força, e então me lembro das palavras daquela carta, Niska. *Faça o que precisar fazer*. Não consigo respirar. Ele está me matando. Meu braço bom procura no chão ao lado. Os dedos agarram um fuzil. Giro desajeitadamente o cabo e bato com ele em Elijah. A madeira dura racha o lado de sua cabeça e ele cai.

Com toda a força que me resta, rolo e me ajoelho, segurando o fuzil com as duas mãos. É minha ótima máuser alemã. Elijah está deitado de costas, atordoado e olhando para o céu, com um leve sorriso no rosto. Sento mais uma vez em cima dele e encosto o fuzil em sua garganta. Olho em seus olhos. Gotas de água caem em suas bochechas. Penso que é chuva, mas logo percebo que são minhas lágrimas. Empurro o fuzil. Ele se debate, suas pernas chutam.

— Elijah — sussurro, com os olhos borrados de lágrimas. — Elijah.

Ele já não luta, só olha para mim.

— Você enlouqueceu. Não há como voltar para o lugar de onde você veio. — Pressiono mais o fuzil. Lágrimas brilham em seus olhos. O rosto fica vermelho-escuro. Ele tenta sussurrar palavras para mim, mas sei que não posso permitir que as diga. Tenho de acabar com isto. Me tornei o que você é, Niska.

Jogo todo o meu peso sobre o fuzil. Elijah implora com os olhos. Quero desesperadamente parar o que comecei, mas agora outra coisa me controla. Minhas lágrimas caem mais fortes em seu rosto. Sua boca se abre e se fecha, em busca de ar. As veias de sua testa estão saltadas.

Bem no momento em que penso que ele é feito de algo inquebrável, o fuzil em minhas mãos afunda e sinto pela estocada sua traqueia se romper sob a pressão do fuzil. Ele fica imóvel. Seus olhos ainda estão abertos, ainda me observam.

Quanto tempo fiquei lá, em cima de meu amigo, olhando para ele enquanto minhas lágrimas abriam sulcos na terra e no sangue de seu rosto morto? Por fim, me sentei no chão e agarrei os joelhos, me balancei devagar enquanto as granadas chegavam gritando e explodiam em toda a volta. Meu amigo está deitado imóvel, de braços abertos como se saudasse o céu. Me viro para ele, fico mais uma vez inclinado sobre seu corpo.

Estico o braço para seu pescoço e agarro seu maço de remédio. Puxo. Ele não quer se soltar. Puxo forte e o couro cede. Tiro-o do pescoço, onde está também a identificação dele. Ponho tudo no bolso de dentro de meu casaco. Enfio a mão nos bolsos dele e retiro suas poucas posses. O pente, algumas balas, a medalha na bela caixa, um retrato de nós dois tirado faz muito tempo em Toronto. Ele sorri para a câmara enquanto desvio o olhar, nervoso. Garotos. Com um corte de cabelo novo. Nos abraçando desajeitados. Como irmãos. Também a enfio no bolso.

Quando fecho suas pálpebras, o bombardeio recomeça. Começo a jogar punhados de terra em cima dele. Não posso lhe dar um lugar de descanso adequado, nas árvores. Mas seu *ahcahk* é forte. Vai encontrar seu caminho. Depois que o cobri o melhor que pude, ponho meu fuzil deitado sobre ele, o mesmo fuzil que ele quis por tanto tempo.

Me levanto na cratera e mais sinto do que ouço as granadas que continuam a explodir em volta. Subo a parede da cratera, sigo na direção de onde vim. Vou tropeçando pelo campo agitado, meu braço morto caído ao lado do corpo. Nada mais tem importância, e quando penso isso sinto um baque e sou envolvido por um clarão brilhante e estou no ar, mais alto do que nunca, olhando para o chão lá embaixo, onde juro que vejo Elijah olhando para cima, sorrindo de novo, de braços abertos para mim.

* * *

Rostos diferentes me olham de cima. Flutuo para a escuridão, depois de volta à luz. *Não, não vamos fazer isso*, diz um de bigode comprido, me olhando nos olhos, acompanhando com o dedo alguma coisa em minha testa. Flutuo para longe. Granadas passam gritando por mim. Posso vê-las riscarem o céu acima. Não estou mais flutuando. Estou deitado na lama, homens mortos ou morrendo a meu lado. Eles se levantam, me recolhem e flutuo de novo.

Esta deve ser a jornada de três dias, penso.

Ainda estou viajando. Outro homem olha para mim. *Este é um problema*, ele sussurra, e vai embora. Não sinto dor. Flutuo num rio quente à luz do sol. *Ainda vivo?*, diz outro. *Este é famoso, um herói.*

Elijah!, grito, mas a voz não sai. Estou preso dentro de mim. Ele pode me ajudar a resolver isto. Mas então me lembro e começo a me debater até que um homem chega e me pica o braço. Sou levado de novo por um rio banhado de sol.

Sacudidas violentas. Um lugar escuro. Almas em volta de mim, gemendo. Berros e gritos. Este é o lugar de que os cristãos falam. Sou um homem ruim. Alguma coisa bate na parede a meu lado, sem parar, num ritmo regular. Elijah batendo, pedindo para entrar? Quero meu amigo a meu lado. Preciso pedir desculpa. O quarto grande onde estou vira de lado e sou rolado para fora da cama. Sinto uma dor contínua no braço, nas pernas. É mesmo dor? É! De repente ela está no corpo inteiro, como se eu tivesse pisado em um ninho de vespas. Quero me levantar e correr mas não consigo. Alguém está me levantando. Um homem grande. *Que tempestade infernal. Essa última onda quase nos virou. Normalmente elas não são tão grandes no canal.* Então sinto de novo a maciez.

Estou em um quarto, numa cama, olhando através de uma janela grande. Lá fora vejo um ramo de árvore preto e desfolhado, contra o céu cinzento. Com muito esforço, consigo virar a cabeça bem devagar. É só uma em uma longa fileira de camas. Todas ocupadas. Olho para meu corpo coberto com um lençol branco. Alguma coisa está errada. O que está faltando?

Ouço o eco de um canto no corredor. Ele se aproxima. Como se uma porta se abrisse, o canto está em toda a minha volta. Mulheres de branco me cercam, sorrindo e cantando. Posso ouvir suas vozes, agudas e muito distantes, como o fonógrafo que ouvi uma vez, com o volume muito baixo. Uma se aproxima de mim, se inclina e sorri com afeto.

A guerra acabou, ela balbucia. *A guerra acabou.*

Eu a agarro.

— Elijah.

Sim, Elijah, ela balbucia. *A guerra acabou, e você é um herói.*

Agora, quando acordo da escuridão, sinto uma dor muito forte na perna esquerda. Ela sobe e me queima o braço. Fui atingido no braço, me lembro agora. Mas o que aconteceu depois? Procurando o braço, corro a mão pela atadura. A dor na perna aumenta, lateja tanto que tento berrar, mas só sai um grasnido triste. E então me lembro. Não foi um sonho. Fiz mesmo o que fiz. Tento me sentar, ficar de pé, correr, ir embora. Meu corpo não responde. Dou um grito.

Uma mulher de branco vem até mim. Uma enfermeira. Gentilmente, ela me empurra contra a cama, me acalma com sua boca bonita. *Deite*, ela diz. *Me diga o que há de errado.*

Busco as palavras em inglês. Há tanta coisa errada.

— Minha perna — sussurro enfim. — Esta perna. — Procuro senti-la com a mão. — Ela dói muito.

Seus olhos estão tristes. *Chamam isso de dor fantasma*, ela me diz.

Sigo o movimento de sua boca. Não conheço essas palavras.

Ela estava muito machucada, ela diz. *Os médicos tiveram que amputá-la.*

Sinto meus olhos se arregalarem. Não entendo, não quero acreditar. Passando a mão pela cama, não encontro ali nenhuma perna. Sinto a protuberância que se destaca do quadril, e minha vista escurece.

Vai ficar tudo bem, cabo Whiskeyjack, ela balbucia.

Olho para ela.

Você vai viver. Você é um grande herói.

— *Mo-na* — sussurro para ela. — Xavier Bird.

Seu amigo Xavier não sobreviveu. Ela me olha nos olhos com compaixão.

Começo a lutar contra ela. Tenho de me levantar e consertar tudo isso. Não sou Elijah. Sou Xavier Bird. Vejo-a gritar.

Outra enfermeira chega correndo com uma seringa e antes que eu possa impedi-la a enfia em meu braço. Ouço o rio quente se aproximando, e suavemente, suavemente, flutuo para ele.

Saio da escuridão e do calor com mais frequência, para o cinza doloroso. Quando sinto o corpo, quero voltar para o lugar de onde emergi. Quando minha amiga aparece, quero pedir desculpa. Mas em vez disso tento desesperadamente rastejar de volta à escuridão. A única coisa que me permite esse alívio é a agulha, o remédio deles. Quando estou consciente o bastante para fazer isto, imploro por ele. Normalmente as enfermeiras têm pena de mim, me acariciam a testa e balbuciam que sou um herói, que servi ao rei e ao país além do que era exigido, e enfiam a ponta da agulha em meu braço.

Por que me chamam de Elijah? Será alguma peça que Elijah está me pregando do outro mundo? Sou Xavier. Não sou? Mas há uma coisa tranquilizadora na ideia de que sou Elijah. Há algo atraente em ser o herói, aquele que sempre faz o que é certo, diz coisas engraçadas. Agora entendo o amor dele pelo remédio. Ele acaba com tudo que é ruim. Com o remédio, o mundo fica quente e protegido.

A luz cinzenta que entra no quarto permanece durante muito tempo. Vejo a chuva bater nas janelas. A guerra acabou. Não sinto nada. Os outros nas camas perto de mim ou começam a se levantar e caminhar devagar com a ajuda das enfermeiras, ou numa manhã simplesmente vão embora. Sei para onde. Eu não tento. Estou preso entre esses dois lugares. Só anseio pelo conforto do rio. Às vezes ouço pessoas falando quando estão perto, como se conversassem através de um tubo comprido. Mas na maior parte do tempo há silêncio, e o silêncio ajuda um pouco.

Uma manhã, o médico está sentado em minha cama e fala comigo alto o suficiente para que eu o ouça. *Tenho muletas para você, cabo Whiskeyjack. É hora de você começar a tentar andar de novo.*

Vejo-o como se ele estivesse muito longe, observo seus lábios se mexerem, depois viro a cabeça.

A enfermeira da boca bonita se esforça para me ajudar. Quer que eu tente ficar de pé. Fala comigo sentada a meu lado na cama. Percebe que não ouço bem. Uma manhã, acordo e ela está segurando uma lousa ao lado de meu rosto, onde estão escritas palavras em inglês. Sacudo a cabeça e olho para seus olhos. São cinza, mas o cinza do céu depois de uma tempestade antes de voltar a ser azul, não o cinza do céu lá fora.

— Não consigo — sussurro.

Você tem de melhorar, cabo Whiskeyjack, ela diz, mexendo os lábios bem devagar para que eu possa entender. *Você é um homem bom. É tão corajoso que querem lhe dar mais uma medalha.* Então sua expressão fica triste. *Seu amigo, Xavier. Ele está morto.*

Fico olhando para sua boca.

Mas você tentou salvá-lo. Os soldados viram você sair de um lugar seguro e entrar num bombardeio para tentar resgatá-lo. Viram você procurando por ele. Isso é o máximo que qualquer homem pode fazer por um amigo.

Uma noite acordo suando. Faz um dia inteiro que não me dão o remédio. Meu corpo irradia dor. Preciso ficar com a cabeça reta, lúcida. Preciso entender esta peça terrível que estão pregando em mim. Tento sentar. Sou atravessado pela dor. Tento de novo, e mais uma vez. Procuro sentir a perna e encontro um coto. Só isso. Meu braço não reage quando digo para ele se mexer. Rolo de lado, vejo a mesa de cabeceira. Está vazia. Estendo o braço bom e procuro achar uma gaveta. Abro-a e tateio dentro. Alguma coisa macia. Minha bolsa de remédio. Puxo-a e nela está pendurada uma identificação. Puxo-a para mais perto dos olhos à luz fraca da janela. As palavras em inglês para meu nome não estão nela. Mas reconheço a forma destas, a ordem delas. O nome de Elijah. É então que tudo me volta, rugindo em minha cabeça como um incêndio na mata. Vejo Elijah morto na cratera, minhas mãos tirando de seu pescoço o maço de remédio e a identificação, enfiando-os em meu bolso. Jogo a minha identificação fora. No fundo de meu peito começa um gemido, que encontra alguma coisa que o ajuda a crescer até virar um grito, e finalmente um uivo.

Passou muito tempo. Muitos dias. Não sei quantos. Tomei a decisão de viver, e a cada manhã rastejo para fora da cama e pego as muletas ao lado dela. Agora já consigo cambalear pelo corredor. Os outros não me dão muita atenção.

Não sei como fazê-los entender quem sou eu. Para eles sou Elijah Whiskeyjack, atirador de elite e explorador. Herói.

Quando quero remédio, digo à enfermeira de boca bonita que a dor está muito forte, que preciso de um pouco dele. Ela sai por algum tempo, volta com uma agulha. Passo horas olhando pela janela, esfregando o toco de perna através do tecido alfinetado do pijama, sentindo o rio quente correr embaixo de mim. É mais fácil não contar nada a eles, não explicar nada. Permito-me acreditar que sou Elijah. Assim ele continua a viver.

Uma manhã, caminho pelo corredor onde ando todas as manhãs, as muletas jogadas para a frente seguidas pela perna. Vejo a porta que leva para uma rua, um lugar cheio de pessoas. Sou tentado a sair e me perder na confusão de corpos, mas sei que me arrependeria se fizesse isso. Pela primeira vez em muito tempo, penso em casa. Ninguém está aqui para me procurar. Não posso viver na mata assim sozinho. O pensamento de viver na cidade é um castigo. Talvez eles me deixem ficar aqui. A enfermeira de boca bonita, de olhos cinza, talvez cuide de mim.

Uma tarde, pouco tempo depois, dois oficiais se aproximam de minha cama e batem continência. Olho para outro lado. O passado veio me pegar. Um deles abre um envelope e lê. Observo seus lábios com atenção. O oficial está me dizendo que devo retornar para casa assim que me for conveniente, que sou um soldado da guerra condecorado e que receberei uma passagem confortável em um navio a vapor.

Ainda chove neste lugar na manhã em que sou vestido num novo uniforme sarnento. A enfermeira de boca bonita me ajuda a sentar em uma cadeira com rodas grandes, guarda minhas coisas na mochila e a põe em meu colo. Seus olhos estão marejados.

Ela se inclina para mim. *Como está a dor?*, ela balbucia.

Olho para ela, também com lágrimas nos olhos. Preciso lhe dizer que quero ficar com ela.

Ela põe um envelope em meu colo, toma meu rosto nas mãos. *Use estes com cuidado. Tome só um pouco quando precisar, quando a dor for forte demais.*

Preciso lhe dizer que desejo ficar com ela, mas não consigo encontrar as palavras em inglês. Enquanto sou empurrado para longe dela, acho que escuto o tilintar das agulhas no envelope.

O navio é tão grande quanto aquele em que viajei anos atrás. Mas em vez de ser posto embaixo do convés com os cavalos, sou mantido bem acima da água, sozinho em um quarto com uma janela pela qual posso olhar para a água. Oficiais vêm me visitar, tenentes e coronéis, até um general. Querem me conhecer, um atirador de elite índio de supremo talento cuja reputação se iguala à daquele que chamam de Peggy. Foram informados de que perdi quase toda a audição, falam comigo com voz de barítono muito alta, trazem garrafas de rum e charutos. O mar de inverno é agitado, e eles tentam se manter em equilíbrio de pé, conversando comigo. Olho para eles, tento sorrir, espero aquele que vai descobrir meu segredo, esta mentira.

Nas noites, que se estendem interminavelmente antes do amanhecer, naquelas noites em que a chuva bate em minha janelinha e as ondas sacodem o navio e o atingem como se Elijah viesse me assombrar, estendo a mão trêmula para a mochila e pego o envelope, sinto o calor do rio ensolarado vindo para me suspender.

NTASHIIHKEWIN
Casa

Agora a noite desceu sobre nós e as pedras esquentaram. Usando dois galhos, tiro uma a uma do fogo e levo para o *matatosowin*. Elas pulsam na escuridão. Acordo o Sobrinho e espero que ele recobre um pouco os sentidos. Quando vamos para o rio, ele agarra o estômago e se apoia em mim. Ajudo-o a tirar as roupas *wemistikoshiw* que usou por tanto tempo e lavo seu corpo na água fria. Também tiro a roupa, depois o levo de novo para dentro.

No *matatosowin* o calor é bom. Quando estamos prontos, fecho bem a aba. A escuridão é completa.

— Estou contente de você estar aqui comigo — digo bem alto para que ele possa ouvir, enquanto derramo água nas pedras. Ao se avivarem elas chiam e brilham, e somos cobertos por uma onda de calor. — Me diga se ficar muito quente ou se você não se sentir bem.

Agradeço às quatro direções e depois à terra, ao sol, ao céu e à lua, e ao fazer isso jogo um pouco de salva nas pedras. Agradeço a Gitchi Manitou pelo retorno do Sobrinho. Sento e aspiro o vapor, me abro para os manitus.

Sei que o Sobrinho terá dificuldade de me ouvir, por isso não sinto necessidade de falar alto. O calor é agradável, relaxante, uma boa primeira vez. As pedras perdem um pouco do brilho, então derramo nelas mais água. Enquanto olho para elas, me vem a imagem do Sobrinho partindo com Elijah naquela manhã há tanto tempo. Amarro um maço de remédio em volta do pescoço de cada um deles, beijo-os na testa. Fico parada na margem do rio e aceno para eles com a mão levantada. Quando começam a remar, Xavier e Elijah se viram e sorriem para mim. Ao me lembrar, sorrio agora na escuridão.

Quando chega a hora, rastejo até a aba e a abro, e nós ficamos deitados lá fora no chão frio aspirando o ar profundamente. Depois de um tempo, abro a aba e volto a entrar. Ele me segue.

Mais uma vez saúdo os manitus e derramo mais um pouco de água nas pedras, esquentando mais o interior da tenda. Jogo mais salva nas pedras e elas brilham e bruxuleiam. Sei que o Sobrinho também olha para o brilho. Recito minhas rezas, e ao fazer isso vejo clarões na escuridão, gritos de fúria e de morte. Vejo a confusão, sinto a raiva, mas principalmente o medo. Meu corpo se agita com a vibração das bombas deles explodindo. Observo homens caírem mortos com buracos de bala na testa ou serem despedaçados por grandes explosões. Vejo o gás verde se arrastando pelo chão, procurando todas as coisas que respiram para poder sufocá-las até a morte. Dor. Muita dor. Mas o que me enfraquece é o medo deles. O medo de rastejar por cima dos sacos de areia e correr direto para o inimigo. Então falo alto, peço que os homens sejam perdoados por seus erros. Jogo mais água nas pedras para que o vapor leve o medo embora. Quando é hora, saímos de novo e absorvemos o ar frio de fora.

Na terceira vez sou consumida pela dor do Sobrinho. Posso senti-la me comprimindo o peito com a mesma certeza que teria se alguém sentasse em cima de mim. Derramo água nas pedras e o vapor me invade os pulmões como um veneno. É difícil respirar. Começo a entrar em pânico, algo que não sentia neste lugar desde a infância. Quero sair correndo do *matatosowin* e respirar ar fresco. O calor resseca meus pulmões, então me dobro para o chão e tento respirar o ar mais frio que há ali, sussurrando sem parar palavras para Gitchi Manitou. O Sobrinho é caçado por alguma coisa horrível, mesmo aqui. E ela também ameaça me pegar. Sou de novo criança, esta é a primeira vez que entro no *matatosowin*, e a escuridão, o calor e a umidade quente me deixam desesperada para sair.

As palavras de meu pai voltam a mim. Me concentro em meu coração acelerado e peço que ele se acalme. Respiro superficialmente o ar do chão e deixo o calor me queimar as costas. Sussurro sem parar. A dor que o Sobrinho carregou dentro dele por tanto tempo está deixando seu corpo e rodopiando neste lugar. Ela investe, berra e me arranha até eu pensar que estou sangrando. Tenta entrar em mim, primeiro pela boca, mas aperto os lábios e cuspo nela uma reza. Ela desce deslizando até meus seios, meu estômago, minhas coxas, uma língua de fogo, procurando. Tenta se enfiar em mim entre minhas pernas, mas me cubro com as mãos. Morde meus dedos com dentes afiados. Quero que ela seja consumida pelo calor.

Derramo outra vez água nas pedras, e depois mais. O Sobrinho também se dobra até o chão, gemendo, gritando e sussurrando. Fico preocupada com ele, que seu corpo não seja suficientemente forte, mas se a doença ficar dentro dele vai matá-lo.

Com o rangido de pedra sendo partida ao meio pelo calor, a presença desaparece. Há uma súbita corrente de ar fresco, como se a aba tivesse se aberto e fechado depressa, e de repente sinto mais alguma coisa aqui dentro, sentada a nosso lado.

O Sobrinho começa a falar para o chão e é difícil ouvir o que ele diz. A outra presença no *matatosowin* não é ameaçadora. Nem desafia nem acalma. É pura, e enche este espaço. É um jovem que um dia eu soube que adorava falar. O Sobrinho fala, depois para como se fosse escutar.

— *Ponenimin* — ele diz. — Me desculpe. Eu não tinha escolha.

Ele fala mais, diz de novo *ponenimin* por ter matado seu amigo lá naquele lugar.

Fico triste de ouvir isso, mas não me surpreendo. O Sobrinho nunca foi de guardar segredos. Há um silêncio demorado, depois ouço no calor úmido quando o Sobrinho também aceita o perdão.

— Mas não posso perdoar tudo que você fez lá — ele diz. — Não cabe a mim fazer isso.

Ele fala de novo, baixinho. Não consigo distinguir as palavras, nem quero. Ele chora, e no choro escuto o medo de sua solidão. Me deito no chão e agarro esta presença que se juntou a nós, pego Elijah em meus braços como se ele fosse um neném, segurando-o enquanto posso antes de ter que deixá-lo partir. O *matatosowin* fica em silêncio. Sobre o murmúrio das pedras quentes, o Sobrinho sussurra o adeus a seu amigo, e então somos de novo só nós dois aqui.

Rastejo até a aba, abro-a e carrego o Sobrinho para fora. Desabamos no chão. Acima de nós, o céu entrou na longa escuridão da noite. Vai ser uma manhã clara. Meu corpo formiga. Minha pele está avermelhada do vapor. Olho para o Sobrinho e vejo que a dele também. Agora ele está muito magro. Posso ver suas costelas. Vejo onde sua perna foi cortada. O corte está limpo, mas a pele em toda a volta está roxa e inflamada. As cicatrizes são espessas e viscosas e sobem até a coxa como raios.

Me inclino para mais perto dele e sussurro diretamente em seu ouvido.

— Só mais uma vez, Sobrinho. Não vai ser tão doloroso nem tão quente.

Entro primeiro, depois o ajudo a entrar. Derramo mais água nas pedras e de novo sou abraçada pelo calor. Depois da frieza do ar da noite, a sensação é boa. Quase imediatamente o calor traz visões. Crianças. Vejo crianças. Estão felizes e brincam na margem. A margem da Grande Baía Salgada. São dois meninos, nus, suas costas marrons viradas para mim enquanto eles jogam pedrinhas na água. O cabelo deles é comprido do jeito antigo e trançado com faixas de pano vermelho. Mas isto não é o passado. É o que ainda virá. Eles parecem irmãos. Outra pessoa além de mim os observa. Sinto que os observa para protegê-los do perigo. Não estou mais no chão com eles, mas em cima, olhando para todo o cenário lá embaixo. Não consigo ver quem os vigia, nem quero. Sei quem é ele, e também quem são esses meninos.

O *matatosowin* é preenchido por essa visão boa e me deixo levar por ela, pelo cheiro da erva-doce e pela visão das velhas pedras. Logo uma leveza que não sinto desde quando era criança me diz que terminamos. Rastejamos para fora.

Ainda é escuro mas o amanhecer está próximo. Fico surpresa de ver como o tempo passou depressa. Estamos deitados um ao lado do outro, nossa pele tão macia quanto a de recém-nascidos, o vapor subindo de nossos corpos como se um fogo ardesse dentro de nós.

Na borda do céu da noite vejo uma bruma de *Wawahtew* desbotadas começando a pulsar. É muito cedo no ano para que as cores delas brilhem. Pela primeira vez em muito tempo penso em meu pai. Alguma coisa dele está naquelas luzes, o jeito como pulsam devagar e com regularidade, como uma batida forte do coração. Ele esteve comigo minha vida inteira, nunca me deixou realmente. Demorei a maior parte de meus anos para perceber isso. Ele está no céu à noite. Caminha em silêncio a meu lado quando persigo um alce. Me segue até quando vou para aquela cidade *wemistikoshiw* que ele tanto odiava, o mesmo lugar para o qual foi levado e onde morreu.

Depois de um tempo, levanto e me visto. Ajudo o Sobrinho a vestir suas roupas e acendo uma fogueira. Sentamos ao lado dela e olhamos para as estrelas que pontilham o céu. As *Wawahtew* pulsam hoje um pouco mais fortes do que ontem. O céu a leste está iluminado. Foi uma noite longa.

Hoje não me preocupo em montar acampamento. Apenas puxo nossos cobertores da canoa e nos enrolamos neles e ficamos olhando a fogueira. Em pouco tempo terei de pôr mais madeira para afastar a friagem. O Sobrinho respira calmamente. Escuto os sons dos animais da noite não muito longe. Ouço a raposa e a marta caçando ratos. Ouço o bater de grandes asas quando uma coruja do ártico passa bem perto, e depois a passada quase silenciosa de um animal maior, talvez um lince, vigiando com seus olhos amarelos. Deito aqui e olho para o céu, depois para o rio, a linha preta dele seguindo para o norte. Amanhã estaremos em casa.

Agradecimentos

Eu gostaria de homenagear os soldados nativos que lutaram na Grande Guerra e em todas as guerras em que eles se alistaram por vontade própria e em tão grande número. Sua bravura e sua habilidade não passaram despercebidas. Em especial, gostaria de homenagear Francis Pegahmagabow, francoatirador, batedor e, mais tarde, chefe da Wasauksing First Nation (Ilha Parry). Ele é um dos mais importantes heróis do Canadá.

Apesar de ele ser muito humilde para admitir, R. James Steel está entre os nossos grandes autores e historiadores sobre a Primeira Guerra Mundial. Sua paciência, sua sabedoria e, especialmente, seu espantoso conhecimento da guerra fez com que essa fosse uma jornada da qual nunca me esquecerei. Qualquer imprecisão que possa haver neste livro só pode ser atribuída a mim. Obrigado por ter lido tantos rascunhos deste livro, Jim.

Também devo agradecer ao Canada Council for the Arts por seu apoio; é uma instituição canadense vital.

Eu também gostaria de agradecer a Greg Spence da Moose Factory, Ontário, por sua ajuda na tradução à língua cree. *Mikwec ntontem.*

Um débito de gratidão aos meus grandes amigos pela leitura das primeiras versões: Jarret Lofstead, Joe Longo, James Grainger, Michael Winter, Carmen e Chris Tozer, Matt Suazo e David Gifford.

Eu gostaria de agradecer especialmente a meu irmão, Bruce Boyden, por sua sabedoria e pela atenção minuciosa aos detalhes militares. Também gostaria de agradecer a Marc Cote por sua generosidade ao dividir seu conhecimento editorial. Janie Yoon, seu cuidado com a página é algo do qual não vou me esquecer.

Eu tive a rara e maravilhosa oportunidade de trabalhar com um número de grandes editores ao dar forma a este romance: Barbara Berson, da Penguin Canada, agradeço profundamente sua habilidade, fé e confiança. David Davidar, o que posso dizer? Você é o cara. Tracy Bordian, você é a melhor editora-executiva que um escritor desejaria ter.

Muito obrigado também a Paul Slovak, da Penguin USA, e a Helen Garnons-Williams, da Weidenfeld and Nicholson, Reino Unido, por seus conselhos e por sua confiança em mim.

Francis Geffard, da Albin-Michel: você foi o primeiro a se arriscar e o primeiro a me dizer o que funcionava e o que não. *Meegwetch, mon ami.*

Nicole Winstanley: Você é muito mais do que uma agente brilhante. Você é uma querida amiga.

Em minhas viagens pelo norte eu nunca encontrei nada que não fosse calor, risadas e histórias incríveis. Willian e Pam Tozer, da Moose Cree First Nation, *mikwec* por ter sempre feito da sua casa a minha. *Mikwec* também aos Metatawabins da Fort Albany First Nation. A Bertha Sandy e sua família da Beausoleil First Nation: vocês foram ótimos comigo e com meus parentes.

Finalmente, quero agradecer à minha própria e imensa família: David, Raymond, Francis, Suzanne, Julia, Veronica, Mary, Bruce, Claire, Theresa, Angela e, claro, a você, mãe. Você é tudo. Tenente-coronel Raymond Wilfrid Boyden, D.S.O., C.D., M.D., nosso falecido pai e herói da Segunda Guerra, você continua a viver em cada um de nós.

E, como sempre, Amanda, você foi a melhor leitora que alguém poderia pedir. Seu apoio e encorajamento me transformaram num escritor.

Este livro foi impresso
pela Geográfica para a
Editora Objetiva em
outubro de 2010.